再寫經典

邱剛健

晚年劇本集

JPC HK

目錄

前言

FOREWORD

1991 年初邱剛健舉家移民紐約後，我們是疏遠了。特別是 1995 年他愛妻「小鳥」早逝後，毅然遺世獨居，有好幾年甚少互通消息，也全不見有他的作品。新紀元之始，他再往來於臺北、香港和大陸，似是「重出江湖」，間中會接電得知他經港稍留，但一直未有見面。2005 年底，我到北京公幹三個月，和他時有會面，才重拾中斷了多年的舊誼。其時我對他的工作狀況瞭解不多，只知道他改編了莎劇《哈姆雷特》為古裝大片，導演馮小剛不大接受，尚有幾個劇本在洽商中。但覺他性情溫和了，卻估料不到他會在北京度過晚年；而重出江湖的十年（2003-2013）竟然是他創作上的另一個「黃金十年」（若說整個 1980 年代是第一個「黃金十年」的話）。這「黃金」意指的不是名和利上的得益，而是創作力的旺盛充沛、數量和質量上的豐收多采。

自《人在紐約》（1990）、《阮玲玉》（1992）、《阿嬰》（1990）後，他的九十年代像是停頓了下來，而他復出後的首作《夜宴》（2006）又被改寫得面目全非，此後更無響噹噹的大作面世，自是予人印象他在北京晚年頗「不得志」。不必諱言，我一度也這樣想。然而自他辭世後持續地整理閱讀他這十年間的劇本、詩作，漸有所改觀。又從他和伴侶趙向陽的同遊合作，和友人劉大任、楊識宏等的交往、談文說藝中，得見他創作能量的飽滿、思維的活躍，而這都充分貫注於他自寫和與趙合編的一系列電影、電視劇本中。其中有古裝妖幻浪漫的《倩女一千年》，2005 到 2011 年，邱分別寫了三個不同版本，但未拍成。2007 年他受委托寫個中韓合作片劇本，是個當代愛情故事的《浮藻》，卻不合韓方的意思而被擱置。改編托爾斯泰《復活》為民國亂世傳奇，第二稿長達一百三十四場、完成於2009年10月，是他和趙向陽合編的力作，又沒有拍成影片。《罪人》是2011年接手改寫的，原是香港英皇投資、迎合警匪動作片潮流之作，他寫得性與暴力超級、視聽風格超前，投資和製作方多有意見，劇本終也未用。2012年，有出資人找他和關錦鵬合作再造《胭脂扣》（1988）傳奇，邱分別以鼓浪嶼、布宜諾斯艾利斯為背景，把傳奇一分為二，寫成《胭脂雙扣》，但投資紛擾多端，卒又不歡而散。此外還有寫好未拍成的電視劇《曼陀羅報告》、《美人戰國》、《衣香鬢影》。已告拍成的則有為導演章家瑞改寫的《迷城》，電視劇《書聖王羲之》（共四十集，2014年10月全部殺青）；而遺作《一個人的蜜月旅行》聞說已有開拍，詳情未知。單從際遇表面上看，是頗不得志，但這無礙於他繼續接寫劇本。其間和趙女士多次經港赴臺遊覽訪友，又結伴暢遊鼓浪嶼，予我的觀感是他倆合作緊密、生活也愉快。而在居留北京期間，他詩興大發，寫下近二百首。自2008年他認識了趙向陽、由同事進而結為伴侶，邱的創作慾大增，在趙的協助下作品源源而出。因此，我會認定他移居北京的十年是他生活和創作上的「黃金晚年」。

限於篇幅，本書只是邱這十年間作品的精選部分，是經趙向陽女士提供、又和主編喬奕思及羅卡共同策劃的成果。閱讀這些劇本，不禁被那生動的人物情節所吸引，而那富有影像感的場景，節奏又讓人如置身電影中。至於有興趣於文字 / 文學的人也許會陶醉於那詩意的想像、那文字運用之美。收錄的每個劇本都有導讀或相關的訪談評論，毋庸我多言了。只想再提一下邱剛健晚年作風的轉變，雖然探討的議題依然是情慾、性愛、信仰、死亡，但態度不再極端（《罪人》除外），減少了暴烈衝動而增多了溫文感喟。在古裝片和電視劇本中則顯見他的「中國才情」，這敢情是他中年喪偶後閉門讀古書的修為；文字格調 / 情調是結合現代和古雅，想像也直探古代那華美、神祕、幽玄，乃至魔幻的無邊境界。難得的是即使障礙重重，邱並不氣餒，創作熱情不減，寫作任務也不斷而來，以致臥病期間依然寫作。正由於這些力作大都未能拍成或好好拍成影片，劇本的獨立出版就更有意思了。

編集本書的意念始自《異色經典——邱剛健電影劇本選集》出版後反應竟然不錯，2018 年趙向陽、喬奕思、劉嶔、羅卡和家人一大夥有個臺灣之旅，深被那邊的新一代電影 / 文學研究者對邱的關注所感動，遂決意把邱剛健的劇本整理出版計劃延續下去；他晚年的作品集自是重要的一環。籌劃過程也不無阻滯，2019 年中遇上社會動亂，諸事受阻；到 2020 年初香港三聯方面決定出版，而藝術發展局又通過資助，偏又遇上疫情。幸而在各方同心協力下卒抵於成。關懷和協助本書出版的人士甚多，當會在書後一一列出致謝，在此不另了。謹祝讀者身心康快。

策劃　羅卡

邱剛健晚年的劇本創作

經典的另類修辭

PREFACE

序

我認識邱剛健是在他的晚年，一面之緣。2013 年 5 月，應羅卡先生囑托，我從香港到北京去見邱剛健與趙向陽，討論邱剛健出席香港電影資料館影談節目一事。一頓家常便飯，兩三小時，他抽煙，趙向陽跟我喝茶，北京的天黑透了，我們於是道別回家。席間，邱剛健說起電影，說得更多的是人。電影劇本如何他不提，講起劇本中的人、畫面和細節來，興致盎然。顯然，他創作激情不在於金像獎、金馬獎的肯定，而是捕捉「另類」的過程，在庸常的世界切入再切入，發現人們肉身中一直潛藏但無人去直視的前衛。很多時候這種「前衛」以尷尬、錯位的面貌出現，而邱剛健卻精雕細琢、痴迷沉醉地去表現它。他說喜歡坐在咖啡館看行人，認為自己擅於從不同人身上找到入戲的那一筆。他所留下的每一個劇本都表明：他以詩人的眼光提煉戲劇，而電影劇本於他，是個展示前衛意象與凝練詩意的舞臺。

邱剛健創作一生。1960 年代初在臺灣推動前衛文藝，舞臺劇、詩歌、實驗短片、翻譯劇本，無不涉獵。1965 年參與創辦《劇場》。1966 年加入香港邵氏，投身主流電影工業，留下《死角》（張徹導演，1969）、《愛奴》（楚原導演，1972）等重要作品。1980 年代香港電影新浪潮之際，他的創作走入全盛時期，合作的導演從許鞍華到關錦鵬，佳作連連。他策劃的《唐朝豪放女》（方令正導演，1984）獨具盛唐狂放風範，執導的《唐朝綺麗男》（1985）、《阿嬰》（1990），或恣意或詭譎，雖諸多遺憾，但實驗格調超然，歷久而不衰。1990 年代移居紐約，1995 年妻子蔡淑卿病逝，他的人生與創作都進入了一段漫長的低潮，八九年間不曾產出電影劇本，寫詩也停滯了。2003 年，他以改編莎翁《王子復仇記》為闖蕩內地主流電影市場的回勇之作，《寶劍太子》劇本厚積薄發，字字如煉，將中西意象鎔鑄一體，氣象又與他 1980 年代的作品大有不同，綺麗大氣間，又分明蕭索沉鬱，多了留白。這與他數年隱居在紐約鄉郊讀中國古籍的矛盾處境不無關係，幾乎是對疏離狀態的註解，人在異鄉對於生死流散的切身感受，激發了他晚年回到故鄉鼓浪嶼尋根的衝動，也促成了他的文化回流。他晚年移居北京，以劇本創作參與到千禧年後蓬勃發展的內地電影市場中去，遇上老伴趙向陽，與她合寫劇本，重拾寫詩的勃勃興致。詩歌與劇本中的奇章妙筆，在他人生的最後十年交相輝映。

以文字導演他的電影

他晚年的五個重要劇本都是對經典的再創作。除已提到的《寶劍太子》，劇本《倩女一千年》改編蒲松齡《聊齋志異》之〈聶小倩〉;《復活》改編托爾斯泰的同名長篇巨構;《罪人》重回香港警匪片類型，為周潤發度身訂造角色，可呼應多部影史經典；遺作《胭脂雙扣》是他對自己當年風光之作的回頭再看，看似「老本」，實則灌注了最多人生晚景的「雜念」，為自己而寫。他臨終前在病床上仍孜孜不倦修改著這個劇本。參照他 1965 年開一時之先，與劉大任將愛爾蘭及法國作家薩繆爾·貝克特（Samuel Beckett）的劇作《等待果陀》合譯到臺灣，他晚年劇本創作可以說是在用獨特的邱剛健筆觸將經典的文本轉譯到新的語境之中去，以文字導演他的電影。前衛而陌生化的性愛生死，詩歌式的煉字鍛句，還有時不時靈機一觸的間離效果，貫穿字裡行間。邱剛健構建獨特意象向來拿手，就如在日常俗見中提煉出性與死亡的詩句一樣。儘管在他的編劇生涯中，許多作品都屬於改編、改寫，或者從導演、前編劇所提供的故事基礎上再作延伸，但他卻做到了讓每一個劇本都生出一副獨特的面孔，每個人物都附帶著激情、怪異又莊嚴的情感，特立獨行於讓人過目難忘的場景中。《寶劍太子》在第二十三場寫靜女：

第二十三場

景　殷太常府邸。水榭外。湖
時　日
人　靜女

△ 幽寂的湖。兩岸垂柳。荷葉。浮萍。水榭內，靜女枯立的影子。

第四十九場的空鏡：

第四十九場

景　殷太常府邸。水榭外。湖
時　日
人

△ 湖面漣漪。無聲無息。浮起丹頂鶴的屍體。

女人與鶴尸，前後兩場呼應靜女的命運，如奇異畫卷，有怪誕之美。邱剛健用筆簡約，飽蘸古意，然而又可筆鋒扭轉，融入西方戲劇中充滿哲學思辨的道白——第四十一場霸陵酒館，「血水橫流，地面到處都是雞鴨豬羊的屍骸、內臟」，寶劍太子的獨白：「死亡，睡覺。大睡一場。把心的恐怖和肉體的迷惑都睡過去。」可不就是現代的詩行麼？邱剛健將影劇詩藝術共冶一爐的手法，羅卡先生在臺灣國立清華大學藝術中心的特展場刊《邱剛健——浪與浪搖幌》中已有宏文論述。本書作者陳恆輝在導讀中也摸索了《寶劍太子》的風格脈絡，指出邱剛健對莎劇的獨特處理，總會讓他聯想起《唐朝綺麗男》和《阿嬰》的人物、畫面和意象。我深以為然。邱剛健晚年不再動做導演的念頭，專心於文字造詣，將掌握電影語言的野心訴諸筆端，以筆墨施展導演才華。他晚年的創作還是循著《唐朝綺麗男》、《阿嬰》的風格而來，乖張而破俗，身體、氣味與精神相連，死亡與高潮往往相通。種種極端，在他的作品中無需過渡就合為一體。中西、詩影劇之間高難度的銜續在晚年的邱剛健手中，更顯大氣工整，更為平順流暢了。

未能收錄的精彩遺珠

《倩女一千年》是可與《寶劍太子》並列為邱剛健晚年創作奇峰的佳作。《倩》緊接《寶》之後於 2005 年動筆，經過幾年修訂，幾度大幅改寫，到 2011 年 1 月最後一稿時，人物場景臺詞已經打磨得十分精當，可惜此次因版權考慮未能收錄《倩》的兩個極為不同的版本，且將我讀完劇本的感受在此略寫一二。

《倩》（2011年1月稿）的人物設定基本跟從原作，依次引入寧采臣、燕赤霞、小倩和大君（原作中的金華妖物姥姥）等四位主要角色，前半部分的情節鋪排平穩，依照相遇、遇險、感情推進、再遇險的邏輯一路發展。看似普通的一場戲，經過邱剛健的醞釀雕琢，就變得場場精彩，恍如舞台表演的一幕接著一幕，預設好了每一幕都該有讓人過目不忘的情境。以第二十八場為例：

第二十八場

景 蓮塘
時 夜
人 寧采臣，船夫

△ 蓮塘開滿盛放的紅蓮，映著燈光，隨著輕風水流，不停地閃爍晃搖。

△ 船停泊塘沿。船頭船尾懸著燈。船夫蹲在船尾扇爐子燒飯。寧采臣斜靠在船頭，學燕赤霞趺掉鞋子，光腳，扶膝，自己飲酒賞花。

△ 一眼看到附近一朵待放的小蓮花，放下酒杯，欺身，用手劃水，把船頭移過去。

△ 摘下蓮花，用衣襟抹乾莖上水珠，走進船艙。

寧采臣將小倩的朽骨歸葬安宅的過程，並非重要情節，在《聊齋志異》原文〈聶小倩〉中不曾落一字，然而邱剛健卻捉筆細細描繪了寧采臣夜宿蓮塘飲酒賞花的過場，整幅畫面都是宋詞的意境和情致。緊接下面第二十九場，鏡頭轉入船艙內，白骨與蓮花放在一起的視覺衝擊，又如現代畫作，跳出純然的古意，而水老鼠則將這兩場鋪陳起來的抒情扯回鬼怪玄幻，簡潔利落：

第二十九場

景 船艙
時 夜
人 寧采臣

△ 船艙中央吊著燈。寧采臣屈身走過，到窗口，解開布袋，衣袍，把花瓣初綻、瑩潔粉紅的蓮花輕放在小倩的白骨上。

小倩聲音：我以前身上都有芙蓉香……

△ 寧采臣一回味，望著花一笑。

寧采臣：慢慢開吧。

△ 伸手要掩上衣袍。

△ 白骨，蓮花突然聳動。

△ 寧采臣一驚。

△ 一隻水老鼠，從布袋底下窗縫中竄出，一溜煙爬出窗口不見。

鏡頭的位置，演員的動作，色彩及氛圍全都到位了，畫面感盈然紙上。邱剛健也著意為聶小倩的故事尋找時代的落腳點，所以在第一場開頭設定了字幕「宋朝。1080 年。汴京。」並小心營造，處處以細節配合宋朝簡練疏淡的風格。劇中引蘇軾的詞《卜算子．黃州定慧院寓居作》：

缺月掛疏桐，漏斷人初靜。時見幽人獨往來，縹緲孤鴻影。
驚起卻回頭，有恨無人省。揀盡寒枝不肯棲，寂寞沙洲冷。

作為寧采臣出場的一個閒筆，講他是個屢戰屢敗的書生，已放棄求取功名，赴京只是為了買蘇大學士寫的這首詞而已，賦予這個角色幾分文人淡泊的風骨，而不僅限於一個痴纏的情種，這一點與〈聶小倩〉中寧采臣為「赴試諸生」大有不同的旨趣了。若以這首《卜算子》去看邱剛健在紐約時寓居鄉郊的境況，自然容易理解邱剛健引用這首詞所寄託的作者之意。聶小倩的角色有《胭脂扣》如花的影子，有許多描述她走來走去的場景，而她作為女鬼的出場則與《罪人》中的羅白有點類似，寫她的背影，「展開雙臂，拖著寬長垂地的衣袖，在月光下繞著牆根疾走」，原來她是想流汗，想曬太陽。邱剛健對人的定義有所戲謔，原來人與鬼的分別不過流汗之類而已。劇本後半部分的改編更為陡峭，故事的重心從寧采臣與聶小倩轉移到了燕赤霞與大君身上。所謂人鬼之戀，寧采臣與聶小倩，不過是最淺顯的一層，燕赤霞與大君之間糾纏著更為複雜的孽緣。燕赤霞追求俠義，間接造成大君成魔，而大君吸人精血以求肉身不老的執念，與燕赤霞成仙成道的追求並無兩樣。劇本最後一句對白是燕赤霞的「她是我的妻子」，揭示這兩個角色間的關係，完成了從普通人鬼故事到俠魔故事的拔升。

以上僅是《倩》最終稿。邱剛健早在 2005 年就完成了第一稿，共九十一場，前三十九場基本相同，第四十場之後就脫離《聊齋志異》原著，在不同時空中展開四個主要角色前世今生的故事。第四十一場至六十三場，以 1760 年清朝敦煌莫高窟的壁畫切入，講寧采臣經過幾世輪迴後成了和尚，小倩找到了他，但仍未能逃脫大君的毒手。第六十四場至八十一場是 1931 年民國時期的上海，寧采臣化身為「易先生」手下的特務，鬼神奇幻之上再糅合間諜片風格。最後十場戲則是 1987 年的秦皇島，與宋朝相距差不多一千年的時間。聶小倩已經投胎成人，帶著前世的記憶依然想找到寧采臣，然而，這一世的「他」可能是「她」，大膽破格。

戮力追求更好的創作

本書在第五章所收錄的趙向陽訪問，是她參與創作的第一手資料，很詳盡地講述了她與邱剛健合寫《復活》、《罪人》和《胭脂雙扣》三個劇本的過程，也能從一些生活細節中看出邱剛健創作的端倪，是對這三個劇本創作始末最好的補充。邱剛健晚年好聽西方古典音樂，《復活》導讀的作者鄭政恆對此有敏銳的覺察。邱剛健選用《野玫瑰》這首歌有特別用意，而且劇本中畫龍點睛的場景，比如先聲奪人的序場，以及鋼琴上的性場面等等，有邱剛健鮮明的特色。鄭政恆的導讀找尋了邱剛健劇本中的文學脈絡，可見他在改編《復活》時不僅是將故事移植到了民國時期的上海和青海，也投入了對於生命、自由以及罪與罰的思索。

《復活》之後的劇本《罪人》，可以說是編劇陳翹英先生帶給邱剛健一個重回維多利亞港的機會。陳翹英先生提供了最初版本的故事大綱，然後由邱剛健改寫。因為這個劇本與《殺出西營盤》（唐基明導演，1982）相隔二十多年，邱剛健再寫商業類型，且多有創新。蒲鋒在《罪人》導讀中有詳盡分析，情節的扭轉，雙生子角色設計機巧等等，細讀他的文章便知端詳，在此就不贅言了。

《胭脂雙扣》的劇本對邱剛健而言，意義非同一般。他在採訪中說過，在與我見面時也說過，關錦鵬導演懂得他的劇本。因此《胭脂雙扣》意味著他與關錦鵬編導重組的可能。他們二人與《胭脂扣》的美術指導朴若木先生，為了這個劇本還在北京難得一聚，商討此事，可惜事與願違。張偉雄對《胭脂雙扣》的導讀挖掘出了劇本上下兩章一扣與二扣之間對倒的心機。看似天各一方的故事，一個在鼓浪嶼，一個在布宜諾斯艾利斯，實則內在扣連，既維繫舊作，又寫了邱剛健晚年的許多心境。而最敲動我心的，也是張偉雄所引用的，邱剛健給關錦鵬導演電郵中的最後一句話：「不能不追求更好的東西。」這可以作為他一生戮力創作的詮釋了吧。

不太為人知的紐約時期

第五章對畫家楊識宏先生的採訪有必要特別提及。沒有這篇採訪，是無法得知邱先生在紐約的那一段日子是如何度過的。楊識宏先生不少畫作都入了邱剛健的詩作。他們不僅僅是摯友，更有藝術上的交流。有趣的是，邱剛健所寫的關於楊先生的詩，用在他自己身上也首首貼切，比如「你還是太愛生命 / 所以不停地畫地獄」。或許，在楊先生的抽象畫作中，邱剛健看到了熟悉的自己，感受到相知相交的藝術家神髓吧。楊先生所描述的紐約時期的邱剛健，充滿具生活情味的小事，就像邱剛健的電影。這次，他就是他電影中的人物。本書封面、扉頁所用畫作，皆出自楊先生原畫，得蒙慷慨賜用，本書就是繼邱剛健詩集《亡妻，Z，和雜念》之後，第二本配上楊先生畫作的邱先生作品了。《亡妻》一書是邱剛健自己選畫作封面，這次得趙向陽以及邱先生的兒子邱宗智出謀畫策，楊先生從旁給意見，相信邱先生定感慰懷。

我毫不懷疑邱剛健劇本的吸引力，像他的字，遒勁如刀，有足夠的力量抓住讀者看下去。讀完，有些場景就會像畫一樣印刻在腦海中。某種程度上，理解邱剛健所有的作品，都可以回到他早期的詩作《洗手》和實驗短片《疏離》中去，淫蕩是普通人的神聖宗教，妙曼，罪惡，但內裡有一個混沌迷人的弘大宇宙。邱剛健畢其一生，探索文字與電影互相成就的魅力。就此，以他 2012 年的詩作《但他還在沉迷看》中的幾句作為收結吧。

「我抬頭，低頭，
依舊躲避不開古今的俯仰。
雖然已經疲倦，
再淫蕩出發的時候。」
但是他還在沈迷看
角度雕飾死亡，
心的另類修辭。

主編　喬奕思

附錄

邱剛健北京時期創作的電影劇本、故事

2004-2005	電影劇本《寶劍太子》
2005-2011 年	電影劇本《倩女一千年》
2006 年	故事大綱《女鬼「張愛玲」的故事》
2007 年	故事大綱《舞鶴》
2007 年	電影劇本《浮藻》
2008 年	故事大綱《那人在燈火闌珊處》
2009 年	故事大綱《聖地》
2009 年	電影劇本《復活》
2010 年	故事大綱《一個人的蜜月旅行》
2011 年	電影劇本《罪人》
2011 年	電影創意《牡丹亭》、《趙氏孤兒》、《空海》
2012-2013 年	電影劇本《胭脂雙扣》，未完成。

楊識宏《自然之焰》 2008 年　丙烯 / 畫布　69X88 吋

第一章

寶劍太子

你太愛生命 你不停地畫地獄

《寶劍太子》導讀

文 陳恆輝

序：血

邱剛健來自劇場，他流的是劇場的血。

他曾在夏威夷大學「東西文化中心」修讀戲劇，這是上世紀的六十年代，劇場的潮流已不再是由語言為主的「傳統話劇」所佔據，那是「實驗劇場」（Experimental Theatre）的天下，荒誕派戲劇（Theatre of the Absurd）。邱氏吸收了西方劇場的養分，將當中較前衛的思想和概念帶回臺灣，不僅尋找同道中人向大眾推廣，更將劇場的元素放入自己的創作當中，所以他的詩和電影都充滿了劇場風味。例如他導演的作品《阿嬰》（1990）中的演員走位（Blocking）與場面調度（Mise en scene）都充滿了舞台感，道具和佈景的處理都跟日本導演寺山修司的實驗劇場作品非常相似。他的編劇作品《阮玲玉》（1992）中，現實和電影世界交錯的處理，往往令我想起 1981 年的英國電影《法國中尉的女人》（*The French*

Lieutenant's Woman）中演員身份和角色身份進出和穿插的設計，而編劇正是被英國劇評人馬丁．艾斯林（Martin Esslin）封為英國荒誕劇主要代表作家之一的哈諾．品特（Harold Pinter）。此外，邱氏也有將劇場的景觀融入他的詩中，例如《憶及紐約的深夜》：

我重病的妻子光著身體，赤著腳，沒有發出一點聲音
慢慢踱出睡房的過道。看廚房一眼。又慢慢踱回去。她在
練習死後走路的姿態。

在這首詩中，妻子來回踱步的動作和意象，跟貝克特（Samuel Beckett）的經典作品《踏腳聲》（*Footfalls*）非常相近。

談到愛爾蘭劇作家貝克特，必定會想起他在 1953 年首演的成名作《等待果陀》（*Waiting for Godot*）。而邱氏在 1965 年在臺灣創立《劇場》雜誌，同年九月，他跟劉大任合譯並導演了這部作品。他應該是最早翻譯和導演這部經典的華人，而貝克特作品中的禪意，亦對邱氏的作品有不少的影響。

邱剛健的作品無論詩、電影、劇本都離不開性愛、暴力、血腥、生存和死亡等元素，電影作品中的意象又令我聯想起智利導演佐杜洛夫斯基（Alejandro Jodorowsky）和寺山修司的影像風格。這兩位導演都受到二十世紀初法國戲劇理論家安東寧．亞陶（Antonin Artaud）的「殘酷劇場」（Theatre of Cruelty）所影響，而該理論亦影響了上世紀六七十年代的美國前衛劇場，所以從邱氏的作品中，也能看到這個理論的痕跡。

轉場換景

《寶劍太子》是改編自莎士比亞（William Shakespeare）的《王子復仇記》（*The Tragical History of Hamlet, Prince of Denmark*，又名《哈姆雷特》）的電影劇本，並交予馮小剛導演。但馮導演卻想邱氏將劇本進行大幅的修改，邱氏不允，因為他認為劇本已經很完整，最後馮小剛找了內地作家盛和煜接手改動劇本，成為後來在2006年上映的《夜宴》。電影已沒有邱剛健筆下的意象，也沒有莎劇的味道了。

《寶劍太子》就好像邱剛健回歸劇場母體一樣，是一個難得的「重遇」。莎翁加上邱剛健，又是一個怎樣的場景？

第一幕　莎士比亞

第一場　這是一個顛倒混亂的時代

話說大約1590年，年輕的莎士比亞離開家鄉斯特拉福（Stratford-upon-Avon），第一次到倫敦踏上泰晤士河的倫敦橋時，他看到的應該是這樣的一道風景：一個又一個「叛國者」的人頭被長竿插在橋上示眾的恐怖畫面。當時是伊莉莎白一世執政的年代，為了防止叛變和暗殺，她利用嚴刑峻法統治人民，甚至為了社會穩定而獎勵告密者，因此當時的人民都生活在恐懼之中。人民除了受到皇室高壓的統治之外，還受到瘟疫之苦。1592年6月至1594年5月，倫敦的劇院被迫關閉。這個時候的莎士比亞應該常常看到社會上充滿了暴力、血腥和死亡的景象。

《王子復仇記》是1601年的作品，劇本題材是來自一個古老丹麥宮廷的復仇故事。莎士比亞借一個發生在丹麥的宮廷內鬥事件，諷刺危機四伏、政治混亂的英國社會狀態。而復仇、暴力和死亡等往往都是莎翁喜歡探討的命題，作品如《血海殲仇記》（*Titus Andronicus*）、《凱撒遇弒記》（*The Life and Death of Julius Caesar*）和《理查三世》（*Richard III*）等皆圍繞著這些命題，訴說一個又一個驚心動魄的故事。《王子復仇記》更是經典中的經典，除了復仇之外，主人公哈姆雷特更在本劇中探討生命的本質。

第二場 生存抑或死亡

丹麥王子哈姆雷特的父王暴死，叔父克勞迪斯不僅取得皇位，母后葛特露更改嫁給他。父親的鬼魂要哈姆雷特為他報仇，但因為哈姆雷特的猶疑不決，遲遲不下手，令到愛人莪菲莉霞的父親普隆涅斯被他錯手殺死，莪因此事而精神失常，投河自盡。最後，哈姆雷特跟莪的兄長勒替斯決鬥時，中了克勞迪斯的奸計，身染毒液而亡。而死亡之前，哈姆雷特終於將克勞迪斯殺死。

故事以復仇作切入點，透過哈姆雷特的遭遇和心態探討生命的本質。父親鬼魂給他的復仇任務讓他心力交瘁，精神飽受折磨，於是，經典的獨白出現了：

生存還是毀滅，這是一個值得考慮的問題；默然忍受命運暴虐的毒箭，或是挺身反抗人世的無涯的苦難，在奮鬥中結束一切，這兩種行為，哪一種是更勇敢的？死了；睡去了；什麼都完了；要是在這一種睡眠之中，我們心頭的創痛，以及其他無數血肉之軀所不能避免的打擊，都可以從此消失，那正是我們求之不得的結局。

這是哈姆雷特要問的問題，也同樣的確是一直困擾著人類的問題，究竟死亡是否真正能夠消滅人生的創痛？還是有更多甚至更大的創痛在那不可知的神秘世界？面對苦難和創傷，人是要去承受還是作奮力的抗爭？為正義死亡可能是高尚情操，但如果死亡等於睡著，睡著後人仍會做夢，那麼痛苦豈不是會繼續下去，輪迴不止？

《王子復仇記》的另一個經典場面在第五幕第一場，即哈姆雷特跟掘墓者對談的一段，王子拿著先王弄人郁利克的骷髏：

唉，可憐的郁利克！霍拉旭，我認識他；他是一個最會開玩笑，非常富於想像力的傢伙。他曾經把我負在背上一千次；現在我一想起來，卻忍不住胸頭作惡……現在你還會把人挖苦嗎？你還會竄竄跳跳，逗人發笑嗎？你還會唱歌嗎？你還會隨口編造一些笑話，說得滿座捧腹嗎？你沒有留下一個笑話，譏笑你自己嗎？

丹麥王子向死人頭骨訴說內心的感慨，他慨嘆就算生存的時候有多高貴和有多大的能力也好，最後都會塵歸塵、土歸土。

如果是非成敗，轉頭都是空的話，那麼生存又有什麼意義？

復仇情節只是糖衣，探討生命的本質才是《王子復仇記》的「主菜」。

第三場 人們往往用至誠的外表和虔誠的行動，掩飾一顆魔鬼般的內心，這樣的例子實在太多了。

人人都懂得說：「莎士比亞的戲劇很宇宙性，所以不受時間規限，每個時代的人看都很有共鳴。」但究竟是什麼元素支撐著他的作品能歷久不衰？是故事情節？美妙的臺詞？我認為是人物，莎士比亞創造了一群有心靈深度的角色。《王子復仇記》中的人物性格非常鮮明，國王克勞迪斯口蜜腹劍，心狠手辣，借刀殺人。御前大臣普隆涅斯圓滑世故，是個善於告密和獻計的假道學，亦是官僚制度的產物。王子的兩位好同學羅森克蘭滋和基騰史登，在莎士比亞筆下就生動地呈現出兩個為了討好當權者而出賣朋友的偽君子的形象。而莎士比亞更善於在人物的對比中突出主角的性格，例如勒替斯為父報仇，說幹就幹，非常果斷，這正對比起哈姆雷特的舉棋不定。除了角色設計之外，在情節上，哈姆雷特的裝瘋和莪菲莉霞的被迫瘋，也是絕妙安排。

《王子復仇記》中只有皇后葛特露和莪菲莉霞兩個主要女性角色，那莎士比亞又怎樣看待女性？在第一幕第二場中，對於皇后的改嫁，哈姆雷特說出了一句經典的臺詞：

脆弱啊，你的名字就是女人！

脆弱的弱字往往給予人弱者的感覺，那麼，改嫁給殺夫兇手的皇后真的是一個弱者嗎？

邱剛健在《寶劍太子》中，回答了這個問題。

中場休息

邱剛健為什麼會選擇《王子復仇記》來改編？《寶劍太子》是如何延續和發揮邱氏的說故事風格和字裡行間的意象？

在閱讀《寶劍太子》的過程中，我腦內總會浮現出他之前兩部電影導演作品，《唐朝綺麗男》（1985）和《阿嬰》的人物、畫面和意象。如果《寶劍太子》由邱剛健拍成電影，可能是一部集他風格上大成的重要作品。

第二幕 邱剛健

第一場 你沒有看到性與死亡的隱喻？

邱剛健的作品往往都有性愛的場面，而且更經過精心的「設計」。《唐朝綺麗男》中二人做愛時，魚尾在晃動的意象，樂而不淫；《阿嬰》中，頭髮進入喉嚨的意象、兩個男人刺青的隱喻和將屁股坐上別人的臉等，既怪誕又妖異；在《寶劍太子》中，不僅有和帝與皇后在床上用腳的「輕輕推拿」，也有皇后對寶劍太子頭髮的迷戀，前者用極簡約的手法展示和帝與皇后的淫亂，後者隱藏了母子亂倫喻意。

邱剛健對死亡的探討可以說是孜孜不倦，《寶劍太子》一劇又一次延續了《唐朝綺麗男》和《阿嬰》用影像呈現和探索死亡的實驗。《寶劍太子》和之前兩部作品一樣，都以「死亡」作戲的開端：《唐朝綺麗男》是一個葬禮；《阿嬰》是女主人公的母親，因為偷情而被當朝廷大官的丈夫用酷刑至死；《寶劍太子》忠於莎士比亞的原著，同樣是以先皇冤魂的出現開始。《唐朝綺麗男》的葬禮在白天，以舞台劇式的走位和歌詠隊般的動作呈現，而後兩者則以陰暗的氛圍和血腥的意象來營造出令人不寒而慄的情景。此外，邱剛健對死者的身軀都好像有某程度上的迷戀，例如在《唐朝綺麗男》中的分屍鏡頭；《阿嬰》中對屍體的描述與驗證；在《寶劍太子》中鬼魂的身體是全裸的，而非莎翁原著的披上戰甲，邱剛健更十分細緻地描寫這角色的形象：

灰蒼蒼的卷髮披散到半腰。目光深沉。神色峻嚴。全身肌肉雖然衰頹鬆弛，可是在偉岸的軀幹上，依舊能夠看到當年英武雄壯的輪廓。腳底、身畔，煙自生自滅，掩沒下部。

其實除了這一段，很多部分無論是人物抑或景物都刻畫得很仔細，有關劇本的描述，他曾說：

我的劇本細節很詳細，而且很豐富，只有導演拍不出細節，而不是我提供的東西不夠。

他好像挑戰導演的執導能力，但我覺得其實他是用了導演的「腦袋」去寫劇本，而且這種細緻程度，跟他的「初心」，即劇場的劇本中的舞台提示（Stage Direction）非常相近。

說回死亡，在《寶劍太子》中，比莎翁的原著多了些篇幅去詰問死亡與生存的意義。邱剛健用了《列子・天瑞》中的「夫言死人為歸人，則生人為行人矣」，道出生和死就是「來來回回」、「一往一返」，而邱剛健就把列子的思想演化成劇本這一段對話：

寶劍太子：我們那時候都同意，行人路途險惡，不過風景優美，值得留戀。（微笑）這一點我現在開始有點懷疑。

霍弘直：歸人是回家休息。

寶劍太子：是休息嗎？這一點我記得我們還沒有定論。

寶劍太子對死亡是休息這個想法沒有定論，這正好對照著原著哈姆雷特「生存還是毀滅」這段獨白中的以下幾句：

死了，睡去了；睡去了也許還會做夢；嗯，阻礙就在這兒；因為當我們擺脫了這一具朽腐的皮囊以後，在那死的睡眠裡，究竟將要做些什麼夢，那不能不使我們躊躇顧慮。

為什麼寶劍沒有定論？答案在《王子復仇記》中可以找到。或者莎翁說得太直接，而邱剛健卻留給我們更多思考的空間，並總是帶著點點的禪意，不多也不少。

第二場 我一時忘了要唸哪一個佛菩薩的名字來超度你

邱剛健早年的詩都和西方宗教有關，例如《洗手》：

讓我進入祢的透明裡，基督
祢的純淨，是否有容器承受
如臍或女陰的形，或刃傷的口
安靜於暴起的膿中
猶若水仙安靜於綻裂
婦人安靜於祢及祢父神的精液

而《寶劍太子》中的鬼魂和主人公寶劍在造型上，都會使人想起基督的形象。

但綜觀而言，佛教對邱剛健的作品更具影響力。在《唐朝綺麗男》中的高僧，在不斷誦唸菩薩的寶號中，突然望向鏡頭說出懷疑菩薩有否聽見人在呼召的說話，這種「陌生化效果」正好令觀眾先驚訝，然後思考邱剛健預設的問題，即人能夠透過佛教／宗教而得到救贖嗎？高僧不斷唸，打鬥及殺戮在其身邊發生，最後僧人們視若無睹地離開。究竟在五濁惡世中，佛菩薩會幫助人消災解難嗎？在《寶劍太子》中，和帝希望透過唸誦大悲咒來消除自己的罪孽；寶劍與高僧討論佛教的「唵阿吽」三字名中的「唵」字（宇宙原始生命能量的根本音，含有無窮無盡的能量），可見《寶劍太子》中，邱剛健巧妙地、有機地置入佛教的思想。我想是原著中探求生、死和空的課題觸動了他，所以在眾多莎翁的劇本中，他選取了這一部。但他的改編卻將《王子復仇記》所要探討的生命課題帶入更深層次的討論，究竟如何回歸原始的狀態？什麼是原始？原始的狀態是怎樣的？這個問題又可從新世紀（New Age）的思想層面去思考。

第三場 她的心她留給自己餓的時候吃

邱剛健曾對我說他喜歡意大利導演柏索里尼（Pier Paolo Pasolini）的電影，例如《豬欄》（*Porcile*）、《美狄亞》（*Medea*）和《伊狄帕斯王》（*Edipo Re*）等，是的，他作品中的女角常令我想起柏索里尼電影中的人物，愛自由、有主見、有生命力。邱氏筆下的女性並非弱者，她們是厲害的角色，例如《唐朝綺麗男》和《阿嬰》中的女主人公都率性反叛，敢於推倒極權和父權，甚至對抗性的壓抑。《寶劍太子》中的皇后，比原著的皇后描寫得更立體，邱氏筆下的她更狠、更野性，她放縱本能，善於操控男人。

鬼：我在世的時候，從來沒有懷疑過她對我的忠貞。可是，人都有軟弱的時候。

寶劍太子：母親是很強的女人。

《寶劍太子》一劇的背景是五代十國的後唐，雖然是唐朝滅亡之後，但相距唐朝都不算太久，邱剛健似乎對唐代的女性「情有獨鍾」，莫非這些大膽豪放的女子就是他理想的女性形象？

第四場 窗外依舊下著他人的雨

邱剛健是詩人，他喜歡將詩放入故事中。寺山修司將詩和故事「間離」，但邱剛健將詩融入故事當中。《唐朝綺麗男》有漢代樂府詩《飲馬長城窟行》，《寶劍太子》有唐代詩佛王維的《使至塞上》（大漠孤煙直）。邱剛健還用到《詩經》，例如在寶劍試探和帝的「戲中戲」裡，酒館掌櫃吟誦《國風．衛風．碩人》（一首讚美衛莊公夫人的詩），盲眼老人唱《國風．唐風．葛生》（一首男子悼念亡妻的悼亡詩），兩首詩都是用來諷刺和帝與皇后。但我覺得最特別的是原著中的女主角莪菲莉霞在《寶劍太子》中叫做靜女，而靜女本身亦取自《詩經》中的《國風．邶風．靜女》，是一首男女約會，互相愛慕的情詩。邱剛健用了這些古代的詩句，除了點出時代，亦提升了敘事的格調和層次，耐人尋味。

跋：聲

邱剛健曾經對我說，他愛用人的聲音作配樂，當他拍攝《阿嬰》時，他跟作曲沈聖德說要人聲、很多人聲，直至現在我都覺得他要的聲音，是藝能山城組那張經典唱片《輪迴》中的那種，加上德國搖滾樂隊 Popol Vuh 的神聖樂章。《寶劍太子》內除了誦經的聲音之外，還可以「聽見」什麼？邱剛健的劇本雖然精密細緻，但在這方面卻留了白。

就讓我填上那片空白，完成整個創作。

參考書目

莎士比亞著，朱生豪譯，《哈姆雷特》，上海：世界書局，1996年。
邱剛健著，《亡妻，Z，和雜念》，臺北：赤粒藝術，2011年。
邱剛健著，《再淫蕩出發的時候》，臺北：蜃樓出版社，2014年。
羅卡主編，喬奕思、劉嶔助編，《美與狂——邱剛健的戲劇．詩．電影》，香港：三聯書店（香港）有限公司，2014年。
饒宗頤名譽主編，陳致、黎漢傑譯注，《詩經》，香港：中華書局，2017年。
李志超著，《少年邪》，香港：明窗出版社，1988年。

陳恆輝 作者簡介

愛麗絲劇場實驗室藝術總監。畢業於香港演藝學院戲劇學院，主修導演。導演作品有《卡夫卡的七個箱子》、《第三帝國的恐懼和苦難》、《終局》、《哈姆萊特機器》及《香港三姊妹》等，多次獲邀到大陸、臺灣及海外演出。2009年憑《卡夫卡的七個箱子》獲得「第十八屆香港舞台劇獎」最佳導演獎（悲劇／正劇）及「第一屆香港小劇場獎」最佳導演獎。2013年憑《終局》獲得「第五屆香港小劇場獎」最佳導演獎。2018年憑《香港三姊妹》提名「第二十七屆香港舞台劇獎」最佳導演獎（悲劇／正劇）。

寶劍太子
電影◎劇本

《寶劍太子》是邱剛健 2004 年定居北京後創作的第一個電影劇本。他以「中國版的莎劇」打動華誼總裁王中軍，啟動這一劇本改編，也即之後由馮小剛執導，章子怡、葛優主演的古裝商業大片《夜宴》（2006）。《寶劍太子》劇本創作於 2004 至 2005 年間。邱剛健從紐約隱居的狀態中回勇，重拾創作激情。來自詩歌、戲劇的養分，以及邱氏獨有的編劇風格，傾注其中，更多了晚年的沉鬱。《寶劍太子》劇本與電影《夜宴》有許多不同取捨。劇本文筆凝練，字字珠璣，意象之美馳縱中西，既是文學作品，也是邱氏平生最後一個由他獨力創作完成的全劇本。

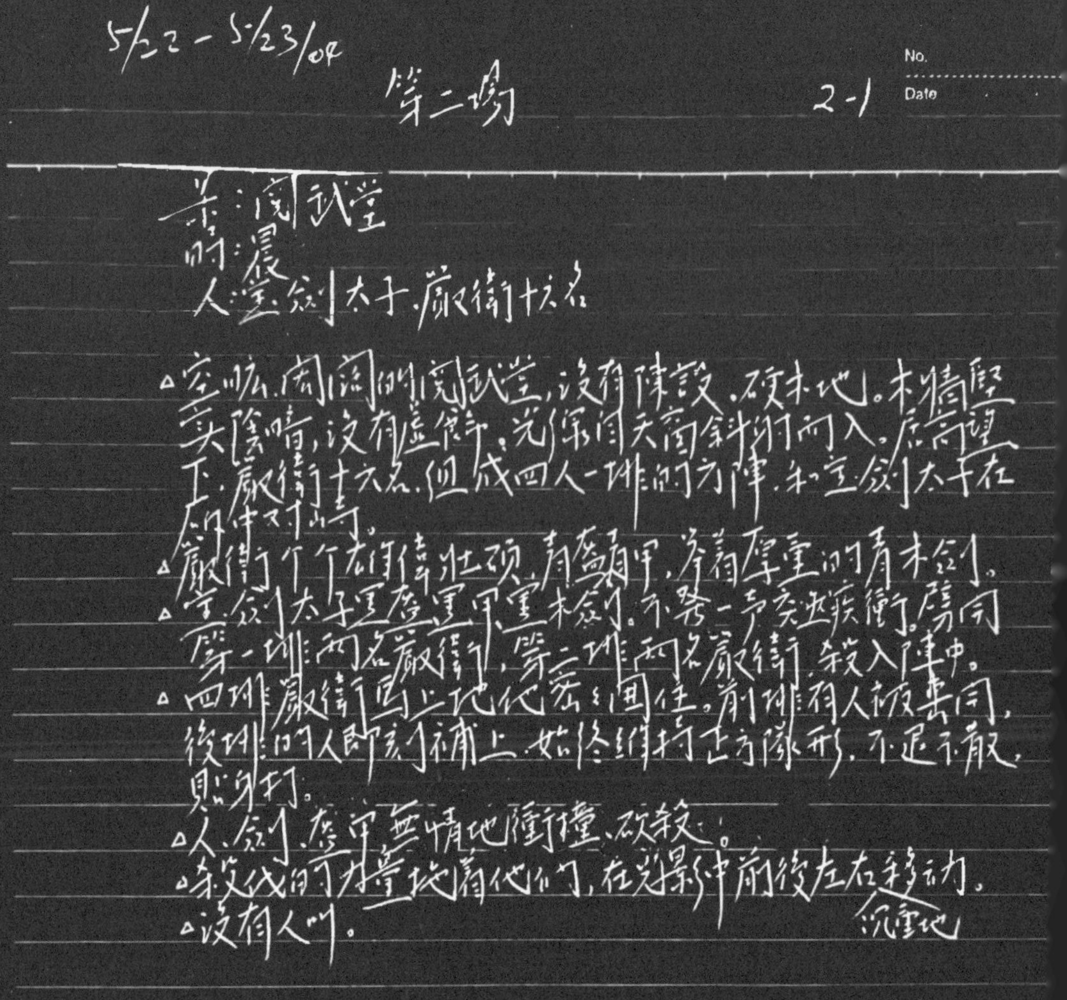
5/22 – 5/23/04

第二場　　2-1

No.
Date

景：閱武堂
時：晨
人：寶劍太子、嚴衛十六名

△空曠、闊闊的閱武堂，沒有陳設，硬木地。木牆堅實陰暗，沒有裝飾。光線自天窗斜射而入。居高望下，嚴衛十六名，組成四人一排的方陣，和寶劍太子在陣中對峙。
△嚴衛個個高大偉壯碩，身著皮甲，拿著厚重的青木劍。
△寶劍太子運皮甲運重木劍。不發一聲突然疾衝，撞開第一排兩名嚴衛，第二排兩名嚴衛，殺入陣中。
△四排嚴衛馬上化作密密圍住。前排有人被轟開，後排的人即刻補上，始終維持正方隊形，不退不散，只是打。
△人、劍、皮甲無情地衝撞、砍殺。
△殺伐的力量搖撼著他們，在光影中前後左右沉重地移動。
△沒有人叫。

邱剛健手稿，為《寶劍太子》劇本第二場，寶劍太子首次出場。邱剛健對佈景、光線、聲音等均有細膩思索，「居高望下」等字足見他在寫劇本時充分考慮到了場面調度。

景：涅城。城廓中
時：夜
人：寶劍太子、冤魂

△全黑畫面。迅速淡入寶劍太子的臉，他睜眼、驚訝，在黑暗中緩緩迴首，四周瞭望，然後久久不動，凝視前方。
寶劍太子：（突然微笑起來。溫柔）爸爸。
△轉身。
△李飛隆全身的冤魂站在他面前。
△寶劍太子一看，毫不畏懼，立刻解下披着的黑袍。
寶劍太子：父親，我替你帶來袍子。
△寶劍太子上前一步，雙手拉開大黑袍，罩上冤魂身體。
△冤魂驟然消失。黑袍落空委地。
△寶劍太子一驚，撲跪下去，伸手摸黑袍，抬起頭。
△李飛隆的冤魂，全身披戴著金盔甲，佩著金劍，巍峨威儀，又站在寶劍太子面前。
寶劍太子：父王！
冤魂：寶劍，你的孩子不能忘記我的恥辱。
△寶劍太子深深跪拜下去。
寶劍太子：父王，兒子不孝，不知道父王蒙受的恥辱。（抬頭）父王，是誰害你，受到這麼大的痛苦？
冤魂：他現在就坐在我的寶座上。
寶劍太子：皇上！
冤魂：竊國篡君，（起身）弒兄奪嫂，睡在我的床上。
寶劍太子：（痛心地）搶走我母親，逼我叫他做父親的人！哦，父王，我的恥辱原來和你的恥辱完全一樣！
冤魂：我從地獄出來找你，就是要叫你替我報仇。
寶劍太子：我一定要替你報仇！（憐憫）父王在地獄受苦？
冤魂：我一生殺業太重，被判下地獄，受盡苦刑，日復一日，夜復一夜。

宜劍太子：阿鼻地獄？無間地獄？

冤：宜劍，這是無休無盡的恐怖。我不敢告訴你，可是我們恨太深太重。我怕我會把你也拖進去，毀滅了你！

宜劍太子：父王！我們恨得跟你一樣深一樣重！我甘心毀滅，跟你一齊下地獄，就算億千百萬劫不能超渡，我發誓我也要替你報仇！父王，我叔叔是怎么害你的？

冤：他怎么向國人宣告我們死亡？

宜劍太子：他說你是在午睡時，被一隻爬進寢宮的毒蛇咬死的。

冤：他就是那隻毒蛇。他趁我酣睡的時候，溜進我們寢宮，用遠東的鶴頂紅和大漠西北最毒的黑蠍子混合的一種毒液，灌進我的耳朵，讓我剎那間全身麻痺，全部血脈都爆開來。我的血流滿全寢宮。他搶掉我們有的血，上了我們的床，佔了我們的女人。我最親愛的妻子。

宜劍太子：（遲疑）皇后呢？

冤：宜劍，不要懷疑你的母親。

宜劍太子：（叫）我母后是不是也有一份？

冤：我在世的時候，我從來沒有懷疑過她對我的忠貞。女人都有軟弱的時候。

宜劍太子：母親是很強的女人。

冤：你叔叔是很會取悅女人的男人。

△宜劍太子不出聲。

冤：宜劍，替我報仇，但不准你傷害到你母親。我愛她，我不要我們血濺到她身上。

△宜劍太子望着冤魂不出聲。

△冤魂左邊眼睛裡面，流出細細的一條血絲。

△宜劍太子一呆。

△冤魂眼、鼻、嘴、臉上的所有毛孔都滲出一點點細密的血，徐徐流下來。

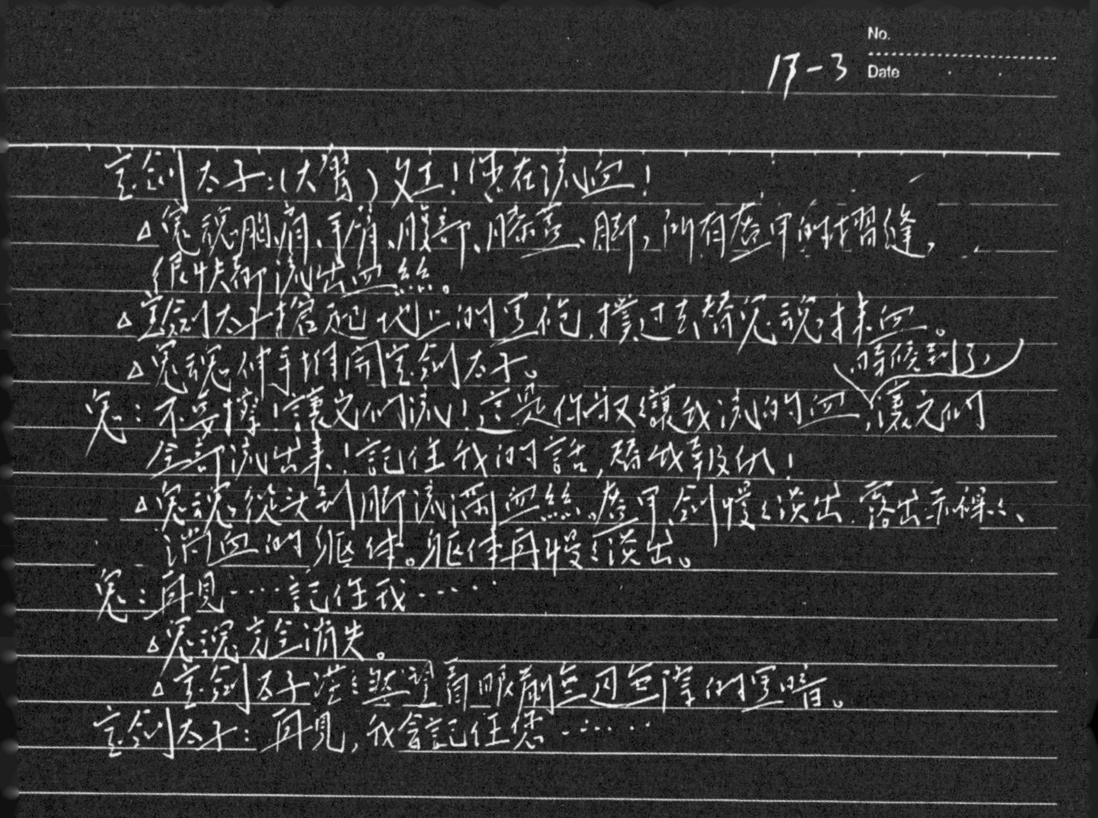
No.
17-3 Date

寶劍太子：（大驚）父王！您在流血！

△冤魂胸前、手臂、腹部、膝蓋、腳，所有盔甲的接縫，很快都流出血絲。

△寶劍太子搶起地上的黑袍，撲過去替冤魂抹血。

△冤魂伸手推開寶劍太子。

冤：不要擦！讓它們流！這是你叔叔讓我流的血，（時候到了，）讓它們全部流出來！記住我的話，替我報仇！

△冤魂從頭到腳流滿血絲，盔甲、劍慢慢淡出，露出赤裸裸、滴血的胴體。胴體再慢慢淡出。

冤：再見……記住我……

△冤魂完全消失。

△寶劍太子茫茫望着眼前空無一物的黑暗。

寶劍太子：再見，我會記住您……

邱剛健手稿，為《寶劍太子》劇本第十七場，寶劍太子與父親李龍啟的鬼魂首次見面。僅兩個角色的一場戲，人物動作、對白節奏激蕩，電影畫面感躍然紙上。

景：古寺後山
時：日
人：寶劍太子、紅衣尊者

△尊者的形像充滿整個畫面。全身裹着大紅袈裟，坐在鋪着紅氈的岩石上。岩石前一雙紅鞋。寬額、突眉、紅唇、鷹勾鼻、眼眶深陷、下巴微翹。短髮、小鬍子、虬髯。耳垂穿着大金耳環。從袈裟裡露出一掌，半合什，向着胸，睜着眼睛，好像在凝視，又好像陷入迷惑，自己在出神。

△寶劍太子從山路慢慢走來，到老樹下尊者的側面，垂着頭，不看尊者，靜靜站了一會。

寶劍太子：和尚，我如果為了替父親報仇，去殺了人，我會不會下地獄？

△尊者似乎沒聽到他的話，逕自出神。過半晌，脖子微微一伸，嘴一張，下巴一翹，輕輕地吐出一聲（自言自語。）：

尊者：唵。

△寶劍太子注意聽。

尊者：（嘆口氣，漢語字正腔圓）這是宇宙開始的第一聲。

寶劍太子：（抬頭看尊者，急切）和尚，我在無間地獄，鐵鳥啄目，鐵蛇穿腸，鐵狗吸腦，鐵馬碓骨，飢吞鐵丸，渴飲鐵汁，熱鐵澆身，熱銅灌耳，百般割肉，釘滿鐵釘，日復一日，夜復一夜，已經千百萬劫，我會不會因此變得麻木習慣，無感無覺？

尊者：習慣了很好，有一天不受苦楚，全身還會發癢。

寶劍太子：會習慣嗎？

尊者：不知道。

△寶劍太子沉默。

寶劍太子：和尚，我如果為了替父親報仇，去殺了人，我

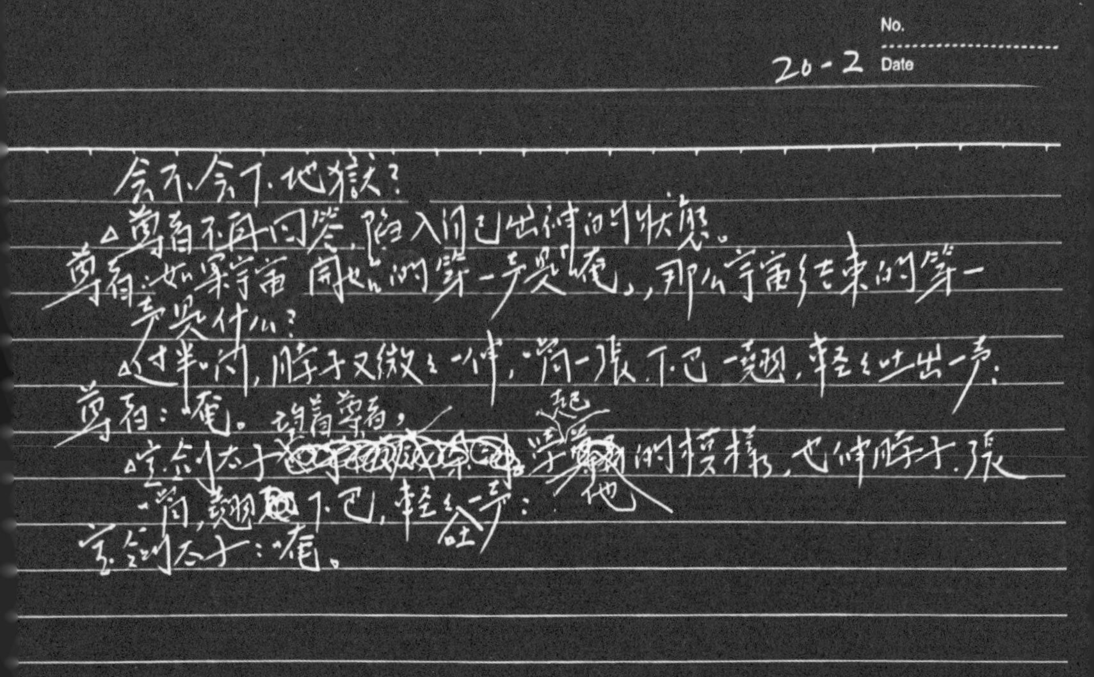

邱剛健手稿，為《寶劍太子》劇本第二十場，寶劍太子拜訪紅衣尊者，問他自己是否該復仇。尊者形象顯然是邱剛健的作者之筆，以宇宙開始的第一聲與結束的第一聲，延展了原作《王子復仇記》對生死的思考。

第一場

景：洛陽皇城．城廓
時：夜
人：唐弘道．嚴幹．馬玄．胡鎮惡．鬼

△　全黑畫面。很慢地淡入已故唐皇帝李龍啟全裸的鬼魂。開始曖曖昧昧，只是一些倏忽明滅的輕煙，模糊的亂髮，暗晦的額、臉、肩、胸腹、腿股。突然間整個赤身露體、高大嵬巍的鬼已經完全出現在眼前，佔滿畫面中央。灰蒼蒼的卷髮披散到半腰。目光深沉。神色峻嚴。全身肌肉雖然衰頹鬆弛，可是在偉岸的軀幹上，依舊能夠看到當年英武雄壯的輪廓。腳底、身畔，煙自生自滅，掩沒下部。

△　畫面外傳來皇城守衛馬玄和胡鎮惡急促的腳步聲，壓低嗓子、緊張的談話聲。鏡頭森然後退。鬼直挺挺站立城廓走道中。

馬　玄：（O.S.）看清楚沒有？看清楚沒有？

胡鎮惡：（O.S.）確實很像！是先帝！才死兩個月，就變成鬼！

△　兩名守衛弓起背，肩並肩，雙手緊握長槍，對準相距不遠的鬼，全神戒備，不敢再上前。

胡鎮惡：羞死人！皇帝的鬼魂怎麼會光溜溜沒有穿龍袍？

馬　玄：人死了會變鬼，衣服也會變鬼嗎？龍袍也會變鬼嗎？

胡鎮惡：那他怎麼還有這些贅肉？變成鬼不就是變成鬼魂？魂魄不就是氣？氣不就是沒有？

馬　玄：那他不是鬼？

胡鎮惡：射他！看流不流血！

△　胡鎮惡挺身舉槍。馬玄趕緊抓住他手臂。

馬　玄：你找死！不管是人是鬼是魔是妖，他都是皇上。你想滅九族？我來跟他談談。

△　馬玄又彎腰弓背，槍尖對住鬼，小心翼翼，幾個碎步上前。胡鎮惡跟去。

馬　玄：（大聲）皇上！

△　鬼威凜凜看著兩人。

馬　玄：（恭敬）神武聖文明德孝皇帝！

△　鬼轉身。

馬　玄：（驚叫）站住！這是你的謚號……

△　鬼一步踏入黑暗中不見。

△　馬玄、胡鎮惡面面相覷，不約而同拔起腳步追。

△　兩人跑到鬼消失的地點，張皇四顧。

△　昏天暗地。曲折起伏的城廓、城牆、走道、馬道、遠處城樓，隱隱約約，寂寥無人。

△　胡鎮惡突然伸鼻子聞。

馬　玄：你聞什麼？

△　兩人猛然又同時回頭。

△　城廓一端，霍弘直、嚴幹匆匆從馬道上走出來。

馬　玄：是嚴大人！

△　馬玄、胡鎮惡急忙迎去。

△　伴隨在霍弘直身側的嚴幹搶上前。

嚴　幹：馬玄！又出現了？

馬　玄：又消失了！大人！

嚴　幹：鎮惡，你也看到了？

胡鎮惡：大人！是先帝的鬼魂！

嚴　幹：這是東宮太子洗馬霍大人。霍大人從來不信有妖魔鬼怪這種事，何況還是先帝的鬼，關係到寶劍太子的名位。我特地請他來跟你們一齊守夜。

霍弘直：馬玄、鎮惡，這是造謠誣衊、興妖作亂的大罪，不是千真萬確，不能亂說。（一頓）就是千真萬確，更不能亂說。

馬　玄：霍大人，千真萬確是先帝的鬼，我親眼目睹了兩次，這一回連鎮惡也都看見了。

胡鎮惡：霍大人，我在鄉下聽人家說，他看過穿漢朝服的鬼，那是活見鬼！可是這個鬼有頭有臉有肉——

霍弘直：（打斷他）聽嚴大人說，他沒穿衣服。

胡鎮惡：赤條條！

霍弘直：褻瀆！

馬　玄：（轉頭驚叫）看！他又來了！他對我們走來了！

△　霍弘直、嚴幹、胡鎮惡跟著望去。

△　李龍啟的鬼從剛才消失的方向出現，一步步莊嚴威武地走過來。

△　霍弘直四人不禁後退。

嚴　幹：（驚歎）真的有先帝的威儀！

胡鎮惡：霍大人，是真的吧，赤條條啊！

△　鬼越走越近。

△　嚴幹、馬玄、胡鎮惡三人退到牆角。霍弘直一個人挺身出去，擋住鬼的來路。

霍弘直：（忍住恐懼）鬼，您有什麼痛苦？

△　鬼莊嚴走來，逼到霍弘直面前。

△　霍弘直放聲大叫。

霍弘直：大唐烈宗神武聖文明德孝皇帝的鬼！您有什麼難言之苦？

△　鬼撞向霍弘直，霍弘直緊急一閃。

△　鬼過去。

△　霍弘直毫不放棄，立刻跟在後面。

霍弘直：（哀告）回答我！皇上！您有什麼冤情痛苦？您公然沒有羞恥，裸身露體！您要表白什麼？您叫我怎麼跟寶劍太子說？您是大唐帝國的國體啊！

△　鬼腳步一停，似乎要轉身。

△　一聲雞叫。跟著一大群雞爭相鳴起。

△　鬼不再停頓，大步走開。

△　霍弘直拔劍，轉身對嚴幹三人叫。

霍弘直：攔住他！拿下他！

胡鎮惡：（衝前）射他！

△ 五鼓聲響。霍弘直撲去。嚴幹、馬玄圍上。胡鎮惡用力擲出長槍。

△ 槍穿透鬼身體。鬼無聲無息一下消逝。槍越過城廓，射入夜空，漸去漸遠。消逝。

第二場

景 閱武堂
時 晨
人 寶劍太子、嚴衛十六名

△ 空曠、宏闊的閱武堂，沒有陳設。硬木地。木壁堅實陰暗，沒有虛飾。光線自天窗斜射而入。居高望下，嚴衛十六名，組成四人一排的方陣，和寶劍太子在廳中對峙。

△ 嚴衛個個雄偉壯碩，青盔、青甲，舉著厚重的青木劍。

△ 寶劍太子黑盔、黑甲、黑木劍。和他父親的鬼魂相似的卷髮，長到幾乎碰到地面。不吭一聲突然疾衝。劈開第一排兩名嚴衛，第二排兩名嚴衛，殺入陣中。

△ 四排嚴衛馬上把他密密圍住。前排有人被擊開，後排人即刻補上，始終維持正方隊形，不退不散，貼身打。

△ 人、劍、盔甲無情地衝撞、砍殺。

△ 殺伐的力量拖著他們，在光影中前後左右沉重地移動。

△ 沒有人叫。

第三場

景 皇后寢宮
時 晨
人 和帝、葛皇后

△ 皇后背影，著褻衣，雙手攬髮，隨便在頭上盤一個髻，插上鳳釵。和帝光裸的右腳伸進來，踩住她的背椎，上下搓弄。皇后頭一仰，鼻孔發出一聲舒坦的悶哼。和帝左腳跟著進來，承住她粉頰，也是輕輕推拿。

△　皇后半合眼，風韻猶存的臉，泛滿陶醉的笑容，盡情地仰後，枕著和帝的腳，微微幌。髮髻搖搖欲墮。

皇　后：你太會伺候女人了。

△　和帝睡袍敞開，露出胸腹，躺在鋪著寶藍被褥的胡床上，兩隻腳同時按摩坐在床尾的皇后，一面欣賞她倒懸的風情。

和　帝：朕——

皇　后：（打斷他）我。對我說我，不要說朕。

和　帝：（搖頭苦笑）我比我哥哥——

皇　后：（再打斷他）先帝。

和　帝：（嘴角捲起嘲弄的笑意）我和先帝，哪一個比較會伺候您，皇后？

皇　后：不要問。

和　帝：我已經忍了一個月不問你。

皇　后：（一頓）我只告訴你這一次。

△　皇后霍然抬起頭，轉過身，對住和帝，手腳一爬，跨到和帝的小腹，坐下。一隻手抽出鳳釵，長髮悠然瀉到腰上，遮住半邊臉。

皇　后：（嚴肅）先帝和我結髮一年後，第一次要求聞我。

△　和帝似笑非笑，聽著。

△　皇后一邊說，一邊又撐起腿，臀腰一扭，坐到和帝腰間。

皇　后：我對他說，皇上，賤妾是皇上的人，您要做什麼，賤妾都可以。

△　皇后腰、腿、臀部貼著和帝的身體，慢慢挪前。

皇　后：他聞了以後，一言不發走出去，當時就帶兩千名黃甲鐵衛，馬不停蹄，一日一夜趕到太原，斬下圍城的契丹大將阿禿律的頭，提著頭，又一日一夜趕回這兒。

△　和帝還是似笑非笑地聽。

△　皇后坐到他胸口。

皇　后：我正在睡覺。他撞開門，從五龍錦盒中抓出阿禿律。斷口上淤黑的血塊，又冒出鮮紅的泡沫。他把頭丟到我這兒。

△ 皇后指和帝睡的位置。

和　帝：（一凜）這兒？

皇　后：先帝就是這樣伺候我，比起皇上如何？

和　帝：他真是男子漢！

皇　后：你也是男子漢。我可以教你。

和　帝：（笑）您要我帶誰的頭給您，皇后？

△ 皇后臀部一下坐到和帝面前，頭整個垂下來，發出浪笑。隔著搖幌的髮絲，聽到她說：

皇　后：您的頭，皇上。

第四場

景　閱武堂

時　日

人　寶劍太子、嚴衛十六名

△ 寶劍太子的臉，一時猙獰兇惡，一時彷彿陷入絕望痛苦，在前後左右圍攻他的嚴衛當中衝闖，久久不停。劍光交錯。粗喘聲四起。

△ 寶劍太子忽然一閃神，一名嚴衛對住他頭盔重重一擊。剎那間兩三名嚴衛的劍都砍到他身上。

△ 寶劍太子跌出陣外，踉蹌幾步，撲倒在地，劍脫手而出。

△ 嚴衛一齊倒退一步，劍一舉，強忍著喘聲，維持正方隊形，準備再迎擊。

△ 寶劍太子雙肘撐起半身，垂頭對住地板，無聲咧嘴笑。

寶劍太子：（低喃）我死了，我死了……（突然閉口。靜思）說一次就夠，說兩次太軟弱了。

△ 用力一翻身，倒撐著，對嚴衛笑。

寶劍太子：我死了。

嚴衛使：殿下，如果我們用的是真劍，您已經死一百次了。

寶劍太子：死一次就夠下地獄了。（揮手示意他們走）謝謝你們陪我玩。今天到此為止，你們下去休息吧。

嚴衛使：謝殿下。

△ 閱武堂空靜下來，從天窗射入的陽光朦朦朧朧，寶劍太子躺在邊緣的陰影中，除下頭盔，放下手臂，整個人賴在地上不動。

△ 睜著眼睛。痛苦的眼神。

寶劍太子：哦，父王，父王，父親。（停頓很久）皇后……

△ 就地一滾。長可及身的卷髮纏了一身一臉。

寶劍太子：皇后，母后，母親……

△ 翻到光線裡，又撐起半身，抬頭對住天窗的陽光。

第五場

景 寶劍太子浴室
時 日
人 寶劍太子、老太監

△ 盛滿熱水的大石槽。寶劍太子的頭仰靠在石槽邊緣的軟墊上，頭髮全部梳後，浮浸在飄滿紅、黃、白、紫各種新鮮花瓣的水裡。石槽後面，老太監拿著大木梳，彎腰下來，緩慢仔細，有條不紊地替寶劍太子梳刮頭髮。梳子順著長髮一直梳到水裡面，過一刻才拿出來，再一直梳到水裡面。

△ 狹長的窗口，映滿白茫茫的陽光。水蒸氣若隱若現。寶劍太子披著黑袍，斜躺在交椅上不動。老太監滿臉皺紋，骨瘦如柴，兩隻衣袖捲到肩上，彎腰僂背，一遍遍梳頭髮。除了梳子帶起的水滴聲，一片死寂。

第六場

景 寶劍太子庭院
時 日
人 寶劍太子、霍弘直

△ 庭院當中，寶劍太子坐在一座奇形怪狀的太湖石前，一邊曬頭髮，一邊看書。頭髮全部攤開來，有的成綹垂過拗屈的石

孔，有的散佈在嶙峋的石面。旁邊另一塊當案几的太湖石，擺著茶具、香爐、髮簪和一堆書。

△ 霍弘直輕輕走到寶劍太子面前。

寶劍太子：（抬頭，放下書卷）弘直，叫人給你拿把交椅，陪我曬太陽。

霍弘直：謝謝殿下。我站著就好。

寶劍太子：有事嗎？

霍弘直：殿下記不記得，以前我們討論過《列子》「生者是行人，死者是歸人」這句話的意思？

寶劍太子：我們那時候都同意，行人路途險惡，不過風景優美，值得留戀。（微笑）這一點我現在開始有點懷疑。

霍弘直：歸人是回家休息。

寶劍太子：是休息嗎？這一點我記得我們還沒有定論。

霍弘直：殿下記的沒錯。

寶劍太子：弘直，你有話直說。

霍弘直：（一頓）殿下，昨天晚上我看見先帝的鬼魂回到皇城。

△ 寶劍太子睜大眼望住霍弘直，慢慢站起來。

第七場

景 皇城。馬道
時 日
人 寶劍太子、霍弘直

△ 寶劍太子騎馬，當頭衝下城廓中馬道斜坡。霍弘直緊緊相隨。

第八場

景 皇城。城門
時 日
人 寶劍太子、霍弘直

△ 寶劍太子、霍弘直二騎，風馳電掣衝出城門。

第九場

景 皇城外。城牆
時 日
人 寶劍太子、霍弘直

△ 遠方，寶劍太子、霍弘直沿著皇城牆腳一路奔馳。

第十場

景 楊柳樹林
時 日
人 寶劍太子、霍弘直、嚴幹、馬玄、胡鎮惡

△ 寶劍太子、霍弘直二騎躍上土坡，衝進楊柳樹林。

△ 千絲萬縷的柳條，一齊隨風款擺，沒有聲音。寶劍太子的奔馬，飛捲的長髮，跟著搶前領路的霍弘直，閃閃爍爍沒入林中。

△ 一棵垂柳下，嚴幹、馬玄、胡鎮惡的暗影，騎在馬背上，靜靜不動。胡鎮惡射出的長槍，斜插在旁邊一棵老楊樹的樹幹。三人看到寶劍太子和霍弘直奔來，立刻下馬。

△ 霍弘直帶寶劍太子直接衝到老楊樹前。兩人跳下馬。

△ 寶劍太子一聲不響上去，望著深埋在樹幹裡的長槍。

△ 嚴幹三人圍過來，站在低曳的柳條外面看。

△ 寶劍太子抓住槍桿，用力一拔。

△ 槍脫離樹幹，突然從當中碎成數段，落在地上，只剩寶劍太子握住的槍頭一截。

△ 眾人一震。

△ 胡鎮惡搶上前，撿起一截斷鐵，放在鼻子上一嗅。

胡鎮惡：（抬頭）硫磺味。

△ 馬玄急忙過來，從胡鎮惡手裡拿過斷鐵，也是一聞。

馬　玄：（驚愕）骨灰！

△ 霍弘直彎腰撿起另一截斷鐵聞。

霍弘直：（狐疑）我只聞到鐵鏽。

△　寶劍太子看眾人一眼，低頭聞手上的槍尖、槍桿。

△　寶劍太子慢慢抬起頭，一臉詭異的笑容。

寶劍太子：有我父王的葡萄酒味，衣袍的龍涎香，還有我母后身上的木樨花香。

△　霍弘直四人不敢出聲，怔怔看著他。

△　寶劍太子臉一沉，拿著斷槍，轉頭走。

第十一場

景　山坡

時　日

人　寶劍太子、霍弘直

△　寶劍太子放快腳步，衝下山坡。霍弘直緊跟在他身邊。道外岩石突起，荊棘盤纏蔓延。

寶劍太子：（憤激）我父王的亡魂全身沒穿衣服，在城牆上亂走，他在受痛苦！他在受折磨！你沒有感覺嗎？你不明白嗎？

霍弘直：我一直問他有什麼痛苦恥辱⋯⋯

寶劍太子：（叫）恥辱！他不會告訴你他的恥辱！他只會告訴我！

霍弘直：您說得沒錯，確實是這樣。他一直不肯說話，最後我提到您的名字，他才好像要停下來。

寶劍太子：（冷靜下來）我今天晚上一定要去等他。這件事千萬要守秘密。皇上才登基一個月，和先帝的皇后結婚才一個月，就出現大崩才兩個月的先帝的鬼，天下人要怎麼想？

△　霍弘直不敢答話。

寶劍太子：嚴幹他們可靠嗎？

霍弘直：他們是死忠的人。

寶劍太子：絕對不能讓皇上和皇后——（又激動起來）我叔叔和我母親——（痛叫）我父親的兄弟和我父親的老婆——我父親才死了一個月！

△　寶劍太子痛苦得轉頭要跑，突然被旁邊一大片棘刺勾住卷髮，扯住他。

△　猛然回身，拉下頭髮。

第十二場

景　大殿
時　日
人　寶劍太子、和帝、殷太常、殷隼、王公大臣、侍衛

△　和帝、殷太常、殷隼和一些王公大臣，站在大殿中央，大家都仰著頭，望著屋頂藻井。

△　藻井陰陰暗暗，樸素無華。

和　帝：太暗了，太沉重了。（低下頭）貼赤金花！全部赤金花！先帝太儉約了，我們不能再這樣自苦！

大　臣：皇上，那窗間還是要畫雪山玄豹嗎？

△　和帝轉頭看對面的牆壁、窗間，迅速走過去。

△　殷太常趕快隨從。殷隼、王公大臣一齊跟上。

殷太常：皇上，《易經》說「大人虎變，君子豹變」，皇上是大人，臣以為畫嘯傲山林的老虎比較好。

△　和帝一群人走到大殿遠處天窗光影下。

和　帝：朕還是喜歡雪山玄豹。下雨天躲在山洞裡舔牠的玄毛，一出大太陽，牠就全身光燦燦地奔出來。這畜生識時務，是靈獸。

△　寶劍太子背影進來，慢慢走向當中無人的寶座，到寶座一側站住，望著和帝。

△　和帝在光影中閃動，雙手摸牆，抬起頭看。

和　帝：丹壁好，還是金壁好？

△　群臣猶豫，不敢立刻作答。

△　殷隼上前。

殷　隼：金壁，用丹硃飾邊。

△　和帝回頭。

和　帝：殷隼眼光好！（轉過身，對殷太常）太常卿，朕羨慕你，你有一個文武雙全的兒子。（對其他大臣）照太常卿所說的，畫老虎。（一眼看到寶劍太子，叫）寶劍！

△　寶劍太子遙遙一拜。

寶劍太子：皇上。

△　和帝率群臣大步走回來。

和　帝：你這一整天都到哪兒去了？朕和皇后一早就到處找你。嚴衛說，你大清晨跟他們玩了一回劍。（到寶劍太子面前一看）你氣色很不好。

寶劍太子：我輸了。

和　帝：（啞然失笑）寶劍輸了！嚴衛使沒敢對朕說！（正色）朕佩服勇於認輸的男人。不過，寶劍，你最近都不上朝，每天睡到晌午才起床，朕和皇后很擔心。你還不能稍稍忘懷先帝大崩的痛苦？

寶劍太子：睡熟了可以稍稍忘懷。

和　帝：（看他一眼）先帝在你先祖大崩後一旬，就披上他的烏金甲，到幽州殺契丹。他是朕父王的愛子。

寶劍太子：皇上呢？

和　帝：（自嘲一笑）朕是朕父王的第二愛子，所以朕就昏昏噩噩睡了一個月，有一點像你。

△　群臣哄然大笑。

寶劍太子：然後呢？

和　帝：然後我起床，加入先帝的兵團。你知道契丹人的腦髓和我們的人味道有什麼不同？

△　寶劍太子沉默下來。

和　帝：（轉身對群臣）大家知道嗎？

△　群臣怔忡不語。殷隼嘴角含笑，不出聲。

和　帝：殷將軍，你如果也不知道，朕不會讓你兼領義武軍節度使。

殷　隼：皇上，臣嘗過——

△　和帝舉手制止殷隼再講下去，轉頭對住寶劍太子。

和　帝：他們的腥一點。嘗過以後，嘔出來。再嘗。死與生不過如此，還談什麼憂傷？

△　兩人一時面對面不說話。

和　帝：寶劍，學你的父王。也學朕一點。朕到底也是你的親叔叔，我們也有相似的地方。我們都曾經大睡了一個月。

寶劍太子：現在都醒了。

△　和帝轉身，走向寶座。

和　帝：現在朕也是你的繼父了。（停住，回頭）朕只希望有一天你會敬愛我像你敬愛先帝、你的父王、你的父親一樣，那時候你也會叫我一聲父王吧？

△　寶劍太子震住，不回答。

△　殷太常、殷隼、王公大臣緊張看。

△　和帝轉身再走。

和　帝：朕現在不會勉強你，也許有一天……（再停下來，回頭）你會叫我一聲父親吧？

寶劍太子：皇上！

△　和帝轉身到寶座前，站著不動。

和　帝：你會吧？

△　寶劍太子的背影對住和帝深深跪拜下去。

寶劍太子：父王！

第十三場

景　皇后寢宮。偏殿
時　黃昏
人　寶劍太子、葛皇后、靜女、兩名女侍

△　寶劍太子的背影，對住坐在胡床上的皇后，深深跪拜下去。胡床靠著偏殿的窗口，染滿帶著幾抹血紅的金黃夕照。皇后微微側頭，讓跪在身邊的靜女，替她穿上金耳璫。一名女侍，雙手捧住盛金飾的銀盤，跪在皇后另一邊。一名捧銅鏡

的女侍，站在胡床下。靜女穿好耳璫。銅鏡女侍過來，捧起鏡子，讓皇后覽照。寶劍太子一直跪著不動。靜女偷看他一眼。

皇　后：（左右看）老是這些鳳呀、花呀、水果呀，我也真膩了。皇上說要幫我打一對錯金的黑豹子，有這麼野的耳璫嗎？我倒想戴戴。

△　靜女掩嘴，不敢笑出聲。

皇　后：（拂手支開銅鏡女侍。對寶劍太子）你今天怎麼啦？我好久沒看到你對我這麼跪著。

寶劍太子：孩兒今天一整天都在想母后當年撫養我的大恩，一時深有感觸——

皇　后：不要一時深有感觸！要常常深有感觸！（對靜女）我當年親自餵了他三天奶，才把他交給乳媽。我到現在還記得他當時咬著我乳頭不放的樣子。

△　靜女、女侍一齊掩嘴笑。

皇　后：起來吧。

寶劍太子：謝母后。（站起身）母后今天一早找我有什麼事？

△　皇后下床，一聲不響拉著寶劍太子到胡床旁邊的窗口，把他身子一轉，背對著窗。夕陽已經變成血色，紅殷殷一片，罩滿寶劍太子由頭到腳的卷髮。

皇　后：（驚羨）果然比我想像的還漂亮。我今早一起床就想著你的這一身卷髮。靜女，過來。

△　靜女下床。經過寶劍太子面前，低頭一笑。

靜　女：殿下。

寶劍太子：（不動聲色）靜女。

△　皇后雙手輕攏著寶劍太子滿頭的卷髮，緩緩摸到他肩上。靜女走到她身邊。

皇　后：你摸摸看。

△　靜女伸手，輕輕一觸，立刻收手。

皇　后：就像他父王的卷髮……

△　皇后放下撫摸的手。

皇　后：我今天一整天就想這——

△　收口，迅速走向寢宮。

寶劍太子：母后！

△　皇后停住，又快步走回來，雙手一下捧住寶劍太子的頭，把他一直拉到她面前，拉得非常近，幾乎像是要吻他。

皇　后：（湊近他耳朵）不要再傷心，寶劍。（低沉）不要恨我。

△　皇后說完，放開手，冷靜走出偏殿。

△　寶劍太子深邃凝視。背後，靜女靜靜站著。

第十四場

景　殷太常府邸。水榭外。湖
時　夜
人　靜女、殷太常、殷隼、男僕

△　臨湖的水榭。三面大窗。透過細紗窗簾，看到靜女的暗影，斜坐在中間窗口，對住濃郁的夜色出神。湖畔楊柳，垂影幢幢。靜女背後火光一閃，走進一名男僕，拿著罩紗的落地燈炬，小心放在地上，轉身出去。殷太常、殷隼走入。靜女回頭。

第十五場

景　殷太常府邸。水榭內。湖
時　夜
人　靜女、殷太常、殷隼

△　水榭內。靜女起身，上前對殷太常、殷隼行禮。

靜　女：爹，哥。

殷太常：（笑吟吟）我們到處在找你。快給你哥哥道喜。今天在殿上他連著答對了皇上的兩個問題，龍顏大悅，讓他當義武軍節度使，節度幽、涿、汴三州。

靜　女：哥，恭喜你了！

殷　隼：靜女，你一直想看「大漠孤煙直」，跟我走吧！

靜　女：（笑）好！

殷太常：（遲疑。對殷隼）你真的嘗過了？

△　殷隼凜然不出聲。

靜　女：哥嘗過什麼？

△　殷太常看她一眼，不理她。

殷太常：我在朝廷裡待得太久了。外邊饑荒、戰亂的時候，經常有百姓易子而食，析骨以爨的傳聞，史書也是屢有記載，我都不想去相信。沙場上的事，我更不清楚……

△　靜女彷彿明白到他們在談什麼，輕輕一顫，倒退走。

殷太常：（轉頭）靜女，你怎麼不點燈，一個人在這裡想什麼心事？

△　靜女猶豫，停住腳步。

靜　女：我剛才在宮裡看到寶劍太子和皇后。皇后對太子的態度很奇怪。

殷太常：什麼態度？

靜　女：我好像聽到她叫太子不要恨她。

△　殷太常沉吟不語。

殷　隼：皇上和太子好像也有心病。

殷太常：寶劍太子如果敢忤逆皇上的旨意，他東宮的位子會不保。

△　靜女一震，看著殷太常。

殷太常：靜女，你們還常去佛寺聽經嗎？

靜　女：（點頭）最近「外國寺」來了一位北天竺的尊者，太子約我——

殷太常：不要去。

△　靜女神色一沉。

殷太常：他還常派人送你禮物？

靜　女：（高興起來，笑）他不久前派人去遼東，說要帶一些丹頂鶴回來，給我養在湖裡——

△　靜女伸手比向窗外的湖。

殷太常：不能接受。

靜　女：爹！你知道我喜歡丹頂鶴！

殷太常：告訴他你現在不喜歡了。女人可以變心。

靜　女：我不會變心！

殷太常：你最好變心。學皇后。靜女，如果皇上拿掉寶劍太子的名位，跟他的人都會罹禍。我不會眼睜睜把你嫁他。

△　靜女瞪大眼睛，不敢再說。

殷　隼：外面有很多謠言，我聽說先帝突然暴斃，和皇上有關。

殷太常：（冷笑）殷隼，你是說今天坐在大殿上的這一位皇上，是一個亂人倫之大典、殺兄奪嫂、弒君竊國的皇上？那我這個御前大臣算什麼？

△　殷隼和靜女悚然望住殷太常。

殷太常：皇帝的心，皇后的心，太子的心，人的心，不要想，不要問，不要知道，不要談。他們的是不是腥一點？不要嘗。

△　殷太常愴然一笑，對住殷隼和靜女張開手臂。

△　殷隼、靜女走向殷太常。

△　父子三人緊緊抱成一團。

殷太常：隼兒，明天就去幽州，擁兵自重。靜女，小心寶劍太子。我老了，害怕了。皇上、皇后和寶劍太子，他們要毀滅他們自己，可以，皇天保佑他們。我不能讓他們毀滅我們這一家。

第十六場

景　皇城。城廓
時　夜
人　寶劍太子、霍弘直、嚴幹、馬玄、胡鎮惡

△　三更鼓響。胡鎮惡拿著長槍疾奔的背影，迅速沒入走道黑暗的盡端，消失不見。

△　另一端城樓，竄出馬玄人和槍的影子，衝到城牆角落。

△　寶劍太子披著大黑袍，快步走上馬道。霍弘直、嚴幹在道口出現。

霍弘直、嚴幹：（一齊）殿下。

△　寶劍太子一點頭，回身望。

霍弘直：城樓上是馬玄。（指城廓遠方）鎮惡把住那頭。我和嚴大人守這兒。沒有人闖得過來。

△　嚴幹哆嗦了一下。

寶劍太子：冷嗎？

嚴　幹：有一點。

寶劍太子：等一下鬼門開了，大家可以借一點火取暖。

嚴　幹：（尷尬笑）我還是喜歡冷空氣。

霍弘直：殿下，先帝的鬼雖然連續出現了兩天，可是經過我們昨天一鬧，他今晚不一定會再來。

寶劍太子：他會再來的，我知道。我父王在叫我。等他出現的時候，我不准你們再驚動他。我要跟他單獨說話。我有預感，我父王一定有什麼深仇大恨要告訴我，不然他不會赤身露體，用這麼羞恥的方式出現。

霍弘直：殿下有沒有想過，也有可能是一個對先帝懷有深仇大恨的厲鬼，為了污衊他，為了毀滅你，盜用他的軀殼出來蠱惑你？無論如何，這是惡兆。

寶劍太子：（微笑）那我們全部在第十八層地獄再見。

△　寶劍太子轉身走向鬼魂出沒的走道。

△　霍弘直、嚴幹擔心看。

△　寶劍太子回頭。

寶劍太子：不要打擾我和我父親談話。

△　寶劍太子背影，一直走入黑暗中不見。

第十七場

景　皇城。城廓中
時　夜
人　寶劍太子、鬼

△　全黑畫面。迅速淡入寶劍太子的臉，企盼、興奮，在黑暗中

緩緩回首，四面瞻望，然後久久不動，凝視前方。

寶劍太子：（突然微笑起來，溫柔）爸爸。

△　轉身。

△　李龍啟全裸的鬼魂站在他面前。

△　寶劍太子一看，毫不思索，立刻解下披著的黑袍。

寶劍太子：父親，我替您帶來袍子。

△　寶劍太子上前一步，雙手拉開大黑袍，罩上鬼的身體。

△　鬼驟然消失。黑袍落空萎地。

△　寶劍太子一驚，撲跪下去，伸手摸黑袍，抬起頭。

△　李龍啟的鬼，全身披戴烏金盔甲，佩烏金劍，嚴峻悲憤，又站在寶劍太子面前。

寶劍太子：父王！

鬼：寶劍，你的袍子不能遮蓋我的恥辱。

△　寶劍太子深深跪拜下去。

寶劍太子：父王，兒子不孝，不知道父王蒙受的恥辱。（抬頭）父王，是誰害您受到這麼大的痛苦？

鬼：他現在就坐在我的寶座上。

寶劍太子：皇上！

鬼：竊國篡位，弒兄奪嫂，睡在我的床上。

寶劍太子：（痛叫。起身）搶走我母親，逼我也叫他做父親的人！哦，父王，我的恥辱原來和您的恥辱完全一樣！

鬼：我從地獄出來找你，就是要叫你替我復仇。

寶劍太子：我一定要替您復仇！（悲憫）父王在地獄受苦嗎？

鬼：我這一生殺業太重，被判下地獄，受盡苦刑，一日一夜，萬死萬生。

寶劍太子：阿鼻地獄？無間地獄？

鬼：寶劍，這是無休無盡的恐怖，我不敢告訴你，可是我的恨太深太重，我怕我會把你也拖進去，毀滅了你。

寶劍太子：父王，我的恨跟您一樣深一樣重！我甘心被毀滅，我甘心跟您一齊下地獄，就算千百萬劫不能超度，我發誓我也要替您復仇！父王，我叔叔是怎麼害您的？

鬼：他怎麼向國人宣告我的死亡？

寶劍太子：他說您是在午睡時被一隻爬進寢宮的毒蠍咬死的。

鬼：他就是那隻毒蠍。他趁我熟睡的時候，溜進我的寢宮，用遼東最毒的鶴頂紅和漠北最毒的黑蠍子混合的毒液，灌進我的耳朵，讓我剎那間全身麻痹，全部血脈都爆開來。我的血流滿全寢宮。他擦掉我的血，上了我的床，佔了我的女人。我最親愛的弟弟。

寶劍太子：（遲疑）皇后呢？

鬼：寶劍，不要懷疑你的母親。

寶劍太子：（叫）我母后是不是和他勾結在一起？

鬼：我在世的時候，從來沒有懷疑過她對我的忠貞。可是，人都有軟弱的時候。

寶劍太子：母親是很強的女人。

鬼：你叔叔是很會取悅女人的男人。

△ 寶劍太子不出聲。

鬼：寶劍，替我復仇，但不准你傷害到你的母親。我愛她。我不要我的血染到她身上。

△ 寶劍太子望著鬼不出聲。

△ 鬼左邊頭盔的卷髮裡面，流出細細的一條血絲。

△ 寶劍太子一驚。

△ 鬼的眼、鼻、嘴、臉上所有的毛孔，都滲出一顆顆細密的血珠，開始流下來。

寶劍太子：（大驚）父王！您在流血！

△ 鬼的胸、肩、手臂、腹部、膝蓋、腳，所有盔甲的隙縫，很快都流出血絲。

△ 寶劍太子搶起地上的黑袍，撲過去替鬼魂抹血。

△ 鬼伸手推開寶劍太子。

鬼：不要擦！讓它們流！這是我復仇的血！時候到了，讓它們全部流出來！記住我的話，替我復仇！

△　鬼從頭到腳流滿血絲。盔甲、劍慢慢淡出，露出赤裸裸、淌血的軀體。軀體再慢慢淡出。

鬼：寶劍，記住我⋯⋯記住我⋯⋯

△　鬼完全消失。

△　寶劍太子茫然望著眼前無邊無際的黑暗。

寶劍太子：爸，我會記住您⋯⋯

第十八場

景	皇城。城廓
時	夜
人	寶劍太子、霍弘直、嚴幹、馬玄、胡鎮惡

△　寶劍太子堅毅、冷酷，走向前。背後，胡鎮惡在黑暗中一路跑。

△　霍弘直、嚴幹急快迎接。馬玄從城樓衝來。

△　寶劍太子到霍弘直、嚴幹面前一站。從頭到腳的卷髮突然全部顫抖起來。

霍弘直：（驚慌）殿下！

△　寶劍太子猛然撲去，緊緊抱住霍弘直。

寶劍太子：（像歎息）是真的，是厲鬼，是我父親⋯⋯

△　放開霍弘直，緊緊抱住嚴幹。

寶劍太子：不要問！

△　馬玄、胡鎮惡奔到。寶劍太子放開嚴幹，緊緊抱住胡鎮惡。

胡鎮惡：殿下，您全身在發抖！

寶劍太子：我害怕。

△　放開胡鎮惡。

寶劍太子：我現在才知道有比地獄更可怕的事⋯⋯不不不！（緊緊抱住馬玄）我還不知道阿鼻地獄的恐怖，我父親不敢說！

△　放開馬玄。

寶劍太子：哦，真好！可以抱著人的身體！（頓住。冷靜下來。

一笑）我應該說，好人的身體。

△ 整個人靜下來，透出冷漠、疏遠的神色，站著不動，自己出神。

△ 霍弘直、嚴幹、馬玄、胡鎮惡緊張圍著他，不敢出聲。

△ 寶劍太子甦醒過來，望住四人。

寶劍太子：不要問。記住這個晚上。都是因為這個晚上。寶劍太子看到他父親的鬼魂……

第十九場

景 古寺庭院
時 日
人 寶劍太子

△ 斜斜俯瞰。古樸、寧謐的庭院，不見人影。寶劍太子慢慢踱入。寺鐘一響，寶劍太子停住。寺鐘一聲聲沉穆地響。寶劍太子好像聽入迷，一直站著不動。

第二十場

景 古寺後山
時 日
人 寶劍太子、紅衣尊者

△ 尊者的形象佔滿整個畫面。全身裹著大紅袈裟，坐在鋪著紅氈的岩石上。岩石前一雙紅鞋。黝黑皮膚、紅唇、鷹勾鼻、眼眶深陷、下巴微兜。黑短髮、小鬍子、虬髯。耳垂穿著大金耳環。從袈裟裡露出一掌，半合十。佝僂著背，睜著眼睛，好像在冥想，又好像陷入迷惑，自己在出神。

△ 寶劍太子從山路慢慢走來，到老樹下尊者的側面，垂著頭，不看尊者，靜靜站了一會。

寶劍太子：和尚，我如果為了替父親報仇，去殺了人，我會不會下地獄？

△ 尊者似乎沒聽到他的話，逕自出神。過半晌，脖子微微一伸，嘴一張，下巴一翹，輕輕吐出一聲：

尊　者：唵。

△　寶劍太子注意聽。

尊　者：（細聲細氣，自言自語。唐音字正腔圓）這是宇宙開始的第一聲。

寶劍太子：（抬頭看尊者，急切）和尚，我在無間地獄，鐵鳥啄目，鐵蛇穿腸，鐵狗吸腦，鐵驢碓骨，餓吞鐵丸，渴飲鐵汁，熱鐵澆身，熱銅灌耳，百肢節內，釘滿鐵釘，日復一日，夜復一夜，歷經千百萬劫，我會不會因此變得麻痺習慣，無感無覺？

尊　者：習慣了很好，有一天不受苦楚，全身還會發癢。

寶劍太子：會習慣嗎？

尊　者：不知道。

△　寶劍太子沉默。

寶劍太子：和尚，我如果為了替父親報仇，去殺了人，我會不會下地獄？

△　尊者不再回答，陷入了自己出神的狀態。

尊　者：如果宇宙開始的第一聲是「唵」，那麼宇宙結束的第一聲是什麼？

△　過半晌，脖子又微微一伸，嘴一張，下巴一翹，輕輕吐出一聲：

尊　者：唵。

△　寶劍太子望著尊者，學起他的模樣，也伸脖子，張嘴，翹下巴，輕輕吐一聲：

寶劍太子：唵。

第二十一場

景　殷太常府邸。水榭外。湖
時　日
人　寶劍太子

△　陽光燦爛。窗紗捲起的三面大窗裡面，寶劍太子低垂著肩，卷髮遮住半邊臉頰，半邊身體，像鬼魅一樣，碎步走，從一面窗幌到另一面窗。

第二十二場

景　殷太常府邸。水榭內。湖
時　日
人　寶劍太子、靜女

△　襯著窗外的陽光，寶劍太子幌到第三面窗，轉過身要再走，看到門口靜女，停了下來，慢慢微笑起來。

△　靜女站在門邊，一臉錯愕。

靜　女：殿下，您在幹什麼？

寶劍太子：我在想，如果我變成鬼，要怎麼走路。

△　靜女忍不住噗嗤笑出來，走向寶劍太子，上下打量他。

靜　女：那要看您是變成冤鬼、惡鬼，還是一隻快樂的鬼。

寶劍太子：有快樂的鬼嗎？

靜　女：那他早成仙去了。殿下，您怎麼忘了，《金剛經》不是說過嗎？凡所有相皆是虛妄，連佛相都虛妄，哪來鬼相呢！

寶劍太子：（一想）你有慧根，去做比丘尼吧。

靜　女：我才不要做比丘尼！（嚴肅）殿下，您不能隨便再來我這兒了！

寶劍太子：我要見你。你為什麼不肯跟我去看紅衣尊者？

靜　女：我爹禁止我。他不喜歡我常常和佛門的人來往，怕我會有出家的念頭。

寶劍太子：他怕你有慧根？

靜　女：殿下，您到底要看我做什麼？

寶劍太子：我有最後的一件禮物要送給你。

靜　女：什麼禮物？殿下，我說過，您不能夠再送我禮物了。我們身份懸殊，人家有非議啊！

△　寶劍太子一聲不發，伸手抓住臉上一綹卷髮，硬生生扯下來。

寶劍太子：我但願能把我所有的頭髮都送給你，可惜只能送你這一綹。母后太喜歡它們了。

△　寶劍太子拿起靜女的手，把頭髮塞到她手中，轉身走。

靜　女：（驚呆）殿下！

△　寶劍太子回頭。

寶劍太子：丹頂鶴養在你這片湖裡，會很有仙氣，但是鶴頂紅太毒。

△　出去。

第二十三場

景　殷太常府邸。水榭外。湖
時　日
人　靜女

△　幽寂的湖。兩岸垂柳。荷葉。浮萍。水榭內，靜女枯立的影子。

第二十四場

景　寶劍太子寢宮
時　日
人　寶劍太子、霍弘直

△　寶劍太子整個人糾纏在一條絲被裡面，只露出一個頭，歪倒

在胡床上酣睡。床腳下凌亂擺著七、八雙不同顏色的鞋子。

△　霍弘直走到床前，望一望鞋子，關心傾前。

霍弘直：（輕喚）殿下。

△　寶劍太子立刻睜開眼睛，直楞楞看著霍弘直。

霍弘直：您沒有不舒服吧？

寶劍太子：沒事，我很好。

霍弘直：已經晌午了。

寶劍太子：我知道。

霍弘直：殿下，您要振作。

寶劍太子：（咧嘴笑）我很振作。你想說什麼？

霍弘直：宮裡有話，殿下最近舉動乖張。

寶劍太子：瘋瘋癲癲？

霍弘直：皇上剛找人叫您的兩侍讀，羅大人和方大人進宮談話。

寶劍太子：哦，羅道規和王方智，我很久沒見他們了。

霍弘直：殿下，我知道您心裡很清楚，只要您行為正當，皇上無法加罪於您。

△　寶劍太子七手八腳掙開裹著的絲被。

寶劍太子：那皇上要小心了，我可能行為正當，心裡瘋狂。

△　起身坐在床沿，蕩著兩隻穿布襪的腳，低頭看。

寶劍太子：哪一雙？紅鞋！（彎腰拿起紅鞋穿）我前兩天看到紅衣尊者有一雙紅鞋，很艷。

霍弘直：他昨天失蹤了。「外國寺」的和尚滿山遍野在找他。

△　寶劍太子穿好鞋，站起來，自己欣賞了一下。

寶劍太子：我跟他見面的時候，他正苦思宇宙結束的聲音，不知道參透了沒有？

第二十五場

景 和帝書齋
時 日
人 和帝、葛皇后、羅道規、王方智

△ 和帝左手握書卷，和皇后並肩盤坐在胡床上。背後大畫屏。兩旁案几，擺著書帙畫軸、琴棋文玩。羅道規、王方智伏跪在地下，不敢動彈。

△ 和帝微微傾向皇后。

和　帝：（低語）後世的史官一定會覺得奇怪，皇帝後宮嬪妃綵女數百，你都快五十了，我還是一天都離不了你的身體。

△ 皇后端坐，神色不變。

皇　后：（也低語）他們會比較關心你是不是一個好皇帝。（從牙縫崩出聲音）你敢臨幸一個，我就毒死一個。

△ 和帝一笑，坐直身子。

和　帝：起來吧。

△ 羅道規、王方智爬起身。

羅道規、王方智：（一齊）謝皇上。

和　帝：兩天前，寶劍太子在「外國寺」聽鐘。鐘聲完了以後，他自己一個人在院子裡還呆呆站了半炷香。他在想什麼？

羅道規：出塵之想？

王方智：太子天縱英才，常常有天馬行空之逸想，臣和羅大人陪他讀書，只能盡力以禮教規範。

和　帝：他去見紅衣尊者。他問什麼問題？

羅道規：紅衣尊者失蹤了。

和　帝：跟他有關嗎？

△ 皇后端坐不動。

王方智：臣不知道。

和　帝：去查出來他在想什麼。朕和皇后都很擔憂，除了先帝大崩的刺激，他心裡是不是還有難解的問題。有病就趕早對症下藥，醫好它！皇后只有這個骨肉，朕也當他是朕親生的太子，不能就讓他瘋瘋癲癲下去。你們知道怎麼辦。

羅道規、王方智：是，皇上。

和　帝：下去。

羅道規、王方智：謝皇上。

△ 兩人退走。

△ 和帝拿起書，轉頭看皇后。

和　帝：你要一直坐在這裡陪我看書？

皇　后：（斜睨他一眼）對。

第二十六場

景 皇后寢宮。偏殿走廊
時 日
人 殷太常

△ 殷太常臉色陰沉不定，一隻手捉緊寶劍太子送給靜女的那綹卷髮，穿過走廊。卷髮幾乎垂到地上，映著斜照的陽光，閃閃晃晃。單調的鼓聲，倏忽出沒的笛聲，一路傳過來。

第二十七場

景 皇后寢宮。偏殿
時 日
人 和帝、葛皇后、殷太常

△ 胡床上，和帝斜靠床杆，臉和肩膊灑滿窗口樹葉細碎、閃爍的影子，有一聲沒一聲地玩著玉笛。胡床前架著一個大紅鼓，皇后站著，雙手各持鼓槌，冷冷地、一聲聲地敲。殷太常兩隻手捧著寶劍太子的卷髮，走向兩人。

△　皇后、和帝看到卷髮，鼓聲、笛聲同時一停。

殷太常：（躬身捧上卷髮）皇上、皇后，這是寶劍太子的頭髮。

△　皇后放下鼓槌，上前拿過頭髮，吊起來，就著陽光看。

皇　后：誰把它們扯下來的？

殷太常：太子昨天在臣家裡，當著靜女面前，自己硬生生撕下這綹頭髮，說是送給她的最後禮物。說他只送這一綹，其他的他要全部留給皇后。

皇　后：（一笑）他有心，可是瘋了。

△　皇后把頭髮一圈圈迅速捲在左手食指上。

和　帝：（斜倚不動）他想出家嗎？最後的禮物是什麼意思？

殷太常：他本來還要送丹頂鶴給靜女，靜女拒絕了。

和　帝：（一臉搖曳的樹影）他也喜歡丹頂鶴？

皇　后：是他要和靜女絕交？還是靜女要和他絕交？

殷太常：臣該死！是臣的女兒！她寒門陋女——

皇　后：你是三朝元老，不能稱寒門。是你怕太子瘋了。

殷太常：臣不敢！太子金枝玉葉，靜女實在不是東宮之匹！

△　和帝起身下床。

和　帝：太常卿，寶劍太子如果只是為了靜女，才神魂顛倒、舉止失常，那就把靜女嫁給他吧。怎麼說這都是一件喜事。朕怕的是，事情沒這麼簡單。你這個未來的國丈，應該多費點心，跟他好好談一談，看他是不是另外有我們所不知道的秘密。

殷太常：（怔忡）皇上說得是。臣現在就去。

△　殷太常退下。

△　和帝拿起擱在鼓面上的木槌，輕輕一敲。

和　帝：古人斷髮誓天，寶劍為一個女人妄毀形髮。

皇　后：是我兒子。

△　皇后把纏了寶劍太子整卷頭髮的手指，放在鼻子上一聞。頭髮彈開。

皇　后：我找靜女問一問。東宮內官查了沒有？他最近召幸哪一個宮女？

和　帝：自從先帝死後，都沒有。（又敲一聲鼓）我一直以為男人在憂傷的時候，會特別需要。

△　皇后看著散在手上的一團亂髮。

皇　后：禍事都從床上開始。不近女色，那更是大災難。

△　兩人彼此深深一望。

第二十八場

景　太廟。大殿
時　日
人　寶劍太子、殷太常

△　大殿正面供著有唐以來列祖列宗的牌位。遠端側翼，李龍啟的烏金盔甲、烏金劍端端正正豎在木架上。寶劍太子的背影，站在盔甲前出神。

△　突然上前掀開盔甲各個細部，探頭摸、看。

△　合上盔甲。再仔細摸、看每一條隙縫。

△　門口，殷太常頭一探，縮回去。

第二十九場

景　太廟。庭院
時　日
人　寶劍太子、殷太常

△　寶劍太子步下太廟台階。庭院古木參天。殷太常從樹後邁步過來。

殷太常：殿下，臣剛剛聽說您把明德孝皇帝的烏金甲、烏金劍請到太廟供奉，臣特地趕來參拜。

寶劍太子：太常卿，武器庫的匠人做事真徹底，他們把我爸爸的盔甲洗得乾乾淨淨的，我裡裡外外連一絲血沫都找不到。

殷太常：血沫？

寶劍太子：也找不到骨頭碎。

殷太常：骨頭碎？誰的骨頭碎？

寶劍太子：契丹人吧。也看不到有腦髓。聞也聞不到。

殷太常：臣不懂殺戮之事，也不敢去想。

寶劍太子：殺戮之事不就是國事？

殷太常：（正色）不是。何況經國大業，不談這些細瑣、噁心的東西。

寶劍太子：（點頭）太常卿，您懂的真多。貴庚？

殷太常：老臣虛度六十。

寶劍太子：夠老了。那「老」的事您更應該懂得。我心裡一直有個老問題，為什麼老頭子老喜歡在冬夜裡抱個處女暖腳呢？比小炭爐好嗎？

殷太常：（笑）殿下，這道理再簡單不過了，處女不會燙腳，火不會滅，棉被不會失火，熱烘烘，軟乎乎……

寶劍太子：還可以吸她們的陽氣？

殷太常：陽氣？

寶劍太子：補啊。（猶豫）是陽氣還是陰氣？

殷太常：臣不懂氣！

寶劍太子：那您侵犯她們嗎？

殷太常：臣不做寡廉鮮恥的事！

寶劍太子：那您就是一邊抱著處女暖腳，一邊想著斬斷靜女的慧根？

殷太常：靜女的什麼慧根？臣不明白——

寶劍太子：您明白。您為什麼不肯讓處女——對不起，是靜女，替我暖腳？

殷太常：殿下！您想到哪兒去了！您不要再瞎想了！這事如果讓皇上知道——

寶劍太子：您不會去告訴皇上吧？萬一您讓皇上也動了遐想，要納靜女替她暖腳——

殷太常：（失色）殿下不要妄言！

寶劍太子：小心我母后！

殷太常：（失笑）殿下，您今天真會開玩笑！為什麼您一直在跟老臣談腳的事？

寶劍太子：（嚴肅）其實我今天真正想談的是鞋子的事。您看我這雙紅鞋，夠妖艷吧？

△ 撩起衣襬，露出腳上的紅鞋。

△ 殷太常瞠目以對。

第三十場

景 寶劍太子書齋
時 日
人 寶劍太子

△ 書齋三面都是大書架，堆滿一匣匣藍色布套的經書史籍，密密麻麻插著白書籤。寶劍太子沿著書架，把書籤一張張抽下來，拿在手中。

寶劍太子：我會記住您……我會記住您……

第三十一場

景 東宮。長廊
時 日
人 羅道規、王方智

△ 深邃長廊。羅道規、王方智急急忙忙一路走。

第三十二場

景 東宮。竹苑
時 日
人 羅道規、王方智

△ 羅道規、王方智匆匆穿過迂迴的竹徑。竹篁叢生，蒼然幽寂。

第三十三場

景 寶劍太子書齋
時 日
人 寶劍太子、羅道規、王方智

△ 書架的書，抽去全部書籤，透出乾枯、蕭索的氛圍。

△ 寶劍太子把厚厚的一疊書籤，整齊放在書桌。最上面一張寫著「詩經」兩個字。

寶劍太子：記住我……

△ 羅道規、王方智兩人的身影在門口一幌，正襟斂色，踱入。

寶劍太子：（抬頭）你們來了。

羅道規：殿下，您召見我們？

寶劍太子：我聽說你們也在找我。

王方智：您有好久沒進書房了，臣和羅大人很惦念。（周圍一看）您把書籤都撤了？那不好找書。

寶劍太子：不用了。我都記得。

羅道規：殿下，找我們有什麼事？

寶劍太子：我最近一直在想「人鬼失序」這種異象，有一點小心得，想跟兩位侍讀參詳一下。

羅道規：神器沉辱，人鬼失序。

王方智：六位顛蹶，七廟毀墜。

寶劍太子：白天見鬼，晚上見人。

△ 羅道規、王方智一楞。

羅道規：殿下，白日陽氣旺盛，鬼不敢來。

王方智：（笑）這世上有鬼嗎？

寶劍太子：《易・艮卦》：「艮其背，不獲其身。行其庭，不見其人。」他大白日走過庭院，你都看不到他，那不是白天見鬼嗎？

羅道規：那晚上見人呢？

寶劍太子：《易・明夷卦》：「不明晦。初登於天，後入於地。」

明入地中，人在黑暗中走，那不是晚上見人嗎？

王方智：殿下高論——

△　寶劍太子突然伸出兩指頭，用力摸他的臉。

寶劍太子：你臉很白，擦了粉吧！（看手指，沒有粉跡）都是臉油！

△　羅道規垂下視線，王方智一臉尷尬。

△　寶劍太子順手拿起寫著「詩經」的書籤揩指頭。

寶劍太子：回去搽點粉。順便告訴皇上，我最近想了一齣戲，等伎人排演好了，要獻給皇上欣賞。

第三十四場

景　霸陵酒館。舞臺。大廳

時　夜

人　瞎眼老人、瞎眼少女、酒客、男女夥計

△　老人和少女，臉和臉微微重疊，四隻盲眼，瞪向半空。老人形容衰頹，面敷白粉，變女腔，妖妖嬈嬈，唱曹子建的樂府《名都篇》。

瞎眼老人：名都多妖女，京洛出少年。寶劍值千金，被服麗且鮮……

△　少女彈琵琶。兩人站在小舞臺上，背後一掛藍布帷。大廳陸續坐上七、八成客。男女夥計，包括一兩個金髮碧眼的胡女，忙著端酒送菜，吆喝張羅。沒人理會老人的歌藝。

瞎眼老人：（豪氣干雲的女腔）鬥雞東郊道，走馬長楸間。攬弓捷鳴鏑，長驅上南山……

第三十五場

景　霸陵酒館。掌櫃房
時　夜
人　寶劍太子、霍弘直、酒館掌櫃

△　書架前，掌櫃低頭吹掉手上《詩經》封面的灰塵，又在大腿上拍了幾下，灰濛濛中走回書桌。

△　房間地面、書架堆滿紊亂的書籍、畫卷。牆上掛了一些戲服、戲帽、樂器。一本厚厚的大帳冊攤開在書桌，旁邊也是亂堆著書、曲譜、人物服裝圖。寶劍太子和霍弘直微服坐在桌前。掌櫃把擱在帳冊上的一卷黃紙隨便夾在《詩經》裡面。

酒館掌櫃：（對寶劍太子）好戲。等我排演好了，再請殿下過目。

△　寶劍太子、霍弘直起身。

寶劍太子：您偏勞了。

酒館掌櫃：（笑）我會多準備一些雞膀胱。

第三十六場

景　霸陵酒館。甬道。小房
時　夜
人　寶劍太子、霍弘直、酒館掌櫃、癡肥女巫

△　陰暗窄小的甬道，充塞著瞎眼老人的女聲。掌櫃、寶劍太子、霍弘直三人的背影，幢幢然經過。

瞎眼老人：（O.S. 歌聲）歸來宴平樂，美酒斗十千……

△　寶劍太子停住腳，轉頭看。

△　旁邊小房，敞開著門，一個三十餘歲、龐大無比的癡肥女人，兩隻手握著一個黑瓦缶，擱在肚子上，兩條腿叉開，對住門，靠牆坐著。眼神深不可測，看著寶劍太子。

△　寶劍太子一進震懾，一瞬不瞬回望她。

△　掌櫃的臉湊近寶劍太子耳朵。

酒館掌櫃：鄂州來的巫覡，可以用。

△ 癡肥女人一直看著寶劍太子。

第三十七場

景 皇后寢宮。偏殿
時 日
人 葛皇后、靜女

△ 皇后、靜女，面對面，坐在胡床上。皇后一直看著靜女，不出聲。

靜　女：（不安）皇后——

皇　后：（立刻切斷她）我在看你那一對金鴛鴦。

△ 靜女不自禁伸手摸耳垂上刻著一對鴛鴦的金耳璫。

靜　女：（微羞）是太子送給臣女的。

皇　后：我知道。我剛才就一直在想，太子放過豪言壯語，有朝一日給他登上大位，他要在十年之內，讓黃金價跟糞土一樣。那幹嘛他還要送糞土給你？

△ 靜女尷尬低下頭。

皇　后：再讓他這麼瘋狂下去，恐怕他不但登不了大寶之位，連頭都不保。

△ 靜女悲悽，埋頭對住皇后深深拜下去。

皇　后：都是為了你嗎？靜女？

第三十八場

景 大殿
時 日
人 和帝、殷太常、羅道規、王方智、匠人

△ 一堵漆金邊的朱牆和一堵漆朱邊的金牆，相連在一起。和帝背影，仰著頭，走進來看。在兩面牆之間徘徊，一下看朱

牆，一下看金牆。金牆朱椽外，窗間上方，露出半個工筆的猛虎頭，張大嘴巴，一個畫匠的手，正在細描他的大獠牙。

和　帝：他要演一齣戲請朕欣賞？什麼戲？「白天見鬼，晚上見人」，什麼鬼？什麼人？為了一個女人相思病狂，那麼癡情？

△　殷太常、羅道規、王方智默默站在和帝后面。遠處，一些匠人在高臺上修飾屋頂藻井。

△　和帝轉身。

和　帝：太常卿，寶劍太子真瘋假瘋，我們再等靜女探探他。

殷太常：（沉著臉）是，皇上。

和　帝：（笑起來）紅衣尊者大家都找不到，怎麼他一下就找到了？玄！

第三十九場

景　山坡
時　日
人　寶劍太子、紅衣尊者

△　盤葛糾纏的荊棘。寶劍太子眼睛緊張盯著前面，手腳並用，在荊棘裡面艱苦爬行。卷髮處處被棘刺勾住。寶劍太子不理，一直爬。悚然停住。

△　尊者的屍體，坐在荊棘中，一隻手虛張，伸向半空，做半合十狀。脖子伸向前，頭微仰，下巴微翹，張著「唵」的嘴形。大紅袈裟紊亂敞開，兩隻腳突出，一隻還套著紅鞋，另一隻赤裸，紅鞋跌在一旁。黝黑的眼眶、嘴、胸膛。手腳爬滿螞蟻、小蟲。紅頭蒼蠅飛上飛下，嗡嗡響，叮住他的臉。

△　寶劍太子死死看著尊者，爬跪的身體慢慢前後搖起來，周身被刺勾住的卷髮，像蛛網一樣，在背後展開，跟著他輕輕幌。

第四十場

景　黑背景
時
人　寶劍太子

△　背景全黑。寶劍太子的臉，對住鏡頭獨白。

寶劍太子：生或死，這是一個問題。

第四十一場

景　霸陵酒館。後院。廚房外
時　日
人　寶劍太子、酒館掌櫃、男女廚師、小孩

△　血水橫流。地面到處都是雞鴨豬羊的屍骸、內臟。廚師或蹲或站，來來去去，忙著殺雞宰羊，開膛剖腹，在大鍋裡燒水燙毛。掌櫃和兩個男女小孩，站在血水中，各拿著雞膀胱吹氣，吹得鼓鼓的，打來打去，笑成一團。寶劍太子站在一旁看，繼續他的獨白。

寶劍太子：哪一樣比較高貴？在心裡面默默忍受命運的凌遲，還是拔劍而起，斬斷所有的煩惱？死亡，睡覺。大睡一場。把心的恐怖和肉體的迷惑都睡過去。

第四十二場

景　霸陵酒館。小房
時　日
人　寶劍太子、癡肥女巫

△　寶劍太子的頭斜頂著牆，身子橫癱在床榻上，癡癡望著前方，繼續他的獨白。

寶劍太子：死亡，睡覺。好好做一場夢。可是在死亡的睡眠裡，那是什麼樣的一個夢？

△ 偪促、封閉的小房。癡肥女人嵬嵬巍巍站在床榻前，兩隻手擱在小腹上，拿著黑瓦缶，兩隻腳張開，對住寶劍太子一直看。

第四十三場

景 東宮。鶴園。湖
時 日
人 寶劍太子

△ 寶劍太子躺在湖畔，望著天空，繼續他的獨白。一群丹頂鶴，有的安靜地睡在他身側，有的顧盼自雄，佇立在他臉旁，有的展翅跳躍，踩上他胸口。無數的紅冠、白羽、尖尖長長的灰喙、細高的黑腳，悠悠然圍繞著他。

寶劍太子：歸人從來沒有細訴過的恐怖，行人從來沒有回來過的國度。

第四十四場

景 山坡
時 日
人 寶劍太子、紅衣尊者、僧人

△ 兩名僧人，用黑布包著尊者的屍體，從砍倒的荊棘中，顫巍巍抬起尊者。屍布冷不防脫開一角，露出尊者半邊臉、紅袈裟、整隻伸向空中的手。幾個僧人的影子，遠遠站在岩石上觀看。寶劍太子依然爬跪在荊棘裡，卷髮全部勾住，展開，前後輕輕幌，繼續他的獨白。

寶劍太子：您參透了嗎？宇宙結束的第一聲？然後怎麼樣？是在心裡默默等待，還是挺身而出，面對這個死亡？行動還是不行動？

第四十五場

景　黑背景
時
人　寶劍太子

△　寶劍太子聳肩弓背，卷髮飛揚，像一頭猛獅，在全黑背景中，對住鏡頭怒吼。

寶劍太子：唵！

第四十六場

景　殷太常府邸。偏廳。後院
時　日
人　寶劍太子、靜女、男女侍僕

△　寶劍太子倒提著一隻丹頂鶴屍體的腳，走到偏廳側門，跨過門檻。丹頂鶴的頭，跟著撞到門檻，彈起來，給寶劍太子拖入後院。

△　廳內圍著慌亂的男女侍僕，看著寶劍太子遠去。靜女由兩名侍女陪著，匆匆走進大門。

靜　女：(對眾人。叫) 你們不要跟來！

△　自己一個人追去。

第四十七場

景　殷太常府邸。水榭外。湖。小徑
時　日
人　寶劍太子、靜女

△　寶劍太子拖著丹頂鶴，走過小徑。靜女從後邊趕到。

靜　女：殿下！

寶劍太子：(逕自走) 我堅持要送給你一隻丹頂鶴。

△　走入水榭。

第四十八場

景　殷太常府邸。水榭內。湖
時　日
人　寶劍太子、靜女

△　寶劍太子進來。靜女搶到他前面，蹲下去摸丹頂鶴的羽毛。

靜　女：好可憐。牠怎麼會死了？

△　寶劍太子放開丹頂鶴的腳，跟著蹲下看。

寶劍太子：牠自己啄破頭上的鶴頂紅，自己的毒融會貫通自己。

△　靜女霍地站起身。

靜　女：哪有這種可能！您瘋了！

寶劍太子：（跟著起來）你有「他心通」，你應該去做比丘尼。

靜　女：殿下，您到底是在詐神弄鬼，還是真瘋了？

寶劍太子：弄鬼，不詐神。

靜　女：（一頓。細聲）是為了我嗎？

寶劍太子：為了我自己。

靜　女：那是為了什麼？是什麼原因把您逼成這樣？

寶劍太子：你還是處女嗎？

靜　女：（大羞）殿下！

寶劍太子：你還堅貞嗎？

靜　女：（忍住羞怒。尊嚴）我是一個堅貞的處女。

寶劍太子：那你漂亮嗎？

靜　女：我記得您讚美過我很漂亮。

寶劍太子：漂亮、堅貞的處女，趁你還沒變成漂亮、淫蕩的女人，去做比丘尼吧。不要學皇后。

靜　女：殿下！她是您的母后！

寶劍太子：我父王大崩才兩個時刻，她就嫁給我叔叔。

靜　女：不是兩個時刻！是兩個月！

寶劍太子：兩個月？兩年？二十年？那時候她也七十歲了。我可以想像到，她還是會像現在這麼漂亮、淫蕩。你也會的，到七十歲。趕快去做比丘尼吧。

靜　女：（細聲）是為了皇后嗎？

寶劍太子：為我自己。

靜　女：是為了您母親？

寶劍太子：為我自己。聽我的話，趁你慧根還在，去修行，做比丘尼。

靜　女：（堅定）我不會去做比丘尼。

寶劍太子：那就嫁人吧。不要嫁給我。等丈夫死了兩個時刻，再嫁給你的小叔。

△　靜女憐憫看著寶劍太子，慢慢後退。

靜　女：（輕唸）唵嘛呢叭彌吽。

寶劍太子：這是大慈大悲觀世音菩薩的六字真言，你在可憐我。

△　靜女哀痛看著他，慢慢後退。

靜　女：唵嘛呢叭彌吽。

△　寶劍太子彎腰把丹頂鶴抱在懷裡，走向窗口。

寶劍太子：你可憐牠吧。（拂開丹頂鶴羽毛，看裡面皮膚）還沒有屍斑。（隨手把丹頂鶴丟出窗外）這是送給你的嫁妝。

△　寶劍太子轉身出去。

△　靜女垂低眼簾，慢慢後退。

靜　女：唵嘛呢叭彌吽。

第四十九場

景　殷太常府邸。水榭外。湖

時　日

人

△　湖面漣漪。無聲無息。浮起丹頂鶴的屍體。

第五十場

景　御花園
時　夜
人　寶劍太子、和帝、葛皇后、靜女、殷太常、羅道規、王方智、酒館掌櫃、癡肥女巫、瞎眼老人、瞎眼女人、王公大臣、男女侍從、伎人、小孩、嚴衛、僮僕

△　癡肥女人全身肉顫抖，張開兩條腿，站在一棵大樹下，左手拿黑瓦缶，右手擊缶，身邊各放著一支落地炬火。背後黑暗的樹影，傳出掌櫃吟詩的聲音。

掌　櫃：(O.S.)「子之湯兮，宛丘之上兮。洵有情兮，而無望兮……」

△　和帝、皇后坐在花園當中一張胡床上。靜女陪坐在皇后身後。殷太常站在和帝床側。寶劍太子坐在斜對和帝的另一張胡床。霍弘直、羅道規、王方智站在兩旁。胡床前案几擺著茶、酒、果品。四周圍著王公大臣、男女侍從。遠處一座伎人的帷幕、一些嚴衛和蹲在地上燒茶、準備酒食的僮僕。

△　癡肥女人身搖肉顫，盡情擊缶。

掌　櫃：(O.S.)「坎其擊鼓，宛丘之下。無冬無夏，值其鷺羽……」

和　帝：(一直瞠目望著癡肥女人) 這算什麼？

殷太常：(俯身低語) 這是《詩經・宛丘》，女巫之歌。

和　帝：朕知道。朕讀過《詩經》。朕是說怎麼來了這麼個肥女人？(轉頭對寶劍太子) 寶劍，這就是你要朕欣賞的戲？

寶劍太子：這只是小菜，父王。

和　帝：這麼肥的女人，你管她叫小菜？

△　周圍王公大臣、男女侍從都笑起來。

掌　櫃：(O.S.)「坎其擊缶，宛丘之道。無冬無夏，值其鷺翿。」

△　癡肥女人急顫，用力擊缶，驟然停止。全身靜如泰山，一動不動。兩個男女小孩，著黑衣，拿著罩杯，迅速從樹影中走進來，罩杯往炬火上一扣。

△　一片黑暗。

△　皇后上身往後微微一靠。靜女趕快附耳過去。

皇　后：（輕語）他是真瘋假瘋？

靜　女：（低喃）臣女不敢說。

皇　后：是為了你嗎？

靜　女：臣女不敢說。

皇　后：是為了我嗎？

靜　女：臣女不敢說。

皇　后：（輕笑。坐直身）你都說了。

△　靜女退回去，低首一望寶劍太子。

△　寶劍太子笑吟吟看著靜女和皇后。

寶劍太子：母后、靜女，下面的戲是描寫春秋時代最美麗的一位女人，但是我衷心感覺，她還比不上你們兩位漂亮。

△　和帝轉頭貼近皇后。

和　帝：他沒瘋。

△　燭光一亮，另一棵大樹前，兩名黑袍的男伎，各舉著插了五支蠟燭的燭臺，照亮一名支頤托腮，斜躺在胡床上的絕色女伎。掌櫃吟詩的聲音再從樹影中傳來。女伎隨著詩句垂頸媚笑，搔首弄姿。兩名男伎圍著她輕輕繞，仔細用燭火照耀她的身體。

掌　櫃：（O.S.）「手如柔荑，膚如凝脂。領如蝤蠐，齒如瓠犀，螓首蛾眉。巧笑倩兮，美目盼兮。」[1]

△　兩名男伎突然同時一口氣吹熄燭火。

△　一片黑暗。

和　帝：這麼短？

寶劍太子：像女人的愛情。不過，接下來的這個女人，她的愛情特長。

△　又一棵大樹亮起燭火。臉敷白粉的瞎眼老人，裝女腔，哀怨悱惻，唱著悼亡之歌。瞎眼少女站在他身後，琵琶低彈。

瞎眼老人：「葛生蒙楚，蘞蔓於野。予美亡此，誰與？獨處。葛生蒙棘，蘞蔓於域。予美亡此，誰與？獨息……」[2]

△　和帝對殷太常靠過身子。殷太常連忙俯身湊前。

和　帝：（低沉）這是悼念亡夫的詩？

殷太常：（低沉）是，皇上。臣不懂的是，他為什麼叫個不男不女的瞎老頭唱這首歌。

和　帝：他在諷刺皇后？

殷太常：臣不敢說。

瞎眼老人：（唱）「角枕粲兮，錦衾爛兮。予美亡此，誰與？獨旦……」

△　寶劍太子目光灼灼，望著皇后、靜女。

△　皇后端坐靜聽，毫無表情。

△　靜女垂首不動。

瞎眼老人：（唱）「夏之日，冬之夜。百歲之後，歸於其居。冬之夜，夏之日。百歲之後，歸於其室。」

△　歌聲悽然結束。

△　兩名黑衣的男女小孩又走進來，用罩杯滅熄火。

△　一片黑暗。

△　和帝再靠近殷太常。

和　帝：下一個應該輪到我了。

△　殷太常不敢出聲。

和　帝：居高位的人，不能瘋狂，一瘋狂了，天下就大亂。

殷太常：是，皇上。

和　帝：把他外放出去。

殷太常：皇上有地方？

和　帝：吐蕃。那兒多的是菩薩、法王，可以治他的心魔。

△　寶劍太子望向和帝。

寶劍太子：父王。

和　帝：（轉頭）寶劍。

寶劍太子：肥肉來了。

和　帝：（笑）朕正等著呢。

△　花園當中大樹燭光通亮。一張床座都用白布圍住的胡床，

四面都放著一支落地炬火。一名高大魁梧、穿著白戲袍的男伎，從樹影中走出，打著呵欠，倒在胡床上，大睡過去。

和　帝：這不是諷刺朕，朕現在不喜歡睡覺。

△　掌櫃穿著小丑服裝，從樹影中躡手躡腳走出，到胡床前，彎腰探視男伎熟睡的模樣。再抬頭，四面一看無人，從懷中掏出一個小壺，打開壺蓋，對住男伎耳朵，慢慢倒出黑色的液體。

△　和帝臉上一時毫無表情，緩緩轉過頭，看向寶劍太子。

△　寶劍太子也轉過頭，毫無表情，迎住和帝視線。

△　兩人視線一交，再轉開。

△　皇后在兩人當中，一直端坐不動。

△　掌櫃把小壺中的毒液全部倒入男伎耳中，再四面一看，躡手躡腳退入樹影中不見。

△　男伎睜開眼，坐起來，一臉痛苦狀，雙手蒙住頭。突然又打開雙臂，露出鮮血淋漓的一張臉。

△　全場一震。

△　和帝不動。

△　寶劍太子眼簾一垂。

△　男伎雙手在全身亂抓，手到之處，都湧出鮮血，流滿整件白袍。

△　男伎在胡床上痛苦扭動，倒下去不動。血不停地從他身上流出，染遍整張胡床和床座的白布，從床座下一直滲透出來，瀉向和帝和寶劍太子的胡床。

△　全場嘩然。

王　公：（叫）怎麼會流這麼多血！

△　寶劍太子抬眼望和帝。

△　和帝一聲不響站起來，走下胡床。

寶劍太子：父王！這只是雞血啊！

△　和帝不理，轉頭走開。

△　皇后望寶劍太子一眼，跟著起身，下床，隨和帝走去。

△　靜女恐慌望著寶劍太子，匆匆追上皇后。

△　殷太常、羅道規、王方智、王公大臣、男女侍從紛紛跟去。

△　寶劍太子慢慢起身，走下胡床。

寶劍太子：（對著和帝一群人消逝的背影）都是雞血啊！皇上！不要怕！

△　霍弘直默默走到他旁邊。

△　裝死的男伎從胡床上跳下來，七手八腳脫開血淋淋的戲袍，看到他胸口、肚子掛著一個個抓破的雞膀胱，還在滴著血。

△　床座下，笑嘻嘻鑽出男女小孩，雙手拿著一串串血肉模糊的雞膀胱。

△　掌櫃穿著小丑戲服，和瞎眼老人、瞎眼少女，以及其他伎人，紛紛從樹影中走出。只有癡肥女人，站在樹影裡不動，看著寶劍太子。

寶劍太子：（對霍弘直）弘直，你帶他們回去。

△　霍弘直迎上掌櫃，帶眾人走開。

△　寶劍太子獨自一人，茫然看著滿地的血。

△　殷太常、羅道規、王方智匆匆跑回來。

殷太常：殿下，你這個禍闖大了，皇后要你馬上到她寢宮，她要和你好好談一談。

寶劍太子：皇上呢？

羅道規：皇上到太廟去了，他去求列祖列宗保庇你。

△　寶劍太子一笑，往旁邊血泊裡一跳。

△　血沫四噴，濺到殷太常三人衣服。

寶劍太子：哦，雞血都濺到你們了。

第五十一場

景　太廟。大殿
時　夜
人　寶劍太子、和帝

△　大殿側翼。和帝仰著頭，默默望著李龍啟的烏金盔甲，拿下烏金劍。

△　和帝抽劍出鞘，沉著臉端詳。背後大門口，靜悄悄走入寶劍太子的身影，拿著劍，遠遠對著和帝。

△　和帝還劍入鞘，放回木架，對住烏金盔甲跪下來。

和　帝：（雙手合十，低聲唸佛）南無喝囉坦那哆囉夜耶，南無啊唎耶……

△　寶劍太子提著黑劍的身影，在長長一排供奉列祖列宗牌位的神桌後面，慢慢前進。

和　帝：婆盧羯帝爍缽囉耶，菩提薩埵婆耶……

△　寶劍太子走近和帝。模糊的呢喃聲越來越清晰。

△　和帝背影，虔誠唸佛。

和　帝：摩訶薩埵婆耶，摩訶迦盧尼迦耶，唵……

△　寶劍太子一臉驚疑的臉色。停住。仔細聽。慢慢後退。

第五十二場

景　太廟。庭院
時　夜
人　寶劍太子

△　寶劍太子背影退出大殿門口。劍入鞘。轉身奔下臺階。

寶劍太子：（難以相信）他在唸大悲咒！他在唸大悲咒！

第五十三場

景 太廟。大殿
時 夜
人 和帝

△ 和帝雙手合十，仰頭注視烏金盔甲，不停唸佛。

和　帝：呼盧呼盧摩囉，呼盧呼盧醯利……

△ 突然停頓，唸不下去。想。雙手用力一拍，合十，唸。

和　帝：娑囉娑囉，悉唎悉唎，蘇嚧……

△ 又唸不下去。很快再使勁一拍手，合十，唸。

和　帝：蘇嚧蘇嚧，菩提夜菩提夜……

△ 完全放棄。放下合十的手。

和　帝：哥，沒有用，救不了我，我一邊唸佛一邊還在想您老婆的肉。

△ 站起來。

和　帝：沒有用，救不了我，我一邊唸佛一邊還在想把您兒子的頭砍下來，塞在您他媽的屁眼裡面。

第五十四場

景 皇后寢宮
時 夜
人 寶劍太子、葛皇后、殷太常

△ 胡床上放著一個用細竹編織的大圓罩，罩著裡面一座精巧的鳳首燻爐。香煙嫋嫋。皇后左手的大袍袖垂落到圓罩上，人跟著坐下，手臂輕倚圓罩。

△ 殷太常站在胡床前。

皇　后：（冷靜）你到簾子後面躲著，仔細聽太子的話，再轉告皇上。如果給我查出太子心中的秘密，我不希望皇上懷疑我為了庇護太子，對他有任何的隱瞞。

殷太常：皇后想得很周到，老臣遵命。

△　殷太常深深一揖，走到胡床後面的帷幔，掀開一片，側身進去。

△　帷幔深垂，看不出殷太常形跡。

△　淡淡白煙，若隱若現，飄入皇后衣袖。皇后鼻子輕輕一嗅，仰起頭，臉上一片空茫、恍惚的表情，久久不動。

寶劍太子：（O.S. 低微）媽。

△　皇后臉一顫，緩緩轉過頭。

△　寶劍太子靜靜站在胡床前，望著皇后。

皇　后：寶劍，你叫我嗎？

寶劍太子：是，母后。

皇　后：你叫我媽。

寶劍太子：是，母后。

皇　后：再叫我。

寶劍太子：（一頓）媽。

皇　后：寶劍，為什麼會流那麼多血？

寶劍太子：問皇上，母后。

皇　后：你懷疑皇上殺死你父王？

寶劍太子：孩兒不敢。

皇　后：你以為那個暗施毒手的小丑是皇上？

寶劍太子：孩兒不敢請小丑演皇上。

皇　后：不要再傷心了，寶劍。

寶劍太子：為了我父親嗎？為了您嗎？

皇　后：我知道你要說什麼。不要為我傷心。

寶劍太子：那您快樂嗎？

皇　后：我不能說我快樂，因為你父親才死了兩個月。我不能說我不快樂，因為我還是皇后。

寶劍太子：是為了這個位子！

皇　后：是為了還有一個強壯的男人肯抱住我。

寶劍太子：他還是皇上！

皇　后：寶劍，不要嫉妒我。不要嫉妒我的快樂。

寶劍太子：我從來不嫉妒你和我父親的快樂，但這是我父親的床，你跟我叔叔——

皇　后：我已經換了。

寶劍太子：（大慟）母后！

△　猛然撲上胡床。

△　皇后大驚，身子、手臂往後一退，壓住圓罩，罩頂一陷。

皇　后：（叫）你幹什麼？你想殺我嗎？

△　寶劍一震。

△　帷幔後，殷太常悚然僵立。

△　寶劍太子立刻退下胡床，一抬頭。

△　李龍啟的鬼魂，穿著一身白袍，白蒼蒼站在皇后的背後。

寶劍太子：父王！

△　皇后迷惑看著寶劍太子，回頭望，看不見任何人影，茫然再看寶劍太子。鬼依舊站在她背後，悲憤望著寶劍太子。

皇　后：寶劍，你怎麼了？

寶劍太子：（不理皇后。對鬼哀告）父王，您來譴責孩兒還沒有替您報仇嗎？他剛才在唸大悲咒，我不知道他是在為您超度還是在為他自己超度，父王，他在求佛、懺悔，我不可以殺他，讓他洗脫罪，超度到諸佛的樂土，我要他跟我一齊下地獄。

△　皇后驚駭，再回頭，還是看不到鬼。

皇　后：寶劍，你在對誰說話？

△　帷幔後，殷太常驚愕，屏息細聽。

△　鬼依舊站在皇后背後，一直看著寶劍太子。

鬼：寶劍，我是來警告你，不准你傷害你母親。

寶劍太子：父親，您還愛這個女人？

鬼：不要再折磨你自己。不要再屈辱。為我報仇。記住我。

△　鬼消失不見。

寶劍太子：（痛叫）父王！

皇　后：（迷亂，前後看）寶劍！你看見鬼了嗎？你在對空氣說話！

寶劍太子：我在對我父親說話！你沒看見他嗎？你沒看見他嗎？你沒聽見他對你的愛嗎？他不准我傷害你！

皇　后：你真正瘋了！

寶劍太子：母親！你這個女人！

△ 寶劍太子憤怒抽出黑劍。

皇　后：（嚴叱）你想殺我？你敢殺我！

△ 帷幔後，殷太常震撼，身體往後一靠，撞到牆，發出聲音。

△ 寶劍太子回頭。

△ 帷幔幌搖。

△ 寶劍太子疾衝過去。

皇　后：（大叫）不要殺他！

寶劍太子：不要殺他？哦，他現在不唸大悲咒了！我可以殺他了！

△ 帷幔後，殷太常轉身逃。

△ 寶劍太子照著殷太常逃動的身形，一劍劍不停地刺。

寶劍太子：我不要受屈辱……

△ 殷太常雙手抓住一大片帷幔，跌倒出來。

△ 寶劍太子呆呆一看，提著血淋淋的黑劍，走回皇后面前。

皇　后：（鎮定下來，莊嚴坐直身）現在你可以殺我了。

△ 寶劍太子一甩頭，一手梳攏著所有的卷髮，揮劍齊肩削斷，丟在皇后臉上。

寶劍太子：母親，這是孩兒送給您的最後禮物。不要再讓我叔叔上我父親的床。

△ 皇后驚倒，亂抓臉，拂開頭髮。細竹圓罩整個被壓垮，裡面燻爐翻轉，灰燼、香煙迸散。

△ 寶劍太子收起劍，到殷太常屍體前，提起他的兩隻腳，倒拖著，走出寢宮門口。

寶劍太子：愚蠢的老傢伙，現在連一百個處女都沒法子讓你的腳熱起來了。

第五十五場

景　宮門
時　夜
人　寶劍太子、殷太常、羅道規、王方智、嚴衛數名

△　寶劍太子一頭斬短的卷髮，亂披在肩上，倒提著殷太常屍體的腳，拖著他穿過一重重筆直的宮門。每撞到一個門檻，殷太常的頭就彈起來，在寶劍太子背後，跳上跳下，逐漸去遠。羅道規、王方智和幾名嚴衛急追進來。

第五十六場

景　皇后寢宮
時　夜
人　和帝、葛皇后

△　和帝躺在床上，皇后盤坐在他枕頭旁邊，長髮披散，低著頭，一直看他。

和　帝：他看到先帝的鬼？

△　皇后一直看他。

和　帝：你沒看到？

△　皇后一直看他。

和　帝：那你心裡沒有鬼。心裡有鬼的人才看到鬼。

皇　后：不管你有沒有毒死他，我都是你的共犯。

和　帝：我沒有毒死他。毒死他的是一隻毒蠍子。

皇　后：那為什麼你不敢看那場戲？

和　帝：我跟所有敏感的人一樣，看到別人犯罪，自己都會臉紅。從小就這樣。先帝一直笑我不是男子漢。

皇　后：你是男子漢。不要殺他的兒子。

和　帝：他也是我的兒子。我不會殺我的兒子。

皇　后：不要在途中殺他。不要在吐蕃殺他。不要殺他。

和　帝：我不會殺他。讓吐蕃的菩薩斬斷他的心魔，我現在不理那是什麼心魔，等乾淨了，再接回來。我這個寶位以後還是他的。

△　和帝沉默下來，臉微微一斜，看枕頭。

和　帝：他把頭丟在這兒？

△　皇后一直看著他。

和　帝：血都在這兒？

皇　后：我換了新床單。

和　帝：（微笑）這麼容易。抱我。

△　皇后傾前，把他的頭抱起來，緊緊摟在懷中，眼眶裡淚光瑩然。

第五十七場

景　荒村
時　日
人　寶劍太子、羅道規、王方智、嚴衛十六名、侍從、男孩

△　荒涼村落。當中土路，一個三歲大的小男孩，小拳頭中緊緊握著一根剛死不久的死人手指，一個人搖搖幌幌在路邊走。幾隻野狗跟在身後。

△　寶劍太子、羅道規、王方智、侍從、十六名嚴衛，騎著馬，經過土路。

△　寶劍太子呆呆看了一下小男孩和他的死人手指，別過頭，絕塵而去。

第五十八場

景 皇后寢宮
時 日
人 葛皇后、女侍

△ 整個畫面上下左右邊緣，有的露出女侍的手，有的看不見，各捧著六面閃亮的銅鏡，圍繞著皇后高髻盛裝的臉。

皇　后：（照鏡子）我不要見她。

第五十九場

景 皇后寢宮。偏殿走廊
時 日
人 靜女

△ 幽深的走廊。寢宮、偏殿門緊閉。靜女一個人，垂著頭，站在大柱旁枯等。

第六十場

景 荒漠。帳幕
時 日
人 寶劍太子、羅道規、王方智、嚴衛十六名、侍從

△ 帳幕中，寶劍太子一個人，面前放著黑劍，盤腿坐在地氈上。四周一片死寂。寶劍太子沉思，望住門口，拿起劍，起身走向門口。

△ 一出帳幕，散在肩上的卷髮立刻飄起來。放眼看。

△ 兩旁四、五個帳幕，沒有一點人聲、人跡。遠方，黃沙一路滾來，風嘯聲起。

△ 寶劍太子走到第一個帳幕，掀開布簾。

△ 帳幕內空無一人。

△ 放下布簾。到第二個帳幕，掀開布簾。

△　帳幕內血流遍地，到處是侍從的屍體。

△　寶劍太子放下帳幕。轉身走到帳幕前空地，靜靜等。

△　風沙四起。天色整個昏黃下來。

△　十六名嚴衛，青盔、青甲、青劍的方陣，在兩個帳幕間出現，森然走到空地。羅道規、王方智站在後面看。

△　寶劍太子不吭一聲，頂著風，舉劍疾衝。

△　風沙翻滾。寶劍太子殺入方陣。

△　人、劍、盔甲、卷髮、風、沙、幌搖的帳幕、黃日、混混沌沌，戰成一團。

△　風沙越來越強。十六名嚴衛個個瞇著眼睛，東歪西倒，左右移動，勉強維持陣形，包住寶劍太子。寶劍太子一直睜大眼，卷髮飛揚，四面攻擊。

△　二名嚴衛被斬退，另二名嚴衛要補上，被風一刮，四個人全跌出方陣。

△　陣破。大亂。寶劍太子瞬間砍倒數名嚴衛。

△　漫天風沙。寶劍太子發狂追斬到處竄逃的嚴衛。

△　羅道規、王方智緊張抓住搖搖欲墜的帳幕支柱，看著寶劍太子走到面前。

△　雙方都不出聲，久久望著對方。

寶劍太子：兩位侍讀，我們讀書人，如果讓街頭的小孩，拿著死人的手指頭當奶嘴，我們都該下地獄。

△　羅道規、王方智瞪住寶劍太子，不出聲。

△　寶劍太子臉一顫，砍倒兩人，顛顛蕩蕩走了幾步，跌坐在地上，提起劍，削光頭上所有卷髮。

第六十一場

景　峻嶺。山路
時　日
人　寶劍太子、殷隼、鐵騎

△　殷隼一臉激憤之色，帶領一隊鐵騎，沿著山路奔馳。寶劍太子渺遠的黑影，站在峭巇的岩嶺上眺望。

△　寶劍太子光頭、披黑袍、像一名僧人，跟隨殷隼去向，踽踽獨行。

第六十二場

景　殷太常府邸。靈堂
時　日
人　靜女、殷隼

△　殷隼大步走入靈堂。靜女站在大棺材旁邊，面無表情，望一眼殷隼，轉身，用力推開棺材蓋，探身入內，抱起殷太常屍體的上半身，扳開他一隻僵硬的手臂。

靜　女：來，哥。

△　殷隼走到屍體面前。靜女將屍體的手臂圍在殷隼肩上，再扳開屍體的另一隻手臂，圍在自己身上，和殷隼分別摟住屍體，像殷太常生前父子三人緊緊擁抱在一起的模樣。

殷　隼：(冷酷）靜女，我要殺寶劍太子。

靜　女：(點頭。笑）殺死他。

第六十三場

景　霍弘直寢室
時　夜
人　寶劍太子、霍弘直

△　寶劍太子光頭彎下，拿著燭火照住獨自熟睡的霍弘直。

△　霍弘直驚醒，看著寶劍太子，急爬起來。

霍弘直：殿下，您怎麼回來了？您的頭髮——

寶劍太子：（咧嘴笑）弘直，你沒有女人。

霍弘直：我今天晚上沒有女人。

第六十四場

景　皇后寢宮
時　夜
人　寶劍太子、和帝、葛皇后、霍弘直、嚴衛、女侍

△　和帝、皇后披散頭髮，穿著睡袍，坐在被褥凌亂的胡床上。兩旁嚴衛、女侍。寶劍太子跪在胡床下，一直叩頭。背後站著霍弘直。

寶劍太子：父王，孩兒死罪！死罪！羅侍讀、王侍讀、嚴衛、侍從都為孩兒犧牲了！孩兒死罪！死罪！

和　帝：契丹人要什麼？

寶劍太子：他們要孩兒帶話給父王，要我們割地求和。

△　和帝沉吟不語。

皇　后：你的頭髮呢？

寶劍太子：契丹人為了羞辱我們，削光孩兒頭髮。母后，孩兒不肖——

皇　后：（嘲笑）沒關係，我還保存著你的另一半頭髮。

△　寶劍太子深深叩下頭。

和　帝：頭髮沒了，可以再養。朕高興的是你能安全回來。聽你

現在說話，有條有理，這次小戰役，對你好像有點用。

寶劍太子：父親，孩兒早該聽從您的忠告。生與死原來不足掛齒，何況是自己的一點妄念。

和　帝：（正色）寶劍，你終於叫朕父親了！

△　寶劍太子深深叩下頭。

寶劍太子：父親，孩兒從來沒有忘記父親的教誨。

△　和帝霍然從胡床上站起來。

和　帝：朕不要睡了！（對皇后伸出手）來，皇后，我們今天晚上都不要睡！（對侍女）傳話下去，朕今天晚上不要睡，要和皇后、太子痛痛快快暢飲一場，朕太高興了！

△　和帝的手一直伸向皇后。

△　皇后白他一眼，拉住他的手，緩緩起身，兩人一時高高站在胡床上。

△　寶劍太子仰頭一看，再深深叩下頭。

第六十五場

景　殷太常府邸。水榭內。湖
時　日
人　靜女

△　靜女斜坐在水榭當中大窗的窗臺，除下手腕一隻金釧，雙手拗斷，再分別拗成一小塊，放在大腿上一個小銀盤中。

△　靜女跟著卸下耳垂上刻著鴛鴦的兩隻金耳璫，也把它們拗斷，捏成小球。

靜　女：（笑起來）都是糞土，殿下。

△　把捏成小球的金耳璫放進嘴裡。拿起身邊盛水的一隻白碗，喝一口水，咽下去。

靜　女：您送的都是糞土，寶劍殿下。

△　陸續拿起銀盤中的金塊，一塊塊送入嘴。喝水。咽下去。

△　把空盤、空碗放在窗臺，站起來。

靜　女：都是糞土……

△　突然全身一個大痙攣，整個腰往後倒折下去，一連退好幾步。

△　突然又一下，整個腰往前折，人潰向前，頭髮墜開一地。

△　滿臉冷汗。急喘。雙手抓緊肚皮。整個身體痛苦扭曲。

第六十六場

景　殷太常府邸。水榭外。湖
時　日
人　靜女

△　優美、寧靜的湖景。水榭內靜女不停地劇烈扭曲。三面大窗的細紗窗簾自己慢慢垂下來。

第六十七場

景　和帝書齋
時　日
人　和帝、葛皇后、殷隼

△　和帝坐在胡床上。殷隼站在胡床前。兩人冷峻相對。

和　帝：契丹國王要你的幽州、涿州和汴州，朕不給他們。

殷　隼：給他們。臣只要寶劍太子抵臣父親的命。

和　帝：皇后不會肯。

殷　隼：皇上聽皇后的話治國？

和　帝：這不是國事。這是我們李家的事。

殷　隼：也是臣殷家的事。

和　帝：殷隼，你以為你在幽、涿、汴擁兵自重，就可以威脅朕？

殷　隼：臣不敢。太子不是皇上的親兒子，太常卿是臣的親父親。

△　和帝深思。

和　帝：朕可以安排你和太子決鬥。一場公平的決鬥。在決鬥中你殺死太子，皇后無法怪我們。你能贏嗎？

殷　隼：臣記得太子打不贏十六名嚴衛。臣打得贏。

和　帝：（望他一眼）他最後贏了。

殷　隼：臣粉身碎骨，也要為臣的親父親報仇。

和　帝：朕也可以為你安排一場不公平的決鬥。朕有一種毒液，可以塗在你的劍上，只要你劃傷他一點皮肉，毒液立刻見血封喉。

殷　隼：鶴頂紅和毒蠍子的毒液？

和　帝：朕沒有鶴頂紅和毒蠍子的毒液。朕的毒液簡單多了。你從哪裡聽來的？

△　殷隼不作聲。

和　帝：如果你傷不到他，朕還可以為他準備一杯毒酒。

殷　隼：皇上和臣一樣要寶劍太子的命？

和　帝：現在是國事了。用他的命換你對朕的忠誠。

△　書齋門被皇后用力推開。

△　和帝、殷隼一凜。

△　皇后神色嚴肅，一直走到殷隼面前，深幽幽望著殷隼。

殷　隼：皇后！

皇　后：靜女自殺了！

△　殷隼轉身就走。皇后緊抱著他不放。

皇　后：不要殺太子！

△　殷隼不理，推開皇后，跑出去。

△　皇后一下轉過身，對住和帝。

皇　后：你們在談什麼？

和　帝：寶劍。

皇　后：殷隼要什麼都給他，除了寶劍的命。

和　帝：他要求和寶劍決鬥。寶劍殺死他父親，現在又害死他妹妹，我們要做好皇帝、好皇后，不能拒絕他。

△　皇后說不出話。

和　帝：公平決鬥。

第六十八場

景 殷太常府邸。靈堂
時 夜
人 寶劍太子、殷隼、霍弘直

△ 靈堂並排擺著殷太常和靜女兩口大棺。殷隼給殷太常上完香，再到靜女棺材前上香。寶劍太子和霍弘直走到門口。寶劍太子逕自進廳。霍弘直轉身，守在門旁。

△ 寶劍太子到殷隼背後站住。

△ 殷隼上完香，回首看寶劍太子一眼，走到靜女棺材頭，推開棺材蓋。

殷　隼：您要看她嗎？

△ 寶劍太子走到殷隼身邊看。

△ 靜女雙手擱在身體兩側，安詳躺在棺內。

△ 殷隼探身，抱起靜女，對著寶劍太子。

殷　隼：我回來的晚上，靜女像這樣抬起我父親，讓我們父子三人抱在一起。殿下，我們父子三人，您毀滅了兩人。

寶劍太子：一齊毀滅吧。你要跟我決鬥的事，皇上跟我說了。我接受你的挑戰。

△ 殷隼把靜女放回棺材。

△ 寶劍太子突然衝上前，推開殷隼，搶起靜女屍體，緊緊摟在懷中。

△ 殷隼大怒，反撲過去。

殷　隼：不准褻瀆她的身體！

△ 寶劍太子拼命摟著靜女不放。

寶劍太子：（痛叫）你把慧根都斬斷了！你把慧根都斬斷了！

△ 殷隼拳打腳踢，搶靜女。霍弘直衝進來，用力分開兩人。

霍弘直：（怒叱）殿下！放回去！

△ 寶劍太子鎮定下來，靜靜地把靜女放回棺材，拿起她雙手，讓它們合十，放在胸口。

第六十九場

景　大殿
時　日
人　寶劍太子、和帝、葛皇后、殷隼、霍弘直、王公大臣、嚴衛、男女侍從

△　大殿煥然一新。屋頂藻井貼滿金片，繁美絕倫。四周金壁、丹硃飾邊，富麗堂皇。窗間百虎嘯傲山林，無限威猛。

△　殿中，寶劍太子黑劍，殷隼金劍，相距對峙。和帝、皇后端坐寶座。霍弘直和王公大臣、嚴衛、侍從兩旁林立。

和　帝：（拿起面前案几上的金杯，站起來）寶劍、殷節度使，朕對你們說過，只准流一滴血。用一滴血化解你們的仇恨。不准有死亡。這是先帝親手興造、朕親手更新的大殿，不准有死亡。開始吧。

△　和帝一口飲乾金杯的酒。

△　寶劍太子和殷隼即刻對衝，雙劍用力對砍。

△　和帝對身後侍從一使眼色。侍從端上金酒壺，在和帝手上的金杯中再斟滿酒。和帝放下金杯。

和　帝：（對皇后一笑）朕的第二杯酒是特地為寶劍準備的。

△　寶劍太子和殷隼一直猙獰兇惡，面對面，劍勢毫無改變，腳釘在地上，一劍一劍硬砍、硬擋。鏡頭對住二人始終不動，看著兩人毫不停歇，拼命地砍，看著兩人臉開始冒汗，身體、腳步開始搖晃，手開始緩慢，劍開始越來越凝重。

皇　后：（突然傾前叫）停止！

△　寶劍太子、殷隼雙劍一交，怒目對峙。霍地分開，望向皇后。

皇　后：寶劍、殷節度使，你們休息一下，揩揩汗再打吧。我敬你們一杯。

△　皇后伸手拿起金杯，一乾而盡。

和　帝：（震動）皇后！

△　寶劍太子、殷隼不理皇后，劍法一變，迅捷交鋒。

△　皇后臉整個痛扭起來，身體往後一倒。

△　和帝慌亂去扶。

和　帝：皇后！

△　王公大臣嘩動。女侍圍上皇后。

女　侍：皇后昏倒了！

和　帝：沒事，她太緊張了，你們快扶她回寢宮！

△　寶劍太子一分神，殷隼金劍刺中他的手，血冒出。

△　寶劍太子急怒，反擊。雙劍一絞，都掉下地。

△　兩人撲地搶劍。寶劍太子搶到金劍。

△　殷隼一看，揀起黑劍，慢慢起身。

寶劍太子：殷隼，原諒我。

殷　隼：殿下，您如果是瘋子，我原諒您。

△　寶劍太子茫然微笑。

△　殷隼執劍急刺。寶劍太子一閃，金劍刺破殷隼胸口，血一冒。

殷　隼：(看胸口的血，淒然一笑)現在我們可以一齊毀滅了。

△　寶劍太子腳步一幌，穩住，凜然戒備。

女　侍：(驚叫)皇后流血了！皇后流血了！

△　寶劍太子轉頭看。

△　皇后滿臉鮮血，從圍住她的一些女侍中掙扎出來。

皇　后：(對寶劍太子慘叫)寶劍！是毒酒！皇上的酒是毒酒！我要死了！我要死了……

△　皇后五官、鳳袍、手都滲出血，從寶座上走下來，撲倒地死去。

寶劍太子：(慟叫，奔去)母后！母后！

殷　隼：(身子一幌，叫)殿下！我的劍也有皇上的毒！我們都要死了！

△　殷隼倒地。

△　寶劍太子回頭一望殷隼，腳步不穩，幌幌搖對和帝衝去。

和　帝：(大叫)嚴衛！嚴衛！拿下太子！拿下太子！

△　嚴衛圍上。

△　寶劍太子猛然對嚴衛大吼。

寶劍太子：唵！

△　嚴衛震住。

△　寶劍太子疾衝，金劍刺入和帝肚子，人跟著支持不住，壓在和帝身上，一齊跌落地。

△　和帝在寶劍太子身下掙扎。

△　寶劍太子的臉壓在和帝的臉上面，光裸的頭皮，眼睛、鼻孔、耳朵、嘴，全部皮膚都滲出血，慢慢地，一絲絲地滴在和帝臉上。

寶劍太子：這是我父親，我母親，和我的血……

△　和帝張嘴驚叫，聲音才發出，寶劍太子的頭倒下，壓住他嘴巴。

△　四周一片黑暗。寶劍太子的眼睛，死死望入黑暗中。鬼沒有再出現。

劇終

註

1　出自《詩經・衛風・碩人》

2　出自《詩經・唐風・葛生》

楊識宏《雲端》 2012 年　丙烯 / 畫布　152X198 厘米

第二章 復活

邱剛健眼中的托爾斯泰小說

《復活》導讀

文 鄭政恒

一、他從高處注視一切：背景分析

《復活》(*Resurrection*)是托爾斯泰(Lev Tolstoy，1828-1910)後期小說作品中的經典之作，與之前的《戰爭與和平》(*War and Peace*)及《安娜卡列尼娜》(*Anna Karenina*)鼎足而三。

《復活》的電影改編，單單在香港就有四次，最著名的一部是由岳楓執導、陶秦編劇、白光和嚴俊主演、長城影業公司出品的《蕩婦心》(1949)。相對於《安娜卡列尼娜》在香港僅有一次改編(即1955年中聯出品的《春殘夢斷》)，《復活》的改編更多，恐怕是因為《復活》在劇情和篇幅上看，都比較適合香港電影人製作改編。而在外國，《戰爭與和平》及《安娜卡列尼娜》就多次改編成電視和電影，數量非《復活》可比，畢竟這兩部小說有更多可計算的商業元素。

羅曼羅蘭（Romain Rolland）在《托爾斯泰傳》（*The Life of Tolstoy*）對《復活》有極高的評價：

「《復活》與《克萊采》相隔十年，十年之中，日益專心於道德宣傳。《復活》與這渴慕永恆的生命所期望著的終極也是相隔十年。《復活》可說是托爾斯泰藝術上的一種遺囑，它威臨著他的暮年，仿如《戰爭與和平》威臨著他的成熟時期。這是最後的一峰或者是最高的一峰，—— 如果不是最威嚴的，—— 不可見的峰巔在霧氛中消失了。托爾斯泰正是七十歲。他注視著世界，他的生活，他的過去的錯誤，他的信仰，他的聖潔的忿怒。他從高處注視一切。」[1]

事實上，《復活》與中篇小說《克萊采奏鳴曲》（*The Kreutzer Sonata*）相隔十年。這十年間，托爾斯泰斷斷續續寫這部新的長篇小說，期間他對於初稿不太滿意，所以多次修改文稿，終於在 1899 年完成。

《復活》的題材是依據真人真事改編。1887 年，聖彼得堡某地區法院檢查官，在托爾斯泰的莊園，透露了這部小說背後的真實故事：有一個妓女因為偷竊罪而被判監四個月，陪審團中有一個青年，過去曾經誘姦過這位被捕女子。年輕人良心不安，想與女子會面，請求法院檢查官幫助，更表示希望和被捕女子結婚。後來，這個女子在獄中死亡，青年也不知所終。

從這個真人真事，我們已經看到小說《復活》的基本輪廓。《復活》一共分為三部，上流貴族聶黑流道夫因擔任陪審員而重遇馬絲洛娃，而此時馬絲洛娃因為謀殺罪而無辜被捕。昔日，年輕的聶黑流道夫曾經愛上女僕馬絲洛娃，但他後來墮落了，誘姦馬絲洛娃令她懷孕，她也無法再擔任女僕。在社會中輾轉流離的馬絲洛娃，淪為受辱的妓女。

碰巧，馬絲洛娃因謀殺罪被捕，在上流社會中生活的聶黑流道夫，擔任陪審員。聶黑流道夫回憶種種往事，為過去所作所為而悔疚，千方百計要馬絲洛娃的官司得直，不用流放到西伯利亞。小說中不少篇幅，就是刻畫聶黑流道夫如何與司法界周旋，以至監獄中大大小小的不公不義。聶黑流道夫也想將田地租給農民，期間目睹了底層農民的艱苦生活。可惜的是，馬絲洛娃還是被判流放西伯利亞，而聶黑流道夫也義無反顧一路追隨，令他對世界、社會、人生和信仰，有更深的體驗和了解。

二、暴風雨就要來了：劇本分析

2009 年，邱剛健和老伴趙向陽改編小說《復活》為劇本。簡單而言，劇本鋪排流暢而有效，他們以一百三十四場寫成這部改編厚厚名著的電影劇本。

劇本的序場已是先聲奪人，我們在這個序場中看到一個初生男嬰的出生，他出生了，但沒有出聲。這個「命懸生死一線間」的場面，已帶出審視人生的主題，而我們要到第一二〇場，即全部電影劇本的差不多最後，才知道來龍去脈。

邱剛健將聶黑流道夫化身為陸誠，馬絲洛娃化身為林海燕，再加上新角色、女記者舒懿，為敘事增添動力。故事的背景從十九世紀末的俄羅斯，轉移到 1936 年的上海。畢竟當時的老上海，還是可以容納一點現實文藝與舊理想的民國時代。

電影需要講求效果和場面設計，譬如第九場的殺人一幕，邱剛健就將血與暴力處理得非常直接，教觀眾懸疑頓生，再接入法庭戲。到了法庭戲部分，就回歸到原著小說的基本設定，也就是以一場官司，透過大量的回憶片段，讀者和觀眾可以了解兩個男女主角之間的關係，投入到他們千絲萬縷的複雜感情。

邱剛健處理性與死亡，確實有個人的獨特風格和想像力。例如第三十場的昔日回憶：陸誠與林海燕的熱吻，林海燕的上半身壓在琴鍵上，陸誠一隻腳用力地撐著地面，鋼琴到處滑動。而因為兩人的動作，琴鍵發出時而清脆，時而低啞的聲音。這一段熱情的男女歡好場面，就寫得浪漫，樂而不俗。

至於第七十一至七十四場，位處劇本的中央命脈所在，邱剛健正好面對宗教課題。首先是陸誠在夜晚看到街旁一座天主教堂，就走到教堂門口，推門，略一遲疑就走進去。行動與遲疑，剛好表示出陸誠對宗教的矛盾態度。

劇本中，「陸誠茫然望著遠方祭壇上的聖母像。」然後一個年老的神父微笑走過來，神父說：「你有事嗎？請進來。」陸誠轉頭就走。最後「陸誠的背影像逃避什麼似地，匆匆走入橫街的陰影中。」這一連串行動，加深了陸誠對宗教的迎和拒的兩面取態，他面對宗教象徵，但又逃避宗教的吸納。

二話不說，下接第七十四場，是全劇的轉折點，陸誠再沒有上述的猶豫不決態度，而是當眾大聲道出個人的懺悔：「法官先生，殺死那兩個男人的兇手不是林海燕，是我……我不但教唆林海燕殺死那兩個男人，我還教唆她殺死一個才兩個月大的胎兒。」重點是留白了，因為陸誠的轉折不只是夜訪天主教堂（這更像是懺罪精神的觸發點），而是夜訪教堂後他個人的思索，這一部分在電影劇本中是沒有寫出來的，但是，觀眾也可以透過留白，以自己的深思補足理解。

第八十七場開始，劇本轉入 1937 年的青海，陸誠一邊等待被判有期徒刑二十年的林海燕，一邊在偏僻的學校教書——劇本第八十一場道明林海燕判刑的真相，這是舒懿犧牲自己爭取來的刑期。在第一〇八場，陸誠與前來探望的舒懿重聚，當晚，他們看見白馬和紅色袈裟的喇嘛跑過，一路遠去，消逝在黑沉沉的大地中。這是劇本中最詩意的片段，白馬令人想到《西遊記》中唐僧的坐騎白馬，白馬原是西海龍王之子，因犯了不孝之罪而變作白馬，協助唐僧到西天取經，修成正果。白馬任勞任怨，艱苦備嘗，正好是陸誠與舒懿的人格象徵。毫無疑問，劇本加深了女性自我犧牲和一往情深的要旨，這一點大概是從托爾斯泰較早期的小說如《戰爭與和平》或德國文豪歌德（Johann Wolfgang von Goethe）的詩作及悲劇借調而來，而不是從《復活》中取出的。

下接第一〇九場，陸誠在女子監獄禮堂領唱舒伯特（Franz Schubert）的歌曲《野玫瑰》（*Heidenröslein*），令林海燕萬分感動，回心轉意。邱剛健的選取十分精準，《野玫瑰》的歌詞是歌德的詩作，詩作如下，這是楊武能的中譯：

少年看見玫瑰花，
原野裡的小玫瑰，
那麼鮮艷，那麼美麗，
少年急忙跑上去，
看著玫瑰心歡喜。
玫瑰，玫瑰，紅玫瑰，
原野裡的小玫瑰。

少年說：我要摘掉你，
原野裡的小玫瑰。
玫瑰說：我要刺痛你，
叫你永遠記住我，
我可不願受人欺。
玫瑰，玫瑰，紅玫瑰，
原野裡的小玫瑰。

輕狂的少年摘下了
原野裡的小玫瑰。

玫瑰用刺來抗拒，
發出哀聲和嘆息，
可是仍得任人欺。
玫瑰，玫瑰，紅玫瑰，
原野裡的小玫瑰。[2]

歌德的《野玫瑰》來自德國民謠。1771年，歌德在史特拉斯堡大學學習期間，愛上了鄉村牧師的女兒弗雷德里克．布麗翁（Friederike Brion），可是歌德學習完畢就返回法蘭克福，而布麗翁終身未婚。歌德始愛終棄，內心追悔，以布麗翁為原型來寫作，例如詩作《野玫瑰》一直被視為用擬人化的手法，將歌德對布麗翁的情感關係，代之以少年和玫瑰花。至於歌德的畢生力作《浮士德》（*Faust*），女主角甘淚卿（又譯葛麗倩，Gretchen）愛上浮士德，懷上胎兒卻被遺棄，甘淚卿淹死私生子，因謀殺被捕下獄，判為死罪，浮士德來救她，可是她不願離開牢獄，最終梅非斯特說甘淚卿被審判了，但天上有聲音說她得救贖了。這是《浮士德》第一部的尾聲，而甘淚卿的原型正是布麗翁。

邱剛健從歌德的生平和作品如《野玫瑰》與《浮士德》，找到通往托爾斯泰小說《復活》的大路，實在是慧眼識見，這是來自邱剛健對歐洲文學和音樂的個人修養，正如邱剛健老伴、劇本《復活》的合撰者趙向陽說：「邱剛健喜歡歐洲的古典音樂，每天必聽，已是他生活必不可少的一部分。他要從音樂中尋找靈感，尋找他創作的源泉。他認為，影視作品如同音樂，要有張有弛。」[3]

林海燕因為監獄鬧動亂而逃出來，重獲自由。然而，從城市來到鄉鎮，上流社會的醜惡，過渡到礦老闆的無恥。礦老闆為了沖喜，令女孩玉花懷孕，劇本序場的初生男嬰出生，卻「命懸生死一線間」一幕，在第一二〇場揭曉下落，玉花的男嬰誕下，卻一直沒有出聲，但卒之突然「哇」一聲大哭起來，一個新生命誕生。

至於林海燕和陸誠的新生，有第一二五場的詩意表達，他們走入茫茫白雪中，脫去衣服，為對方擦洗，彷彿要洗去昔日的罪過，達到精神上的新生。

劇本的結局是林海燕走上山崖，憶起昔日陸誠的笑容，於是縱身一躍，「整個人像燕子一樣飛出山崖⋯⋯自由自在、優美嫻雅地一路翱翔。」而陸誠以畫外音獨白說：「她沒有墜下去。她飛起來。她終於像高爾基的海燕一樣，搏擊風浪，找到了她的自由和歸宿。她也幫助我找到了我的自由和歸宿，無愧於天地⋯⋯」

這個結局令人想到李安執導的《臥虎藏龍》（2000），章子怡飾演的玉嬌龍，與羅小虎一夜纏綿之後，最終還是走上山崖，跳下去，擺脫一切束縛，得到個人的自由。至於劇本《復活》，也是異曲同工，主題也有相通相似，但由於海燕意象的引入，令劇本《復活》與《臥虎藏龍》也有所不同。

俄國作家高爾基晚年常常與托爾斯泰見面，更寫下《托爾斯泰回憶雜記》（*My Recollections of Tolstoy*）。高爾基早年所寫的散文詩《海燕之歌》（*The Song of the Stormy Petrel*），以高傲地展翅翱翔的海燕為中心，海燕的吶喊聲中有對暴風雨的渴望、憤怒的力量、激情的火焰和勝利的信心。然而海鷗、海鴨、蠢笨的企鵝卻是恐懼驚慌。海燕像高傲的黑色魔靈，大笑又號叫：

——暴風雨！暴風雨就要來了！
在閃電和咆哮的大海之間，這隻勇敢的海燕還在高傲翱翔，這是勝利的先知在吶喊：
——就讓暴風雨來得更猛烈些吧！[4]

根據劇本第三十一場說，林海燕原名林秀玲，陸誠為她從高爾基的詩取來名字海燕，希望她過上安定的生活。可是面對社會的腐敗不公，生活不再安定，林海燕化身成高爾基筆下的海燕，如果結合高爾基的意思，《海燕之歌》其實就是革命的戰歌。

三、宣戰的氣魄：理念分析

關於托爾斯泰的思想理念，俄國哲學家舍斯托夫（Lev Shestov）的《托爾斯泰和尼采學說中的善》（*The Good in the Teaching of Tolstoy and Nietzsche*），以及梅列日科夫斯基（Dmitry Merezhkovsky）的《托爾斯泰與陀思妥耶夫斯基》（*L. Tolstoy and Dostoyevsky*），都有深入討論，可是《復活》一書大概都不是他們眼中的焦點所在。

生於俄國的自由主義哲學家伯林（Isaiah Berlin），在《俄國思想家》（*Russian Thinkers*）一書中對托爾斯泰思想有精彩的分析。

書中著名的一章〈刺猬與狐狸〉（"The Hedgehog and the Fox"），視刺猬型人格是向心式的，重原則和體系，而狐狸型人格是離心式的，思想零散漫散，伯林將托爾斯泰定位為「天性是狐狸，卻自信是刺猬」。但要了解托爾斯泰更多，還需要看〈托爾斯泰與啟蒙〉（"Tolstoy and Enlightenment"）一章，伯林提綱挈領，一句道明：「依靠奪取或借來的物質而生活、不能『自給自足』，會違背『自然的』感覺與體悟，腐蝕自己的道德，而自致於邪惡且可悲。人性之理想，是一個人人自由平等的社會，人人依真理與正道而生活與思考，因此人與我、我與自身皆無衝突。這種說法，無論披上神學、世俗或自由無政府主義外形，都是古典的自然法義理。托爾斯泰終身執守此義——在其『世俗』時期、『皈依』以後，皆然。」[5] 顯而易見，這種人性道德的平等理想，在托爾斯泰的後期小說中，已經不可或缺，而且位居要津，整部《復活》正是這種平等理念的體現。

小說中的聶黑流道夫，為著自由平等的理想，而奔波於不同政府司法機構，甚至上是「對當時的社會價值宣戰，對國家、社會、教育的暴政宣戰，對殘酷、不仁、愚蠢、偽善、軟弱宣戰——

以及，最重要者，對虛榮與道德盲目（moral blindness）宣戰。」[6]當然，聶黑流道夫並不是舉起武裝軍械宣戰，他是以個人的人道和正義精神，向整個腐朽的社會建制宣戰。

本文孜孜不倦地借伯林〈托爾斯泰與啟蒙〉一文的觀點，剖析小說《復活》，正是要說明原著小說與電影改編劇本的分野。電影改編或許難以企及小說達到的思想高度，但是邱剛健也建立了一個自足的影像文本世界，更涉及了宗教、社會、生命、自由、罪與罰等題旨。至於托爾斯泰向社會建制宣戰的道德勇氣，在邱剛健的劇本也有明確的回響。

註

1 傅雷譯，《托爾斯泰傳》，北京：商務印書館，1994 年，頁 94。

2 錢春綺編，《歌德詩歌精選》，太原：北岳文藝出版社，1994 年，頁 83-84。

3 羅卡主編，喬奕思、劉欽助編，《美與狂：邱剛健的戲劇・詩・電影》，香港：三聯書店（香港）有限公司，2014 年，頁 487。

4 高爾基著，蘇畇晗譯，《海燕》，南京：江蘇鳳凰文藝出版社，2018 年，頁 4。

5 彭淮棟譯，《俄國思想家》，南京：譯林出版社，2001 年，頁 294。

6 彭淮棟譯，《俄國思想家》，南京：譯林出版社，2001 年，頁 302。

鄭政恆 作者簡介

影評人，2013 年獲得香港藝術發展獎年度最佳藝術家獎（藝術評論），2015 年參加美國愛荷華大學國際寫作計劃。著有《字與光：文學改編電影談》、散文集《記憶散步》、詩集三本，主編有《沉默的回聲》、《青春的一抹彩色 —— 影迷公主陳寶珠：愛她想她寫她（評論集）》、《金庸：從香港到世界》、《2011 香港電影回顧》、《也斯影評集》，合編有《香港文學與電影》等。曾任香港電影金像獎、國際影評人聯盟獎、華語電影傳媒大獎及金馬獎評審。

復活

電影◎劇本

邱剛健與趙向陽於 2008 年在北京相識後，指導趙向陽寫了幾個劇本，亦師亦友。到開始改編《復活》時，趙向陽已成為邱剛健的生活伴侶以及工作夥伴。劇本《復活》創作於 2009 年，是首部兩人署名、共同編劇的作品。邱剛健定下每一場次的主要情節，由趙向陽執筆。寫好的場次經邱剛健修訂，兩人討論，然後繼續推進，如此往復，直到劇本完成。據趙向陽口述，《復活》之中的重要細節，如開場意象、所用音樂等，都是由邱剛健在創作初期就決定好了的。長篇小說《復活》為俄國文學巨匠托爾斯泰晚年最後一部長篇小說，是他最偉大的三部著作之一。邱剛健將托式的文學故事移植到 1936 年的上海，所增加的人物和情節，展現了邱式改編創作之靈活，總是在經典文本中尋求新的演繹。

打印四场

白晓明 2009.8.28. 凌晨

序 楼内 境头

① 南北公寓 上海 南北区公寓 大厅。婚介三人等
② 婚介所门口。楼梯。[illegible]
③ 婚介所。厨房 [illegible]
④ 婚介所。客厅 [illegible]
⑤ 婚介所门口。楼梯 ~~[illegible]~~ [illegible]
⑥ 婚介所。客厅 [illegible]
⑦ 婚介所。厨房与卫生间。[illegible]
⑧ 婚介所卫生间内。[illegible]
⑨ 婚介所。客厅。路人 [illegible]
⑩ 婚介所门口。楼梯。[illegible]
⑪ 公寓。小区门口。[illegible]

⑫ [illegible] office [illegible]
⑬ [illegible]
⑭ [illegible]
⑮ [illegible]
⑯ Party [illegible]
⑰ [illegible] 客厅　⑱ [illegible]　⑲ 客厅 [illegible]

⑰ 客厅。⑱ [illegible]。⑲ 客厅。⑳ 大堂
㉑ [illegible]　㉒ [illegible]
㉓ office：㉔ [illegible]

[illegible]
[illegible] 男女 [illegible]
男人 [illegible]
男 [illegible]
男女 [illegible] 第二个男人 [illegible] Party [illegible]

这件的戏剧
认了这段的戏剧

婚：[illegible]
友：[illegible]

[illegible]

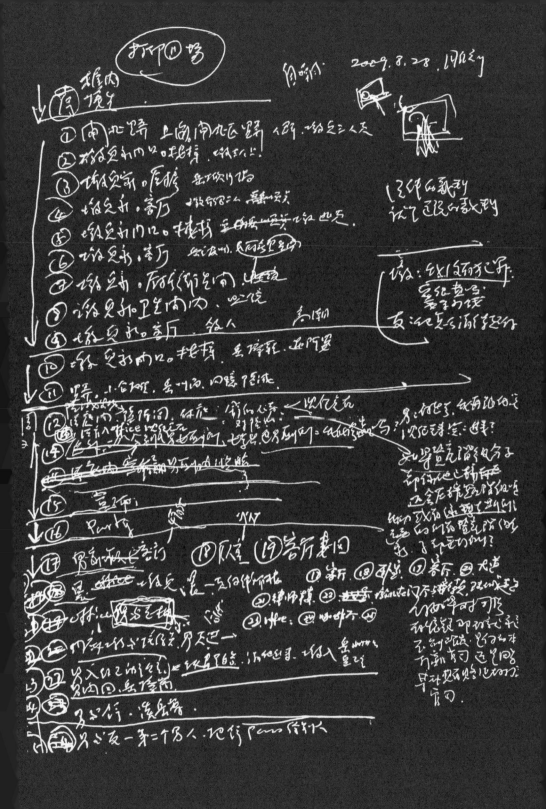

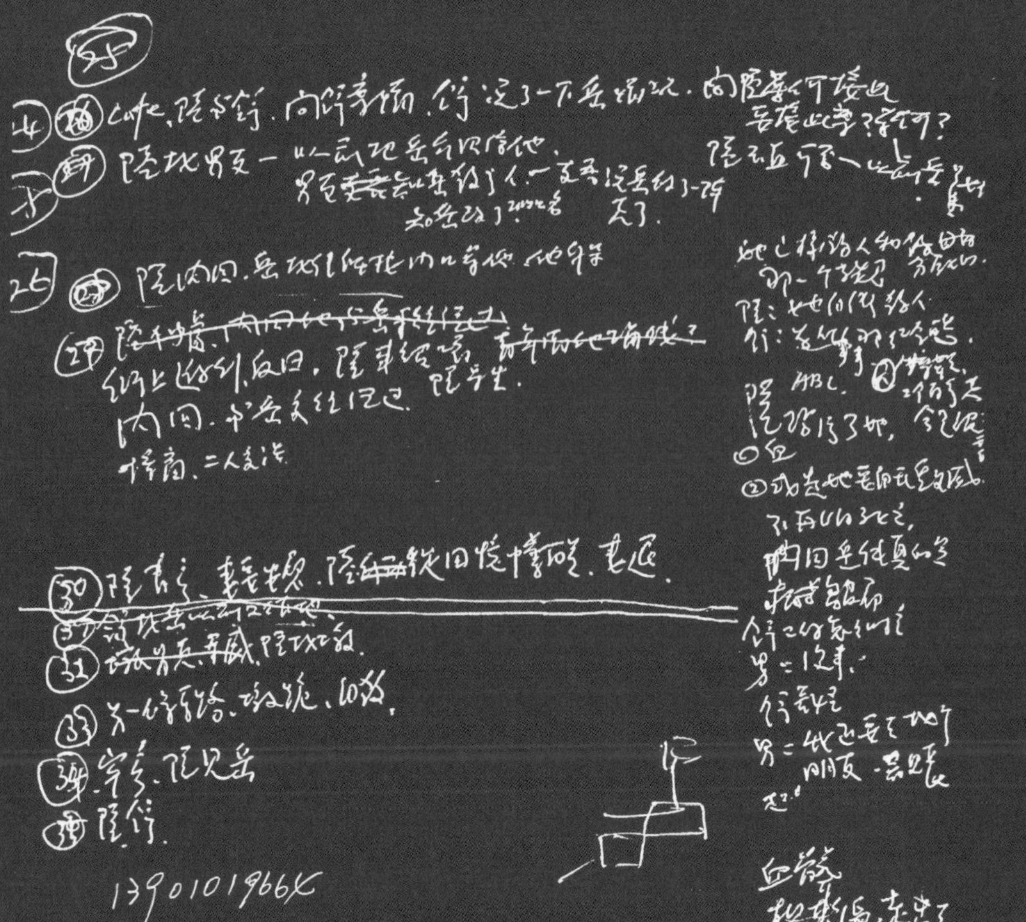

邱剛健手稿，為《復活》的一些場景列表，可見邱剛健晚年創作新劇本時的工作方式。《復活》劇本雖是邱、趙二人共同創作，但邱剛健設計了劇本的重要場景，如第一場「接生」，在正式寫劇本前就已確定了。

~~106~~ 112

景：山崖
時：晨
人：林海亞

滿山遍野，覆蓋着皚皚的白雪。
林海亞一步步走上山崖
林海走到山崖邊緣，放眼一看。
天地蒼茫。
林海亞充滿風霜的臉上慢慢泛起十七世紀[illegible]的笑容。

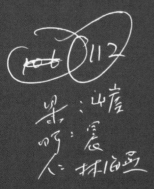

（十七）113

景：陆诚家别墅。书房

（夜）明日

人：陆诚，~~王梅~~

内因：~~第二十九场~~

~~陆诚在~~

音乐盖过了钢琴的话在~~（……）~~玻璃窗上画面是~~王梅的脸~~

（画）陆诚也渐渐展开了笑容。

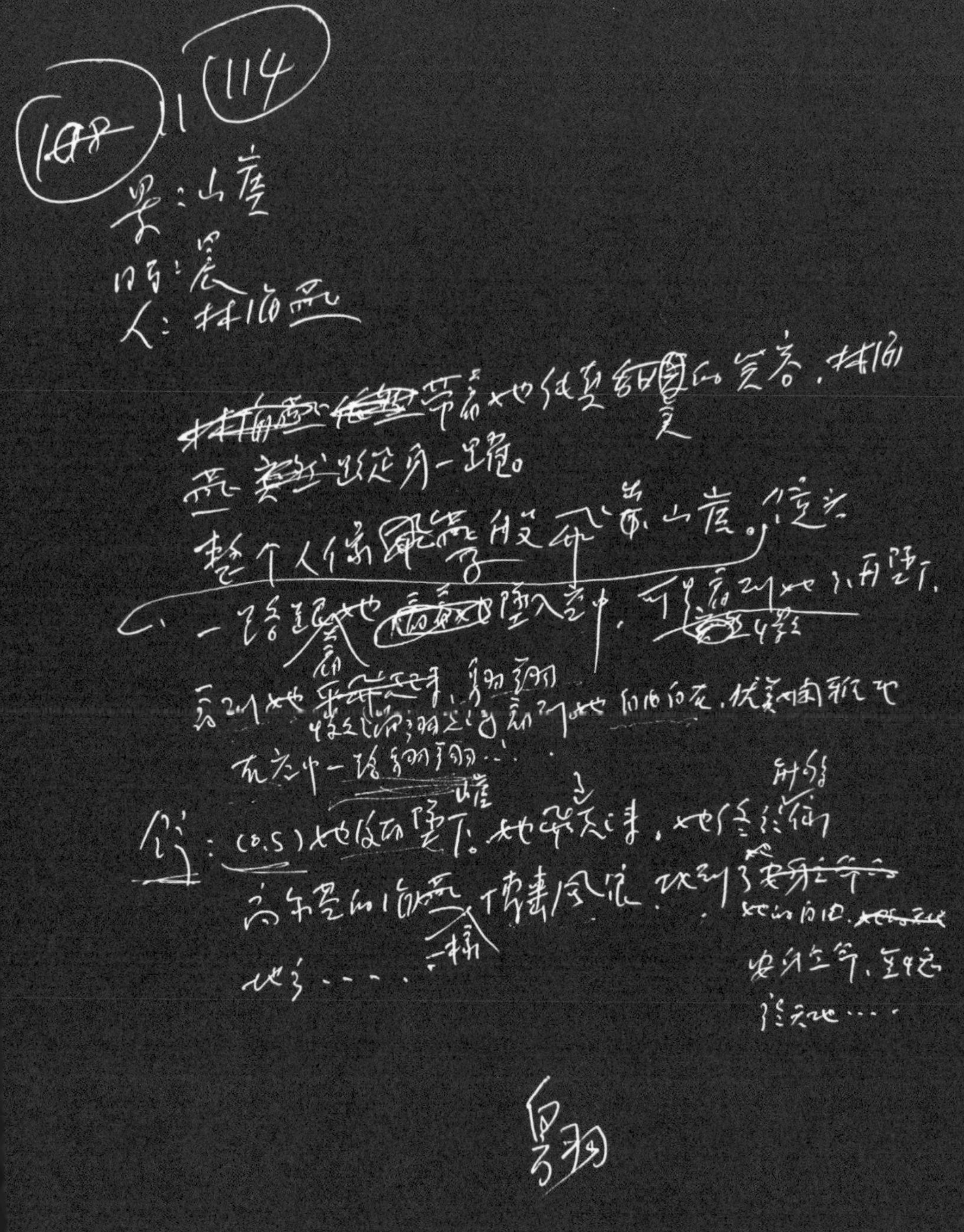
108 114
景：山崖
時：晨
人：林海燕

邱剛健手稿，為《復活》第一一二至一一四場，與本書收錄劇本版本的場次相同。第一一二場寫林海燕站在山崖邊的遠望，銜接回憶，然後在第一一四場交代了海燕的結局，以「自由和歸宿」點題。

序場

景　木屋內
時　夜
人

△　只看到男人和女人的雙手，小心翼翼地從蓋著毯子的孕婦下腹中接出一個初生的男嬰。嬰兒沒有發出哭聲。男女的手染滿孕婦的血和羊水，微微顫抖，一直捧著嬰兒，等他出聲。嬰兒沒有出聲。

第一場

景　上海。閘北區里弄
時　黃昏
人　墩兒、兩男人、居民、兒童

△　里弄上空罩滿濃郁的黑雲，滲雜著幾抹猩紅的即將消失的晚霞。一縷縷的炊煙從陳舊、擁擠的樓房亭子間嫋嫋上升。到處是像螻蟻般奔跑玩耍的兒童及忙碌的居民。依稀看到墩兒帶著兩個男人，走過里弄。

△　字幕：1936 年。上海，閘北。

第二場

景　墩兒家門口。樓梯
時　黃昏
人　墩兒、兩男人

△　墩兒帶著兩個男人走進門。黑暗中，三個朦朧的人影。墩兒舉手拉下燈繩。

△　半空中亮起一盞十瓦的光裸、骯髒的燈泡，微微晃動。

△　借著微弱的燈光看見樓道裡到處堆積著雜亂的廢物。三人沿著樓梯晃晃悠悠朝墩兒家的亭子間走去。木製的樓梯發出吱呀的聲音。

男人甲：你命好，老婆那麼漂亮，又燒得一手好菜。你們以前那家館子的東北亂燉，我吃過幾次，真過癮。

男人乙：亂燉就是亂燉。一大鍋菜瞎攪在一起，沒品位。

墩　兒：那是你沒吃過正宗的，我媳婦兒的亂燉我敢說上海沒人比得過。

男人乙：加了大煙殼？

男人甲：那我們可戒不掉了，每天都來吃唄。

△　兩男人笑了起來，墩兒尷尬陪著笑。

第三場

景　墩兒家。廚房
時　黃昏
人　林海燕

△　林海燕的臉湊近爐火上的砂鍋，拿著毛巾掀開蓋子。鍋內熱氣繚繞，掠過林海燕秀麗的臉頰。客廳開門聲。林海燕轉過頭。

第四場

景　墩兒家。客廳
時　黃昏
人　林海燕、墩兒、兩男人

△　林海燕掀開廚房的簾子走出來，腳步一停。

△　兩男人站在門邊，注視林海燕。墩兒關上家門，轉身看到林海燕，微笑走過去。

墩　兒：燕兒，我帶了兩個朋友回來吃飯，家裡有菜嗎？

△　林海燕順手將毛巾放在旁邊的櫃子上，笑著走上前。

林海燕：（對兩男人，親切）歡迎歡迎。（對墩兒）我燉了一鍋肘子湯，再加兩個菜就夠了。

墩　兒：（回頭介紹）這是李老闆和王老闆。（又向兩男人）這是我媳婦兒，燕兒。

男人甲：（對林海燕）梁太太，不好意思打擾您了。我剛才還跟墩兒講，他命真好，有你這樣一個好太太。你以前那家館子我常去，小菜燒得真地道。

林海燕：噢，難怪看著您面熟。那只是些普通的家常菜，您過獎了。請坐。

△　兩男人走向廳中沙發。

墩　兒：燕兒，咱家還有酒嗎？

林海燕：（猶豫一下）還有一點三星[1]吧。

墩　兒：那不行，我下去買一瓶。你先陪陪他們。（對兩男人）你們隨便坐。

△　墩兒說著快步朝門口走去。

△　林海燕趕快跟過去。

林海燕：你兜裡還有錢嗎？

墩　兒：（到門口開門）有，有。

林海燕：（湊過來，低聲）他們是什麼人？

墩　兒：（低聲）這兩個人都是大老闆，你就順著點兒，好好伺候他們。

△　林海燕一愣。

△　墩兒匆忙出去，反手關上門。

第五場

景　墩兒家門口。樓梯
時　黃昏
人　墩兒

△　墩兒像逃命一樣，頭也不回，一路奔下樓梯，跑出門口。

第六場

景　墩兒家。廚房
時　黃昏
人　林海燕、兩男人

△　林海燕臉上堆起笑容走回廳中。兩男人站在沙發前，一直盯著林海燕。

林海燕：坐啊，二位。我去給你們泡壺茶。

△ 林海燕轉身走向廚房。

△ 男人乙突然上前一把拽住林海燕，將她摟在懷裡。

男人乙：梁太太，墩兒賭牌輸了錢，把你抵給我們，你乖一點兒，好好伺候我們。

△ 男人乙抱緊林海燕，用力吻她的嘴。林海燕開始強烈掙扎了一會兒，然後慢慢看到她軟化下來，猛然間又熱情地回吻了男人乙一下，推開他。

林海燕：（媚笑）我去洗一洗。

△ 林海燕對站在旁邊癡望的男人甲回眸一笑，轉身快步進了廚房。

第七場

景 墩兒家。廚房，衛生間
時 黃昏
人 林海燕

△ 林海燕穿過廚房，進入角落的衛生間，關上門。

第八場

景 墩兒家。衛生間內
時 黃昏
人 林海燕

△ 林海燕一下打開淋浴開關，噴頭的水急泄而下。

△ 水聲中，林海燕呆呆地望著鏡子裡面自己空白的臉。

第九場

景 墩兒家。客廳
時 黃昏
人 林海燕、兩男人

△ 客廳隱約聽到衛生間水聲。兩男人依舊站在沙發前。

男人甲：你剛才太猛了，連我都嚇一跳，你不怕她翻臉？

男人乙：（不屑一笑）沒事兒，她什麼場面沒見過，我就是要給她一個「上馬」威。你看，服帖了吧。

男人甲：那就等著貴妃出浴吧。

男人乙：我們來個二龍戲珠。

△ 話音沒落，廚房簾子掀翻開來，林海燕像瘋子一般直飆出來，手拿一把尖刀，照著男人乙的脖子就是一刀。登時男人乙的鮮血噴出，濺到林海燕的臉上。

△ 男人甲大驚，上前去奪林海燕手中的刀子。林海燕沒等他的手過來，尖刀已經插入他的胸口。男人甲痛叫，用手按住傷口反身衝向家門。林海燕趕過來在他的身後又補了一刀。男人甲奪門而出。

△ 客廳裡，男人乙一隻手捂緊脖子，一隻手毫無目的地在空中亂抓，叫不出聲，身體撞撞跌跌。翻倒的咖啡桌、地上、牆上、沙發上到處血跡斑斑。

△ 林海燕砰然關上家門。轉過頭。臉上、身上都是血。

第十場

景 墩兒家門口。樓梯
時 夜
人 林海燕、男人甲、阿婆

△ 從墩兒家的大門，斷斷續續的血跡延續到一層樓梯口橫臥的男人甲，扭曲的臉顯露出臨死前的痛苦。

△ 洗淨血，穿著一套乾淨衣服的林海燕打開家門出來，鎖上門，慢步走下樓梯，從容地跨過男人甲的屍體。才走一步，停下來，低頭看了一眼腳下的皮鞋，抬起腳，鞋底有血跡。林海燕回過身在屍體的衣服上使勁兒地蹭了兩下鞋底。一個提著菜籃子的阿婆走進大門，一眼看到屍體和林海燕的動作，僵住。

△ 林海燕轉過來看阿婆一眼，點一下頭，若無其事地從阿婆身

邊走出大門。

第十一場

景　里弄。小食攤
時　夜
人　林海燕、小食攤主人、食客

△　林海燕出了大門，沿著里弄走。身後傳來阿婆陣陣的喊聲。

阿　婆：（O.S.）殺人了，殺死人了……

△　林海燕鎮靜地往前走。聽到呼喊聲，里弄的人膽大地朝出事地跑去，有些人在家打開窗戶張望著。

△　林海燕走到里弄口的小食攤，坐下來。有人從她背後跑過去。小食攤主和一兩個食客探頭望。

攤　主：出了什麼事？

林海燕：殺人了。來碗陽春麵。

攤　主：呦？好嘞。

△　攤主回頭煮麵。

△　林海燕面無表情坐著。

第十二場

景　陸誠家別墅。書房
時　日
人　林海燕、陸誠

△　回憶。

△　林海燕的手拿著揉成一團的舊報紙，用力擦過玻璃窗，發出刺耳的吱吱聲。窗內書房，陸誠坐在書桌前，抬頭不耐煩地望過來。

△　回憶完。

第十三場

景　法院。審判庭
時　日
人　陸誠、舒懿、法官、宋維德、宋維德律師、報社編輯、原東北軍軍人、書記官、速記員、警察、旁聽人

△　主審法官威嚴地坐在法官席上。被告席上坐著陸誠、舒懿。原告席上坐著宋維德、辯護律師。他們後面的旁聽席上坐著報社編輯、一些穿著便服的軍人和旁聽的群眾。

法　官：原告宋維德先生告《新報》記者舒懿名譽侵權案，原告律師已經做了最後的陳述，現在請被告律師做最後的陳述。

△　陸誠站起來。

陸　誠：法官先生，九一八事變當晚，身為東北軍旅長的宋維德少將，帶領手下的幾名軍官去喝花酒，沒有抵抗日軍的侵略。現在宋維德先生辯稱說，當時他是得到上司的命令不抵抗，準備撤軍的。舒懿小姐的文章不是追究他應不應該抵抗日軍這件事，她只是據實報導宋維德先生和他的軍官喝花酒的這件事。舒懿小姐的證人，宋維德先生當年的一些部下，已經在庭上證明了這件事。

△　坐在陸誠旁邊的舒懿，仰頭一望陸誠。

舒　懿：（O.S.）他就是資產階級培育出來的優良品種嗎？（一頓）可惜所有的好男人都娶了老婆了。

陸　誠：法官先生，舒懿小姐身為記者，她對宋維德先生當時作為一名軍人的行為，沒有做任何的道德判斷，沒有詆毀，沒有譴責，她只是客觀地報導了這件事而已。宋維德先生告她誹謗名譽這件事，完全不能成立。請法庭給予公正的判決。我的話講完了。謝謝法官先生。

△　陸誠話音剛落，法庭內掌聲一片。

△　法官舉錘。

法　官：肅靜！現在休庭。

第十四場

景 法院。法官辦公室，過道
時 日
人 沈紀元、法官

△ 法官走過過道，到辦公室，推開房門。窗口辦公桌一側，沈紀元坐在沙發上，轉頭沒有表情地看著法官。

法　官：（臉上堆著笑進門）您來了。

△ 法官隨手關上門。

第十五場

景 法院。男女衛生間，過道
時 日
人 陸誠、舒懿

△ 陸誠與舒懿大步穿過過道，朝男女衛生間走去。

舒　懿：你知道我們的司法系統都是被操縱的。

陸　誠：你相信中國到處是壞人，我相信中國到處是好人。

△ 二人各自走到男女衛生間門口，推門進去。

△ 突然間，舒懿又從女衛生間出來，到男衛生間門口，一下推開門。

第十六場

景 法院。男衛生間
時 日
人 陸誠、舒懿、男人

△ 陸誠正走向小便池，看到舒懿衝進來，愕然停步。小便池的另一個男人慌忙繫褲子的紐扣。

舒　懿：我們肯定會贏。我們是好人。

陸　誠：（正色）你先出去。我們再談。

△ 舒懿一笑，轉身出去。

第十七場

景 法院。審判庭
時 日
人 陸誠、舒懿、法官、宋維德、宋維德律師、報社編輯、原東北軍軍人、書記官、速記員、警察、旁聽人

△ 法官走入審判庭。

書記官：全體起立。

△ 陸誠、舒懿及眾人起立。

△ 法官到自己座位坐下。

△ 眾人各自落座。

法　官：（宣判）本庭宣判，宋維德先生告《新報》記者舒懿小姐名譽侵權案，因證據不足，舒懿小姐的名譽侵權罪不成立。退庭。

△ 舒懿和身後的報社編輯、軍人及一些支持者一下子從座位上躍起、歡呼。陸誠端坐微笑。

△ 宋維德、律師及身後的幾個軍人沉著臉，坐著不動。

第十八場

景 飯店。小宴會廳
時 夜
人 陸誠、舒懿、沈紀元、報社編輯、客人、樂隊、侍者

△ 陸誠和舒懿在小舞池中輕鬆地跳著華爾滋。

舒　懿：陸誠，你是上海最好的律師。

陸　誠：洗耳恭聽。

舒　懿：你可能是中國最好的律師。

陸　誠：可能？還有更好聽的話嗎？

舒　懿：你是一個好丈夫嗎？

陸　誠：（笑）你是沒機會了。舒懿，好的男人都已經有老婆了。

△ 小舞池擠滿跳舞的人，沈紀元穿過他們，不時彬彬有禮地道歉，走近陸誠和舒懿。

△　陸誠剛好和舒懿做了一個優美的花式，把懷裡的舒懿送出去，沈紀元趁勢上前摟住舒懿。

沈紀元：陸大律師，謝謝你把舒小姐送給我。

舒　懿：（笑）沈紀元，你打劫呀。

陸　誠：（讓開）沈先生是雅賊。

沈紀元：（跳起舞）雅賊還是賊，你打算怎麼替我辯護？

舒　懿：那要看你出多少錢了。

△　陸誠笑著走開。

△　樂隊換奏狐步舞曲。沈紀元、舒懿溫柔起舞。

△　舒懿隔著沈紀元的肩膀，深邃地望著陸誠穿過人群的背影。

舒　懿：（O.S.）為什麼我會突然覺得他是個寂寞的人？

△　沈紀元微微把舒懿摟近。

沈紀元：你現在是新聞界的紅人了，《申報》和《大公報》都找你了吧？

舒　懿：我能報導國民黨的腐敗嗎？能宣揚馬克思主義嗎？

沈紀元：（微笑）盡在小報上揭發社會名流的醜聞，登不了大雅之堂。

舒　懿：你登上了，你做了雅賊了。

△　兩個人都笑了起來。

△　舞池周圍坐滿新聞界、司法界、政界及陸誠和舒懿的朋友。陸誠在一角的自助餐檯上，挑選食物。報社編輯端了個空盤子湊了過來。

報社編輯：（挑食物）陸律師，我看見你和舒懿、沈先生聊得很開心。沈先生現在是司法改革委員會的負責人，他是不是想拉你加盟啊？

陸　誠：（淡淡一笑）無可奉告。

報社編輯：我本來還想搶個頭條呢。

陸　誠：我都能上頭條？

報社編輯：我們是小報嘛。明天你和舒懿都上頭條了。

第十九場

景　陸誠家。客廳
時　夜
人　陸誠

△　黑暗的大廳。陸誠開門進來，打亮燈。大廳裝飾富麗高雅，但空空蕩蕩不見一人。陸誠走到廳中，遲疑一下，朝臥室走去。

△　陸誠輕輕打開門。

第二十場

景　陸誠家。臥室
時　夜
人　陸誠

△　借著客廳的燈光看到寬大的雙人床，鋪著閃亮華美的絲質床罩，露出冷冷的兩個枕頭。

△　陸誠關上門。

第二十一場

景　陸誠家。客廳
時　夜
人　陸誠、章靜、華嫂

△　陸誠轉身回客廳。華嫂一邊整理衣服一邊匆匆從裡面過道走出來。

華　嫂：姑爺，小姐還沒回來。

陸　誠：沒事，你回去睡吧。

華　嫂：我準備了酒釀湯圓，姑爺如果想吃宵夜，我去端一碗來。

陸　誠：不要麻煩了，我不餓。

△　家門鑰匙聲。章靜打開門進來，看到陸誠。

章　靜：你回來了。

陸　誠：我也剛進門。

華　嫂：小姐，我去幫你放洗澡水。

△　章靜點頭。華嫂走向臥室。

章　靜：Party 成功吧？

陸　誠：還好。

章　靜：舒小姐應該高興死了，你救了她。

陸　誠：（微笑）我的律師費差點要了她報社的命。

章　靜：（微笑）抱歉，公司的人開完會，還想去百樂門跳舞，我想你反正也不在家，就跟著去了。

陸　誠：跳得開心嗎？

章　靜：（走前）一身汗。我去換衣服。

△　章靜經過陸誠面前。二人視線一交，陸誠木然沒有表情，章靜低下頭，走進臥室。

第二十二場

景　林蔭大道

時　日

人　墩兒、路人

△　雨後，路旁一些低垂的法國梧桐樹的葉子，掛滿晶瑩的水珠。

△　墩兒沿著樹下走著，有時碰到樹葉，水珠紛紛滴下，打在他的頭上、臉上。墩兒不耐煩地一甩頭，用力擦臉。

第二十三場

景　律師事務所。主任辦公室
時　日
人　陸誠、徐主任

△　徐主任坐在皮椅上，隔著桃花心木的辦公桌，嘴角含笑，對著坐在他面前的陸誠。

徐主任：前兩天沈紀元請我吃飯，你知道為什麼吧？

陸　誠：（笑）他想叫我加入國民黨。

徐主任：錯，你把他看扁了，他沒你想得那麼簡單。他的司法改革委員會需要各類人物替他撐門面。你是自由派，還有，他真的看重你的才學。這個人確實想做一點事。

陸　誠：再怎麼改革，到最後還不是他們國民黨說了算。

徐主任：小陸，你常跟我說，中國還是有好人，國民黨也有好人啊。你加入他們，用不了幾年，你就可能成為中國最年輕的法官。

陸　誠：這有意義嗎？

徐主任：（微笑）至少有一點，你是我們事務所出來的，對我們終歸會有所關照吧。

陸　誠：你不要我做一個公正、不偏不倚的法官？我可能讓你的每一件案子都敗訴。

徐主任：小陸，你太年輕了。

陸　誠：（站起來）徐主任，你和沈紀元的好意我會考慮。法官這個頭銜還是挺誘惑人的。

徐主任：我就奇怪了，沈紀元為什麼不邀請我呢？

陸　誠：他請不起你吧。

徐主任：有機會替國家盡一點心力，我還會計較錢嗎？

陸　誠：魚和熊掌都要。

△　陸誠轉身離開。

徐主任：（對著陸誠背後。笑吟吟）你說出了你的真心話。

△ 陸誠不理他，笑著走出門。

第二十四場

景 律師事務所。門廳
時 日
人 墩兒、接待小姐

△ 墩兒推開律師事務所的門，畏畏縮縮走到前臺。

△ 接待小姐打量墩兒一眼。

接待小姐：請問先生您找誰？

墩　兒：陸誠律師在嗎？

接待小姐：您貴姓？有預約嗎？

△ 墩兒搖頭。

第二十五場

景 律師事務所。陸誠辦公室
時 日
人 陸誠、秘書、墩兒

△ 陸誠走到自己辦公桌前坐下。

△ 秘書敲門進來。

秘　書：陸律師，有個姓梁的先生找您。他沒有預約，您有空嗎？

陸　誠：有沒有說什麼事？

秘　書：他沒說。梁先生說一定要見您。

陸　誠：那讓他進來吧。

△ 秘書走回門口，打開門，做了一個手勢。

秘　書：梁先生請進。

△ 墩兒走進辦公室。

陸　誠：（站起來）梁先生，請坐。

△ 墩兒走過來，怯怯地坐在陸誠辦公桌對面的椅子上。

陸　誠：（望著墩兒）梁先生，你有什麼事，請說。

墩　兒：我聽說律師是按時間計費的。

陸　誠：（笑）我還沒有接受你的委託，現在不計費。

墩　兒：陸律師，燕兒殺了人了，你一定要救救她。

陸　誠：梁先生，你說什麼？燕兒是誰？

墩　兒：（迫切）燕兒是我媳婦兒，哦，是我同居的女人。她殺了兩個人了！她以前是你家的傭人。

△ 陸誠一臉疑惑，看著墩兒。

陸　誠：燕兒？我家的傭人？（一頓）梁先生，你冷靜一點。她叫什麼？

墩　兒：她叫林海燕。她告訴我她以前在你家別墅做過事。本來叫林秀玲，是你嫌她的名字太土，給她改了，叫林海燕。你不知道她殺了人嗎？你沒看報紙嗎？報紙都登了。

△ 陸誠臉色慢慢凝重起來。

第二十六場

景　墩兒家。客廳
時　黃昏
人　林海燕、兩男人

△ 回憶。

△ 林海燕像瘋子一樣，手拿一把尖刀，照著男人乙的脖子就是一刀。登時男人乙的鮮血噴出，濺到林海燕的臉上。

△ 回憶完。

第二十七場

景　律師事務所。陸誠辦公室
時　日
人　陸誠、墩兒

△　陸誠一臉空白。

陸　誠：我看過報紙，我一時沒想起來林秀玲就是林海燕。

墩　兒：你怎麼會忘了？

陸　誠：（淡淡一笑）幾年前的事了。

墩　兒：可燕兒一直沒有忘記你。

△　陸誠還是一臉空白，望著墩兒。

墩　兒：（身子傾前。激動）陸律師，你一定要救救燕兒。我知道你們律師費很貴，可是我會想辦法湊出這筆錢。你一定要救她一命。她會被判死刑的。

陸　誠：梁先生，你冷靜一點。是海燕叫你來找我的嗎？

墩　兒：不是。她被抓進去以後，我就沒看到她。

陸　誠：那你怎麼知道來找我？

墩　兒：燕兒有一次看報紙，看到你的名字，說你是上海最好的年輕律師。燕兒很興奮，說她認識你，在你家做過傭人。

△　陸誠沒有表情。

陸　誠：梁先生，你把事情詳細告訴我。

第二十八場

景　大馬路
時　日
人　陸誠、遊行的群眾

△　一大堆像長蛇一般遊行的青年發出震耳欲聾的口號，搖著旗子、標語前進，把馬路擠得水泄不通。一些車輛被堵在馬路中，動彈不得。陸誠坐在其中一輛車子的駕駛位上。遊行的

青年喊著口號，從他車子兩旁不停地走過。

遊行隊伍：打倒日本帝國主義！還我河山！還我東北！抵制日貨！小日本從中國滾出去！打倒賣國賊……

△ 車子的前擋風玻璃上都是紛沓的人影，陸誠似乎毫無感覺，茫然望著，逕自出神。

第二十九場

景 陸誠家別墅。書房
時 日
人 陸誠、林海燕

△ 回憶。

△ 林海燕手拿揉成一團的廢報紙一下下地用力擦著書房的玻璃窗，伴隨著刺耳的吱吱聲，一下下露出純真甜美的笑容，望著窗內。

△ 貼近窗子，皺著眉毛站在裡面看著她的陸誠也漸漸展開了笑容。

△ 回憶完。

第三十場

景 陸誠家別墅。客廳
時 日
人 陸誠、林海燕

△ 回憶。

△ 空曠、寬敞的客廳，灑滿陽光。一架三角鋼琴在客廳四周迅速地滑來滑去。陸誠把海燕的上半身壓在琴鍵上熱吻，一隻腳用力地撐著地面，推動鋼琴到處滑動。鋼琴有時碰到沙發、傢俬，滑到另一邊。隨著兩人的笑聲、身體和手臂的觸動，琴鍵時而發出清脆的聲音，時而發出低啞的聲音。

△ 回憶完。

第三十一場

景　咖啡廳
時　日
人　陸誠、舒懿、侍者、客人

△　咖啡廳裡的燈光幽暗柔和，只有零散幾個客人。大廳裡回蕩著小提琴曲。舒懿一個人在喝咖啡。

△　陸誠急促推門走進咖啡廳，四下張望尋找舒懿。看見了舒懿，走過去。

陸　誠：對不起，遲到了。

舒　懿：給遊行的人堵住了。

△　陸誠坐下來。

陸　誠：（微笑）我沒在遊行隊伍裡看到你。

舒　懿：（微笑）今天我只想喝咖啡，吃冰淇淋，不想愛國。

△　侍者送來了舒懿要的冰淇淋。

侍　者：小姐，您要的香蕉船。

陸　誠：（對侍者）給我一杯咖啡。（對舒懿）你不怕發胖？

舒　懿：（笑。看了看自己的身材）我還有發展餘地。（一望玻璃盤子裡被四五個冰淇淋球圍住的香蕉）你看這像不像一條隨時準備出海的小船。

陸　誠：（笑）怎麼，你想渡洋了？

舒　懿：（笑）不，我要和我們的祖國共存亡。你急著找我有什麼事？

陸　誠：一個星期前，閘北區一個女人殺了兩個人，手法很殘忍。我記得我看過你寫的報導。你可不可以再給我講詳細點？

舒　懿：你接了這個案子了？

陸　誠：還沒有。

舒　懿：不要接。這個案子你贏不了。

△　侍者過來把咖啡放在陸誠面前。陸誠喝了一口。

陸　誠：你說。

舒　懿：其實案件很簡單，沒什麼可說的。兇手的丈夫——

陸　誠：不是丈夫，是同居的男人。

舒　懿：你比我清楚，還問我幹嘛？

△　陸誠望著她不講話。

舒　懿：男人喜歡賭錢，輸了錢付不起了，就叫自己的女人陪贏了錢的兩個癟三睡覺。女人一氣之下殺了那兩個癟三。

陸　誠：自衛殺人。

舒　懿：對，這本來是輕罪，在國外可能不會被判刑。可是，林秀玲殺人的手法特別殘忍，殺了人以後居然還從容地把鞋底的血跡擦在死者的衣服上，然後又像沒事一般在小食攤上吃陽春麵。既不逃跑也不自首。

△　陸誠一時不說話。

舒　懿：這都有目擊證人。檢方會懷疑她是蓄意殺人，要求判極刑。

陸　誠：她確實是臨時起意，為了保護她自己才殺人。

舒　懿：你怎麼知道？

陸　誠：她的同居男人告訴我，林海燕以前並不認識那兩個男人，所以不可能是蓄意殺人。

舒　懿：那他應該跟警察局講。他怎麼一直沒露面？

陸　誠：他害怕，躲起來了。

舒　懿：現在來找你了？

陸　誠：是。

舒　懿：（笑）他付得起你的律師費嗎？

陸　誠：他求我幫他忙。

舒　懿：你什麼時候成了慈善家了？

陸　誠：我還沒答應他。

舒　懿：（一頓）我剛才怎麼聽你叫她林海燕，她不是叫林秀玲嗎？

陸　誠：（沉吟一下。點頭）我以前認識她。她曾經是我家的傭人。

舒　懿：（驚訝）哦。

陸　誠：我原來沒想到是她，報上登的都是她的本名林秀玲，一直到剛才她的男人來找我，我才知道是她。（一頓。自嘲地笑）海燕的名字還是我幫她起的，我嫌林秀玲太土。

舒　懿：（微笑）這個名字起得好。你也讀過高爾基的詩？

陸　誠：她那時候才十七歲，剛單身從東北逃來上海。我希望她像海燕一樣，能夠搏擊風浪，過上安定的生活。

舒　懿：（嘲諷、同情）可她變成女兇手了。

△　陸誠沉默。

舒　懿：你那時還沒結婚吧？

陸　誠：還沒有。

舒　懿：你和她有感情嗎？

陸　誠：沒有。

△　舒懿看他一眼。

第三十二場

景　房屋仲介公司。辦公室

時　日

人　陸誠、經紀人、客戶

△　公司辦公室一片繁忙。一些經紀人出出入入，另一些圍著桌子在和買賣房屋的客戶討價還價。陸誠穿過辦公室，來到總經理房門口。

△　陸誠敲門。

柳明復：（O.S.）進來。

第三十三場

景 房屋仲介公司。總經理室
時 日
人 陸誠、柳明復

△ 陸誠推門進來。

△ 坐在辦公桌前的柳明復抬頭，驚訝地看著陸誠，起身招呼。

柳明復：陸誠，好久不見了，你怎麼來了？

陸　誠：明復，你的生意越做越大了，外面那麼多客戶。

柳明復：都是賣房子的，日本人要打來了。（笑）你不是也來賣房子的吧？坐吧（一比旁邊的沙發），你想喝點什麼？

陸　誠：不了，我剛喝過咖啡。

△ 兩人分別坐下。一時無語。

柳明復：是為了海燕的事來找我的吧？

陸　誠：是。

柳明復：我從報上看到消息，本來想打電話給你，後來一想就沒打，到底是以前的事了。

陸　誠：報上用的是她的本名，你怎麼知道是海燕？

柳明復：我記得她本名叫林秀玲啊。你怎麼到今天才想起來找我？

陸　誠：她的男友來找我做她的辯護律師。

柳明復：怎麼辯護？板上釘釘的事。

陸　誠：（一頓）海燕怎麼會變成這樣？

柳明復：（臉色微變）她怎麼會變成這樣？五年前，你介紹她來這裡工作，從此以後你就不再理她了。她告訴過我，她給你打了幾次電話，你都不接。有一次，她還跑去你的寫字樓門口等你，她看到你、叫你，她跟我說，你聽到了，可你還是不理她，自己開車跑掉了。你把她甩了，現在卻跑來問我她怎麼會變成殺人兇手了。

△ 陸誠說不出話。

第三十四場

景 大馬路。律師事務所大廈門口
時 黃昏
人 陸誠、林海燕、行人

△ 回憶。

△ 熱鬧的街道，陸誠隨著一些下班的人走出大廈。

林海燕：（O.S.）陸誠……

△ 陸誠聽到林海燕背後的叫聲，腳步一頓，頭也不回趕緊大步走前，到停在路邊的汽車旁，拉開車門鑽了進去，發動汽車。

△ 陸誠一瞥反光鏡，看到林海燕從他背後的人群中，邊跑邊叫追過來。

△ 陸誠車駛入馬路，加速開走。

△ 反光鏡後，林海燕的人影漸漸遠離，消失在熙攘的人群、汽車、黃包車中。

△ 回憶完。

第三十五場

景 陸誠家。書房
時 夜
人 陸誠、章靜

△ 章靜悄悄打開書房門，看著陸誠坐在書桌前沉思的背影。

△ 章靜輕輕走上前，微微抬起手，剛要撫摸陸誠的頭，陸誠突然轉過來看她。

陸　誠：你要幹嘛？

章　靜：（尷尬一笑。收回手）沒事，嚇到你了。你累了吧，要不要我給你煮杯咖啡？

陸　誠：不用了，我再看一下書，就睡了。

△ 章靜微笑走開。

△ 陸誠突然站起來，轉身。

陸　誠：靜。

△ 章靜停住回過頭。

陸　誠：（不好意思。微笑）想不想去黃山？

△ 章靜面帶狐疑望著陸誠。

陸　誠：明天就走。

章　靜：（微笑）你說了兩年了，都沒兌現。怎麼現在想去了？

陸　誠：（尷尬）是我不好。

章　靜：（走上前。伸手輕撫一下陸誠的臉頰）我很想陪你去，可是明天英國怡和的大班要來開會，我走不開。

陸　誠：那就改天吧。

章　靜：我要準備明天開會的資料，你早點睡吧。

△ 章靜回身出房。

△ 陸誠茫然站了一下。

第三十六場

景 律師事務所。門廳
時 日
人 墩兒、舒懿、接待小姐、客戶

△ 接待小姐坐在櫃檯後，冷冷望著站在面前的墩兒。

接待小姐：陸律師出差去了。

墩　兒：他約我今天來的，怎麼出差去了？

接待小姐：他突然有事，昨天出差去了。

墩　兒：（著急）那我的案子他接不接？他什麼時候回來？馬上就要開庭了。

接待小姐：這我不知道，你過幾天再來吧。先打電話。

△ 墩兒看了看門廳後面緊閉的辦公室，悻悻然轉身離開。門廳沙發上一些等候接見的客戶默默看著他出門。舒懿推門進

來，走到櫃檯。

舒　懿：陸律師在嗎？

△　接待小姐瞄了一眼大門。舒懿跟著一望。

接待小姐：在，您進去吧，舒小姐。

第三十七場

景　律師事務所。辦公室
時　日
人　陸誠、舒懿

△　舒懿開門走進陸誠辦公室。陸誠坐在辦公桌前，無言看著她。

舒　懿：我剛才進門的時候，碰到一個年輕男人走出去，是林海燕的男友嗎？

△　陸誠不說話。

舒　懿：你不接他的案子了？

△　陸誠還是不說話。

舒　懿：林海燕以前是你的傭人。

陸　誠：是我家的傭人。

舒　懿：（微笑）有區別嗎？你們律師真會講話。

△　陸誠淡然一笑。

舒　懿：我幫你找到林海燕以前的一位朋友。她是百樂門的舞女，林海燕也在那裡做過。她知道林海燕的一些事。等一下我要去見她，我過來就是要告訴你。你要不要跟我一起去？

陸　誠：我現在有點事。

舒　懿：不想去？那我去。我現在沒有別的事，說不定可以寫一篇有血有肉的故事。

△　陸誠望著舒懿，舒懿看著陸誠。

陸　誠：你等我一下。

第三十八場

景 里弄
時 日
人 陸誠、舒懿、行人

△ 窄小的里弄到處掛著破舊的衣服、床單。陸誠、舒懿從下面走過。

△ 舒懿邊走邊看路邊房屋的門牌。

第三十九場

景 曼麗家
時 日
人 陸誠、舒懿、曼麗、曼麗男友

△ 門鈴聲。曼麗男友在客廳後面的陽臺晾曬曼麗的內褲、玻璃絲襪。

△ 曼麗穿過客廳開門。陸誠、舒懿站在門口。

舒　懿：是曼麗小姐嗎？我是舒懿，我們約好的。

曼　麗：請進。

△ 陸誠、舒懿走入客廳。曼麗關上門，到二人面前，望著陸誠。

曼　麗：他是誰？

舒　懿：他是陸律師。

曼　麗：要幫海燕打官司嗎？能打贏嗎？殺了兩個人。

陸　誠：我想多知道她的一些情況。

曼　麗：我們坐下說吧。我去沏壺茶。

舒　懿：不用了，謝謝。

△ 三人分別坐在客廳的沙發上。

曼　麗：（對陸誠）海燕有錢嗎？律師費很貴吧？

陸　誠：不是她請我，是梁先生請我的。

曼　麗：梁先生？

陸　誠：梁墩。

曼　麗：（大笑起來）墩兒！他把海燕的錢都輸光了，他能有錢？（一頓。對舒懿）說到錢，你答應我要給我錢的。

舒　懿：（從皮包掏出幾張法幣）我們約好的，這是二十塊錢，你要把你知道的事情都告訴我們。

曼　麗：（伸出手）只要能幫海燕，我會把我知道的都告訴你們。

△　舒懿把錢放在曼麗手裡。

△　曼麗看了一眼手中的錢。

△　曼麗的男友走入客廳。

曼麗男友：（對曼麗）我衣服都晾好了。

△　曼麗站起來一把摟住男友，親他臉頰一下。

曼　麗：乖，去把廚房的雞毛菜洗洗。

△　曼麗男友溫順地走向廚房。曼麗轉身對陸誠、舒懿一笑。

曼　麗：他如果敢像墩兒那樣把我給賣了，我就把他吃飯的傢伙剪下來。（坐回沙發）你們想知道什麼？

舒　懿：你跟林海燕以前就認識嗎？她什麼時候下海的？

曼　麗：兩年前。她來百樂門後，我們才認識的。

陸　誠：她為什麼來做舞女？

曼　麗：她一直有男人養她，像上海的棉紗大王儲光啟、地產大亨侯百里都包過她，後來一個個都把她甩了。

舒　懿：為什麼？

曼　麗：她老想嫁人，老纏著人家娶她，這些王八蛋每一個都有三妻六妾，誰願意名正言順地娶她啊，玩膩了不就都把她甩了。她沒錢了，有人介紹她來做舞女。

陸　誠：誰介紹的？

曼　麗：好像是她以前做工的老闆。

△　陸誠不說話。

曼　麗：她說過，她以後不再靠男人了。沒想到，又碰到了墩兒。你們知道他們是怎麼相愛的嗎？

陸誠、舒懿望著曼麗等她說下去。

曼　麗：（笑）打耳光。

第四十場

景　百樂門舞廳。舞女休息室
時　日
人　陸誠、舒懿、林海燕、墩兒、曼麗、舞女、侍者

△　回憶。

△　窗外下著大雨。悶熱的休息室裡，林海燕、曼麗和一群舞女、侍者，或坐或站，百無聊賴地嗑瓜子、談天、打牌，等候舞廳開業。

舞女A：下這麼大雨，我看今天是做不了什麼生意了。

舞女B：（拼命搖著扇子）別擔心，我們那些火山孝子拼著老命也會來的。（抬頭看屋頂緩慢轉動的吊扇）這風扇能不能快一點？（對站在一角的侍者）阿龍，想想辦法。

△　阿龍嬉皮笑臉，滿頭是汗，抽出手巾要擦汗。曼麗突然起身走過去，一巴掌打在阿龍臉上。

△　阿龍一愣。曼麗收回手。一張十元的紙幣貼在阿龍濕漉的臉上。

△　其他舞女、侍者都大笑起來。

△　林海燕坐在沙發上，帶著驚訝的笑容，看著曼麗和阿龍。

△　阿龍笑呵呵伸手從臉上把錢拿下來。

曼　麗：（對阿龍）這個錢好賺吧？（對其他侍者）你們還有誰想賺？一個耳光十塊錢。

△　侍者小俊應聲而出。

小　俊：我來。

曼　麗：（對其他舞女）喂，大家一起玩吧。

舞女C：我只出五元，（對侍者）小俊，你幹不幹？

小　俊：（指阿龍）他剛賺十塊，你叫我賺五塊！

舞女C：幹不幹隨你。

小　俊：（無奈）好吧。

△　舞女 C 從皮包裡掏出五塊錢平鋪在手心裡。

△　小俊往自己的手裡吐了口唾液，蹭在臉上。

△　墩兒怯生生地走進休息室，站在門口看。

△　舞女 C 走到小俊面前，一巴掌打過去。小俊頭一幌，臉上貼著五元鈔票，伸手抓下來，看了一眼，笑著塞進口袋。

曼　麗：（對其他侍者）還有誰想挨耳光啊？勇敢地站出來。（對其他舞女）姐妹們，上吧，我們報仇的時候到了，輪到我們玩他們男人了。

△　一些舞女紛紛掏錢，嬉笑著走向站出來想挨耳光賺錢的侍者，鬧成一團。

△　曼麗一眼看到門口的墩兒，招呼他過來。

曼　麗：新來的，你也過來。（轉身。對一直坐著，微笑不動的林海燕）海燕，你不能只看不動，打他。

△　墩兒走過來。林海燕霍然起身。

曼　麗：（低聲。對林海燕）給他兩塊錢就好，都是賤男人。（對墩兒）你臉上沒汗，塗點口水，錢掉了，就不是你的了。

△　墩兒趕快吐一口水，塗在臉上。

△　林海燕打開皮包，看了看，掏出一張十塊的，走到墩兒面前。

△　林海燕面無表情望著墩兒。

△　墩兒害羞一笑。

△　林海燕猛然一巴掌打過去。

△　休息室一角，突然看到陸誠、舒懿也在現場，悚然看著林海燕。

△　回憶完。

第四十一場

景 曼麗家門外。樓梯
時 黃昏
人 陸誠、舒懿

△ 陸誠、舒懿走下昏暗的樓梯。

舒　懿：（嘲諷）他們真愛得轟轟烈烈的。

△ 陸誠沉重不語。

舒　懿：你跟海燕以前也有感情吧？

△ 陸誠在樓梯中停住腳步。舒懿也停下來，望著陸誠，等待他回答。

陸　誠：我沒想到她會墮落到這個地步。

△ 陸誠說完奔下樓梯。

△ 舒懿站在樓梯中沉靜望著陸誠奔逃的背影。

第四十二場

景 大馬路。律師事務所大廈門口
時 日
人 陸誠、墩兒、行人

△ 陸誠將汽車停靠在路邊，下車匆匆走向大廈門口。來往的人群中，看到墩兒突然從大廈的邊上跑出來，攔住陸誠。

墩　兒：陸律師你回來了？

陸　誠：（不悅）你在堵我？

墩　兒：你約我昨天跟你見面的，你怎麼出差出去了？我覺得你是在躲我。

陸　誠：我確實出差了，昨天晚上才回來。

墩　兒：那燕兒的案子你接不接？

陸　誠：（看了下周圍）這裡不方便，我們走一走。

墩　兒：為什麼不去你的辦公室？

△ 陸誠不理，回頭走。墩兒趕快跟去。

第四十三場

景 林蔭大道
時 日
人 陸誠、墩兒、行人

△ 陸誠、墩兒沿著路旁的梧桐樹走著。

陸　誠：梁先生，我有重要的事，沒辦法再接你的案子。我替你另外找一個好律師，替海燕辯護。你只要去警察局說清楚，她應該不會被判重刑。

墩　兒：（退縮）我又沒犯罪，我幹嘛要去警察局？

陸　誠：那兩個男人是你安排給海燕的，她不認識他們，所以不可能是蓄意殺人。她是自衛殺人。這案子很簡單，只要你肯坦白承認。

墩　兒：可是為什麼燕兒要那麼殘忍地殺人？

△ 陸誠沉默。

墩　兒：報紙上說，檢察官因為她這樣，而且，因為她殺人以後毫無悔意，所以會要求判她死刑。陸律師，你一定要想辦法救她一命。

△ 陸誠沉默一下。

陸　誠：梁先生，你為什麼沒有跟海燕結婚？

墩　兒：陸律師，你怎麼問起這事兒？

陸　誠：如果海燕是你的太太，你會把她當賭本輸給人家嗎？

墩　兒：（氣急敗壞）我怎麼能夠跟她結婚？她以前跟一個男人懷了孕，去墮胎，讓黑醫生把她搞得終身不能生孩子。我是我們家的獨子，我父親會讓我娶個不會生孩子的媳婦兒嗎？

陸　誠：（略帶不安）她有說是哪個男人嗎？

墩　兒：從來不說。（一頓）她好像特別喜歡那個男人，還藏著一包那個男人送給她的禮物，從來不肯讓我看。（笑）可是還是被我找到了。你猜她藏在哪裡？

△ 陸誠看著墩兒不答。

墩　兒：藏在廚房的煤炭堆裡。（得意）她藏得妙，我找得好。

陸　誠：是些什麼東西？

墩　兒：一些口紅香水，一盒沒有拆過的泡泡糖，一張音樂會的票，還有一張醫院把她子宮切除掉的診斷書。

△ 陸誠看了墩兒一眼，揮手拂開擋在面前的一些梧桐樹葉，逕自走前。

第四十四場

景　繁華街道
時　日
人　陸誠、墩兒、車主、司機、行人、遊行隊伍

△ 陸誠走上一條繁華的街道。墩兒跟去。

墩　兒：（膽怯）我一定要去警察局嗎？

陸　誠：你想救海燕，就要去。

△ 二人沿街走。遠處，迎面走來一隊高聲唱著《義勇軍進行曲》的遊行隊伍。街道上的汽車生怕被遊行隊伍堵住，像逃命一般飛馳而過。

墩　兒：陸律師，我有辦法籌到錢，你不用擔心你的律師費。

陸　誠：我不是擔心錢，我是有其他的事，分不開身。我會請我的朋友，酌量收你的費用。

墩　兒：可是燕兒講你才是最好的律師。我已經害了她，我現在要救她，我一定要替她請一個最好的律師。念在她曾經做過你的傭人，你不要再推脫了。

△ 墩兒眼神突然往街上一掃，身子一歪，一腳踩下了路邊。

△ 陸誠趕緊扶住墩兒。只聽到刺耳的剎車聲，一輛汽車停在了陸誠和墩兒的身邊。

司　機：（探出頭。大罵）找死啊，活得不耐煩了。

陸　誠：對不起，他沒走好，對不起。

△　司機一瞪眼，罵罵咧咧地開上車走了。

陸　誠：你走路怎麼這麼不小心。

墩　兒：陸律師，你一定要救燕兒，你一定要答應我。都是我不對，只要她不被判死刑，不管判多久，我都會等她出來，這一次我一定會跟她結婚。

△　墩兒突然跪在陸誠面前，抱住陸誠的腿。

墩　兒：陸律師，我求你了，求求你給我和燕兒一個機會。

△　陸誠呆住。周圍的一些路人好奇地停下腳步看。遊行隊伍浩浩蕩蕩，越走越近，《義勇軍進行曲》的歌聲越來越大，幾乎蓋過陸誠和墩兒的聲音。

遊行隊伍：（唱）起來，不願做奴隸的人們……

陸　誠：（急忙要扶墩兒起來）梁先生，你別這樣，有話站起來說。

墩　兒：（不起來）陸律師，你一定要答應我救燕兒，你一定要答應我。你的費用我一定會給你。

陸　誠：梁先生，你起來！

△　墩兒猛然起身，衝入街道，一頭撞在一輛急駛而來的汽車上。

△　沒有防備的司機，把墩兒撞飛了十幾米遠。墩兒重重地摔在了地上，一動不動。

△　走過來的遊行隊伍唱歌聲立刻停下來，大家驚叫，和路人亂成一團，圍在路邊望著墩兒。

△　陸誠震驚，迅速跑過去抱著臉上流滿鮮血、昏迷過去的墩兒，衝著慌亂的路人喊。

陸　誠：快叫救護車，快叫救護車。（對墩兒）墩兒，墩兒，你醒醒。

△　墩兒在陸誠的呼喊和晃動下，慢慢地睜開雙眼。

墩　兒：（奄奄一息）陸律師，你一定要救燕兒。你跟她說，我對不起她。司機的賠償金就算是付你的律師費，剩下的錢給燕兒，等她出來了可以用。

△　撞倒墩兒的司機衝過來，全身發抖對著墩兒叫。

司　機：是你自己撞上來的！是你自己撞上來的！（指陸誠）你作證！你作證！

墩　兒：（對陸誠。氣若游絲）你幫我要賠償金……

司　機：（叫）我一分錢也不給！

陸　誠：（跳起來。用力推開司機）不用你給錢！我給你作證。滾到一邊去。

△　陸誠再撲過來抱起墩兒。

墩　兒：（垂死）你答應我救燕兒……

陸　誠：墩兒，什麼都別說了，我先送你去醫院。

△　墩兒閉上了眼睛，死在陸誠的懷裡。

第四十五場

景　警察局。門口
時　日
人　陸誠、舒懿、警察

△　舒懿匆匆走向警察局門口。陸誠從裡面出來。

舒　懿：怎麼樣？我剛在報社聽到消息。

陸　誠：當著我的面，一頭撞上車子。

舒　懿：當場死亡？

陸　誠：（搖頭）說了幾句話。他想訛詐一筆錢給我做律師費。（一頓）還想給海燕留一點錢。

舒　懿：車主肯給嗎？

陸　誠：他這是自殺，我是目擊證人。

舒　懿：你不能做偽證。

陸　誠：他這一去，沒有人可以證明，海燕以前不認識她殺的那兩個男人，她還是有可能蓄意殺人。

舒　懿：你還要替她辯護嗎？（一頓）墩兒是用死來逼你。

△　陸誠沉默走向街道。舒懿跟去。

舒　懿：去喝杯咖啡吧。

陸　誠：我要去他們家看一看。

舒　懿：看什麼？

第四十六場

景　墩兒家。門口

時　日

人　陸誠、舒懿、女房東

△　年約四十、肥肥白白的女房東，帶陸誠、舒懿登上樓梯，到墩兒家門口，掏鑰匙開門。

女房東：這可是凶宅了。警察局上星期才把封條給拆了，不知道哪年哪月才再租得出去。

△　女房東打開門，逕自走入。陸誠、舒懿默默跟進去。

第四十七場

景　墩兒家。客廳

時　日

人　陸誠、舒懿、女房東

△　客廳的血跡被洗得一乾二淨。林海燕、墩兒的東西被打成包袱堆在一角。

女房東：（心有餘悸，手指客廳各處）本來到處都是血，我花了一整天才清洗乾淨。他們的東西我都捆好了，你是墩兒的律師，叫他趕快把東西拿走，他再不出面，我就把它們統統賣掉。

△　陸誠掏出幾張鈔票遞給女房東。

陸　誠：我和舒小姐想在這裡待一會兒，你不介意吧？

△　女房東看二人一眼，接過錢，把鑰匙遞給陸誠。

女房東：你們走時，記得鎖門，把鑰匙還給我。

△　女房東走出去。陸誠上前關上門，立刻轉身走向廚房。舒懿奇怪跟了過去。

第四十八場

景　墩兒家。廚房
時　日
人　陸誠、舒懿

△　陸誠走入廚房一看。

舒　懿：你想幹嘛？

△　灶邊堆著一堆煤炭。陸誠過去蹲下來挖開煤炭。在煤堆底下，看到一個牛皮紙袋，掏出來。

△　舒懿上前看。

舒　懿：這是什麼？

△　陸誠不答，拍掉手上和紙袋上的煤灰，和舒懿走回客廳。

第四十九場

景　墩兒家。客廳
時　日
人　陸誠、舒懿

△　陸誠、舒懿走到茶几前。陸誠拆開牛皮紙袋，把裡面的東西倒在桌面上。

△　舒懿撿起一些口紅、香水、一盒沒有拆封的泡泡糖。

舒　懿：還是香奈兒的口紅、香水，很有品味啊。你送的？

△　陸誠一邊點頭一邊拿起一張紙打開來看。

△　舒懿再撿起桌上一張音樂會的門票看。

舒　懿：你帶她聽古典音樂會呀？

△　陸誠不做聲，專心看著手上的紙。舒懿湊過來，也看了一會兒。

舒　懿：子宮切除手術？

陸　誠：（摺上紙）她打過胎。地下醫生不行，害得她要把子宮切掉。

舒　懿：是你的孩子嗎？

陸　誠：（看她一眼。不自然）不知道。

舒　懿：她為什麼要把這些東西藏在煤堆裡？

陸　誠：想燒掉吧？

舒　懿：想燒掉又捨不得。她一直愛著你吧？

△　陸誠沉默無語。

第五十場

景　陸誠家別墅。書房
時　日
人　陸誠、林海燕

△　回憶。

△　隔著玻璃窗，站在書房窗口的陸誠微笑望著林海燕。

△　林海燕揉成一團的廢報紙擦過玻璃，遮住了她純真甜美、笑盈盈的臉。

△　回憶完。

第五十一場

景　陸誠家別墅。廚房外平臺
時　日
人　林海燕、陸誠、林海燕舅媽

△　回憶。

△　林海燕蹲在地上，一手抓住雞的兩隻腳，一手抓住雞的兩隻翅膀，倒提著雞。蹲在她面前的舅媽抓住雞脖子，用手拔掉脖子上的毛。

△ 地上擱著一碗水。舅媽拿起碗旁邊的菜刀。

△ 舅媽一刀割開雞脖子的喉管，血直淌下來，滴進碗裡。

△ 林海燕用力抓住抽搐的雞，扭過頭。

△ 陸誠靜靜站在平臺的一角，微笑看著她。

△ 林海燕臉上頓時綻露出甜笑。

△ 舅媽抓住雞頭，雞繼續流著血。

舅　媽：（轉頭對陸誠）少爺，今天晚上燉雞湯，給你補補，你太辛苦了。

△ 回憶完。

第五十二場

景 陸誠家別墅。庭院
時 日
人 陸誠、林海燕

△ 回憶。

△ 林海燕在庭院收拾晾在繩子上的白床單。微風習習，床單不時拂在林海燕的臉上。

△ 陸誠站在一邊，微笑看著她。

△ 林海燕回頭，依然綻開她慣有的甜笑。

林海燕：（嬌羞）你不要一直看我嘛。

△ 回憶完。

第五十三場

景 陸誠家別墅。客廳外臺階
時 日
人 陸誠、林海燕

△ 回憶。

△ 林海燕一個人坐在臺階上，一邊抖著腿，一邊嚼著泡泡糖，

時而吹出一個大泡泡，嘴一張，又把癟掉的泡泡吃進嘴裡，自得其樂。

△　陸誠走到她身旁。林海燕轉頭瞄他一眼。

陸　誠：我看你一直在抖腿，什麼事這麼興奮？

林海燕：沒事兒。

△　陸誠在她身邊坐下來。

陸　誠：你不曉得男抖窮，女抖賤？

林海燕：（一愣。停止抖腿）誰說的？

陸　誠：（微笑）你叫什麼名字？

林海燕：林秀玲。

陸　誠：你什麼時候來的？我以前怎麼都沒見過你？

林海燕：（笑）你整天都關在書房裡讀書。你在讀什麼書啊？

陸　誠：法律書。

林海燕：我聽舅媽說，你已經做了律師了，還用再讀書嗎？

陸　誠：我要考司法官。張媽是你舅媽？

林海燕：是。我就是從東北逃出來投靠她的。

陸　誠：「九一八」逃出來的？

林海燕：是。

陸　誠：你們家都來了？

林海燕：（搖頭）只有我一個人。我爹娘說他們不怕日本鬼子，可是怕我被欺負。

陸　誠：你喜歡上海嗎？

△　林海燕點頭。

陸　誠：想家嗎？

林海燕：（點頭）想。

陸　誠：很多人來了上海就不想回去了。

林海燕：我不會。

△　林海燕說完笑著吹出一個碩大的泡泡。泡泡突然破裂，碎末沾滿了一臉。林海燕大笑起來，伸手忙著抓下碎末。

陸　誠：（笑。指林海燕眉毛）你這兒還有。

△ 陸誠伸手幫她抓下眉毛上的碎末。

△ 回憶完。

第五十四場

景 陸誠家別墅。書房
時 夜
人 陸誠

△ 回憶。

△ 陸誠坐在書桌前，專心看著厚厚的法律書籍，一邊做著筆記。外面客廳傳來叮噹幾聲不成音調的鋼琴聲。

△ 陸誠抬起頭，聽了一下，起身向客廳走去。

△ 回憶完。

第五十五場

景 陸誠家別墅。客廳
時 夜
人 陸誠、林海燕

△ 回憶。

△ 陸誠走出書房，看到林海燕站在客廳中一架三角鋼琴前面，手指猶豫、緩慢地按著琴鍵。

△ 陸誠走過去。

△ 林海燕停住手，害羞地看他。

△ 陸誠走到她身後，抓起她雙手，拿著她的手指，幫她在琴鍵上彈出一首簡單的練習曲。

陸　誠：你喜歡音樂？

△ 林海燕點頭，興味十足地讓陸誠教她彈琴。

△ 落地玻璃窗上的月光，襯著二人相貼的臉和琴鍵上滑動的手指。

△ 回憶完。

第五十六場

景　音樂廳。門廳
時　夜
人　陸誠、林海燕、聽眾、服務員

△　回憶。

△　陸誠和林海燕夾雜在衣冠楚楚的聽眾中走過門廳。林海燕一邊走，一邊好奇地四處張望，嘴裡嚼著泡泡糖。

△　回憶完。

第五十七場

景　音樂廳。大廳
時　夜
人　陸誠、林海燕、觀眾、兒童合唱團、樂隊

△　回憶。

△　陸誠、林海燕和一些聽眾陸續入座。

△　林海燕依然嚼著泡泡糖，不時地左右張望。

△　陸誠轉頭對著林海燕。

陸　誠：你張開嘴。

林海燕：什麼？

△　陸誠伸手從她的嘴裡拿出了泡泡糖，放在自己的手帕裡。

△　林海燕瞪他一眼，轉頭看其他聽眾，開始抖起腳來。

△　陸誠伸手按住她的膝蓋。

陸　誠：等一會兒聽音樂的時候，你看我拍手，你再拍，不要自己亂拍手。不要抖腿。不要吃泡泡糖。我有禮物給你。

林海燕：什麼禮物？

△　陸誠笑，不答。一個衣著時髦的女人走過他們旁邊的過道。

陸　誠：（對林海燕）你喜歡她這個打扮嗎？

林海燕：（搖頭）太老氣了。

陸　誠：（驚訝）我看她也就二十多歲，怎麼就老氣了？

林海燕：你幾歲？

陸　誠：二十七歲。

林海燕：這麼老。

陸　誠：（失笑）你幾歲？

林海燕：十七。

△　陸誠搖頭，從西裝的口袋裡拿出禮物，遞給林海燕。

陸　誠：本來想等你聽話，再給你。沒想到你已經十七歲了，不是小孩子了。

△　林海燕接過禮物，猶豫地看著精美的包裝。

陸　誠：打開來看看。

△　林海燕笑瞇瞇地打開包裝。

△　裡面是一盒泡泡糖、一支口紅、一瓶香奈兒的香水。

陸　誠：以後再給你買漂亮的衣服。

△　舞臺上交響樂隊演奏起優美的樂章。

△　一隊兒童合唱團唱出像天使一樣的純潔感人的歌曲。

△　林海燕瞪大眼睛入神地聽著。慢慢地淚水從林海燕的眼睛裡流出，漸漸地越流越多，終於控制不住，哭出聲來。

△　陸誠驚訝，轉頭看她。

△　林海燕越哭越大聲。周圍的聽眾騷動起來。陸誠伸手溫柔地摟住林海燕的肩膀。

△　回憶完。

△　溶出。

第五十八場

景　陸誠家別墅。陸誠睡房

時　夜

人　陸誠、林海燕

△　回憶。

△　溶入。

△　林海燕淚光瑩瑩，又羞又高興地躺在床上看著身邊的陸誠。

陸　誠：（溫柔）我幫你起了一個名字。

林海燕：（好奇）我已經有名字了。

陸　誠：（微笑）新名字。

林海燕：什麼名字？

陸　誠：海燕。

林海燕：海燕？

陸　誠：這是蘇聯一個著名作家寫的一首詩的名字。你聽說過高爾基嗎？

林海燕：（搖頭笑）高爾基？

陸　誠：我希望你能像高爾基的海燕一樣，不管遇到什麼大風大浪，你都可以無畏無懼地飛翔。

林海燕：（笑起來）我會那麼勇敢嗎？我沒有那麼勇敢的。

△　林海燕翻身抱住陸誠。

△　回憶完。

第五十九場

景　陸誠家別墅。客廳
時　日
人　陸誠、林海燕、舅媽

△　回憶。

△　陸誠和林海燕並排坐在鋼琴前，陸誠拿著林海燕兩隻手的手指，用力在琴鍵上彈著一首輕快的圓舞曲。

△　林海燕一直笑著回頭看陸誠。

△　陸誠突然湊上前吻她的嘴，抱住她，把她的上半身推倒在琴鍵上。鋼琴發出一聲悶響。

△　鋼琴三腳架的輪子一幌，開始滑動。

△　陸誠乾脆一隻腳用力地撐著地面，推動鋼琴到處滑動。鋼琴

有時碰到沙發、傢俬，滑到另一邊。隨著兩人的笑聲、身體和手臂的觸動，琴鍵時而發出清脆的聲音，時而發出低啞的聲音。

△ 客廳玻璃窗外，舅媽沉著臉看著。

△ 回憶完。

第六十場

景 墩兒家。客廳
時 黃昏
人 陸誠、舒懿

△ 陸誠、舒懿站在黑暗的客廳中，面對面望著對方。背後窗口映著一抹猩紅的晚霞。

陸　誠：她到我家時，才十七歲。我大她十歲。她還是處女。我把她玩了，然後甩掉她。孩子可能是我的。她這一生不能生育了。

△ 陸誠羞愧地轉開臉，不敢正視舒懿。

△ 舒懿伸出手，輕輕地撫住陸誠的臉，想把他轉過來。

舒　懿：你要替她辯護。

陸　誠：我要怎麼替我自己辯護？

△ 陸誠掙開舒懿的手，疾步走向門口。

△ 舒懿站在廳中望著陸誠背影，走出門口，消失。

舒　懿：（O.S.）我也是處女。你甩不掉我的。

第六十一場

景 女子監獄。通道
時 日
人 林海燕、兩名獄警

△ 陰森的通道。林海燕由兩名獄警前後押著，一臉冷漠的神色，一路往前走。

第六十二場

景　女子監獄。接見室

時　日

人　陸誠、林海燕、兩名獄警

△　陸誠坐在接見室當中一張桌子前。獄警打開門，帶林海燕進來。陸誠站起身。

△　林海燕冷冷看陸誠一眼，被獄警帶到桌子前，讓她坐下。陸誠跟著坐下。獄警走回去守在門邊。

陸　誠：海燕。

林海燕：你是誰？

陸　誠：（一愣）我是陸誠。

林海燕：我不認識你。你要見我有什麼事？

陸　誠：（鎮定下來）海燕，我知道你恨我。現在墩兒委託我做你的律師，我來向你瞭解一些情況。

林海燕：我殺了人，就是這個情況。我不要什麼狗屁律師。

陸　誠：（沉默一下）墩兒自殺死了。

△　林海燕面無表情，一聲不發。

陸　誠：他臨死前，怕你會被判死刑，求我來救你。海燕，我知道我以前做了對不起你的事……

△　林海燕突然站起來對陸誠大叫。

林海燕：我不叫林海燕，我叫林秀玲。我不要你救我，我要死，我要死……

△　林海燕轉身奔向門口，獄警撲上來抓住她。

林海燕：（繼續大叫）我不認識這個人，你帶我回監獄，你帶我回監獄……

△　林海燕被獄警拖出了門。

△　陸誠失落地站著。

第六十三場

景　女子監獄。牢房
時　日
人　林海燕、兩名獄警、幾名女犯人

△　獄警拉開牢房門。林海燕恢復冷漠的神態，走進去。

△　幾個女犯人或坐或站，或蹲在牆角，一起望著林海燕。林海燕回瞪她們一眼。

△　一名女犯人站起來，雙手緊緊抓住自己的喉嚨，做出喉嚨被割的姿態，跌跌撞撞走著。

女犯人：哎呦，我怕痛，我怕痛，別割我的喉嚨啊！

△　其他犯人大笑。

△　林海燕一聲不發，走到一邊牆角蹲下來，對著眾女囚，露出一絲殘忍的冷笑。

第六十四場

景　房屋仲介公司。辦公室
時　日
人　林海燕、柳明復、經紀人

△　回憶。

△　林海燕坐在一張辦公桌前撥電話。背後窄小簡陋的辦公室只有一名經紀人無聊地坐著看報紙。柳明復望著林海燕，從她背後走過來。

女　聲：（O.S. 電話聲）平正律師事務所。請問你找誰？

林海燕：請問陸律師回來了沒有？

女　聲：（O.S. 電話聲。不耐煩）林小姐吧？他還沒回來。我已經幫你留話了，他回來就會打電話給你。請你不要再一直打來問了。再見。（電話掛斷聲）

△　林海燕拿著話筒呆了一下，放下話筒。柳明復站在她身邊，

同情地看著她。

柳明復：陸誠還沒回你電話？

△　林海燕抬頭，無助地望著柳明復。

柳明復：（微笑）走，我請你去吃飯。

△　林海燕突然轉過身子，對著地面乾嘔了幾下。

△　柳明復靜靜看著她。

△　回憶完。

第六十五場

景　大馬路。律師事務所大廈門口
時　日
人　陸誠、林海燕、路人

△　回憶。

△　林海燕站在一座商業大樓的大門邊，望著馬路斜對面律師事務所的大廈門口。下班的人陸續走出來，馬路擠滿來往的人群車輛。

△　林海燕一眼看到陸誠走出門口，興奮地跑出去，慌不擇路地穿過馬路。

林海燕：（叫）陸誠，陸誠！

△　陸誠的背影在熙攘的人群中頓了一下，好像聽到林海燕的叫聲，可是立刻頭也不回地大步走到停在路邊的汽車，打開車門，鑽了進去。

△　林海燕急忙追上前。

林海燕：陸誠……

△　陸誠發動車子，駛上馬路。

△　林海燕追過來。

△　陸誠車子加速，越開越遠，消失在車海中。

△　林海燕呆站在路邊，突然臉色一變，蹲下去對著路面不停地乾嘔。

△ 回憶完。

第六十六場

景 地下醫生診所。手術室
時 日
人 林海燕、醫生、護士

△ 回憶。
△ 骯髒破舊的手術室，林海燕曲著雙膝躺在手術臺上，下身蓋著一條污穢的白布。
△ 五十幾歲的地下醫生滿頭大汗和年紀相仿的護士，兩張臉緊湊在林海燕腹下。
△ 地下醫生一隻戴著膠皮手套的手，沾滿血從白布下伸出來，擦一下滑膩的血，又伸進去。
△ 林海燕緊閉雙眼，形若死人。
△ 回憶完。

第六十七場

景 咖啡廳
時 夜
人 陸誠、舒懿、沈紀元、
沈紀元的男女友人、客人、侍者

△ 陸誠陷坐在沙發裡。舒懿隔著咖啡桌，傾前熱烈看著他。
舒　懿：我幫你約了侯百里。他聽我說是要談林海燕的事，開始想拒絕，後來我答應他給他寫一篇一萬字的專訪，他才答應了見我們。
陸　誠：他會告訴我們海燕是怎樣走上不歸路的嗎？
舒　懿：他包養過她，我想知道為什麼又把她甩了。
△ 沈紀元和一個男人、兩個女人走進咖啡廳，到一旁就坐。
△ 沈紀元看到角落裡的陸誠和舒懿，向朋友打了個招呼，起身

走了過去。

沈紀元：官司老早就贏了，二位還在繼續慶祝嗎？

陸　誠：（起身）沈先生，我有件案子託舒小姐幫忙找些資料。請坐。

舒　懿：（微笑）紀元，那就坐下來和我們一起慶祝吧。

沈紀元：不了。（回頭看一下）那位復旦大學的郝教授剛剛答應我，加入司法改革委員會。陸律師，你還是不答應？

陸　誠：我實在不行。

舒　懿：（眼睛一瞄沈紀元的兩位女友）兩位美女哎，哪一個是你的女朋友？

沈紀元：（笑）你猜？不是女朋友，是你的候補人。你們聊吧，我過去了。

△　沈紀元走回自己座位。

舒　懿：討厭。

陸　誠：（微笑）他追你追得很兇嗎？

舒　懿：有時總要敷衍他。他在司法部，是一人之下，萬人之上。海燕的案子到最後，說不定可以請他幫忙。

陸　誠：怎麼幫忙？

舒　懿：如果官司輸了，法官要重判海燕，我們可以請他疏通一下。

陸　誠：（臉色一變）你在說什麼？

舒　懿：（一頓）你知道，我說過，什麼都可以操縱的。

陸　誠：（嚴肅）我不接受你的說法。我寧願輸也不——

舒　懿：（打斷陸誠）如果林海燕被判死刑呢？

△　陸誠沉默。

第六十八場

景　侯百里辦公室
時　日
人　陸誠、舒懿、侯百里

△　侯百里站在辦公室中，雙手握著高爾夫球杆，全神貫注在厚厚的地毯上把一個小白球輕輕地打出。小白球滾過地毯，準確地滾入承接器。

△　侯百里走過去伸手從承接器裡拿出小白球，得意地看著站在旁邊的陸誠和舒懿。

侯百里：高爾夫球最令人興奮的時刻，就是從洞裡面取出這個小白球的那一瞬間。

△　陸誠和舒懿禮貌地笑笑。

△　侯百里走回來。

侯百里：如果小日本不打上海，我就會在浦東建一座亞洲最大的高爾夫球場。

舒　懿：上海的房價現在一落千丈了。

侯百里：（一笑）那我就在南太平洋買一座小島蓋球場。

舒　懿：（笑）日本鬼子遲早也會在太平洋開戰。

侯百里：你這個女人真掃興。（一指沙發）請坐，二位。

△　陸誠、舒懿、侯百里分別坐下。

陸　誠：侯先生，林海燕跟了你幾年了？

侯百里：那個瘋女孩，終於殺了人了，還那麼殘忍。（舉手在自己的脖子上一抹，做割喉狀）回答你的話，不到半年就把她攆走了。

陸　誠：為什麼？

侯百里：她要我娶她，我不肯。

舒　懿：你已經娶了幾個老婆了，多一個有什麼關係？

侯百里：不是法律上正式承認的老婆。她要我正式娶她，把其他的老婆攆走。舒小姐，你如果要我把其他的女人都趕走，只娶你一個人，我可以考慮。

△ 舒懿笑著，做了一個鬼臉。

侯百里：我本來也不想攆她走，她很純真可愛，這年頭這種女孩子已經不多了。可是，就在我拒絕跟她結婚以後，有一天她發狂了，把我別墅的大廳砸得稀巴爛。我只好請她走路。（回想）瘋女孩又哭又鬧，最後還唱起歌來。

陸　誠：什麼歌？

侯百里：她喜歡唱的歌。好像是小時候唱的兒歌。我記得我以前也唱過。

△ 侯百里停頓，想了一下，哼起兒歌來。一時好像陶醉在回憶裡。

△ 陸誠、舒懿驚奇看著他。

第六十九場

景 侯百里別墅
時 夜
人 林海燕、陸誠、舒懿

△ 回憶。

△ 林海燕像瘋子一般，抓起客廳裡任何可以抓起的東西：椅子、檯燈、收音機、唱機、花瓶、古董藝術品等，一個個用力砸到落地玻璃窗上，把玻璃窗砸得稀巴爛。

△ 林海燕力竭，跌坐在滿地碎玻璃的地板上，放聲痛哭。

△ 林海燕哭了一陣子，又像小孩子一樣，輕輕搖晃著身體，溫柔地唱起純真可愛的兒歌。

△ 陸誠與舒懿從客廳的暗角中慢慢走出，疼惜地看著她。

△ 回憶完。

第七十場

景　百樂門舞廳。大堂
時　夜
人　陸誠、柳明復、曼麗、舞女、客人、侍者、樂隊

△　舞池裡擠滿人群，瘋狂跳著水兵舞。陸誠在燭光暗淡的舞池周邊慢慢一邊走，一邊看著舞池裡的人。

△　陸誠看到正在和曼麗熱舞的柳明復，走進舞池。

△　陸誠擠過人群，走到柳明復面前。

△　柳明復看見陸誠，一愣，停住腳步。曼麗認出陸誠。

曼　麗：陸律師，你來陪我跳一曲。

陸　誠：曼麗小姐，我有話跟明復講。（對柳明復）明復，我們出去。

△　陸誠轉身走，柳明復跟上前。二人擠過跳舞的人。

柳明復：陸誠，有什麼事？

陸　誠：海燕打過胎，你知道嗎？

柳明復：（一頓）知道。

陸　誠：那時候她在你那裡上班，是你的孩子嗎？

柳明復：（笑）不是我的，是你的。

△　陸誠腳步一停，回頭望著柳明復。周圍的人越跳越熱烈。

陸　誠：你怎麼知道的？你沒有跟她發生過關係？你為什麼不告訴我？

柳明復：我打過電話給你，你不接。她也一直打電話給你，你也不接。她告訴我，她還去找過你，你根本不理她。

陸　誠：你確定那是我的孩子？

柳明復：我跟她有關係的時候，她已經有孕了。她親口告訴我是你的。

陸　誠：（一頓）誰給她介紹的地下醫生？

柳明復：我。

陸　誠：她後來做了子宮切除手術，你知道嗎？

柳明復：是我送她去的醫院。

△　陸誠憤怒，突然一拳打過去。

△　柳明復抓住陸誠的拳頭。

柳明復：（大罵）你個兔崽子，你還要打我？我所做的事都是替你做的。你把她玩了，把她甩給我，讓我幫你擦屁股……

△　周圍跳舞的人驚愕地望著二人。

△　陸誠抽回拳頭，轉身走出舞池。

第七十一場

景　橫街。教堂外
時　夜
人　陸誠

△　陸誠一個人陰鬱地匆匆走入橫街，突然腳步一頓。

△　街旁一座天主教堂，裡面的窗戶透出燈光。

△　陸誠看了一下，穿過街面走到教堂門口。

△　陸誠推門。門無聲地打開。

△　陸誠略一遲疑，走進去。

第七十二場

景　教堂
時　夜
人　陸誠、老神父

△　陸誠走入，站在門邊。

△　大堂所有的吊燈都亮著燈光，可是空蕩蕩的一個人也沒有。

△　陸誠茫然望著遠方祭壇上的聖母像。

△　祭壇邊的小門打開來，走出一個年老的神父，看了一下陸誠，微笑走過來。

神　父：你有事嗎？請進來。

△ 陸誠轉頭就走。

第七十三場

景 橫街。教堂外
時 夜
人 陸誠

△ 陸誠的背影像逃避什麼似地，匆匆走入橫街的陰影中。

第七十四場

景 法院。審判庭
時 日
人 陸誠、林海燕、舒懿、法官、檢察官、書記官、速記員、警察、旁聽人、證人阿婆

△ 檢察官站著，對著法官陳述。旁聽席上坐滿人群。舒懿坐在被告席上陸誠和林海燕的後面。證人席上坐著阿婆。

檢察官：（嚴厲）被告林海燕聲稱她是自衛殺人。自衛殺人的手段會那麼殘忍嗎？而且，（指阿婆）有證人親眼目睹她殺了人以後，還冷酷地用死者的衣服擦乾淨她皮鞋上的鮮血。（一頓）法官先生，她這一生是永遠無法擦掉染在她身上的鮮血的。

△ 檢察官說完坐下。

法　官：陸先生。

△ 陸誠起身。林海燕一臉冷漠。

△ 舒懿關切地看著陸誠的背影。

陸　誠：（大聲）法官先生，殺死那兩個男人的兇手不是林海燕，是我。

△ 全場愕然，一陣騷動。

△ 林海燕毫無表情。

△ 舒懿震驚。

△　法官敲錘。

法　官：肅靜。陸先生，繼續說。

△　全場沉靜下來。

陸　誠：我不但教唆林海燕殺死那兩個男人，我還教唆她殺死一個才兩個月大的胎兒。

△　全場譁然。

△　林海燕依然冷漠不動。

△　舒懿憐惜地望著陸誠的背影。

第七十五場

景　法院。審判庭門口
時　日
人　旁聽人、記者

△　審判庭打開，旁聽人、記者爭先恐後湧出來。

第七十六場

景　法院。走廊
時　日
人　陸誠、舒懿

△　空寂的走廊。舒懿一個人站在欄杆旁邊，望著走廊盡頭。

△　陸誠的身影從走廊盡頭出現，靜靜走過來。走到舒懿面前，淡然看舒懿一眼，繼續走前。舒懿攔住他。

舒　懿：你把你的名譽、地位、前途都毀了。

△　陸誠不答，繼續走。

舒　懿：（在背後喊）你是我遇到的最好的男人。

△　陸誠還是不理，繼續走。

△　舒懿突然拔步追過去，抱住陸誠，吻他。陸誠推開舒懿，繼續走。

△　舒懿痛苦看著陸誠走開。

第七十七場

景　陸誠家。臥室
時　黃昏
人　陸誠、章靜

△　陸誠沒有點燈，借著窗口透進來的殘餘陽光，把一些衣服放進擱在床上的皮箱裡。

△　章靜開門進來。

章　靜：你在幹什麼？

陸　誠：你沒看到晚報嗎？我要搬出去。

章　靜：我看到了，立刻打電話到你辦公室，他們說你走了，我馬上趕回來。你要搬去哪裡？

陸　誠：我暫時搬到飯店去住。

章　靜：你不回你家？你父母沒有打電話給你？

陸　誠：他們叫我先回家住。我想自己一個人冷靜一下。（一頓）靜，我對不起你。

章　靜：（痛苦）你為什麼會為了一個那樣的女人把自己都毀了。

陸　誠：我不是為了她，這是我覺得我最羞恥的地方，我是為了我自己。

△　陸誠說完，關上皮箱，提起皮箱走向門口。

章　靜：你從來就沒有真心愛過我，對不對？

△　陸誠停了一下，無法回答，打開門出去。

章　靜：（對著關上的門。喊）你是一個自私的偽君子！

第七十八場

景　法院。主審法官辦公室
時　日
人　沈紀元、主審法官

△　沈紀元和主審法官坐在沙發上。

主審法官：聽說他離開平正了。

沈紀元：他這輩子算是毀了。他也離開老婆了。

主審法官：只為了一個女傭人。

沈紀元：如他所說的，他害她變成一個殺人兇手。其實我有一點佩服他，敢當眾懺悔他的罪過。

主審法官：（笑）你有這種勇氣嗎？

沈紀元：（笑）我已經是一個腐敗的人了。

主審法官：談到腐敗，現在有一個腐敗的問題，他肯為那個女人不被判死刑出多少錢？

沈紀元：他是富家子弟，這幾年也賺了很多錢。你想要多少？

△　主審法官和沈紀元相視而笑。

第七十九場

景　咖啡廳
時　日
人　陸誠、舒懿、侍者、客人

△　兩人坐在咖啡廳角落裡，各自喝著咖啡。

舒　懿：你現在打算怎麼辦？上海你是待不下去了。

△　陸誠沉默。

舒　懿：你可以趁這個時機出國再深造。現在大家都擔心日本人下一步會佔領我們整個中國。

陸　誠：等這件案子結束再說吧。

△　舒懿看他一眼，遲疑。

陸　誠：有事嗎？

舒　懿：有司法黃牛說，只要你肯出一筆錢，法院就不會判海燕死刑。

△　陸誠沉吟。

陸　誠：我如果出錢，她會被判多少年？

舒　懿：二十年。如果服刑期間，行為良好，還可以減刑。這你比我更清楚。

陸　誠：我如果出錢，那我就跟他們是一丘之貉。

舒　懿：你不出錢，海燕就會被判死刑。

陸　誠：我一毛錢也不出。

舒　懿：你不想救海燕？你出得起這個價錢。

陸　誠：我會上訴到最高法院。我相信法律的公正。

舒　懿：（笑）你太天真了。最高法院也是他們的。

陸　誠：沈紀元？

舒　懿：（點頭）沈紀元他們。

陸　誠：我不要跟他們一起腐敗。如果我要腐敗，我就不會在法庭上承認我對海燕的所作所為了。

舒　懿：（沉默一下）那你現在是為了自己的清白，而不顧海燕的死活。你還是一個自私的男人。

△　陸誠不理舒懿，起身走出咖啡廳。

第八十場

景　報館。辦公室
時　夜
人　舒懿、兩名記者

△　偌大的辦公室，只有一兩名還在趕稿的記者。

△　舒懿茫然坐在自己的辦公桌前，想了一下，拿起電話。

第八十一場

景　沈紀元家。大廳
時　夜
人　舒懿、沈紀元

△　沈紀元一個人站在落地玻璃窗前，對著花園，望著玻璃窗外折射出來的自己的倒影。過了一會兒，倒影中出現舒懿的影子，慢慢走到沈紀元身旁。

沈紀元：你找我有什麼事？

△　舒懿一時沉默。

沈紀元：是為了陸誠嗎？

舒　懿：紀元，你幫他說句話吧。

沈紀元：（轉過身）說什麼？說他願意付錢救那個女孩子？

舒　懿：不是，他不願意付錢。是我願意⋯⋯

沈紀元：（嘴角捲起一絲諷笑）你願意什麼？付錢？

△　舒懿不講話。

沈紀元：你願意給我？

△　舒懿不講話。

沈紀元：你怎麼知道我睡了你以後，我不會變卦？

舒　懿：你不是那種人。

沈紀元：（笑）給你抓到我的弱點了。

△　沈紀元突然一下抓住舒懿的脖子，「砰」一聲用力把她推到玻璃窗上，撕掉她的衣服，露出整個裸背，再撤掉她胸罩的帶子，整個人壓上去。

△　玻璃窗外折射的倒影中，看到沈紀元壓住舒懿不停地撞動，舒懿被壓在玻璃上痛苦扭曲的臉。

第八十二場

景　法院。審判庭
時　日
人　陸誠、舒懿、林海燕、法官、書記官、速記員、警察、旁聽人

△　審判庭坐滿旁聽的人。舒懿坐在裡面望著被告席上陸誠和林海燕的背影。

△　林海燕沉著臉坐在陸誠旁邊。

△　法官走入審判庭。

書記官：全體起立。

△　陸誠、林海燕及旁聽人全體起立。

△　法官到自己座位坐下。

△　眾人落座。

法　官：（宣判）本庭宣判，被告林海燕殺人一案，判決如下：被告林海燕自衛殺人過當，判處有期徒刑二十年。退庭。

△　聽眾紛紛議論起身。

△　陸誠驚愕轉頭看。

△　舒懿的背影匆匆走出審判庭。

△　兩名警察過來。林海燕面無表情站起身。

陸　誠：（站起身）海燕，你只要在監獄裡表現好，我會盡力幫你減刑。

△　林海燕突然撲上前，雙手猛捶猛打陸誠。

林海燕：（大叫）我不要你救我，我要死，我不要你救我……

△　警察趕快拉開林海燕。

△　陸誠呆站著，痛苦地望著掙扎、大叫的林海燕被警察帶走。

第八十三場

景　報館。辦公室
時　夜
人　數名記者

△　舒懿辦公桌上的電話鈴響個不停。舒懿不在座位上。一個忙著寫稿的記者不耐煩地起身，過來拿起電話。

陸　誠：（O.S. 電話聲）舒懿……

記　者：舒小姐不在。

第八十四場

景　飯店。陸誠房間
時　夜
人　陸誠

△　陸誠坐在床頭，拿著電話。

陸　誠：可否麻煩你給舒小姐留個話，請她給我回個電話。我叫陸誠。

記　者：（O.S. 電話聲）她出差去了。她回來我告訴她。

△　電話掛斷聲。

△　陸誠愣了一下，剛把電話放下，突然電話聲響起來。

△　陸誠趕緊拿起電話。

陸　誠：（興奮）舒懿！

警　察：（O.S. 電話聲）陸律師，林海燕自殺了。

第八十五場

景 醫院。走廊
時 夜
人 陸誠、護士、警察

△ 深夜，冷冰冰的醫院走廊。陸誠奔過。

△ 陸誠跑到急診室病房門口。一名護士正和守衛的警察聊天。

陸　誠：我是林海燕的律師。她沒事吧？

護　士：救過來了。

陸　誠：我可以進去嗎？

護　士：（點頭）少講話，不要刺激她。

△ 護士打開門，讓陸誠進去。

第八十六場

景 醫院。病房
時 夜
人 陸誠、林海燕、護士、警衛

△ 林海燕閉著雙眼躺在病床上，鼻孔插著一根氧氣管，手臂上插著一條輸液管。

△ 陸誠走到林海燕面前，彎下身。

陸　誠：（輕聲）海燕。

△ 林海燕微微張開眼，看著陸誠。

陸　誠：（微笑）海燕……

林海燕：（虛弱）我不要你救我。

陸　誠：你先好好休養，我會陪著你。

林海燕：（平靜）你是一個偽君子。

△ 陸誠一愣。

林海燕：（平靜）你是個狗娘養的。

△ 陸誠呆呆望著林海燕，無話可說。

林海燕：（平靜）我操你祖宗八代。

陸　誠：（尷尬）海燕，你冷靜點……

林海燕：（平靜）我很冷靜。我不恨你了。我看不起你。

△　林海燕突然一口唾液吐到陸誠臉上。陸誠緊繃著臉不動，痛苦望著林海燕。

林海燕：（平靜）我把你的孩子打掉了。

陸　誠：（囁嚅）我的孩子……

林海燕：（平靜）我要你絕子絕孫。

△　林海燕從被子裡伸出手，拔掉鼻管。

△　陸誠急切上前阻止。

陸　誠：你幹什麼？

△　林海燕推開陸誠，再扯下手臂上的輸液管。

陸　誠：（轉頭大喊）護士，護士……

△　林海燕還是平靜地躺在床上。

林海燕：（依然平靜，冷酷）我要死，我不要你救我。

△　護士、警衛衝進來。

△　護士將陸誠推走。

護士：（嚴厲）你出去，你出去。

△　護士忙著給林海燕重新插上鼻管。

△　陸誠和警衛走出病房。

△　淡出。

第八十七場

景　荒原。監獄

時　日

人　陸誠

△　淡入。

△　一望無際的荒原，遠方孤零零兩座圍著鐵絲網的監獄和瞭望塔。陸誠一臉肅穆，一身素樸的衣服，久久不動，站著一直

眺望。

△　字幕：1937 年。青海。

第八十八場

景　學校。操場
時　日
人　陸誠、鎮長

△　鎮長帶陸誠走過學校的操場。

鎮　長：陸先生，這裡偏僻，生活條件差，以前有幾位老師都待不下去，學校有一段時間沒有開課了。

陸　誠：鎮長先生，你放心，只要你肯給我這份職位，我不會計較這裡的情況，我會在這裡待下去的。

鎮　長：（看他一眼）你是上海的大律師，你肯屈就，是我們鄉下人的福氣。

△　二人走到教室門口。

△　簡陋的教室，凌亂放著十幾張破舊的學生桌椅。

鎮　長：學生最多的時候有十幾個。可是村裡的人都太窮了，肯讓小孩子來讀書的人不多，孩子一大，就讓他們進礦幹活了。我會儘量去勸他們來讀書。

陸　誠：我也會儘量去找他們。

第八十九場

景　學校。空地
時　日
人　陸誠、鎮長

△　鎮長帶陸誠走入教室後面的空地。經過儲藏室。鎮長隨手推開儲藏室的門。

鎮　長：這是儲藏室。

△　儲藏室裡面堆著農具、雜物。

△　陸誠看到角落裡一架佈滿塵埃的風琴。

陸　誠：有風琴啊，那我可以教小孩子們唱歌。

鎮　長：那是宋美齡婦聯會贈送的。以前的老師都不會彈，你會彈？

陸　誠：會。

△　鎮長關上門，帶陸誠走向空地角落一間屋子。

鎮　長：我們看看你的屋子。（指旁邊另一間屋子）這是學校做雜工的女孩兒的屋子。明天我就叫她過來。人很乖，就是不愛說話。

第九十場

景　學校。教室
時　晨
人　陸誠、玉花、男女學生

△　陸誠在教室的黑板寫下「陸誠」兩個字。講臺下面的七八個男女學生偷偷地笑著，用好奇的眼光看著陸誠。

陸　誠：（回過身。微笑）我叫陸誠。（指黑板上的名字）這是陸，這是誠。你們現在不認識這兩個字，沒有關係，以後就會認識了。現在我也想認識你們，把你們的名字告訴我。我會記下來。

△　陸誠拿起桌上的筆記本和筆。

△　學生都害羞，笑著不敢講話。

△　陸誠指著一個女孩兒。

陸　誠：你先說，你叫什麼。

小女孩：（怯怯）我叫郭彩雲。

△　陸誠寫下來。陸誠又指向另一個小孩兒，小孩兒報上名。氣氛慢慢地活躍起來。

△　教室裡充滿了笑聲和小孩兒的報名聲。

△　陸誠從教室的窗戶看到玉花一個人在操場上彎著腰，剷除地

上的荒草。

第九十一場

景 學校。陸誠屋
時 夜
人 陸誠

△ 乾打壘[2]的屋子，陸誠坐在炕桌前，在昏暗的燈光下，埋頭寫信。

陸　誠：（O.S.）海燕，我相信有一天你會打開我的信……

第九十二場

景 女子監獄。通道，林海燕牢房
時 日
人 林海燕、女犯人、獄警

△ 獄警叫著女犯人的名字，走到林海燕牢房鐵柵欄前。

獄　警：陳阿梅，林海燕，王秀芝……

△ 林海燕躺在鋪位上不動。

△ 擠在鐵柵欄前的一個女犯人接過林海燕的信。

△ 女犯人走到林海燕鋪位前把信遞給她。

女犯人：你的信。

△ 林海燕接過信，看也不看，撕掉。

女犯人：夠意思。我看你撕到什麼時候。

第九十三場

景 山崖
時 日
人 陸誠

△ 陸誠沿著小路走上山崖。

△ 陸誠走到山崖邊緣縱目遠眺。

△ 一望無際的大草原，遠山山巔上的白雪在陽光的照射下，發出晶瑩的光芒。

△ 陸誠深邃地注視。

第九十四場

景 學校。儲藏室
時 日
人 陸誠

△ 陸誠把堆在角落裡的舊風琴拖出來，放在門口。

△ 陸誠找出一塊破布，擦掉風琴上的灰塵。

△ 陸誠打開風琴蓋，黑白相間的琴鍵完整無缺。

△ 陸誠用手按下一個琴鍵，風琴發出悅耳的聲音。

△ 陸誠微笑，再按一個琴鍵，走音。

△ 陸誠打開風琴後蓋，調整一個個琴鍵的音調。

△ 玉花走到門口，好奇地望著陸誠。

△ 陸誠轉頭。

陸　誠：（親切笑）玉花，你喜歡唱歌嗎？

△ 玉花害羞跑開。

第九十五場

景 學校。操場
時 日
人 陸誠、玉花、男女學生

△ 教室外的操場，七八個學生站成一排，大家張大嘴，開心地唱著兒歌。

△ 陸誠坐在風琴前，對著學生一邊彈琴，一邊指揮。

△ 玉花抱著一堆柴火，走過來，站在邊上，羨慕地看著他們。

△ 陸誠看了一眼玉花，招手讓她過來。

陸　誠：玉花，你也過來唱。

△ 學生停止唱歌，轉頭看玉花。玉花咧嘴笑，不好意思上前。

陸　誠：玉花，把柴火放下，過來一起唱。

△ 玉花抱著柴火還是不敢動。

陸　誠：（站起來）玉花小姐，你要我過來請你嗎？

△ 學生大笑起來。陸誠走過去，從玉花手裡拿過柴火放在地下，拖著害羞的玉花走到學生中間。

陸　誠：你個子最高，你站在中間。你要大聲唱。

△ 陸誠坐回風琴前。伴著琴聲，孩子們稚嫩的歌聲再度響起。玉花停了一下，張口大聲唱起來，聲音出奇地清脆、嘹亮。

△ 陸誠驚訝、高興地笑起來，對著玉花頻頻點頭，興奮地彈琴。玉花像天使般的歌聲在操場上回蕩。

第九十六場

景 荒原。監獄大門
時 日
人 陸誠、犯人親屬、獄警

△ 陸誠一個人走過荒原。

△ 監獄大門口已經站滿了探監的犯人親屬。陸誠走過來，跟著

他們通過獄警的檢查，走入監獄。

第九十七場

景　監獄。過道，典獄長辦公室門口
時　日
人　陸誠、獄警

△　獄警帶陸誠走過過道。

陸　誠：林海燕出什麼事了？

獄　警：她沒事。是典獄長找你。

△　二人走到典獄長辦公室門口。獄警敲門。

典獄長：（O.S.）進來。

△　獄警開門，讓陸誠進去。

第九十八場

景　監獄。典獄長辦公室
時　日
人　陸誠、典獄長

△　陸誠走進門。典獄長從堆滿書籍、檔案的辦公桌後站起來，指桌前的座位。

典獄長：陸先生請坐。

△　陸誠上前，坐下。

陸　誠：典獄長，您有什麼事？

典獄長：陸先生，你和林海燕的事我大概知道一點。你能來到這個窮鄉僻壤的地方守著她，教孩子們念書，你這種精神很讓我感動。

陸　誠：我只能做到這麼一點。

典獄長：你不用擔心林海燕，我不會讓她在這裡受到欺負。這個女孩子很倔強，我相信有一天她會願意跟你見面的。

陸　誠：謝謝你。我毀了她一生。就算她這一輩子都不肯見我，我也不會怪她。

典獄長：我真的很佩服你。以後你有事可以隨時來找我。我如果能交上你這個朋友，將是我畢生的榮幸。我送你出去。（笑）她今天大概還是不肯見你的。

△　陸誠和典獄長一起站起來。典獄長繞過桌子時，不小心撞翻一些書籍和文件，掉在地上。

△　陸誠彎腰幫典獄長撿拾，看到一本馬克思的《共產黨宣言》。

第九十九場

景　學校。教室
時　晨
人　陸誠、男女學生

△　陸誠走進教室，學生從座位上站起。

學　生：（齊聲）老師好。

陸　誠：（走到講臺上）你們好。坐下。

△　學生坐下。

陸　誠：你們有沒有看到玉花？我找了她一早晨，都沒見到她。

△　一個七八歲的女孩，舉手，站起來。

女　孩：老師，我知道，她回家了。

陸　誠：奇怪，她怎麼不告訴我一聲。

女　孩：她肚子大了。她媽不叫她來了。

△　所有的學生都吱吱咯咯笑起來。

△　陸誠驚愕。

第一〇〇場

景　村莊
時　黃昏
人　陸誠、村民

△　遠遠看到一片貧瘠的村莊，陸誠走入，向一村民問路。村民指向一條小路。陸誠走去。

第一〇一場

景　玉花家。灶間，裡屋
時　黃昏
人　陸誠、玉花媽、玉花爸、玉花、弟弟、妹妹

△　陸誠走到玉花家灶間門口。玉花媽正忙著燒菜煮飯。弟弟妹妹在骯髒的地面上玩耍。

陸　誠：這是玉花家嗎？

△　玉花弟妹們停止玩耍，瞪大眼睛望著陸誠。玉花媽扭過頭。

玉花媽：你是誰呀？

陸　誠：我是學校的老師。她怎麼回家了？我過來看看。

△　玉花媽放下手裡的活兒，走向前。

玉花媽：你就是教她唱歌的老師吧？我不讓她回學校了。

陸　誠：她在哪裡？我要跟她談談。

玉花媽：她在裡屋照顧她爸爸。你進來坐吧。

△　陸誠走進灶間。

△　玉花媽走到裡屋門口，撩開門簾。

玉花媽：玉花，你出來，學校老師來了。

△　陸誠通過撩開的門簾，看到玉花拿著毛巾斜坐在炕上，扶著一個全身赤裸、衰弱的中年男人給他擦背。

△　玉花轉頭看到陸誠，不好意思趕快低下頭。

玉花媽：玉花爸在礦上做工，肺部全黑了，不能做了。

陸　誠：我聽說玉花懷孕了，這是怎麼回事？

玉花媽：礦上最近老出事，鎮上的礦老闆為了沖喜，我們就把玉花給了他。我們拿了兩百塊錢，也不知道給她爸治了病以後，還能剩多少錢過日子？

陸　誠：（震驚）沖喜？那現在懷了孕怎麼辦？

玉花媽：算我們玉花倒楣，才一個晚上就懷上了。不過，礦老闆倒挺高興的，說現在事情順多了，又給了我們二十塊錢，孩子要留下來，或者要打掉都由我們。

陸　誠：那你是要留下來，還是要打掉？

玉花媽：打掉唄。二十塊錢能用多久？生下來，老闆已經說了不會要。他這種事做得多了。

陸　誠：不要打掉。

玉花媽：那誰養啊？何況玉花也不能帶個孩子嫁人啊。

陸　誠：這我來想辦法。錢不是問題，最重要的是不能把孩子打掉。我會儘量幫助你們，可是你一定要讓玉花回學校，我要教她讀書。

玉花媽：我跟她爸商量商量。

△　陸誠點點頭，走到裡屋門口，掀開門簾。玉花低著頭坐在炕上，玉花爸睡在她身邊大口地喘著氣。

陸　誠：玉花，孩子你要留下來。我在學校等你。

△　玉花低著頭不吭聲。陸誠放下門簾走開。

第一〇二場

景　鎮上大街。飯館雅間
時　夜
人　陸誠、礦老闆、
　　礦老闆朋友男女六七人

△　礦老闆與朋友一起喝酒猜拳。礦老闆已經有些醉意。陪酒女郎還在勸酒。

△　陸誠推門進來。喝酒的人們停止了喧鬧，看著陸誠。

陸　誠：你們哪個是礦山的老闆？

礦老闆：我就是，你是誰？

△　陸誠走到他身邊。

陸　誠：我是玉花的老師。

礦老闆：（笑）噢，是那個給我沖喜的女孩兒的老師啊？

△　男女朋友哄笑起來。

礦老闆：你來幹嘛？

△　陸誠一拳打在礦老闆的臉上。礦老闆摔倒在地上。

陸　誠：你這個吃人肉的禽獸！

△　陸誠轉身要走。礦老闆的兩個朋友上前抓住陸誠。礦老闆從地上爬起，衝過來，照著陸誠的肚子猛打了幾拳。陸誠捧著肚子蜷縮在地上。

礦老闆：你是什麼東西，跑到這兒來教訓我。你在上海搞了你家的女傭人，還把人家逼上絕路，變成殺人兇手，你以為你現在跑到我們這裡來做老師，贖你的罪，你就有資格教訓我了。呸！假充聖人！

△　礦老闆又上前踹了陸誠兩腳。

礦老闆：把他拖出去。掃興。

△　礦老闆轉身走回座位。其他人笑著坐下。

△　陸誠被礦老闆的兩位朋友拖出門。

第一〇三場

景　學校。教室，操場

時　日

人　陸誠、玉花、男女學生

△　教室內學生埋頭做功課。陸誠在學生中間巡視。抬頭看到窗外玉花挽著包袱走進操場。

△　陸誠高興走出教室，迎向玉花。

△　學生有的抬頭，有的站起來看。

第一〇四場

景　荒原。監獄大門
時　日
人　陸誠、兩軍閥男犯、獄警、犯人親屬

△　陸誠與犯人親屬在大門檢查站排隊接受檢查。荒原風沙滾滾，開來一輛囚車和兩輛警車。

△　監獄大門打開，三輛車進入。監獄的獄警圍過來，持槍對著囚車。

△　陸誠、犯人家屬紛紛轉頭看。

△　囚車門打開，車內的獄警押下兩名手腳帶著鐐銬的男犯。

△　獄警把男犯押入監獄裡面。

△　犯人家屬議論。

家屬 A：蔣介石瘋了，他們把馬大帥的人都給抓了。

家屬 B：馬大帥不會善罷甘休的。我看遲早要出事。

△　陸誠默默走前，拿出證件遞給守衛。

第一〇五場

景　女子監獄。林海燕牢房
時　日
人　林海燕

△　林海燕冷峻的臉，靠在牆上。

獄　警：（O.S.）林海燕，你的老朋友要見你……

△　林海燕不動。

獄　警：（O.S. 笑聲）林海燕，你夠狠……

第一〇六場

景 學校。荒地
時 日
人 陸誠、舒懿

△ 風蕭蕭中，一個女人的背影在荒地上漫步，長髮飄逸。

△ 小路上，陸誠走向學校門口，停下腳步，望著女人。

△ 女人若有所覺，轉身看。赫然是舒懿。

△ 二人站在原地久久相望。

第一〇七場

景 學校。陸誠屋
時 日
人 陸誠、舒懿

△ 陸誠把一杯熱茶放在坐在桌子旁的舒懿面前，自己也坐下來。

陸　誠：我離開上海之前，一直找你，你為什麼不見我？

舒　懿：（淡淡一笑）我知道你決心跟海燕來這兒。你為什麼不寫信給我？

陸　誠：我很想寫。

△ 陸誠停住不再說下去。

舒　懿：你沒有寫。

陸　誠：（苦笑）我一直給海燕寫信，可她從來不看，把我的信都撕了。

舒　懿：你要一直這樣等下去嗎？

陸　誠：是。

舒　懿：等什麼？等她寬恕你？等她出來？

陸　誠：都是。

舒　懿：你愛她嗎？

陸　誠：我要重新愛她。

△　舒懿沉默。

陸　誠：你們記者團什麼時候回重慶？

舒　懿：我們只待三天，我看看你就走。

第一〇八場

景　學校。荒地
時　夜
人　陸誠、舒懿

△　夜色中，陸誠和舒懿在荒地中漫步。

舒　懿：這裡真安靜。

陸　誠：舒懿，有一件事我一直想問你。

舒　懿：我知道你要問什麼。事情都過去了，不要問了。

陸　誠：（停住）其實一聽到海燕沒有被判死刑，我就知道了。你為我犧牲太大了。

△　舒懿停下來，二人對視。舒懿的眼裡閃著淚花。

△　突然聽到急促的馬蹄聲。二人轉頭看。

△　一匹純白的駿馬從荒地一邊奔跑過來。

△　白馬鬃毛飛揚，從陸誠面前跑過。一名穿著紅色袈裟的喇嘛遠遠跑過來，追向白馬。

△　陸誠和舒懿茫然望著白馬和紅衣喇嘛一路遠去，消逝在黑沉沉的大地中。

第一〇九場

景　女子監獄。禮堂
時　日
人　陸誠、林海燕、典獄長、玉花、學生、女犯人、獄警

△　禮堂坐滿了女犯人。

△ 典獄長帶陸誠、學生們和挺著大肚子的玉花走向講臺。兩名獄警抬著風琴放在講臺一邊。

△ 林海燕面無表情坐在女犯人中間。

△ 學生們站成一排。典獄長帶陸誠走到講臺前，對著眾女犯。

典獄長：這是我們監獄附近小學校的陸老師。他今天特地帶他的學生們來給大家唱歌。大家在這裡過著非常辛苦的生活，我和陸老師都很同情你們，希望孩子們的歌聲能帶給你們一些快樂。

△ 女犯人們靜默了一下，然後零零落落地鼓起掌來。

△ 陸誠看到林海燕。

△ 林海燕冷冷瞪著他，沒有鼓掌。

陸　誠：我們第一首歌要唱的是奧地利音樂家舒伯特的《野玫瑰》，這首歌在我們中國的學校裡都教過。在座的諸位可能也聽過、唱過。

△ 眾女犯毫無反應。

△ 陸誠走到風琴前坐下，開始彈奏。

△ 玉花和學生們唱起純真、愉悅的歌曲。

△ 眾女犯有的露出笑容，有的無動於衷。

△ 林海燕慢慢注意聽著，眼睛裡開始閃出淚花。

△ 玉花挺著大肚子越唱越起勁兒。

△ 站在講臺一邊的典獄長和獄警都露出笑容。

△ 陸誠專心彈著風琴。

△ 林海燕看陸誠側影一眼，突然「哇」地一聲哭出來。

△ 陸誠、典獄長、獄警和眾女犯轉頭看林海燕。

△ 林海燕捂住嘴，可是控制不住自己，哭聲越來越大。

△ 學生們驚愕，停止歌唱。

陸　誠：（看林海燕一眼。回頭對學生）沒關係，沒關係，不要停，接著唱。

△ 陸誠繼續彈琴。玉花帶著學生們又高聲唱起來。

△ 林海燕完全崩潰，嚎啕大哭，起身跑出禮堂。

△　眾女犯騷動。兩名和林海燕同室的女犯也起身跑出去。

△　典獄長、獄警站在臺上不動。

△　學生們的歌聲又停下來。

陸　誠：（眼淚盈眶。大聲對學生們）我們繼續唱……

△　玉花又一次高聲唱起來，學生們跟著也唱起來。

第一一〇場

景　女子監獄。通道，林海燕牢房
時　日
人　林海燕、女犯人、獄警

△　獄警叫著名字，沿著牢房通道向每一個牢房裡的女犯人發信。

△　女犯人都擠到鐵柵欄前伸手等信。

△　林海燕站在牢房裡面牆角看著眾人。

△　獄警走到林海燕牢房前派信。

獄　警：胡玉蘭，李彤，陳阿梅……

△　女犯人分別搶過自己的信。

△　獄警望一眼林海燕，把一封信遞給一個女犯人。

△　女犯人接過信一看，轉頭對著林海燕。

女犯人：海燕，大律師的信，撕了吧？

△　女犯人做勢要撕信。

△　林海燕走過來，拿走女犯人手中的信，又走回牆角。

△　拿著信的手垂在身邊，不撕，也不看。

第一一一場

景　學校。陸誠屋
時　夜
人　陸誠

△　陸誠就著暗淡的燈光，在炕桌上寫信。

陸　誠：（O.S.）舒懿……

△　陸誠放下筆，把信揉成一團丟在地上，一口吹滅炕桌上的煤油燈，倒頭躺下。

舒　懿：（O.S.）他不停地給林海燕寫信。林海燕把他的信全部撕掉。他從來沒有給我寫過一封信，雖然他知道，我不會撕掉他的信。

第一一二場

景　女子監獄。林海燕牢房
時　夜
人　林海燕、女犯人

△　林海燕睜著眼睛躺在自己的鋪上。其他女犯人的鼾聲此起彼落。

△　林海燕伸手從被子裡，摸出陸誠的信，拿到面前，撕開信封。

△　林海燕抽出信紙打開來。

△　沒有燈光的牢房一團黑暗，完全看不到陸誠的字。

△　林海燕慢慢把信紙挪到眼前，幾乎貼到臉上，還是看不到字。

△　林海燕把整張信紙貼在自己的臉上。

第一一三場

景　荒原。監獄
時　日
人　軍閥部下

△　監獄發出爆炸聲，火光濃煙四起，瞭望塔坍塌。軍閥部下騎著馬衝入監獄。

第一一四場

景　監獄。操場
時　日
人　軍閥部下、男女犯人、獄警

△　軍閥部下有的騎馬，有的跳下馬一邊與獄警混戰，一邊衝入監獄。

第一一五場

景　男犯監獄。過道，牢房
時　日
人　軍閥部下、兩軍閥男犯、其他男犯、獄警

△　軍閥部下衝入過道，押著獄警打開牢房，救出兩名男犯，其他犯人都奔逃出來。

第一一六場

景　女子監獄。過道，牢房
時　日
人　林海燕、女犯、軍閥部下、獄警

△　軍閥部下押著獄警打開所有牢房。

軍閥部下：跑吧，快跑，你們自由啦！

△　林海燕和眾女犯倉惶逃竄。

第一一七場

景 監獄。過道
時 日
人 典獄長、軍閥部下、兩軍閥男犯

△ 幾名軍閥部下和兩男犯衝入過道。

△ 典獄長站在過道中拿著槍對著他們。

△ 一名部下立刻開槍打中典獄長手臂。典獄長手中的槍掉下。

△ 另一名部下把槍對準典獄長的腦袋。

△ 一男犯推開部下的槍。

男　犯：這個人不錯，放了他。

另一名男犯：他是共產黨。

部　下：你怎麼知道？

男　犯：我有一次發現他在偷看毛澤東的文章。

△ 部下手槍一揚，打死典獄長。

第一一八場

景 荒原。監獄
時 日
人 林海燕、犯人、軍閥部下

△ 遠遠看到監獄四處冒火。軍閥部下騎著馬，開著槍四處亂竄。林海燕和一些犯人奔入荒原，急忙朝前飛跑。

第一一九場

景 學校。空地
時 日
人 陸誠、林海燕、玉花

△ 陸誠走出屋門。玉花挺著大肚子，拿著扁鏟在鏟地上的積

雪。陸誠連忙走過去。

陸　誠：玉花，你不要鏟雪了，趕快回屋休息。你隨時要生了，不能再做粗活了，等一下我就送你回你家，萬一要生，去醫院方便。

△　玉花抬頭對陸誠咧嘴笑。陸誠拿過她手裡的扁鏟。

陸　誠：回屋裡去。

△　玉花轉身走，腳步一滑。陸誠趕緊扶住她。

陸　誠：小心！

△　玉花再回頭一笑，走向她的屋子。

△　陸誠拿扁鏟鏟雪。鏟了一會兒，挺起身，一眼看到一個女人的身影遠遠從學校外的荒地走過來。

△　陸誠仔細看。

△　林海燕一路走向陸誠。

△　陸誠驚訝，丟下扁鏟跑過去。

陸　誠：海燕！

△　林海燕一言不發，沉靜走到他面前。

陸　誠：海燕，你怎麼出來了？

林海燕：監獄鬧動亂，我們都趁機逃出來。我想來看你。

△　陸誠感動地上前緊緊抱住她。

陸　誠：（眼淚一下湧上來）你來看我了！

△　林海燕默默伸手替他擦掉流出來的眼淚。

△　木屋突然傳來玉花一陣陣的尖叫聲。

△　陸誠一震。林海燕轉頭看。

陸　誠：（拔腿就跑）不好，玉花要生了。

△　兩人匆匆奔向玉花屋。

第一二〇場

景　學校。玉花屋
時　日
人　陸誠、林海燕、玉花

△　陸誠、林海燕衝進屋內。玉花躺在床上翻滾、痛叫，下腹流出血。

△　陸誠奔去抱住玉花。

陸　誠：玉花，不要怕，不要怕。我們幫你生。海燕，快過來幫忙……

△　玉花睜開眼睛，呆滯地望著林海燕。林海燕匆忙拽過炕上的毛毯蓋在玉花的身上。

△　陸誠、林海燕緊張地替玉花生產。

△　玉花痛叫聲中，二人小心翼翼地從玉花腹中接出一個男嬰。

△　嬰兒沒有發出哭聲。

△　陸誠、林海燕染滿玉花的血和羊水的手，一直捧著嬰兒等他出聲。

△　嬰兒一直沒有出聲。[3]

△　玉花抬頭看。

△　陸誠、林海燕擔心地對視一眼。

△　嬰兒突然「哇」一聲大哭起來。

△　陸誠、林海燕登時鬆了一口氣，二人眼眶都湧出淚水。

△　玉花頭倒回去。

△　林海燕一邊流淚一邊笑著，從陸誠手裡接過嬰兒，走過去抱給玉花看。

林海燕：是個小子。

△　陸誠拿著毯子抱住嬰兒。

陸　誠：（擦掉臉上淚水）我去燒水。

第一二二場

景 學校。陸誠屋
時 夜
人 陸誠、林海燕

△ 陸誠、林海燕疲憊地開門進來。

△ 陸誠打亮燈。

△ 林海燕站在屋中四下打量。

陸　誠：累了吧？

林海燕：我很餓，有什麼可吃的？

陸　誠：有麵粉，還有點肉和白菜，我做餃子給你吃。

林海燕：你會做？

陸　誠：（尷尬笑）我現在什麼都會做。我做給你吃。

△ 陸誠到屋角的缸裡用瓢拿麵粉，從櫥櫃裡拿出一小塊兒豬肉，從窗臺上拿下白菜。林海燕上前接過白菜和豬肉。

林海燕：你和麵，我來做餡兒。

△ 陸誠呆呆地望著林海燕。

陸　誠：你原諒我了？

△ 林海燕望著陸誠微微一笑走開。

△ 疊化：

二人剁餡兒、和麵、包餃子、煮餃子。

陸誠從沸騰的鍋裡撈出餃子，盛了一盤。

陸　誠：我給玉花端去。

第一二三場

景 學校。玉花屋
時 夜
人 陸誠、玉花、嬰兒

△ 陸誠端著餃子進屋。

△　玉花側著身子對著睡在她身旁的嬰兒哼著歌兒。

第一二三場

景　學校。空地
時　夜
人　陸誠

△　天空飄著鵝毛大雪。

△　陸誠走過。

第一二四場

景　學校。陸誠屋
時　夜
人　陸誠、林海燕

△　陸誠推門進來。林海燕站在炕前，微笑看著他。

林海燕：我們洗個澡吧。

△　陸誠頓了一下。林海燕上前，拉起陸誠的手，走出屋外。

第一二五場

景　學校。空地
時　夜
人　陸誠、林海燕

△　林海燕拉著陸誠走入茫茫白雪中。

△　林海燕停下來，開始幫陸誠脫衣服。

△　陸誠望著她，也伸手幫她脫衣服。

△　漫天大雪，遠遠看到兩人的裸體。林海燕彎身捧起地上的白雪，為陸誠擦洗。陸誠也蹲下去捧起雪替林海燕擦洗。

△　二人的手捧著雪，非常慢、非常溫柔地擦過彼此裸露的頸、

肩、背、小腹、大腿、腳……

△ 雪不停地降下。

第一二六場

景 學校。陸誠屋
時 拂曉
人 陸誠、林海燕

△ 沉睡的陸誠。林海燕從他身邊小心爬起來，下床穿上衣服。

△ 林海燕站在炕邊，低頭溫柔地看著陸誠，伸手輕輕一撫陸誠的臉。

△ 陸誠嘴角露出一絲滿足的笑意，轉身繼續睡。

△ 林海燕輕手輕腳走到門口，再一望陸誠，開門出去。

第一二七場

景 學校。空地
時 拂曉
人 林海燕

△ 曚曨的晨光中，林海燕踩著厚雪，走到玉花屋門口，輕輕開門。

第一二八場

景 學校。玉花屋
時 拂曉
人 林海燕、玉花、嬰兒

△ 玉花緊緊摟著嬰兒，在炕上甜睡。

△ 林海燕慢慢走過來，靜靜望了一下，轉身出去。

第一二九場

景 學校。空地
時 拂曉
人 林海燕

△ 林海燕一步一步走出學校。

第一三〇場

景 山崖
時 拂曉
人 林海燕

△ 漫山遍野覆蓋著皚皚白雪。

△ 林海燕沿著小路走上山崖。

△ 林海燕走到山崖邊緣，放眼望去。

△ 天地茫茫。

△ 林海燕充滿風霜的臉上，慢慢地浮起十七歲初見陸誠時，純真甜美的笑容。

第一三一場

景 陸誠家別墅。書房
時 日
人 陸誠

△ 回憶。

△ 皺著眉毛站在玻璃窗裡面的陸誠也漸漸展開了笑容。

△ 回憶完。

第一三二場

景 山崖
時 拂曉
人 林海燕

△ 帶著她純真甜美的笑容，林海燕縱身一躍。

△ 整個人像燕子一樣飛出山崖。鏡頭一路跟著她，看著她墜入空中。跟了一會兒，看到她不再墜落，看到她慢慢滑翔起來，看到她自由自在、優美嫻雅地一路翺翔。

陸 誠：（O.S.）她沒有墜下去。她飛起來。她終於像高爾基的海燕一樣，搏擊風浪，找到了她的自由和歸宿。她也幫助我找到了我的自由和歸宿，無愧於天地……

第一三三場

景 學校。操場
時 日
人 陸誠、玉花、玉花孩子、二十幾名學生

△ 操場上，伴著陸誠彈奏的樂曲，二十幾名孩子在歡快地歌唱。玉花背著不滿周歲的兒子也站在學生中間，滿臉笑容，聲音還是那麼清脆嘹亮。

△ 學生前面，陸誠一邊彈著風琴，一邊不時抬起頭望著孩子們微笑。

第一三四場

景 學校。陸誠屋
時 夜
人 陸誠

△ 陸誠坐在炕桌前，在昏暗的燈光下埋頭寫信。

陸　誠：（O.S.）舒懿……

△　陸誠一直寫下去，沒有揉掉信。

劇終

二〇〇九年十月二十九日

註

1　三星白蘭地

2　在兩塊固定的木板間倒入黏土、砂石等而築成的房子。

3　醫學資料，約二十秒。

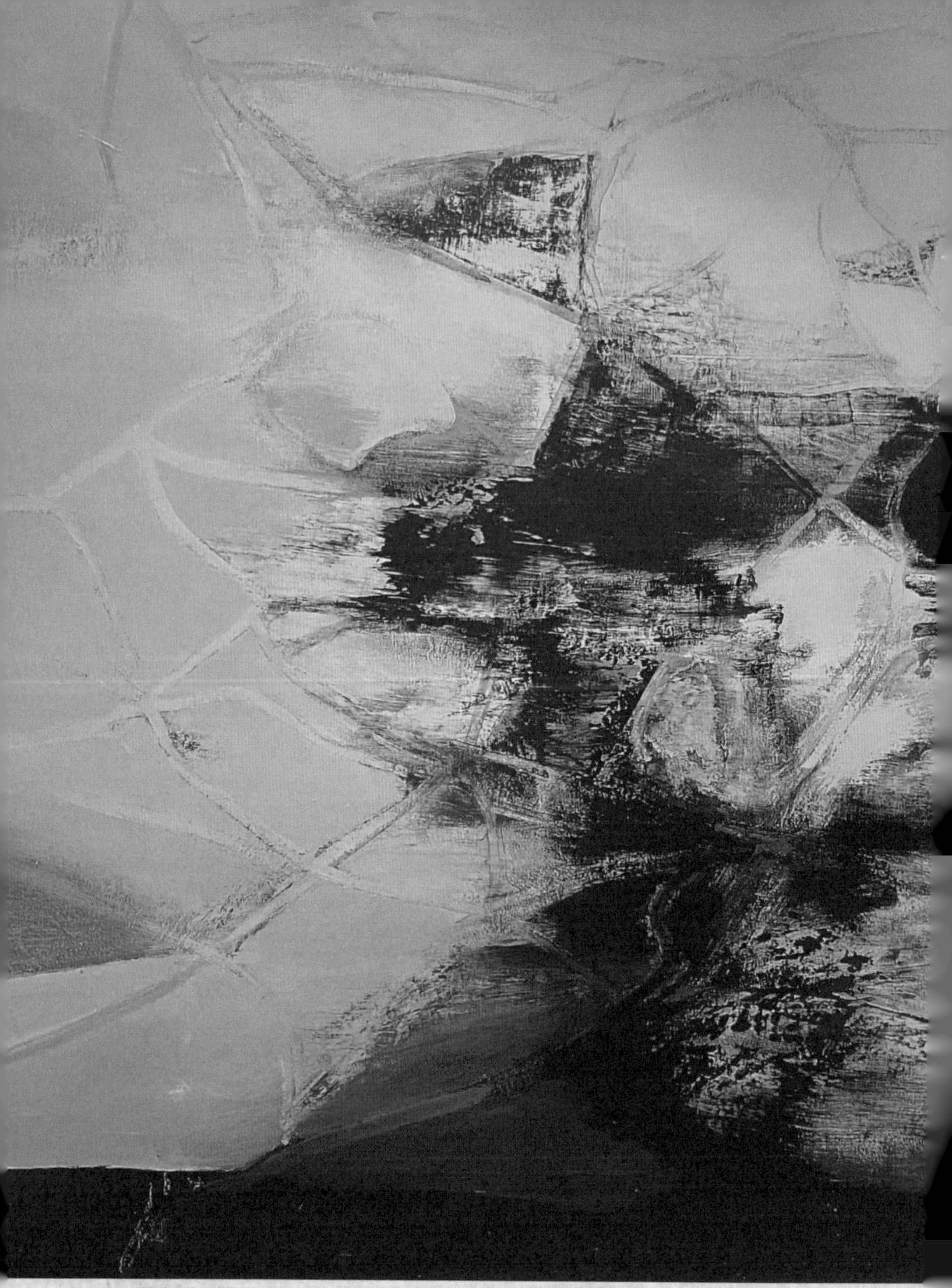

楊識宏《大都會》 1998 年　丙烯 / 畫布　76X102 3/8 吋

第三章

罪人

重返類型

《罪人》導讀

文 蒲鋒

《罪人》是個警匪片劇本。以拍成的電影來計算，邱剛健自 1982 年的《殺出西營盤》之後，都沒有完成任何類型片。上世紀八九十年代間他名作不斷，像《投奔怒海》（1982）、《地下情》（1986）、《胭脂扣》（1988）、《阮玲玉》（1992），都不是類型片。但他其實是寫類型片成名的。武俠片《奪魂鈴》（1968）、《殺絕》（1978），黑幫片《大決鬥》（1971），女性復仇片《愛奴》（1972）、《毒女》（1973），殺手片《殺出西營盤》，都是既保留了商業元素，也滲進他個人筆觸的類型劇本。這種作風，我們在《罪人》中仍可以看到。

《罪人》的構思並不來自邱自己，它的故事大綱是陳翹英寫的。邱雖然是一個個人風格強烈的編劇，但他卻又是一個慣於和人合作的編劇。合作方式也可以很多樣，和黎傑合作《女人心》（1985）、《地下情》時，較為緊密，應是一起討論和創作。但像《胡越的故事》（1981），張堅庭寫了第一稿，他再修改成定稿，這種做法在香港影業中常見，於他也是平常的事，反之亦然。看《罪人》的劇本，邱是根據陳翹英的故事大綱再行發展，既沿用其基本戲劇架構，但是在處理上卻抓緊自己相信可以開發的地方，寫出富個人特色的作品。

警匪片的情節成規和創新

《罪人》是警匪片。警匪片有一套情節成規，與真實與否無涉，而是長期累積製造的觀眾習慣，方便故事往預期的方向走，邱剛健對此顯然是自覺地遵守甚至加以利用的。這裡舉一個最典型的例子。香港警匪片的傳統，犯罪者無論幹的是什麼人神共憤的罪行，犯罪過程中是否留下足堪跟進的調查方向，只要他很有錢，請得起律師，他都能夠逍遙法外。不單這樣，警方高層甚至會有點「買佢怕」，處處留難做實際調查工作的探員主角，妨礙他執行儆惡懲奸的任務。《罪人》中的大反派史丹利及兒子波諾，便是這樣一個例子。史丹利是個憑走私軍火而發大財的有錢人，但也只是這樣，並沒有什麼特別的權勢；而他的兒子是慣犯，多番強姦虐打年輕女性，但是當 Mika 因好友 Penne 被他強姦虐打引致自殺而去報案，警司說波諾的口供能自圓其說，便好像無法再調查下去，整件案件跟著便成了羅白和 Mika 兩個人的事。

法律是有錢罪犯的保護罩，罪犯憑著它便可以無法無天，是香港警匪片最基本的成規，那是源自《辣手神探奪命槍》（*Dirty Harry*，導演 Don Siegel，1971）的啟導，而成為八九十年代香港警匪片的基本設定。這個設定的重要，是因為它可以把現實中擁有合法公權力、組織龐大的警隊，縮減為一個權限甚少的探員主角，讓他變成一個微小的個體，去挑戰擁有龐大勢力的犯罪者，從而進入探員以個人力量替天行道的使命。警匪片的類型成規，構成《罪人》的情節基本取向，有了它，羅白和 Mika 才會進入一個只有他們兩人孤獨地對抗史丹利和 Benjy 的世界。Benjy 後段的肆虐，羅白和 Mika 見一個證人便被他殺一個證人，毫無忌憚，也沒有任何妨礙，都依賴觀眾長期看警匪片構成的習慣。

類型片需要成規，但一部好的類型片不能把成規變成陳腔濫調來構成。它需要在一些地方有創新。《罪人》中，邱剛健著力創作之處，是 Mika 與羅白的關係。通過前奏一段圍捕銀行劫匪的部分，我們見到羅白是一個神槍手探員，卻因為失手而害到一個孕婦人質被匪徒所殺，從此被內疚掩埋。多年之後，被殺的孕婦女兒 Mika，為了懲罰羅白，以其高超的黑客技術，對羅白一舉一動進行監控，並向他作出挑釁。一個沉溺在罪疚感的警察，一個女性復仇者，在警匪片中，都不是全然新鮮的設計。邱的獨創在於羅白心存內疚，但他絕沒有因此而被這種內疚擊垮。當 Mika 把他的活動紀錄傳回給他，他的反應是以之作為挑戰，要找出 Mika 的身份、目的和下落。《罪人》的前段，便是由羅白和 Mika 的鬥智構成一連串戲劇行動，並建立兩個人的個性及關係。劇情中，Mika 是主動出擊，羅白是被動。邱設定演羅白的是周潤發，要發揮他的明星魅力，便不能任由他受到 Mika 的戲弄，前段劇情便環繞著羅白反客為主的過程，而結束於羅白終於抓著了 Mika。過程中，劇本提供了一些聰明的細節來提起觀眾的趣味。好像羅白單憑 Mika 傳來的沒頭沒腦訊息，卻能推測到她是一個來自北京的女孩子，產生出懸念，究竟他憑什麼作出這樣的推測？最後提出兩地喝酒文化的差異，便十分聰明。另外，邱也善用一些設計來經營視覺效果。羅白在同僚石清華的幫助下，只要 Mika 用同一部手提電話兩次，便能鎖定她的位置。於是 Mika 身上帶了一大袋電話，每用過一次便立即毀碎扔掉，讓他無法追蹤。於是她把一個個電話毀碎的過程，為追蹤提供了豐富的視覺效果。

邱剛健編劇獨特的一點，是他很重視在劇本階段，為影片提供以影像說故事的藍圖。其中值得留意的，是 Penne 跳樓自殺的一幕。事情出現在劇本第一〇四場，那是羅白與秀娟激情一夜後，在電腦收到 Mika「你贖罪的時候到了」的訊息，於是與她視像聯繫。而就在見到 Mika 流淚的畫面時，卻赫然見到她背後有人在樓上掉下來。首先，Penne 的死或許是觀眾「期待」將發生的事情，但一般處理，不是通過 Penne 的角度，便是通過 Mika 的角度，但是邱卻是用羅白的角度來呈現這一幕，這個角度便甚獨特。而且當時劇情是 Mika 找羅白要他幫忙，忽然間卻是呈現 Penne 的自殺，這才有種突然而來的衝擊力。這一場戲，通過電腦畫面間接的呈現，卻比直接呈現 Penne 的自殺有力和震撼，這就是編劇的匠心獨運之處。

開放與扭曲的慾望碰撞

邱剛健寫類型片的一個特點，是他並不僅是一個技巧高明的技匠，還有屬於自己想要呈示的東西。其中一個多年來一貫的，是他對性慾的描寫，主角們往往對自己的性慾大膽開放，絕不忸怩，反而構成角色的自信。《罪人》中的最佳例子，是第三十六場，羅白面對 Mika 的監視時的態度。那其實是幾場連續的戲。羅白知道他被一個女子窺伺。回到家中，檢查了浴室、臥室和客廳，找出了三個地方的監視器。跟著他去浴室洗澡，明知道被監視，依然脫光衣服，赤身露體，搓洗起來。通過裸露自己的身體來向偷窺者示威，在情緒上反客為主。在一部警匪片中，主角的個性竟然不是在動作場面中展示，而是通過主角對自己身體毫無顧忌的大膽展示來呈現，這不得不說是邱剛健一種極之個人的處理。我們看邱的舊作，像《唐朝綺麗男》（1985），角色們大膽展示身體，因為那是張揚個性的一部分，是對禮俗的反抗。《罪人》儘管沒有《唐朝綺麗男》的叛逆和挑釁，但邱對自己一些信念的執著，還是可以在羅白裸體這一場見到。

邱剛健對性的開放態度，不單反映在羅白身上，《罪人》的兩個主要女角，羅的情人秀娟及 Mika 身上，同樣見到。尤其特別的是秀娟一角。秀娟這個角色的作用，原本不過就是男主角的愛人，這種角色最典型的處理，都是受苦及被動，只是男主角某種心情的反映。在原本的故事大綱中，羅白因為秀娟是死去的同袍的愛人，所以雖然二人互有好感，卻一直沒有發展成情侶，秀娟原來在影片的作用，就是羅白為當年的錯失產生沉重內疚的外在呈現，於是秀娟的角度自然要被動，與羅白一起受苦。但在邱的劇本中，秀娟儘管對劇情進展影響不大，但其形象卻甚為獨特。首先，邱把秀娟與羅白同袍的「前因」關係放棄，二人純然是一對戀人。不單如此，秀娟是個十分主動的角色。她第一次正式出場是在第三十場，羅白到她的洗衣店，她便大膽撩起裙子讓羅白看她的大腿。這是向羅白的示愛。跟著和羅白發生性關係，她都沒有一絲羞怯。更為特別的是第一六七場 C，羅白、秀娟和 Mika 在家中度過一夜。羅白和秀娟同床睡，Mika 在另一處，她醒來後竟然擠在二人中間。當中可以有雙重意義，一方面，她是個想與父母一起睡的女孩，但另一方面，她卻是要硬插進二人愛情關係中的第三者。秀娟醒來的反應，卻沒有妒意和不快，反而和羅白、Mika 笑成一堆。這個反應放在警匪片中是非常特殊的。秀娟是所謂「豪爽女人」，性於她既不是一件值得害怕的事，也不是用作武器，而只是一種快樂的事。這種性格大方的女性，在邱的作品中是常常出現的，不單《唐朝豪放女》（1984）的魚玄機如此，《說謊的女人》（1989）的盛文月也是如此。我們甚至不難想像，由邱為秀娟選角的話，最適宜演秀娟的，就是當年演魚玄機和盛文月的夏文汐。

Mika 同樣在性方面是大膽進取的。她只因覺得 Benjy 適合，便和他發生一夜情。更為曖昧的是她與羅白的關係。儘管對白中羅白說她當了自己是母親，實際上二人關係一直都暗藏著一定的性慾，她與秀娟和羅白構成一個頗堪玩味的三人行關係。與羅白、秀娟和 Mika 三個能開放面對自己性慾的主角對應的，則是史丹利、波諾和 Benjy 三個人扭曲的性慾。史丹利通過強姦女性獲得快感，波諾要痛打和羞辱女性才滿足，Benjy 對槍擊和殺人的沉溺，也是一種扭曲了的性慾轉化。在表面上，《罪人》是犯罪者與個人執法的一次對抗，但是邱剛健注入的另一層面，是面對性慾時，豪爽還是扭曲的兩種慾望的對陣。

殺戮中的快慰及詩意

在性之外，邱剛健對死亡同樣有著迷戀。這在煞科的第一八五場得以明顯見到。這一場，從動作片角度，英雄主角羅白和大反派史丹利作最後一戰，他和秀娟、Mika 同被史丹利槍傷肚子，捱著痛苦慢慢等死。羅白反撲，先用槍把史丹利幹掉，跟著三人便等死（或等人救援）。但劇情完結後，邱卻著力描寫羅白、秀娟和 Mika 在死亡中既痛苦又快樂的感受：

△　史丹利倒向羅白。羅白伸手把他甩開，自己力乏，倒在地上。

△　Mika 眼淚橫流，爬到羅白身邊，伏在羅白身上。

△　Mika 的眼淚流到羅白的臉上。

△　羅白伸手抹掉眼淚。

羅　白：(微笑) 這不是我的眼淚吧？

△　秀娟眼角泛著淚光，微笑，忍著痛苦爬過來。

△　羅白把 Mika、秀娟摟在懷中。

羅　白：看我們還可以一起痛苦多久。

△　羅白拿起手機，撥電話。

△　Mika 面帶痛苦望著羅白笑。

△　插入鏡頭：第八十一場，Mika 像發瘋一樣，一口接一口的口水不停地吐向羅白。

△　秀娟面帶痛苦望著羅白笑。

△　插入鏡頭：第三十場，秀娟輕笑著故意撩起裙子，把一條腿伸到櫃檯出入口的空間。

△　羅白放下手機，低頭望著 Mika 和秀娟。

△　插入鏡頭：第一場，羅白強壯的身體，不停地繞著客廳跑步。救護車呼叫聲遠遠響起。

△　羅白、Mika、秀娟三人既痛苦又快樂的臉。救護車呼叫

聲越來越近。

死亡把三個人的快樂時光的感受召呼了出來，甚至把整個快感推往高峰。「我高潮來的時候，要抓住天上的星星叫。」Mika 用來誘惑波諾的話，原來是邱剛健借她來發揮他的詩人之筆，寫下他在性愛和死亡的關鍵時刻，感受到生命的真實感。邱剛健的類型片，常在殺戮中找到一份詩意，構成他獨特的風格家地位。

蒲鋒 作者簡介

影評人，曾任香港電影評論學會會長及香港電影資料館研究主任。著有《電光影裡斬春風 —— 剖析武俠片的肌理脈絡》；曾主編《經典 200 —— 最佳華語電影二百部》（合編）、《主善為師 —— 黃飛鴻電影研究》（合編）、《乘風變化 —— 嘉禾電影研究》（合編）、《江湖路冷 —— 香港黑幫電影研究》、《群芳譜 —— 當代香港電影女星》（合編）及《香港電影導演大全 1914-1978》。

電影〇〇劇本

罪人

《罪人》是邱剛健與趙向陽於2010至2011年間編寫完成的劇本。這一警匪片的故事概念最初來自香港著名編劇陳翹英（作品有《大時代》等）。邱剛健與陳翹英在北京相識，受他所托，在陳翹英完成的故事大綱基礎上，與趙向陽於兩個月內完成了《罪人》的劇本初稿。之後邱、趙二人陸續修訂了三稿，目前本書收錄的是2011年9月完成的最終稿。《罪人》劇本再現邱剛健掌握類型片元素的技巧。他創作的故事再次帶回到香港，也是他最後一個以香港為背景的劇本。殺手、槍戰、復仇、性、死亡等元素交織，兼顧商業與藝術，風格強烈。

2011.7.6.

Lafite 1961

① [illegible]

② 2000.6月. [illegible]

③ 2000.11月. [illegible]

④ [illegible]

⑤ [illegible]

⑥ [illegible]

⑦ [illegible]

⑧ [illegible]

⑨ [illegible]

⑩ [illegible]

⑪ [illegible]

⑫ [illegible]

⑬ [illegible]

⑭ [illegible]

⑮ [illegible]

⑯ [illegible]

⑰ [illegible]

⑱ [illegible]

⑲ [illegible] Apple.

⑳ [illegible]

Chateau Margaux

[illegible]

5 [illegible]

人：[illegible] A.13.

△ [illegible]

△ [illegible]

△ [illegible]

⑥ [illegible]

[illegible]

⑧ [illegible]

⑨ [illegible]

⑩ [illegible]

[illegible]

2011.7.12

26场
32场 37场
36,37,38,39,44
第二十四场

[illegible]

√25. [illegible]

√26. [illegible]

√27. [illegible]

√28. [illegible]

√29. 1号室. 一 [illegible]

√30. [illegible]

√31. [illegible] 一 [illegible]

√32. 1号室. [illegible]

√33. [illegible]

√34. 1号室. [illegible]

[illegible] —— 什么样子?

2011.7.13

√35. [illegible]

√36. [illegible]

√37. [illegible]

√38. [illegible]

√39. [illegible]

√40. [illegible]

√41. [illegible]

√42. [illegible]

√43. [illegible]

√44. [illegible]

in SUV

√45. [illegible]

√46. 一 [illegible]

√47. [illegible]

√48. [illegible]

√49. [illegible]

50. [illegible]

51. [illegible]

52. [illegible]

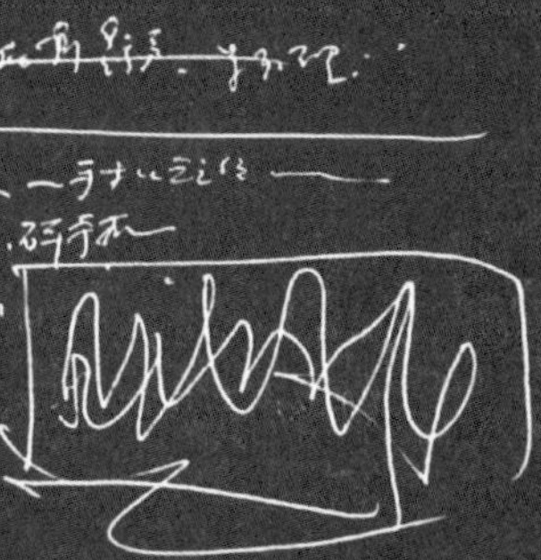

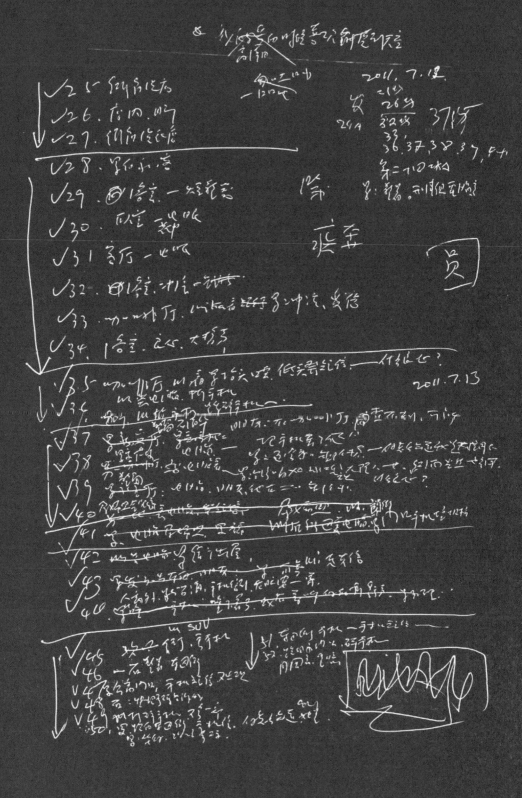

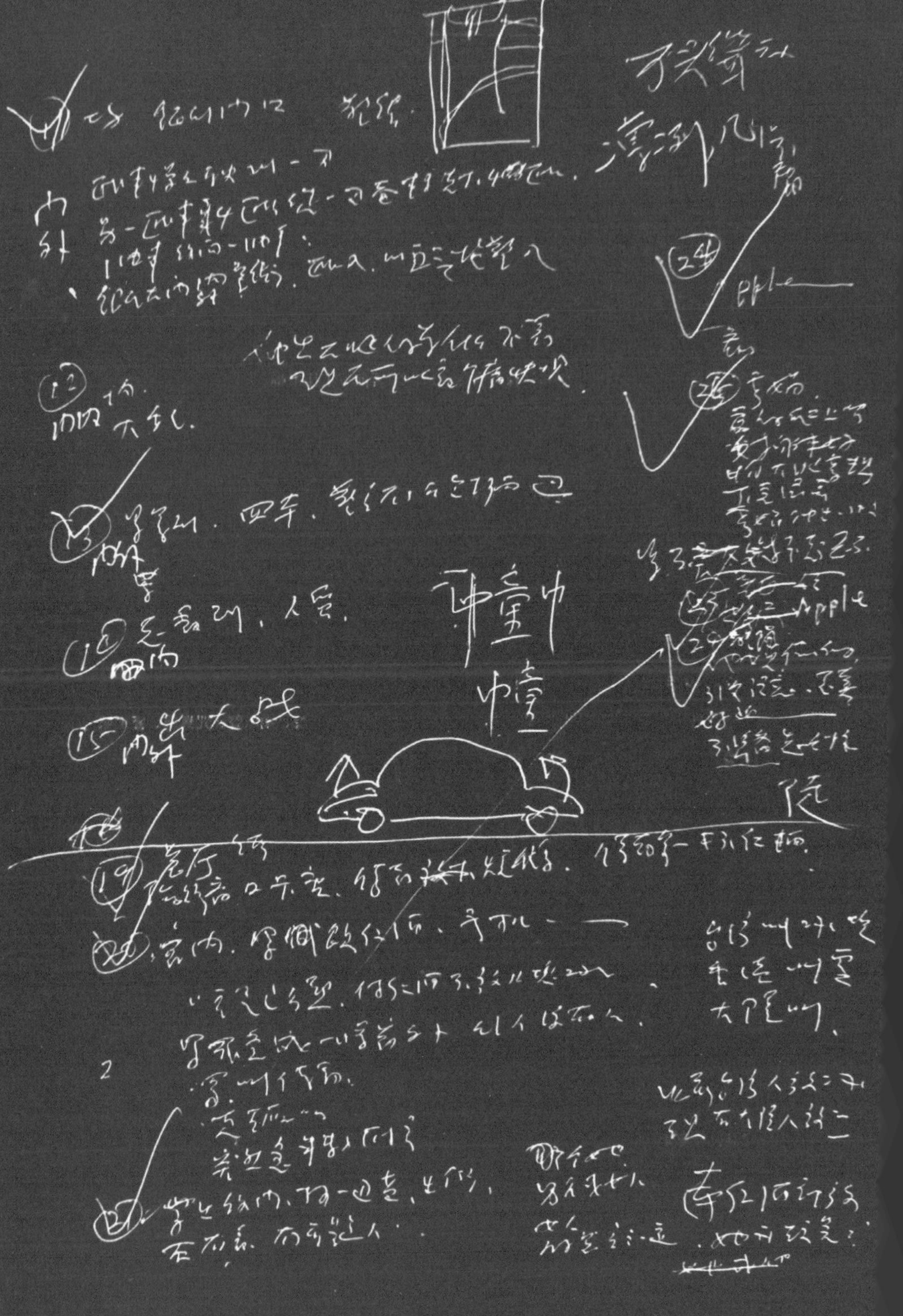

邱剛健創作《罪人》時的分場草稿。雖然邱剛健向來不寫故事大綱，直接寫劇本，但其實動筆之前就已經設計好故事的各個方面。

接下去的戏，主要：

① 石倚华约写白外出，他查到史用利财务总监张七之的真相。写白带Mika去。写白会通知石倚华 ~~去通知石倚华去~~ 出卖他，把他当史用利的事告诉史用利，让史用利派Benny将他killed。

Benny的中间人，即双生兄弟Benny II突然出现，杀死了石倚华灭口。Benny II和写白一场紧张的追逐战。Benny II逃脱。

② 写白到療養院找财务总监遗下的孤女（失常），孤女神经错乱，因受到史用利的侵犯。写白查到这两年一直有神秘人寄钱给孤女。

③ 写白找到神秘人，发现是当年的同学，财务总监的经理。经理和史用利，财务总监他们三人曾经追求过少女同学，中学中同学。史用利得到女人芳心，经理怀恨而没有支持。史用利害了他的经理，史想利害了经理，由他的经理做内应，实际上又做了一个很好的布局。

④ Benny II发现，杀了他们经理，与写白搏斗，与写白困难搏斗，让写白逃走。

⑤ 写白Mika回香港前，史用利已经派杀手等候写白回来。

4稿.

2011. 6. 30. 定稿

告解

Sinners

相互的关系对吗
金钱 [illegible]

mika为什么
那么自然
接受这个人物.

(23年前.) — 杀手 [illegible] [illegible]. [illegible]. [illegible]:
[illegible] — A — B — A — [illegible]
[illegible] confession.

① 现代. [illegible]. [illegible] Bond. [illegible]
② Mika 3 [illegible] — [illegible] [illegible]
[illegible] paper [illegible]
mika [illegible] — 同 入[illegible]
③ M [illegible], B [illegible].
④ Bond [illegible] — mika [illegible].
[illegible].
⑤ B 父 — 史用 [illegible] — 同 [illegible]
⑥ [illegible], 同.
⑦ [illegible] etc.
⑧ [illegible] 入 [illegible]
同.

[illegible] 大 [illegible] — [illegible].
— 史用 [illegible].

Ending [illegible] 大 [illegible] — [illegible] — [illegible].

[illegible]
[illegible]
同 [illegible]
[illegible]
[illegible]
[illegible]
[illegible]
[illegible]
同 [illegible]
[illegible]
[illegible].
同 [illegible].

mika 一 [illegible].

[illegible] — [illegible] ([illegible]) [illegible].

[illegible] mika. [illegible] mika — [illegible]
[illegible] 人. [illegible]

[illegible] — [illegible] 人 [illegible] — [illegible] mika
[illegible] contract — [illegible]
[illegible] 人 [illegible] mika [illegible]

[illegible]
[illegible]
[illegible]
[illegible].

[illegible] ([illegible])

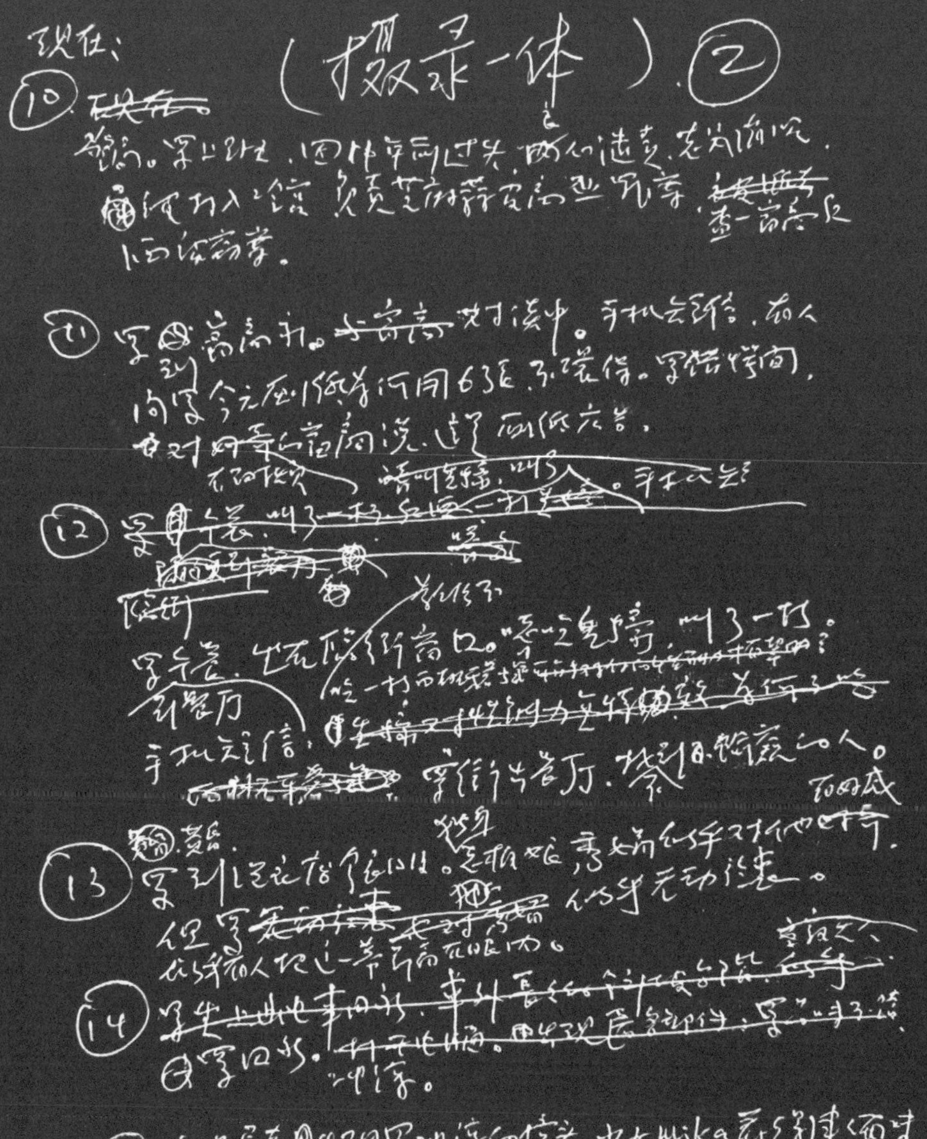

现在：

（摄录一体）②

「攝錄一體」四字為趙向陽所寫。因邱剛健向來不使用電腦等電子產品，所以《罪人》中涉及到攝像頭、手機等元素的地方，他多倚賴與趙向陽的合作。

第一場

景 羅白家。客廳
時 晨
人 羅白

△ 羅白依然強壯的中年的身體，在從垂閉的窗簾隙縫和敞開的臥室門，或廚房門，透射進來的晨光中，不停地繞著客廳四周跑步。客廳除了基本的傢具外，幾乎是赤裸的，像一間牢房。羅白不停地轉圈跑，熟悉地避過沙發、咖啡桌；臉、胳臂、大腿滲出薄汗；陳舊的跑步鞋；氣喘。突然間爆發好像是十幾隻不同的槍同時射擊的槍響，劇烈、密集、大爆發，叫人喘不過氣。突然間停止。但羅白還在跑，滿頭大汗，咻咻氣喘。兩聲空廓的、接連的槍響。羅白繼續跑。

第二場

景 地下射擊場
時 日
人 羅白、史丹利、阿森、阿的

△ 字幕：二〇〇〇年六月。

△ 四張排成一排，印著人頭的靶紙。

△ 羅白、史丹利、阿森、阿的一擁而上，分別在各自的靶紙人頭上，用紅色記號筆圈上記號：羅白在人頭的額心畫一個紅點，史丹利在人頭的右眼上畫一個紅點，阿森在人頭的喉結上畫一個紅點，阿的在人頭的鼻端上畫一個紅點。

△ 四人按下射擊臺的電鈕。

△ 吊在軌道上的四張靶紙開始後退。

△ 四人戴耳罩，抽出配槍，子彈上膛。

△ 靶紙退到五十碼的位置停住。

△ 四人舉槍，瞄準，開槍。

△ 槍聲乍停。四張靶紙一動，往前滑行。

△ 四人等著看。羅白神情自若，史丹利嘴角含笑，阿森木然無

表情，阿的伸長脖子瞪大眼睛。

△　阿的的靶紙走到二十五碼時，清楚看到人頭鼻端的紅點安然無恙，倒是嘴巴露出了一個槍孔。

△　阿的激動地又舉起槍，猛烈連轟了五槍，彈殼四濺。

△　人頭的鼻子被打得稀爛。

△　阿的發洩完，轉頭看羅白、史丹利、阿森。沒人理他。

△　四張靶紙停在射擊臺上，四人的面前。

△　羅白的槍正中靶，人頭額心的紅點被射穿，消失不見，只留下一個槍孔。

△　史丹利沒打中右眼，打在鼻樑上。史丹利自嘲地對羅白擠了一下左眼。

△　阿森撇一眼喉結上依然存在的紅點，紅點上面下顎有個槍孔。臉一沉，從口袋裡掏出錢包。

△　羅白轉身微笑，對史丹利三人伸出手掌。

△　阿森從錢包抽出一百元，放在羅白手裡。

阿　森：三個月後再來。

史丹利：都幾個三個月了？

阿　森：（點頭，勇敢承認）七個三個月。

阿　的：（從錢包抽出五十元，用力擱在羅白掌心裡）我五十碼沒中，二十五碼全中，算我輸一半吧。

△　羅白不答，只是笑著，手掌繼續對阿的招動。

△　阿的無奈，再抽出五十元給羅白。

△　史丹利抽出一百元，放在羅白掌心。

史丹利：阿 Sir，說句實話，我這輩子都沒希望了？

△　羅白拿出錢包，把錢放進去。

羅　白：史丹利，我不會看死一個人的。

第三場

景　香港街道
時　日
人　羅白、史丹利、阿森、警察、行人

△　字幕：二〇〇〇年八月。

△　四部警車呼嘯著在早高峰的車流中疾駛而過。

△　從第一部車的車窗看到史丹利駕駛，阿森坐在他旁邊。羅白坐在後座。

△　車隊一路疾駛，時而轉入一條街道，時而衝上另一條街道。

第四場

景　警車內。街道
時　日
人　羅白、史丹利、阿森

△　史丹利開車疾駛。羅白和阿森都面無表情，望著前方來往的車輛。

△　羅白手機響起短訊聲。羅白掏出手機，看短訊。

△　手機屏幕顯示出九組摩斯密碼：「3412 5721 9120 9754……」[1]

△　羅白迅速掏出摩斯密碼本，翻譯。

羅　白：（大聲）「有變。西營盤銀行。十點。」

阿　森：（緊張）臥底發來的？

史丹利：（緊張）那我掉頭了！

△　史丹利不等羅白答話，即刻在街中掉頭。

阿　森：（拿對講機，叫）立刻掉頭！去西營盤銀行！

△　史丹利突然掉頭，引起街上一片混亂。有車輛碰撞、有急剎車聲、喇叭聲、咒罵聲、警車鳴叫聲，大爆發。史丹利不理，駕車衝前，後面三輛警車緊跟。

第五場

景　匪車內。街道
時　日
人　阿的、志忠、匪徒 A、匪徒 B、行人

△　阿的坐在車後座，低著頭，太陽穴被一支槍頂住，準備把發出摩斯密碼的手機關掉。緊閉的車窗外，迅速掠過的街景、人影。

△　志忠坐在阿的身邊，槍口頂住他的太陽穴，合上手上的摩斯密碼本。

志　忠：等一下。

△　阿的停手。

志　忠：（伸手指手機屏幕的一組數碼）這裡為什麼空兩格？

△　手機屏幕，顯出摩斯密碼「3412 5721 9120 9754……」中，5721 和 9120 間多空了一格。

第六場

景　警車內。街道
時　日
人　羅白、史丹利、阿森

△　車頭儀錶盤的時鐘跳字：9：50。

史丹利：（轉頭，焦急叫）阿 Sir，我們趕不及了。

△　羅白低頭看著手機屏幕上阿的發出的摩斯密碼。

羅　白：密碼空了兩格。有問題。

第七場

景　匪車內。街道
時　日
人　阿的、志忠、匪徒 A、匪徒 B、行人

△　阿的冷靜轉頭看志忠。

阿　的：可能手抖了一下。

△ 志忠一皺眉。

志　忠：（對前座兩名匪徒）誰放屁？打開窗子！

△ 兩名匪徒彼此一望。

△ 阿的身旁的車窗打開來。

志　忠：（對阿的）你那麼鎮定，手怎麼會抖？

△ 不等阿的回答，志忠開槍。血霧從阿的腦袋另一方噴出。

第八場

景　街道
時　日
人　上班女人、行人

△ 熙攘的行人中，一個手提電腦包、肩背皮包，衣飾入時的上班女人，剛走到街道旁邊，左邊皎白的臉被從掠過的匪車窗口噴出來的血霧濺成大花臉。女人一愣，下意識地舉手摸。

第九場

景　匪車內。街道
時　日
人　阿的、志忠、匪徒A、匪徒B、行人

△ 車窗升上去。阿的的頭垂倒在窗下。

志　忠：最討厭把窗子弄髒了。

第十場

景　警車內。街道
時　日
人　羅白、史丹利、阿森

△ 羅白匆匆掏出筆和記事簿，從手機屏幕顯示的數字「3412」中摘出第三個字「1」，寫下；從「5721」中摘出第四個字「1」，寫下；從「9120」中摘出第一個字「9」，寫下；從「9754」中摘出第二個字「7」，寫下。以此類推，得到兩

組密碼。[2]

△　羅白再翻摩斯密碼本，譯出：「目標依舊。地獄再見。」

羅　白：（大聲）目標依舊！還是北角銀行！快掉頭回去！

△　史丹利一愣。

羅　白：快掉頭！

△　史丹利馬上又在街上急轉彎掉頭；阿森趕快再用對講機通報後面警車。

△　街上車流又被打斷，又是一場大混亂。

△　史丹利和警車衝出，往回路走。

△　羅白低著頭，看著手機屏幕的密碼。

羅　白：（聲音瘖啞）阿的跟我們說再見了。

△　史丹利、阿森不約而同轉頭看羅白。

第十一場

景　銀行門口。街道
時　日
人　志忠、匪徒A、匪徒B、匪徒C、匪徒D、匪徒E、匪徒F、銀行警衛、孕婦、行人

△　志忠的車緩慢、小心地開向銀行。一名警衛站在銀行門口，幫一名孕婦推開門。

△　街道另一邊，一輛運鈔車放慢速度，也開向銀行門口。

△　銀行旁邊一條小街，遠遠開入一輛油罐車。

△　志忠拿過一條毯子蓋住阿的的屍體。匪徒A把車停在銀行門口附近的車位。

△　運鈔車在銀行門口停下。匪徒C、D、E、F喬裝護衛人員。F坐在駕駛座上，C、D、E拿著AK47下車走向大門。銀行警衛迎上前。

銀行警衛：（疑惑）我沒接到通知，你們是來——

匪徒C：（一槍頂住他肚子）來收屍的。

△　D、E同時笑著圍上來，當著沒事一般，押著警衛打開門。志忠和匪徒A、B突然也擁過來，一起走進銀行。

第十二場

景 銀行內
時 日
人 志忠、匪徒A、匪徒B、匪徒C、匪徒D、匪徒E、孕婦、銀行經理、職員、顧客、銀行警衛

△ 志忠和匪徒 A、B、C、D、E 一進門，C 立刻用槍托打倒銀行警衛，另一名迎上來的警衛馬上也被 D 擊倒在地上。

△ 銀行職員、顧客大亂。

△ E 一腳踩過警衛胸口，奔前跳上櫃檯，一邊沿著櫃檯跑，AK47 槍口一邊對著職員掃瞄過去。職員個個驚悚，不敢亂動。

△ C、D 在大廳兩頭迴轉，分別舉槍對著顧客叫喊。

C、D：都趴下！都趴下！

△ 顧客個個慌張趴下地。大廳一角，志忠帶 A、B 衝入經理室。

△ 志忠、A、B 拖著銀行經理衝出經理室。

第十三場

景 銀行內。金庫
時 日
人 志忠、匪徒A、匪徒B、銀行經理、職員

△ 金庫門砰然打開。志忠和匪徒 A、B 押著銀行經理走入。當中一張桌子擺滿一疊疊的鈔票。兩名女職員坐在旁邊，用點鈔機數鈔票、紮鈔票。A 一下推開兩名女職員，把鈔票掃入隨手提著的帆布袋。

△ 志忠把銀行經理推到牆角保險櫃前。

△ 銀行經理緊張打開保險櫃。

△ B 一把推開銀行經理，把保險櫃的鈔票全部掃入提著的帆布袋。

第十四場

景 銀行外。街道
時 日
人 羅白、史丹利、阿森、
警察十數名、匪徒 F、行人

△ 淒厲的警車鳴叫聲。羅白車與三部警車風馳電掣趕到銀行。

第十五場

景 銀行內
時 日
人 志忠、匪徒 A、匪徒 B、匪徒 C、
匪徒 D、匪徒 E、孕婦、
銀行經理、職員、顧客、銀行警衛

△ 匪徒 C、D、E 聞聲轉頭。伏在地上的銀行經理、職員、顧客、警衛等紛紛騷動。志忠和 A、B 押著銀行經理和兩名女職員走出金庫。

志　忠：（大叫）走啦！

△ 志忠和匪徒退向門口。

△ 志忠一眼看到側身挺著大肚子、伏在地上的孕婦，彎身抓起來。

△ 志忠胳臂一下扣住孕婦脖子，槍頂住她的頭。

第十六場

景 銀行外。街道
時 日
人 羅白、史丹利、阿森、
警察十數名、匪徒 F、行人

△ 羅白車和三部警車衝向銀行門口。坐在運鈔車駕駛座上的匪徒 F，立刻舉起 AK47，朝羅白車及警車掃射。

△ 羅白車和警車急剎車、盤轉。有的車門、車頭被子彈射穿，玻璃粉碎，車頭蓋彈開。羅白、史丹利、阿森和警察們急忙開門跳下車。行人驚叫、奔躲。

△ 羅白、史丹利、阿森和警察們快速找位置掩護，舉槍還擊。

△ 匪徒 F 又一輪狂射過去。羅白從遮擋的車門後，陡然起身，

一槍正中匪徒腦袋。

羅　白：（對阿森喊叫）阿森！找阿的！找阿的！

△　阿森飆身出去。

第十七場

景　銀行內

時　日

人　志忠、匪徒A、匪徒B、匪徒C、匪徒D、匪徒E、孕婦、銀行經理、職員、顧客、銀行警衛

△　匪徒A、B提著裝滿錢的帆布袋，志忠胳臂勒住孕婦的脖子，推著她帶頭往門口走，C、D、E掩護。

孕　婦：（雙手護住自己肚子，哀叫）我有孩子啊……

志　忠：（冷酷，舉槍頂住孕婦的頭）你親口跟警察說，叫他們放我們走。

第十八場

景　銀行外。街道

時　日

人　羅白、史丹利、阿森、志忠、匪徒A、匪徒B、匪徒C、匪徒D、匪徒E、孕婦、警察十數名、行人

△　阿森沿著一些停在銀行門口的空車奔竄，著急地望進車內。背景小街內，停著油罐車。

△　志忠一隻手拿槍頂著孕婦的頭，一隻手勒著孕婦當擋箭牌和匪徒A、B、C、D、E走出銀行門。

△　羅白、史丹利和警察們分別從車後站起來，槍瞄準志忠和匪徒們。

△　雙方對峙。

羅　白：（對志忠）放開她！

志　忠：（對羅白）阿Sir，你要一屍兩命？你聽她親口跟你說。

△　羅白、史丹利不動。

志　忠：（貼近孕婦耳朵）你跟他們說。

△　志忠槍一直頂著孕婦的頭，稍微放鬆勒著孕婦脖子的胳臂。

△　孕婦咽了一口氣，張大嘴要說話，突然緊張說不出話。

△　羅白凝視志忠和孕婦。

△　史丹利、警察們和遠遠圍觀的人群，鴉雀無聲等待孕婦說話。

△　阿森的臉貼緊志忠車的窗戶，望著窗內蓋著毯子的屍體。毯子隙縫露出阿的部分的臉。

△　阿森對羅白大聲叫。

阿　森：（激動）阿的死了！

△　史丹利轉頭看。

△　羅白依然凝視志忠和孕婦，像石頭一樣毫無表情。

史丹利：（回頭對羅白，緊張）不能開槍。

△　志忠槍一頂孕婦的頭，催她講話。孕婦又張開嘴，還是發不出聲。

△　羅白開槍。

△　志忠額心中槍前，一扣扳機。

△　志忠額心中槍。孕婦腦袋噴出血漿。

△　兩人分別倒下。

△　警察和匪徒的 AK47 即刻火拼。當場大亂。很慢地 fade out。在逐漸黑暗下來的氛圍中，快速、凌亂地看到圍觀的人群驚叫四散；匪徒 A、B 提著錢袋和 C 趁亂奔入銀行旁邊小街；阿森追前，打死 C；A 反身亂射，打死阿森，和 B 奔到油罐車後；油罐車轟然爆炸，火光、濃煙衝天。

△　黑煙中，羅白像行屍一樣，拿著手槍的手無力垂在身邊，站著不動。背後不遠處，史丹利的身影，也像行屍一樣，在黑煙中若隱若現，對著羅白大叫。畫面幾乎完全暗下來。

史丹利：你王八蛋！你真的以為你是天下第一的神槍手啊！我操你啊！

△　畫面完全暗下來。

第十八場A

景 街。花海俱樂部門口
時 日
人 行人

△ 字幕：二〇一一年十一月。北京。

△ 熱鬧的街道。氣勢宏偉的花海俱樂部。

第十八場B

景 花海俱樂部。大廳
時 日
人 Mika

△ 俱樂部尚未營業。大廳幽暗，陰影重重。Mika 背著雙肩背包，靜悄悄從一間包廂走出，四下一看，躡入旁邊的另一間包廂，輕輕關上門。

第十八場C

景 花海俱樂部。包廂
時 日
人 Mika

△ 富麗堂皇的水晶燈璀璨亮開。

△ Mika 把一張椅子放在咖啡桌上，小心爬上去。

△ Mika 從椅子上站直起來，頭上水晶燈的數百個燈墜的菱面頓時折射出數百個 Mika 的小臉。Mika 拿出針孔鏡頭，嵌在水晶燈中。

第十八場D

景　公安局。特偵組組長辦公室
時　夜
人　Mika、組長、數名警察

△　辦公桌上一排監視器，映出花海俱樂部的幾個包廂，一些客人和陪酒小姐喝酒、調笑、唱歌的場面。組長和數名警察圍在旁邊觀看。Mika 一個人坐在角落的沙發，兩隻腳翹在茶几上，玩手機。

△　監視器映出一個包廂中，一名彪悍的客人從地上拿起一個皮包，打開來，裡面都是一包包塑料袋裝的白粉。旁邊的客人也拿起一個皮包，打開來，裡面裝滿一沓沓的錢。兩人交換皮包。

組　長：靠！逮到他們了！

△　警察們迅速轉身，奔出門。

△　組長笑盈盈走過來，坐在 Mika 旁邊。

組　長：小米，我給你報上去了。

Mika：（逕自看手機）你報你的唄，我還是要去香港。

組　長：你到底要去香港幹嘛？

Mika：（轉頭看組長）偷窺。

組　長：（笑）這你是專家了。

△　Mika 手機短訊聲。Mika 看。

△　手機屏幕顯示：一個非常純真、秀美的男孩子的臉。短訊：「你看過這麼美的男孩子嗎？」

第十八場E

景 後海
時 夜
人 Penne、波諾、遊客、年輕男女、行人

△ 波諾純真、秀美的臉在柳葉脫落、一條條宛如烏黑鐵絲的柳條後慢慢移動，一邊拿著一串麻辣燙的魚丸吃著，一邊嘴角含笑，對著鏡頭外的 Penne。波諾背後的湖光水色在燈光的映襯下，粼粼閃動。

△ Penne 站在擠滿年輕男女、遊客、行人的湖邊小路中，目不轉睛地望著波諾。

△ 波諾的臉從柳條後露出來。

△ Penne 拿起手機拍下他的照片。

第十八場F

景 火鍋店內
時 夜
人 Mika、Penne、客人、服務員

△ 火鍋店坐滿年輕客人。Mika、Penne 在角落的座位上，一邊吃，一邊興奮地談話。

Penne：他長得真的像天使吔。

Mika：他有翅膀嗎？

Penne：（甜笑）摸過才知道。

Mika：那摸過要告訴我哦。

Penne：那要等到香港了。今天晚上不行，他要和他父親趕回去。

Mika：太好了，我們可以一起去香港了。

△ 二人擊掌歡呼，跟著又大吃起來。

第十八場G

景　Mika 家。客廳
時　夜
人　Mika

△　客廳黑黝黝一片。Mika 開門進來，站在黑暗中，聽了一下，摸黑走到父親房間門口。

Mika：（輕叫）爸。

第十八場H

景　Mika 家。父親房
時　夜
人　Mika、Mika 父親

△　Mika 父親房點著床頭燈，房間雅潔。父親半坐在床上，手上拿著書，望著 Mika 推門進來。

父　親：（微笑）今天不刷夜了？

△　Mika 輕笑走過去，把雙肩背包放在床下，靠著父親坐下。

Mika：Penne 要跟我去香港。

父　親：她怎麼去，自由行？

Mika：她和香港一個男孩兒一見鍾情了，她要和我一起去。我叫僱我的香港公司給她出手續。（笑）她也是電訊專家嘛。

△　Mika 父親看了下 Mika。

父　親：小米，我已經不恨那個人了。

Mika：（笑容一斂）我恨。

父　親：我想通了，他不可能是故意的，他是真心想救你母親。

Mika：他害死我母親，還有我弟弟。我要他一輩子都良心不安。

△　父女二人一時靜默下來。

△　插入鏡頭：第十八場，志忠槍一頂孕婦的頭，催她講話。孕婦又張開嘴，還是發不出聲。

羅白開槍。

志忠額心中槍前，一扣扳機。

志忠額心中槍。孕婦腦袋噴出血漿。

兩人分別倒下。

第十九場

景 半山。豪宅
時 日
人

△ 高聳入天的豪宅。字幕：二〇一二年一月。香港。

第二十場

景 富豪家。儲酒室
時 日
人 羅白、富豪、富豪女（十七歲）

△ 陰暗的燈光。窗戶緊閉。幾座恆溫酒櫃，像棺材一樣矗立在房間周圍。羅白和富豪女站在一座酒櫃的兩側，看著富豪拿鑰匙打開酒櫃。酒櫃放滿酒，只有最上面的一格空了三個空位。

富　豪：（轉身對羅白）小偷很識貨，那是我最寶貴的三瓶酒。一瓶 1869 的 Lafite，一瓶 Mouton Rothschild，1945 年份的，一瓶 1982 的 Latour。（把鑰匙放進口袋）只有我有鑰匙。

羅　白：（點頭）嗯。（望富豪女一眼，微笑）只有你爸爸有鑰匙。

△ 富豪女瞪羅白一眼。

富　豪：我如果給她鑰匙，她早把這些酒都喝光了。

羅　白：（對富豪女，溫和）你多大了？

△ 富豪女不答。

富　豪：她才十七歲。

△ 羅白口袋裡的手機響起短訊聲。

羅　白：（掏手機）對不起。

△　羅白打開手機，看短訊。

△　手機屏幕，短訊：「你今天早上大便，用八張衛生紙，不環保。」

△　羅白一愣。

△　富豪和富豪女盯住他看。

羅　白：（抬頭）衛生紙廣告。

△　富豪和富豪女盯住他看。

第二十一場

景　半山。斜坡
時　日
人　羅白、秀娟、乘客

△　半山，羅白和一些乘客的身影，站在電動扶梯中緩緩下降。

△　遠方，與電動扶梯平行的一條冗長陡斜的臺階，一個女人修長的身影，提著小布包，慢慢地走上半山。

△　羅白茫然看著女人。

△　遠方的女人，一步步爬上臺階。

第二十二場

景　餐廳外。小街
時　日
人　羅白、侍者、客人、行人

△　羅白坐在餐廳臨街的卡座。隔著熙攘的人影和落地窗，看到他桌上擺著一盤燒鵝，一盤青菜，一碗白飯。侍者站在他身邊，把一杯紅酒放在他面前，走開。羅白端起酒杯，喝了一口。口袋手機短訊聲。羅白放下酒杯，掏出手機，打開看。

第二十三場

景 餐廳內。小街
時 日
人 羅白、侍者、客人、行人

△ 羅白低頭看手機。

△ 手機屏幕，短訊：「天氣這麼熱，你紅酒不加點冰雪碧？」

△ 羅白不動聲色，關掉手機，放進口袋。轉頭看餐廳裡面。

△ 餐廳坐了七八成食客，還有陸續進來的客人，一片喧鬧，看不到可疑的人。

△ 羅白轉頭看窗外。

△ 小街上和對著餐廳的商舖門口，行人擁擠，看不到可疑的人。

第二十四場

景 餐廳外。小街
時 日
人 羅白、侍者、客人、行人

△ 隔著窗子，看到羅白招手叫侍者。

△ 侍者匆匆過來。羅白跟他一嘀咕。侍者轉身走開。

△ 羅白夾起一塊鵝肉吃。

△ 侍者拿著一罐雪碧過來，遞給羅白。看到羅白說謝謝，拉開罐子，把雪碧倒入紅酒裡。

△ 羅白拿起加了雪碧的紅酒，仰頭一喝，拿開酒杯，望了一下，皺眉，索性一口氣喝光。

第二十五場

景 餐廳內
時 日
人 羅白、侍者、客人、行人

△ 羅白放下酒杯，掏出手機，重看第一條匿名短訊：「你今天早上大便，用八張衛生紙，不環保。」和第二條短訊，照短訊的號碼，撥出。電話接通聲。響了七八次，無人接聽。

△ 羅白放下手機，回覆匿名短訊：「你是大陸來的美眉吧？」

△ 羅白把手機放回口袋。吃一塊鵝肉，扒一口飯。手機沒有短訊回覆聲。窗外來往的人影幢幢。

第二十六場

景 蘋果專賣店
時 日
人 羅白、店員、顧客

△ 專賣店產品陳列大廳，人山人海。看熱鬧的人、沉迷玩弄新產品的年輕人、徵詢的人，擠得水泄不通。羅白在人群中漫遊，時而看一看最新的 MacBook Air、iPad 2，時而抬頭瀏覽牆上大屏幕 iPhone 4 的廣告，時而停下腳步，好像自己在發呆、彷徨，不知往哪裡走，或者他是在尋找在他周圍跟蹤他的人。

第二十七場

景 警署。走廊，刑事組辦公室門口
時 日
人 羅白、警司、探員、警察

△ 羅白穿過走廊，到刑事組辦公室門口。

△　警司正開門出來，兩人一點頭，擦身而過。

警　司：（回頭）你喝酒了？

羅　白：（正要進門，停住。回頭）冰雪碧，（一頓）加了點紅酒。

警　司：（又好氣，又好笑）肥盧的紅酒案，查到哪裡了？

羅　白：是他女兒偷的。

警　司：（一愣）你告訴他了嗎？

羅　白：（搖頭）讓他們父女自己搞定吧。

△　羅白說完，不再理警司，關門進去。

第二十八場

景　警署。刑事組電腦室
時　日
人　羅白、石清華

△　電腦室工作檯上放著幾臺電腦，周圍堆著各種電子儀器。電腦旁、儀器上幾乎都擺著一面鏡子，有圓、有方、有菱形、有橢圓形。石清華坐在工作檯前東盼西顧，對著各個鏡子擺姿態，顧影自憐。敲門聲。

石清華：（頭也不回）進來。

△　羅白推門進來。石清華看他一眼，繼續照鏡子。

羅　白：華仔，幫個忙。

第二十九場

景　街角。洗衣店
時　黃昏
人　羅白、秀娟、女店員、行人

△　一半浸在夕陽下的街角洗衣店。羅白過街，推開玻璃門，走入洗衣店。

第三十場

景 洗衣店內
時 黃昏
人 羅白、秀娟、女店員

△ 秀娟站在櫃檯後，對進來的羅白微微點頭，嘴角掠過一絲笑意。店裡面一個女店員在用蒸氣掛燙機，上下熨燙一件吊著的男人襯衣。

羅　白：我有幾件衣服在這裡吧？

秀　娟：有。我找一下。

△ 秀娟走到旁邊旋轉的衣服架，在掛滿套好塑膠套的衣服中，找出羅白的衣服，拿回來，放在櫃檯上。

△ 羅白拿起衣服。

羅　白：謝謝。（一頓）我上午好像看到你去荷李活道？

秀　娟：我去文武廟上香。[3]

△ 插入鏡頭：第二十一場，遠方，一個女人修長的身影，提著小布包，慢慢地走上半山。

羅　白：那條臺階夠長了，走走對身體好啊。

秀　娟：（微笑）我怕腿變粗了。

△ 羅白下意識傾頭，想看秀娟的腿，立刻又停住。

△ 秀娟似乎會意，輕笑著故意撩起裙子，把一條腿伸到櫃檯出入口的空間。

△ 羅白沒看，尷尬一笑。

第三十一場

景 街角。洗衣店
時 黃昏
人 羅白、秀娟、女店員、行人

△ 隔著洗衣店玻璃門，看到羅白和秀娟說再見，提著衣服，轉身開門出來。秀娟望著羅白的背影，縮回腿。

第三十二場

景　羅白家。客廳
時　黃昏
人　羅白

△　羅白開門進來。客廳浴滿濃郁的夕陽。羅白提著衣服穿過客廳甬道，走進臥室。片刻，空手出來，走進甬道一邊的浴室。

第三十三場

景　羅白家。浴室
時　黃昏
人　羅白

△　陰暗的浴室，羅白進門，打開燈。

△　羅白站在浴室中，上下左右看了一下，站到浴缸邊緣，伸手到天花板當中，卸下煙感器，發現裡面的針孔鏡頭。

△　羅白正要拆下鏡頭，突然停手，站在浴缸邊緣不動，突然又把煙感器裝回原位。

第三十四場

景　羅白家。臥室
時　黃昏
人　羅白

△　羅白迅速打開臥室頂燈、床頭燈、窗口落地燈，分別拆下燈罩、燈頭、煙感器等，都沒有發現鏡頭。

△　羅白回身一望，看到床對面五斗櫃上，插著一把塑膠花的花瓶。

△　羅白走上前，仔細撥看。塑膠花沾滿灰塵，紛紛飄下。一朵對著臥室的花蕊中安了一個鏡頭。羅白看一眼，不理，轉身走。

第三十五場

景　羅白家。客廳
時　黃昏
人　羅白

△　客廳燈火通明。羅白站在椅子上，從客廳一角的天花板卸下煙感器，看了一眼裡面的鏡頭，又將煙感器裝回去。

△　羅白跳下椅子，把椅子放在牆邊電腦桌前。

第三十六場

景　羅白家。浴室
時　黃昏
人　羅白

△　羅白拿著乾淨的汗衫、內褲進浴室，掛在牆上。把手機放在盥洗臺上。

△　羅白故意抬頭，笑著看了天花板上的煙感器一眼，然後脫掉身上所有衣服，赤裸著身體，走進浴缸，打開花灑，沖澡。

△　羅白不再理會煙感器，自顧自塗上浴液，搓洗全身。

第三十七場

景　咖啡廳
時　黃昏
人　Mika、客人

△　Mika 凜冽、幾乎帶著憎惡、不屑的表情，瞪著眼睛看。

△　咖啡桌上的筆記本電腦屏幕，顯出羅白混身都是泡沫，洗澡的畫面。

△　Mika 坐在電腦面前，伸手拿起擱在電腦旁邊的手機，打開，寫短訊。

第三十八場

景 羅白家。浴室
時 黃昏
人 羅白

△ 羅白放在盥洗臺的手機響起短訊聲。

△ 羅白嘴角浮起微笑，停止抹身，走出浴缸。花灑水繼續噴射。

△ 羅白用浴巾擦乾手，拿起手機，看短訊。

△ 手機屏幕：「你每天洗兩次澡，也洗不乾淨你的良心。」

△ 羅白一愕，抬頭望煙感器。

羅　白：（脫口而出）什麼良心？

△ 震耳欲聾的花灑激射聲、第一場和第十八場大爆發的槍聲。

第三十九場

景 咖啡廳
時 黃昏
人 Mika、客人

△ Mika 看著電腦屏幕上，羅白對著她，困惑的表情。羅白接著低下頭，赤裸裸站著，發手機短訊。

△ 桌上，Mika 手機短訊聲。Mika 拿起手機，打開看。手機屏幕：「什麼良心？」

△ Mika 關掉手機，關掉電腦。把電腦裝進雙肩背包，起身走。

第四十場

景 咖啡廳外。街
時 夜
人 Mika、行人

△ Mika 走到街邊，把手機丟向去水渠的雨水渠蓋。

△ 手機掉在渠蓋上面，沒有墜入隙縫。

△ Mika 提起穿高跟羅馬涼鞋的腳，用力一踩，手機碎裂，一些碎片墜入水渠。

第四十一場

景 警署。刑事組電腦室
時 夜
人 石清華

△ 石清華坐在工作檯前，一邊打固網電話，一邊望著一臺追蹤器上，顯出香港中西區地圖的屏幕。在百匯廣場星巴克咖啡廳位置，紅光閃動。

石清華：目標還在百匯廣場星巴克咖啡廳，但訊號不正常，可能人機分離了。她知道我們在追蹤她嗎？

第四十二場

景 羅白家。客廳
時 夜
人 羅白

△ 羅白頭髮潮濕，一面拿著固網電話聽筒聽電話，一面坐在電腦桌前，把手機放在桌上，打開電腦。

羅　白：她不會跑掉，她還會來找我。

石清華：（O.S. 電話講話聲）她如果有錢，可以一直換手機。可是只要她一用電腦，就能逮到她。

△ 電腦新聞網頁出現「青少年集體凌辱少女案，香港警務處不受理」等各種新聞，羅白隨便一看，滾動滑鼠。

羅　白：大陸山寨版手機便宜得很。（電腦發出電子郵件提示音，訊號閃動）我有郵件，你等一下。

石清華：（O.S. 電話講話聲）是她嗎？

羅　白：不知道。

△ 羅白迅速打開郵件。電腦屏幕顯示郵件內容：「你抓不到我的。」

羅　白：（講電話）是她。地址你記下來——

第四十三場

景　警署。刑事組電腦室
時　夜
人　石清華

△ 石清華一邊聽電話，一邊拿記號筆在自己正在照覽的一面菱形鏡上寫 Email 地址：mika……

第四十四場

景　羅白家。客廳
時　夜
人　羅白

△ 羅白掛斷電話。回覆郵件：「什麼良心？」

△ 羅白發出郵件後，一直坐在椅子上望著電腦屏幕不動。

△ 電腦訊號閃動，又發出郵件提示音。

△ 羅白打開郵件：十一年前，一張因羅白而死的孕婦的全身照，鼓著腹部，身邊還依偎著一個面帶羞澀的小女孩。

△ 照片一下充斥整個電腦屏幕。

第四十五場

景　大廈天臺
時　夜
人　Benjy

△ Benjy 單膝跪在天臺矮牆後，一手托住裝著消聲器、紅外

線瞄準器的長槍，一手扣住扳機，瞇著一隻眼睛，瞄準前方。身邊放著一個帆布袋。周圍都是燈光點點的大廈，一片寂靜。

第四十六場

景　街。古董店外
時　夜
人　店員、行人

△　行人往返。古董店店員站在街邊，用鐵鈎拉下櫥窗的鐵閘。櫥窗內擺滿各種銅、瓷器的古董，當中一座小巧的白瓷觀音像。紅外線瞄準器的紅點，慢慢從她的胸口移到額心，停住。

△　店員的鐵閘一直降下，剛要遮住觀音的頭。

第四十七場

景　大廈天臺
時　夜
人　Benjy

△　Benjy 長槍瞄準器內顯出觀音像的頭和額心的紅點。

△　Benjy 扣扳機。

第四十八場

景　街。古董店外
時　夜
人　店員、行人

△　櫥窗內觀音頭炸開。鐵閘同時降下，遮住沒有粉碎的半邊臉。

△ 店員驚愕，停住鐵閘，探頭看。櫥窗玻璃一個彈孔。

第四十九場

景 大廈天臺
時 夜
人 Benjy

△ Benjy 撿起落在身邊的彈殼，打開帆布袋，丟進去。

第五十場

景 鬧街。鮮榨果汁店門口
時 夜
人 Mika、行人

△ Mika 站在街邊果汁店門口，合上放在層板上的電腦，把電腦裝進雙肩背包，挎在右肩上，拿起沒有喝完的果汁杯，丟進垃圾桶，轉身走入人群。

第五十一場

景 羅白家。客廳
時 夜
人 羅白

△ 桌上的電腦屏幕還在顯示孕婦和小女孩的照片。羅白的背影已經衝出門口。

第五十二場

景　鬧街
時　夜
人　Mika、行人

△　Mika 一邊走，一邊卸下雙肩背包，打開，裡面除了女孩用品、電腦，還有十幾部各種品牌的手機。

△　Mika 隨手拿出一個手機，背回背包，打開手機，發短訊。

第五十三場

景　街。羅白家公寓門口
時　夜
人　羅白、行人

△　羅白一邊聽手機，一邊迅速跑出公寓門口。

石清華：（OS 電話講話聲）她電腦沒訊號了，來不及查了。你追不到她了。

△　羅白急步跑下街道。

羅　白：她會再打手機，你盯緊一點。（手機短訊聲）她來了！你等一下！

△　羅白邊跑邊看短訊。

△　手機屏幕：「看到沒有？大肚婆是十一年前被你害死的我的母親，害羞的小女孩是我。看不到的是我母親肚子裡的我的弟弟。」

△　羅白猛然加快速度跑。

羅　白：（對著手機，聲音突然瘖啞）華仔，是她，手機號碼——

第五十四場

景 街
時 夜
人 Mika、行人

△ 一輛黑色 SUV 從街道斜坡駛下，Mika 在街旁一邊往上走，一邊把手上的手機瀟灑地丟到 SUV 車輪下。

△ SUV 把手機輾得粉碎。

△ Mika 再從背包裡拿出一部手機。

第五十五場

景 警署。刑事組電腦室
時 夜
人 石清華

△ 石清華一邊拿著電話聽筒講話，一邊盯著追蹤器屏幕上中西區的地圖，在西邊街一角，紅光閃動。

石清華：（興奮）目標在西邊街，但訊號又不正常了——

第五十六場

景 街
時 夜
人 羅白、行人

△ 羅白一聽，急轉身，竄入另一條街，奔上坡。

石清華：（O.S. 模糊的電話講話聲）她又把手機毀了？她真的有很多手機……

△ 羅白放下耳邊的手機，不再聽石清華說話，低頭看手機屏幕 Mika 剛才發來的短訊。隨著疾跑，急晃的字：「看不到的是我母親肚子裡的我的弟弟。」

△　插入急晃的鏡頭：第十八場，孕婦雙手護著肚子，斜斜倒下。

△　羅白不停狂跑，邊跑邊狠狠望著左右的行人。

△　兩名下班的少女，聊著天走下斜坡。羅白霍然從她們身邊飆過。

△　手機又響起短訊聲。羅白趕快打開短訊。

△　手機屏幕：「你害死兩條無辜的生命。我看不起你。」

△　手機同時傳來石清華模糊的聲音。

石清華：（O.S.）阿 Sir，我剛想到，西邊街離你家很近……

△　羅白抬起頭，拿起手機講話。

羅　白：叫她來吧。

第五十七場

景　警署。刑事組電腦室
時　夜
人　石清華

△　石清華面前追蹤器屏幕只亮著中西區的地圖，紅光已被消掉。石清華拿著電話聽筒。

石清華：（急促）她又來短訊了？快把號碼告訴我！

第五十八場

景　街
時　夜
人　Mika、行人

△　Mika 猛然一回身，把發完短訊的手機狠狠地砸到對面的牆上，手機粉碎。

△　左右行人訝異看。Mika 不理，又從背包拿出一部手機，逕自走開。

第五十九場

景 街
時 夜
人 羅白、行人

△ 羅白疾奔，穿過橫街、斜街，掃視周圍，沒有可疑的少女。

△ 手機短訊聲。羅白即刻打開。

△ 手機短訊：「你怎麼知道我是大陸來的美眉？」

△ 羅白奔跑，拿起手機講話。

羅 白：華仔……

第六十場

景 街
時 夜
人 羅白、行人

△ 街邊牆底下，粉碎的手機，零件散落四處。

△ 羅白喘著氣沿著斜坡跑上來，看到，放慢腳步，上前端詳。

△ 手機響起石清華大聲叫的聲音。

石清華：（O.S.）阿 Sir！她就在第二街！她就在你家旁邊！

△ 羅白一聽，轉頭就跑。

石清華：（O.S.）她又把手機毀了，訊號又異常了，她真的有很多手機唉……

第六十一場

景 街。羅白家公寓門口
時 夜
人 羅白、秀娟、行人

△ 羅白奔回公寓，不停看路面，看行人。

△ 一部被踩碎的粉紅色手機，扔在公寓門口角落。羅白撿起殘

殼，回頭四望。

△ 周圍一片寂靜。沒有可疑的少女。遠方出現一個跑步的女人，一路跑過來。

△ 羅白注視。

△ 秀娟穿著跑步的衣服，慢跑，經過公寓門口前面馬路，看到羅白，嘴角似乎浮起微笑，對羅白微微點頭。

△ 羅白茫然望著秀娟，微微點頭。

△ 秀娟跑入旁邊一條斜坡，消失不見。

△ 羅白身子一動，似乎想跟去，又停下來，孤獨站著。

第六十二場

景 公園。音樂會入場口
時 夜
人 少男少女

△ 公園外，人頭和螢光棒的彩光到處攢動。成群結隊拿著螢光棒的少男少女，湧向音樂會入場口。紅外線瞄準器的紅點出現，在人群中遊移。

△ 紅點落在一個張嘴大笑的少女臉上。

第六十三場

景 另一座大廈天臺
時 夜
人 Benjy

△ 天臺周圍大廈有的暗淡無光，有的依然燈火通明。遠處隱約傳來公園少男少女的喧囂聲。

△ Benjy 整個人匍匐在天臺邊緣，身邊放著帆布袋，裝著消聲器、紅外線瞄準器的長槍，瞄準前方。

△ Benjy 長槍瞄準器內顯出點在少女臉上的紅點，停住不動。

第六十四場

景 公園。音樂會入場口
時 夜
人 少男少女

△ 停在少女臉上的紅點一動，移開，找到少女拿著的螢光棒的棒頭，停在棒頭上。少女繼續嬉笑走前，紅點緊隨著晃動的棒頭。

第六十五場

景 另一座大廈天臺
時 夜
人 Benjy

△ Benjy 扣扳機。

第六十六場

景 公園。音樂會入場口
時 夜
人 少男少女

△ 還在走動、嬉笑的少女，拿著的螢光棒的棒頭炸開。

第六十七場

景 另一座大廈天臺
時 夜
人 Benjy

△ Benjy 起身撿起身邊的彈殼，丟進帆布袋。

第六十八場

景 網吧
時 夜
人 Mika、Penne、少男少女、職員

△ 熱鬧擁擠的網吧，坐滿一排一排的少男少女，大部分帶著耳機。有的在玩遊戲，有的瀏覽網頁、聽歌、視像聊天。

△ Penne 坐在電腦前，興奮地玩著 CS 遊戲，所帶的耳機不停傳出槍戰聲。Mika 身影一閃，坐在她身邊空位。

Penne：（目不轉睛）你再不來，位子要給別人搶走了。

△ Mika 把背包放在腳下，打開桌上電腦。拉開 Penne 一邊耳機。

Mika：Penne，你的天使還沒有降臨嗎？

Penne：（轉頭，甜笑）他玩兒深沉。

△ Penne 回頭再打遊戲。

Mika：不要忘了我們的協定呦。

△ Mika 說完，鬆手讓耳機彈回，封住 Penne 一邊耳朵，跟著在面前電腦輸入一組字符串。

Penne：什麼協定？

Mika：有沒有翅膀要告訴我哦。

Penne：摸過就會告訴你。你的老情人呢？

△ Mika 面前電腦屏幕出現羅白家客廳畫面，看到羅白像泥塑一樣，直挺挺站著，抬著頭，一臉堅毅，對住針孔鏡頭。

Penne：（湊近看，驚奇）他在幹嘛？他知道你這時候要偷看他嗎？

Mika：（冷淡）他在等我。

第六十九場

景　警署。刑事組電腦室
時　日
人　羅白、石清華

△　石清華坐在椅子上，看著面前電腦屏幕上顯示的羅白在客廳，站著不動，抬頭望的照片。照片上有 Mika 的留言：「等好看的吧。」

△　羅白站在電腦桌一角，周圍一些鏡子映出他的背、側面。

石清華：什麼好看的？郵件的 IP 地址在水街 W-I 網吧。（轉頭看羅白）又是在你家附近，故意逗你去抓她吧？你要準備了。

羅　白：（點頭）你把附近所有網吧的名字、地址都查給我。

石清華：她用手機也可以發給你好看的。（瞄一眼羅白照片上面發郵件的名字）她叫 Mika？

△　羅白不語。

石清華：（對羅白笑）你站了多久？希望是她的自拍照。

△　羅白瞪他一眼，轉身走。

第七十場

景　蘋果專賣店
時　日
人　羅白、店員、顧客

△　櫃檯前，一個年輕的男店員拿著新款的手機，在羅白面前，手指快速頻繁觸屏，手機屏幕顯出股票行情、名錶、名畫等一個個燦爛的畫面。

年輕店員：郵件隨時接收，還可以視像聊天……

△　年輕店員手指突然一停，轉頭看羅白。

年輕店員：要不要我再教你一次？

第七十一場

景　街。網吧外
時　日
人　羅白、少男少女、行人

△　羅白開車慢慢經過街道，到 W-I 網吧門口。打一把方向盤，羅白一邊開車一邊看手上新買的手機，經過另一條街道，到另一個網吧門口。再打一把方向盤，又一條街道，又經過另一個網吧。再打一把方向盤……

第七十二場

景　街。飛狐網吧外
時　黃昏
人　羅白、少男少女、行人

△　街邊，招牌畫著飛狐的網吧外，一輛輛停泊的汽車，玻璃窗上灑滿夕陽的金光。其中一輛是羅白的汽車。羅白坐在駕駛位，端著咖啡紙杯喝了一口咖啡，看一眼網吧門口出入的少男少女。儀錶盤上放著他的新手機。

第七十三場

景　另一條街。黑洞網吧外
時　夜
人　羅白、少男少女、行人

△　網吧門口，少男少女出入，有幾個聚在一起抽煙聊天。行人、車輛經過。

△　羅白坐在離黑洞網吧門口不遠的車內。

△　羅白目光深沉，一動不動靠在駕駛位椅背。

△　羅白的手，握著手機，擱在大腿上。

△ 手機突然發出提示音響。

△ 羅白即刻拿起手機，打開看。

△ 手機屏幕顯示郵件：一張由上拍下的一個女人側彎著赤裸的半身，雙手搓洗大腿的照片。乳房被右手胳臂遮住。從側臉清楚看出女人是秀娟。郵件上有 Mika 的留言：「你不敢看的大腿，現在讓你看個痛快。」

△ 羅白一震。

△ 插入鏡頭：第三十場，秀娟輕笑著故意撩起裙子，把一條腿伸到櫃檯出入口的空間。
羅白沒看，尷尬一笑。

△ 羅白衝出車子，站在街邊，一邊望著黑洞網吧，一邊快速撥打電話。

石清華：（O.S. 電話講話聲）來了？

羅　白：快查她的 IP！我在黑洞網吧門口！

石清華：（O.S. 電話講話聲）一分鐘搞定。是自拍照嗎？

△ 羅白不理，奔進網吧。

第七十四場

景 黑洞網吧內
時 夜
人 羅白、少男少女、職員

△ 密密麻麻的電腦畫面，少男少女聳動的人頭，羅白衝進來盲目尋找，手機一直貼在耳邊。

石清華：（O.S. 電話講話聲）逮到她了！

第七十五場

景　警署。刑事組電腦室
時　夜
人　石清華

△　石清華興奮地站在電腦桌前，拿著電話聽筒叫，眼睛盯著追蹤器屏幕上中西區的地圖，在高街一角，紅光閃動。

石清華：在高街邊界網吧！在高街邊界網吧！

第七十六場

景　另一條街。黑洞網吧外
時　夜
人　羅白、少男少女、行人

△　羅白衝出網吧。

△　跳上汽車。開動引擎。

△　車飆出。

第七十七場

景　邊界網吧內
時　夜
人　Mika、Penne、少男少女、職員

△　Mika 伸手關掉面前的電腦。

Mika：不能再玩了。

△　Mika 提起腳下的雙肩背包，站起來。坐在旁邊的 Penne 也關掉電腦，摘下耳機。

Mika：你也走？

△　Penne 站起來，微微笑，背上掛在椅上的皮包。

Penne：去約會呀。

Mika：這麼晚還約會？

Penne：今天陰曆十六，月亮最圓，天使說趁最美的時候，帶我飛一個晚上。

Mika：我也要去！

Penne：（做一個鬼臉）你做夢吧！

△ 兩人笑著走開，經過一個個埋頭網遊的少男少女。

第七十八場

景 街。邊界網吧外

時 夜

人 羅白、Mika、Penne、行人

△ 羅白車疾駛到邊界網吧。

△ Mika、Penne 並肩走向網吧門口一邊的街道。

△ 羅白緊急停車，撲出車門。望一眼 Mika、Penne 兩人背影，衝向網吧。

△ Mika 回頭一瞥。

△ 羅白衝入網吧。

△ Mika 神色自若，和 Penne 沿街走前。

第七十九場

景 邊界網吧內

時 夜

人 羅白、少男少女、職員

△ 職員帶著羅白匆匆穿過一排排玩電腦的少男少女，趕到 Mika 剛才用過的電腦前。

職　員：阿 Sir，這就是你們警局剛才要查的電腦。

羅　白：人呢？

職　員：剛和她朋友走了。

△　羅白轉身就跑。

第八十場

景　街。邊界網吧外
時　夜
人　羅白、Mika、Penne、行人

△　羅白衝出網吧，左右急速一看。

△　Mika、Penne 背影遠遠走向街角。

△　羅白拔腿追去。

△　街角一邊駛出一輛的士，Penne 招手叫住，轉頭向 Mika 一搖手，跑上街面。

△　羅白追前，看到兩人分手，張口叫。

羅　白：Mika！

△　Mika 裝著沒聽到，不回頭，繼續向前走。

△　Penne 跑過街，回頭看羅白。

△　羅白注視。

△　Penne 跳上的士。的士開走。

△　羅白再看 Mika。Mika 背影轉入街角另一邊，消失不見。羅白再看 Penne。

△　的士駛過羅白面前。Penne 隔著車窗對著羅白甜笑。

△　的士開走。羅白立刻轉身要追。驟然停住，回身奔向消失的 Mika。

第八十一場

景　街
時　夜
人　羅白、Mika、行人

△　羅白追入街角。前面不遠，Mika 的背影一直走向前。

△　羅白趕到 Mika 面前，擋住 Mika。

△ Mika 停住腳步，毫不畏怯，望著羅白。

△ 羅白一言不發，猛然一巴掌打在 Mika 臉上。Mika 歪頭痛叫。

△ 羅白伸手一把拽過 Mika 的雙肩背包，扯開來看。

△ 裡面除了電腦、女孩用品，還有七八部手機。

△ 羅白又用力一巴掌打在 Mika 的臉上。

△ Mika 頭一幌，突然伸向前，張嘴一大口口水吐在羅白臉上。

△ 羅白一頓。Mika 像發瘋一樣，一口接一口的口水不停地吐向羅白。

△ 羅白不躲避，丟開雙肩背包，雙手猛搧 Mika。

△ 街邊一些行人，停住腳、奔跑，圍過來看。

羅　白：（叫）你找我麻煩沒關係，你怎麼可以傷害無辜的人。

△ Mika 也不躲避羅白的手掌，反而撲上去，手腳亂打亂踢，口水還是一口口地吐過去。

Mika：（叫）你這個狗娘養的！你這個王八蛋！我母親不是無辜的嗎？我弟弟不是無辜的嗎？你有什麼資格教訓我！（突然轉頭對旁觀的行人叫）喂！他是害死我母親和我弟弟的警察！

△ 圍觀的行人，目瞪口呆。

一名行人：他是警察啊？

羅　白：（暴怒，轉頭對行人聲嘶力竭地大叫）你閉嘴！

△ 所有行人嚇得鴉雀無聲 。

△ Mika 登時也靜下來。

△ 羅白撿起地上的雙肩背包，拉著 Mika 的胳膊往回走。

羅　白：你跟我走。

△ Mika 一瞪眼，又一口水吐在羅白臉上。

△ 羅白不擦不抹，拖著 Mika 走。

第八十二場

景　豪華大廈天臺
時　夜
人　Benjy

△　燈火燦爛，八十層樓高的豪華大廈。

△　Benjy 身邊擱著帆布袋，雙膝盤坐在天臺上，仰頭，舉著長槍，瞄準天上時隱時現的星星，斷斷續續開槍。

△　Benjy 越打越興奮，乾脆站起來，不停地大步走，不停地對著星星激烈開槍。彈殼紛紛落下。

第八十三場

景　街角。洗衣店
時　夜
人　羅白、Mika

△　洗衣店已經打烊，拉上鐵門。羅白開車經過，停在街邊。

△　Mika 坐在羅白旁邊，轉頭看著羅白的臉。

Mika：你為什麼不抹掉我的口水？

羅　白：（一頓）你吐我是對的。

△　Mika 得意笑。

羅　白：我打你也是對的。

△　Mika 瞪眼。

羅　白：你還有幾張照片？都給我。

Mika：全毀掉了。只剩下洗大腿的那一張。

羅　白：為什麼？

Mika：（有一點尷尬）我一時衝動，後來我也知道這不對。（再盯住羅白）你知道你自己的不對嗎？

△　羅白默然。

第八十四場

景 秀娟閣樓。門口
時 夜
人 羅白、Mika、秀娟

△ 閣樓的門打開，射出燈光。秀娟一邊攏著頭髮，一邊探出半身看。

△ 羅白、Mika 走上陰暗的樓梯，到門口。

△ 秀娟睡裙外披了一件外衣，驚異地望著兩人。

秀　娟：羅先生，有什麼事嗎？

羅　白：我們進去說。

△ 秀娟一皺眉。羅白不理，帶 Mika 進門。

第八十五場

景 秀娟閣樓。廳
時 夜
人 羅白、Mika、秀娟

△ 羅白進門，轉頭問秀娟。

羅　白：洗手間在哪裡？

Mika：（搶先說）跟我來吧。

△ Mika 逕自穿過窄小的客廳，走向通往洗手間的甬道。

△ 羅白跟去。秀娟臉一沉，拉上門，跟著過去。

秀　娟：你們幹什麼？

第八十六場

景 秀娟閣樓。洗手間
時 夜
人 羅白、Mika、秀娟

△ Mika 打開洗手間的門，好像回到自己家一樣，順手開燈，往旁邊一站，對跟進來的羅白一指天花板上的排風扇。

△ 羅白側身擠到馬桶前，踩上去。

△ 秀娟也擠進洗手間。

△ 羅白站在馬桶上，伸手拆下排風扇，從裡面找出針孔鏡頭，扯下來。

秀　娟：（驚怒）那是什麼？（伸手過去要拿）這是針孔鏡頭嗎？這是誰裝的？你們在偷拍我？

△ 羅白拿著針孔鏡頭，不給秀娟，走下馬桶。

羅　白：你先不要急，等我們解釋。

Mika：（上前指羅白，對秀娟）這都是他害你的。他不是一個好男人，你不要對他有幻想。

秀　娟：（聲音一低）你在說什麼？

羅　白：（對 Mika）你裝了多久了？

Mika：我今天早上才裝的。

羅　白：你怎麼進來的？

Mika：我趁她在下面工作，偷進來的。（對秀娟）你不要擔心，我把偷拍你的視像都洗掉了，不過剩下一張你洗大腿的照片，我發給他了。

秀　娟：（聲音更低了）你把我洗澡的照片發給他了？

Mika：你昨天想秀你的腿，他還假正經不敢看，所以我才把你今天晚上洗澡的照片發給他看，拆穿他的假面具。我原來打算明天早上就把這鏡頭拆了。（一瞟羅白，嘴含譏笑。）我不會偷拍你用多少張衛生紙的。

△ 秀娟一愣。

△ 羅白怒視 Mika。

△ 秀娟斜瞄羅白。

Mika：（對秀娟，指羅白）他是個壞警察！他十一年前把我母親害死了，我母親肚子裡還有一個我六個月大的弟弟。

△ Mika 發洩完，轉身走。

羅　白：你要去哪裡？

Mika：（回頭）我要去吃宵夜，我肚子餓了。你要跟著，你埋單。

△ Mika 走出洗手間。

△ 羅白和秀娟待在洗手間中，尷尬相視。

第八十七場

景　火鍋店外
時　夜
人　羅白、Mika、秀娟、店員、客人

△ 隔著玻璃窗，看到熱鬧的店內，火鍋的蒸氣混合著空調的冷氣，瀰瀰漫漫。顧客大部分是年輕男女。羅白、Mika、秀娟坐在一邊桌上。羅白在對秀娟說話。Mika 夾起火鍋的肉，蘸料吃。

△ 插入鏡頭：第十八場，羅白開槍。
志忠額心中槍前，一扣扳機。
志忠額心中槍。孕婦腦袋噴出血漿。
兩人分別倒下。

第八十八場

景 火鍋店內
時 夜
人 羅白、Mika、秀娟、店員、客人

△ 火鍋的蒸氣，繚繞掠過羅白的臉。

羅　白：（望著秀娟）阿的的死確實讓我激動，可是我後來捫心自問，我當時真的認為自己是天下第一的神槍手，我才會不顧（望 Mika）她母親，貿然開槍。（對 Mika 沉重屈了下上身）對不起。

△ 秀娟深邃看著羅白。

Mika：（嘴巴嚼著肉，對羅白）我到了八十歲，都要爬到你墳墓上，對你吐口水。（轉頭對秀娟）我說的沒錯吧，你看他自己也承認了，他不是好男人。秀娟小姐，你才四十一歲，還可以找到好的男人。不能找他。

秀　娟：（驚訝）你怎麼知道我四十一歲？

Mika：我在你家看了你電腦裡的資料。

秀　娟：你是做什麼的？你到我家偷裝針孔鏡頭，又偷看我的電腦資料。

Mika：（筷子邊在火鍋內撈肉，邊轉頭四望）香港人沒勁，不敢吃辣。（對秀娟）我專門替私人偵探社偷裝鏡頭，拍攝通姦男女的視像，我還是電腦黑客，你要什麼公司的資料，我就幫你偷。

秀　娟：這麼厲害。

Mika：我在北京專攻通訊，本來要進公安局當特偵的，（瞪一眼羅白）就是為了來找他，不去了。

羅　白：你來香港就是為了找我？

Mika：（夾肉蘸料）對。

羅　白：你母親死後，我去看過你父親。他說他還有一個女兒，在大陸沒接出來。是你吧？

Mika：（嚼肉）那時我才十歲。

羅　白：你父親呢？後來我再去找他，聽說他回去了。

Mika：他退休了。你還沒有回答我的問題。

羅　白：什麼問題？

Mika：你怎麼知道我是大陸來的美眉呀？

羅　白：（微笑）以前臺灣人喝 XO 都要加冰塊，現在大陸人不但喝 XO 加冰塊，連喝紅酒也加冰塊。

Mika：加冰鎮雪碧。還有一個問題，你怎麼知道我是 Mika，Penne 不是 Mika？

羅　白：Penne？坐的士走的那個女孩子？

△　Mika 瞪著羅白，等他回答。

羅　白：我開始也以為 Mika 是她。我叫 Mika，她回頭。你一直沒回頭。我突然明白，你是故意不回頭，此地無銀三百兩。

Mika：你這麼能幹，怪不得自以為了不起，害死我母親和我弟弟。

△　羅白無語。

△　Mika 放下筷子。

Mika：我吃飽了。走吧，到你家去。

羅　白：去我家？

Mika：去把我那些鏡頭收回來呀。一個千八百塊唉。（伸出手）她那個還給我。

△　羅白從口袋裡掏出秀娟家的鏡頭，遞給 Mika。

羅　白：（笑）我家的不急，先擺著吧，你不是要做我的良心嗎？

△　Mika 站起來，背起掛在椅上的雙肩背包。

Mika：（對羅白、秀娟）不怕我偷看你們做愛就行。

△　秀娟微微一笑。

羅　白：你住哪裡？

Mika：你不要找我，我找你。有本事再來抓我。這一次，如果不是我故意讓你，你也抓不到我。

△　羅白、秀娟望著 Mika 踩著高跟的羅馬涼鞋，旁若無人走出火鍋店。

秀　娟：（轉頭對羅白，輕聲）我知道你是警察。

羅　白：（轉頭）噢？

秀　娟：有一次，我從你送洗的衣服口袋裡，找到你們警署的字條。

羅　白：（笑）你沒還給我。

秀　娟：我看你都揉碎了，不要了。我們也走吧。

羅　白：好。

秀　娟：（微羞）我想去你家，看 Mika 那些鏡頭。（一笑）裝在哪裡啊？

第八十九場

景　大廈走廊。Mika 家外
時　夜
人　Mika

△　電梯門一開，Mika 走出，穿過陰暗、破舊的走廊，到家門口。

△　掏出鑰匙，開門進去。

第九十場

景　Mika 家。客廳，甬道
時　夜
人　Mika

△　客廳一片黑暗。Mika 伸手打開門邊的開關，燈一亮。

△　Mika 收回手，神色一愣，抬起手看，手指上黏著血跡。

△　Mika 轉頭看開關，開關上面黏著血跡。

△　Mika 一驚，衝向客廳旁邊甬道。

Mika：（叫）Penne！

△　Mika 奔到甬道 Penne 房，抓住門把手，推開。

第九十一場

景 Mika 家。Penne 房
時 夜
人 Mika、Penne

△ 房內一片黑暗。Mika 打開燈。Penne 蜷縮在牆角的床上。臉上瘀青紅腫。裙子下的大腿塗滿血跡。

△ Mika 甩下雙肩背包，撲到 Penne 身邊。

Mika：Penne，發生了什麼事？

△ Penne 微微轉過臉，睜開含淚的眼睛。

Penne：他不是天使，他是一個魔鬼。（摸自己肚子，手上黏著血跡）他一直打我肚子，說這裡最軟……

第九十二場

景 羅白家。浴室
時 夜
人 羅白、秀娟

△ 明亮的浴室。羅白站在門邊，秀娟款款走前兩步，抬頭望了一下煙感器。

△ 秀娟轉身含笑看羅白一眼。

第九十三場

景 羅白家。臥室
時 夜
人 羅白、秀娟

△ 盛開的塑膠花，一朵花蕊中安了 Mika 的一個鏡頭，秀娟的臉盈盈然湊近來，看一下，轉頭。

△ 秀娟轉身對著站在她身後的羅白，看著羅白，雙手溫柔地捧

住羅白的臉。

秀　娟：你一直在為 Mika 這件事受苦嗎？看你的眼神，就知道你在受苦。

△　羅白沉靜看著秀娟。秀娟仰起臉，上前輕吻羅白的嘴唇。

秀　娟：（輕聲）這兩年來，我一直在看你的眼神……

△　床上，羅白猛烈地撞擊秀娟。秀娟瀕臨高潮，雙手高舉，胡亂抓著羅白的臉。

△　秀娟繃張的手指間，看到羅白聲嘶力竭，發出這十一年來心靈的痛叫聲。

第九十四場

景　辦公室
時　夜
人　Benjy、中間人

△　四面空牆，雖然毫無裝飾，但牆板高雅昂貴。辦公桌、座椅一樣高雅昂貴。Benjy 坐在桌前，中間人坐在桌後，始終只看到他的背影。

中間人：不工作，我很無聊。

Benjy：我不會。我每天晚上都在練靶。

中間人：把香港當作你的靶場？

Benjy：（微笑）天上人間。挺好玩的。你也應該有點消遣。

中間人：要是我，就拿真人當靶子。

Benjy：我還沒那麼變態。

第九十五場

景 Mika 家。Penne 房
時 夜
人 Mika、Penne

△ Mika 坐在床沿，看著沉睡過去的 Penne，拿起身邊的手機，站起來，提起雙肩背包，輕聲走到門口，關燈，出去。

第九十六場

景 Mika 家。客廳，甬道
時 夜
人 Mika

△ Mika 反身小心拉上 Penne 房門，留下一點縫，再看一下房內，轉身走。

△ Mika 到甬道底自己房門前，開門進去，打開燈。

第九十七場

景 Mika 家。Mika 房
時 夜
人 Mika

△ 窄小的房間，除了牆角亂扔著一些衣服的床鋪外，到處堆滿各式各樣的電子器材，大大小小的毛絨玩具、變形金剛，牆上貼著歐美、港台、大陸歌星、明星的海報。床邊一張桌子放著一臺電腦，Mika 過去，擱下手機，雙肩背包隨便放在床上，坐下，打開電腦。

△ 電腦屏幕迅速顯出羅白家客廳的視像畫面。客廳依然亮著燈光，不見羅白和秀娟。

△ Mika 切到臥室的畫面。只看到一大朵塑膠花，看不到臥室。

△ Mika 一怔。

△ 切到浴室畫面。燈光依然明亮，不見羅白和秀娟。

△ Mika 再切回臥室畫面。冷視盛開的塑膠花。再望著手機，猶豫了一下，拿起手機，打開，突然又關掉手機。

△ Mika 在塑膠花的視像上打下留言：「你贖罪的時候到了。」

第九十八場

景 羅白家。臥室
時 晨
人 羅白、秀娟

△ 五斗櫃上，原來裝著針孔鏡頭，對著臥室的塑膠花蕊，給調轉頭，對著花瓶中的一大朵花。

△ 背景，床上蓋著薄被單的羅白、秀娟醒轉過來。整間臥室瀰漫溫馨的晨光。

△ 秀娟嬌慵地斜視羅白。

秀　娟：你平常早上吃什麼？

羅　白：（臉湊近秀娟下巴）我都先跑步，再隨便吃點。

秀　娟：在哪裡跑？

羅　白：客廳。

△ 秀娟低下頭，垂視羅白。

秀　娟：今天還跑得動嗎？

第九十九場

景 Mika 家。Mika 房
時 晨
人 Mika

△ Mika 沉靜對住電腦屏幕：羅白臥室塑膠花和 Mika 的留言。

△ Mika 突然再切回浴室。

△ 電腦屏幕，浴室視像：羅白踩上浴缸邊緣。秀娟站在一邊，抬頭看，嘴角含笑。羅白伸手卸下煙感器，拆鏡頭。視像中斷，電腦屏幕一片雪花。

△ Mika 嘴角泛起一絲微笑，一閃即逝。

第一〇〇場

景 羅白家。浴室
時 晨
人 羅白、秀娟

△ 激射的花灑水中，羅白張開秀娟雙臂，「砰」一聲把秀娟推到牆上，低頭熱吻秀娟頸窩、胸窩。

△ 水珠激烈打在羅白漸漸彎下的後背。

第一〇一場

景 Mika 家。Penne 房
時 晨
人 Penne

△ 門縫中，Penne 一動不動，蜷睡在陰暗的床上。

第一〇二場

景 Mika 家。客廳，甬道
時 晨
人 Mika

△ Penne 房門外，Mika 收回頭。

第一〇三場

景 Mika 家。Mika 房
時 晨
人 Mika

△ Mika 坐回電腦桌。電腦屏幕顯示羅白客廳的視像畫面，不見羅白和秀娟。
△ Mika 不動，等著。
△ 電腦屏幕：羅白和秀娟衣服齊整，走出甬道。羅白送秀娟到門口。
△ Mika 似乎感覺到什麼，轉頭傾聽，敞開的房門外，靜寂無聲。
△ Mika 再看電腦。電腦屏幕：羅白打開門，和秀娟笑談兩句。秀娟走出門。

第一〇四場

景 羅白家。客廳
時 晨
人 羅白

△ 羅白在門口稍稍停了一下，關上門，回身望著客廳，從口袋掏出手機，打開，沒有消息。
△ 羅白走入客廳，看一下電腦桌。過去，坐下，打開電腦。郵件提示音，訊號閃動。
△ 羅白打開郵件：電腦屏幕充滿盛開的塑膠花。Mika 的留言「你贖罪的時候到了。」
△ 羅白默默看著留言。
△ 伸手打開視像聊天。
△ 電腦屏幕顯出 Mika 狠狠望著他的臉。
羅　白：什麼意思？
△ 電腦屏幕：Mika 不出聲，一顆眼淚從眼眶流出，順著臉頰流

下。背後窗外，突然看到一個女人的人影從樓上掉下來，一瞬間墜出窗口不見。

羅　白：（一震）你樓上有人掉下來！

第一〇五場

景　Mika 家。Mika 房
時　晨
人　Mika

△　電腦屏幕：羅白驚訝的臉。

△　Mika 悚然回頭看窗口。

△　空白的窗口。

△　Mika 飆出房。

第一〇六場

景　Mika 家。Penne 房
時　晨
人　Mika

△　Mika 衝入 Penne 房。不見 Penne。

△　Mika 轉身哀叫。

Mika：Penne！

第一〇七場

景　Mika 家。客廳，甬道
時　晨
人　Mika

△　Mika 像瘋子一樣跌跌撞撞奔過甬道，撞入自己房。

第一〇八場

景 Mika 家。Mika 房
時 晨
人 Mika

△ Mika 撲到窗口，用力打開窗，探頭望。

△ 桌上電腦屏幕：羅白期待 Mika 回應的臉。

羅　白：（O.S. 視像聲）Mika……

第一〇九場

景 大廈。花園
時 晨
人 Penne

△ Penne 屍體躺在大廈花園中，血從身下慢慢滲出。

第一一〇場

景 大廈。門口
時 日
人 羅白、急救車司機、警察、群眾

△ 羅白車開到大廈。警察把門口攔著的警戒線挪開，讓急救車開出來。兩邊圍著一些看熱鬧的群眾。

△ 羅白停車，走到門口，對警察亮出證件，進去。

第一一一場

景　大廈。花園
時　日
人　羅白、Mika、管理員、警察一名、探員兩名、鄰居

△　羅白走入花園。幾名鄰居站在旁邊，抬頭看。羅白跟著抬頭一瞥。

△　大廈天臺，一名警察和兩名探員在圍牆旁邊走動，探頭往下望。

△　Mika 木然站在院子 Penne 留下的一灘血旁邊。

△　羅白走到 Mika 面前。

羅　白：Mika……

△　管理員提著一桶水，跑過來，潑向地上的血。

△　Mika 抬頭看羅白，眼睛乾澀，突然哀叫，雙手、雙腳亂打、亂踢羅白。

△　羅白不動，任她發洩。

△　血水流過羅白、Mika 的腳底。Mika 一直亂打、亂踢，血水四濺。

△　迅速 Fade out。

第一一二場

景　辦公室
時　日
人　Benjy、中間人

△　電腦屏幕顯示一個剃光頭、肥胖，衣冠楚楚，約莫六十歲的男人。突然出現螢幕保護，男人臉消失。

△　Benjy 坐在辦公桌前，把面前的電腦合上，掉轉頭，推給坐在辦公桌後的中間人。始終只看到他的背影。

Benjy：好玩。

中間人：你好玩，我就不會無聊。

△ Benjy 起身，拿起地上的帆布袋，走向門口。

中間人：他曾經追過戴安娜王妃，誇口要把她娶過來，做中國老婆。

△ Benjy 轉頭笑。

Benjy：曾經有氣魄。

第一一三場

景 Mika 家。客廳，甬道
時 日
人 羅白、Mika

△ Mika 開門，和羅白走入客廳。

羅　白：你昨天晚上怎麼不帶她去醫院？你怎麼不報案？

Mika：她不肯。

羅　白：那個天使叫什麼名字？

Mika：波諾。

羅　白：你見過他沒有？

Mika：沒見過本人。（突然想到）她電腦有照片。

△ Mika 急忙奔向甬道。

第一一四場

景 Mika 家。Penne 房
時 日
人 羅白、Mika

△ Mika 衝入 Penne 房，跑到床頭，從地下拿起 Penne 的皮包。

△ 羅白過來。Mika 在床沿坐下，打開皮包，拿出 Penne 的筆記本電腦。

△ Mika 打開電腦，迅速尋找 Penne 的聊天記錄。

△ Mika 停住手，移動電腦，對著羅白。

△ 羅白蹲下來看。

△ 電腦屏幕顯示出波諾純潔、俊美的臉。

羅　白：你把這些視像記錄複製給我。（起身，看周圍房間）她有沒有留下遺言？

△ Mika 把電腦放在床上。

Mika：我看一下她手機。Penne 晚上睡覺前喜歡聽歌。

△ Mika 在皮包內翻找，沒有手機。Mika 轉身掀開 Penne 的枕頭，手機壓在下面。

△ Mika 拿過手機，打開，手指快速觸摸。手機突然響起 Lady Gaga 的歌聲。Mika 再觸摸，響起 Penne 的聲音。

Penne：（O.S. 沉靜）Mika，我的尊嚴全給他毀了，我沒臉去醫院，我沒臉去報警，我也沒臉再見你，只能跟你告別了……

△ 電腦屏幕上波諾純潔無瑕的臉。Mika 眼睛乾澀，與羅白沉重地聽著。

第一一五場

景　警署。刑事組辦公室，警司房
時　日
人　羅白、Mika、警司、探員 A、探員 B

△ 警司坐在辦公桌後。桌上一邊放著自己的電腦，面前放著 Penne 的手機和電腦。Mika 坐在他對面。羅白站在 Mika 後面。兩名探員站在門口一邊。大家聽著 Penne 的遺言。

Penne：（O.S.）Mika，他不是天使，他是一個魔鬼。他帶了三個男孩子一起來凌辱我。他們玩弄我，又踢又打，還攝像錄影。波諾一直打我肚子，他喜歡打我肚子，說這裡最軟。我求他，「波諾，求求你啊，求求你不要再打我了。」他一直笑。有一個男人，站在旁邊看他們糟蹋我，也一直笑。我求他救我，「先生，你救我。」他動都不動，不肯救我。

△ 房內鴉雀無聲。警司瞥一眼 Penne 電腦上波諾的臉。

△ 羅白、探員神色嚴峻。Mika 一臉蒼白。

Penne：（O.S. 繼續）波諾說，告他也沒用，沒有一個人會做我的證人，而且他會叫我身敗名裂，讓全世界的人都知道，我是一個喜歡被大家玩的女人。Mika，你說我還有什麼臉再活下去？再見。

△ Penne 的遺言到此停止。大家又沉默了一下。警司伸手關掉手機。

警　司：（拿起手機遞給兩探員，指電腦）把它們都複製下來。

△ 探員 A 上前拿過手機和電腦，出門。

警　司：（對 Mika）Mika——你叫什麼名字？

Mika：（冷靜）我就叫 Mika。

警　司：（一頓）Mika 小姐，我很同情你這位朋友的遭遇。最近網上一直有一些青少年集體凌辱少女的視像，我想你也知道。社會輿論不停在譴責我們警局，辦案無能，沒有辦法制止這些事件。

Mika：我知道。你們的藉口是並沒有受害人報案，肇事地點和涉案人員都不詳細，所以沒辦法破案。現在我來報案了，肇事地點雖然不清楚，但涉案人物確實，他就叫波諾。

警　司：（微笑，點頭）謝謝你，Mika 小姐。你非常有勇氣，可惜你的朋友現在已經死了。等法醫的報告出來，確定 Penne 小姐受過嚴重的打傷，我們找到波諾這個年輕人的身份，我們就會深入調查。你先回去，這件案子我們一定會嚴辦。（對羅白）羅白，你送 Mika 小姐回家，我猜她從昨晚到現在都沒休息過吧。

羅　白：（上前）Mika，我送你回家。

△ Mika 不理羅白，瞪著警司，霍然起立，轉身走向門口。

△ 警司禮貌地站起來。羅白看他一眼。

第一一六場

景 警署外
時 日
人 羅白、Mika、警察

△ Mika 大步走出警署門口，羅白跟在她旁邊。

Mika：臭官僚！

羅　白：這件案子他不敢不辦，他不辦我辦。

Mika：你害死我母親，這十一年來被貶得連狗屎都不如，你辦什麼辦？

羅　白：（苦笑）你先不要回你家。我送你去我那裡，叫秀娟來陪你。你一定要睡一下。

Mika：我回我自己家。我不怕。Penne 就是變成鬼，也不會害我。你回去吧。

△ Mika 逕自走出院子。

第一一七場

景 警署。刑事組辦公室
時 日
人 羅白、探員 B、探員數名

△ 羅白走入刑事組辦公室。探員 B 站在警司房門口，對羅白一擺頭，叫他過來。

第一一八場

景　警署。刑事組辦公室，警司房
時　日
人　羅白、警司、探員B

△　警司趴在桌上專神看電腦。羅白走入，探員 B 關上門出去。

警　司：羅白，你過來看。

△　羅白走到警司背後，俯身看。

△　電腦屏幕顯出一張一些青少年集體欺凌少女模糊不清的視像照片。警司指著一個站在一邊觀看的男孩。

警　司：你看這個男孩。

△　羅白湊近仔細看。

羅　白：波諾。

△　羅白再仔細看，波諾背後不遠處有一個模糊的人影。

△　警司迅速按電腦。

△　電腦屏幕掠過另一些青少年欺凌其他少女的視像。

△　警司按電腦。視像停住。屏幕顯出另一張照片，波諾的人影又在旁觀看。

警　司：還是波諾吧？

△　羅白仔細看。波諾背後還是有一個模糊的人影。

羅　白：是他。

△　警司再按電腦。掠過另一串青少年欺凌少女的視像。再停住。

△　屏幕上又一張照片。波諾依然在現場觀看，背後依然有一個模糊的人影。

警　司：我們一共接到八宗這種案件，其中有三宗這個波諾都在裡面，不過他都站在旁邊看。我們問過他。他答得有理，他只是接到網上的通知，好奇跑去看。他沒有參加做壞事。

羅　白：你們問過他？你們知道他是誰？

警　司：他姓潘，叫潘禮文。富二代。

△　羅白指波諾身後模糊的人影。

羅　白：這是什麼人？

警　司：不知道。看熱鬧的人吧。你知道波諾的父親是誰嗎？

羅　白：是誰？

警　司：史丹利。

△　羅白一怔。

羅　白：史丹利？

警　司：潘宏志。你以前的手下。現在是大富豪了。

羅　白：我知道。

警　司：離開警隊才十一年，真不清楚他怎麼這麼神通廣大，發得這麼快。

羅　白：你不清楚？

警　司：（微笑搖頭）很想搞清楚。

羅　白：（一頓。迷茫）我不記得他有兒子……

△　插入鏡頭：第十八場，黑煙中，羅白像行屍一樣，拿著手槍的手無力垂在身邊，站著不動。背後不遠處，史丹利的身影，也像行屍一樣，在黑煙中若隱若現，對著羅白大叫。畫面幾乎完全暗下來。

史丹利：你王八蛋！你真的以為你是天下第一的神槍手啊！我操你啊！

第一一九場

景　Mika 家。Mika 房
時　夜
人　Mika

△　沒有點燈，房間一團黑暗。只有電腦屏幕的光照著 Mika 的臉，湊在電腦前，對著屏幕上波諾的臉，做視像聊天。

波　諾：（O.S.）為什麼在天臺？

Mika：我高潮來的時候，要抓住天上的星星叫。

波　諾：（O.S. 笑）你夠辣！你叫什麼名字？

Mika：Mika。

波　諾：（O.S. 笑容凝住）你叫 Mika？你是 Penne 的朋友？我聽 Penne 一直在談起你。

Mika：她今天早上自殺了。

波　諾：（O.S. 沉痛）電視報導了。

Mika：她昨天晚上才跟你約會的。

波　諾：（O.S. 疑惑）我們分手的時候，她還很開心的。為什麼呢？

Mika：你沒有欺負她？

波　諾：（O.S. 堅決）沒有。

Mika：那我放心了。我想見你，就是想知道她為什麼要自殺。

波　諾：（O.S. 誠懇）我也很想知道。我們明天晚上好好談吧。

Mika：好。（輕笑）Penne 給你起了個外號，叫「天使殺手」，你知道嗎？

波　諾：（O.S. 驚訝）不知道。（笑）你怕嗎？

Mika：才不怕呢。明晚見。

△　迅速 Fade out。

第一二〇場

景　大廈。地下室配電房
時　夜
人　Benjy

△　Benjy 打開配電箱，拆開密佈各種保險開關的面板，扯掉電梯及樓層走廊監視器的電線。

第一二一場

景 大廈。監控室
時 夜
人 監控員

△ 牆上佈滿大廈各個角落的監視屏。電梯和樓層走廊的顯示屏瞬間黑掉。

監控員：（一愣）我操！

第一二二場

景 大廈。底層商場電梯外
時 夜
人 Benjy、富豪、保鏢兩名、男女乘客三名

△ 敞開門的電梯，裡面已經站著一個約六十歲、肥胖、光頭，衣冠楚楚的男人和他的兩名保鏢，三名男女乘客。Benjy 提著帆布袋匆匆趕到，搶入電梯，電梯門一關。

第一二三場

景 大廈。電梯內
時 夜
人 Benjy、富豪、保鏢兩名、男女乘客三名

△ 電梯門剛關上，Benjy 側身一擠，藉著身前女乘客的掩護，從上衣裡面迅速抽出裝著消聲器的手槍，上前一步，打死站在富豪兩旁的兩名保鏢。

△ 霎時，富豪呆若木雞。Benjy 朝他腦袋開一槍。富豪一顫，倒地死去。

△ 三名男女乘客驚叫中，都退縮在電梯門邊。Benjy 轉身，冷靜對著他們。

△ 男女乘客一直望著 Benjy，不敢動彈。

△ Benjy 緩緩把槍收入上衣裡面。

男乘客：（脫口而出）你不怕我們指認你？

△ Benjy 微微一笑。

△ 電梯在十二樓停住，開門。Benjy 一聲不響走出。

△ 電梯門開始關上。裡面男女乘客頓時鬆一口氣。

△ 電梯門剛要合上，站在門口的 Benjy 拔出手槍，回身從電梯門縫中開槍，殺死三乘客。

△ 電梯門關上。

第一二四場

景 大廈。樓層走廊，電梯外
時 夜
人 Benjy

△ Benjy 打開電梯門，彎身把剛倒下的女乘客的一條腿拖出來，擱在電梯門中。

△ 電梯門關上，被女乘客的腳擋住，彈回去。

第一二五場

景 大廈。洗手間
時 夜
人 Benjy

△ 洗臉盆裡的血水盤旋著流進下水口。Benjy 洗乾淨手，關住水龍頭。

△ 大鏡中，映出 Benjy 脫掉沾血的上衣，擦乾手，打開地上的帆布袋，抽出一件乾淨的上衣，把沾血的上衣放進去。

第一二六場

景　街。大廈外
時　夜
人　Benjy、行人

△　依然熱鬧的大廈商場和街道。Benjy 穿著乾淨的上衣，提著帆布袋，瀟灑走出商場。

第一二七場

景　史丹利家。手球室
時　日
人　羅白、史丹利、波諾、傭人

△　激烈的手球，撞壁、彈回，撞壁、彈回。史丹利和波諾父子身影急速閃動，交叉奔跑，接球，擊球。

△　遠處門口，傭人開門，讓進羅白，關上門。

△　羅白慢慢走前。

△　史丹利看到羅白，不理，轉身又和波諾交叉疾奔，擊球，接球。

△　羅白慢慢走入球場。

△　波諾回頭望。球彈向他的頭。

史丹利：（厲叱）波諾！

△　波諾迅速一閃，伸手抓住球。

△　史丹利微喘著氣，迎向羅白。

史丹利：羅白，我這個兒子還不行，閃神了。

羅　白：你要求過高了吧？

史丹利：（回頭，叫）波諾，過來！跟阿 Sir 講清楚你和 Penne 的事。

△　波諾拿了球過來。

史丹利：（對波諾）我以前是阿 Sir 的手下，你知道嗎？

波　諾：（微笑）老爸，你說過一千次了。

史丹利：這是我一生最值得榮耀的事情之一。

羅　白：史丹利，他小的時候我怎麼沒見過他？

史丹利：（笑）他母親是柬埔寨人，那時候還沒接他來香港。

羅　白：波諾，你跟 Penne 到底是怎麼回事？警署那裡有 Penne 遺言的錄音。她說，你帶了幾個年輕人凌辱她，害她活不下去。

波　諾：（微笑）她說我說，這能證明什麼？

史丹利：羅白，你們警署找過他幾次了，都跟這些小辣妹有關，可是說來說去，都拿不出具體的證據。波諾，你正經地跟阿 Sir 說，你沒有傷害過 Penne 一根毫毛。

波　諾：（嚴肅，對羅白）阿 Sir，我沒有傷害過 Penne，她跟我分手的時候還很快樂。

羅　白：那些年輕人是誰？

波　諾：哪有什麼其他的年輕人，只有我跟她。

羅　白：她在哪裡跟你分手的？

波　諾：皇后大道西，海神 Pub。

史丹利：我可以作證。

羅　白：（訝異）你也在那裡？

史丹利：（笑）不是。我是說海神 Pub 是我公司的一個小投資。香港、九龍現在一共有十二家。

羅　白：（笑）恭喜。

史丹利：羅白，兩年前，因為我那個財務總監夫妻意外死亡的事，我約過你，你為什麼不肯見我？

羅　白：史丹利，你知道那時候我已經幫不上你的忙了。

史丹利：（搖頭，惋惜）你確實不應該開槍，害死了那個孕婦。

△　羅白沉默不語。

史丹利：（從波諾手上拿過球）你知道，我也是因為你那件事，才決心離開警署的。

△　史丹利回身用力把球擲向對面的牆壁。

△ 波諾飆身出去，接球，擊球。

△ 史丹利跟著飆去。父子兩人不再理會羅白。

第一二八場

景 警署。刑事組電腦室
時 日
人 羅白、石清華

△ 羅白站在石清華背後，兩人注意看著石清華桌上的電腦。電腦屏幕顯示一些青少年集體凌辱少女的視像。視像顯出波諾旁觀的人影。

羅　白：停。

△ 石清華停住視像。

△ 羅白指著照片上波諾背後一個模糊的人影。

羅　白：波諾每次出現，背後都有這個人影。有沒有辦法把這個人顯示清楚？

△ 石清華仔細看人影。

石清華：（搖頭）很難，太模糊了。給我一點時間試試。你覺得他和波諾有關係？

羅　白：（猶豫不答。站直身子）華仔，你記不記得兩年前，史丹利公司的財務總監意外死亡的案件？

△ 石清華轉頭看羅白。

石清華：你想查什麼？

羅　白：我記得事情鬧得蠻大的，史丹利當時還想約我談一談。因為我已經不管事了，所以我沒見他。你可不可以幫我查一下檔案？（一頓，苦笑）我現在連看檔案的資格都沒有了。

石清華：（笑）你答應給我一張 Mika 的自拍照，要本人簽名哦。

羅　白：（笑，轉身走）要不要我的？

△ 石清華看著羅白出門，回頭拿起手機，按號碼。

石清華：他想查波諾背後的人，還有財務總監的意外。

第一二九場

景 史丹利家。按摩室
時 日
人 史丹利、波諾、男按摩師兩名

△ 對著海景的落地窗前，史丹利和波諾分別伏在按摩床上，兩名健壯的男按摩師在他們的裸背上揉油、按摩。史丹利手上拿著手機，注意聽。

史丹利：讓他查吧。

第一三〇場

景 羅白家。客廳
時 黃昏
人 羅白、Mika、秀娟

△ 秀娟拿著羅白的髒衣服站在客廳電視前，看新聞報導昨夜Benjy在大廈電梯間殺人的事件。電視畫面陸續顯出大廈、電梯間、富豪和其他死者的照片。

播音員：（O.S.）警方分析，兇手要殺的人只是大富豪陸大衛和他的兩名保鏢，美華大廈電梯內的其他三名死者純粹是無辜的受害人。兇手的殘忍令人髮指……

△ 羅白開門走入客廳，看秀娟一眼，站在門口拿著手機按號碼。

△ 秀娟關掉電視，把衣服放進提著的洗衣袋。

秀　娟：你這些衣服我帶回去洗。

羅　白：有一個開洗衣店的女朋友真方便。

秀　娟：（笑）我從來沒聽過男人說過這種話。

△ 羅白聽電話，不通，放下電話。

秀　娟：你給誰打電話？

羅　白：Mika。我一直聯絡不到她。

秀　娟：有事啊？我挺擔心她的。

羅　白：我剛去見了波諾——

△　門開鎖聲。

△　羅白、秀娟轉頭。

△　Mika 開門進來。

羅　白：（笑）你怎麼不按鈴就自己開門進來？

Mika：（攤開手，掌心一把萬能鑰匙）我有鑰匙，何必麻煩你？（莊重，看著羅白）羅白。

△　羅白、秀娟關心看著 Mika。

羅　白：你有什麼事？

Mika：今天晚上我要和波諾見面。

羅　白：和波諾見面？為什麼？我下午見過他，他矢口否認和 Penne 的死有任何關係。

Mika：（壞笑）我有辦法叫他承認。

羅　白：你有什麼辦法？你一個人去跟他見面，太危險了。我不准你去。

Mika：（繼續壞笑）我就知道你會這麼囉嗦。那你陪我去，不過你要躲起來，等他承認了，你再出來抓他。

第一三一場

景　大廈。走廊

時　夜

人　羅白、Mika

△　羅白神色凝重跟著 Mika 走過走廊。

羅　白：你要在 Penne 死的地方，逼他承認是他害死 Penne。你膽子夠大，你不怕他翻臉？

Mika：（一臉輕鬆）現在有你做保鏢啊。

第一三二場

景 大廈。樓梯
時 夜
人 羅白、Mika

△ 羅白、Mika 走入通向天臺的樓梯間，爬上樓梯。

△ Mika 走到天臺門口，打開門。

Mika：你可以躲在樓梯間後面。

△ 羅白走入天臺。

第一三三場

景 大廈。天臺
時 夜
人 羅白、Mika

△ 羅白一走上天臺，Mika 突然間從他背後把天臺門關上。

第一三四場

景 大廈。樓梯
時 夜
人 Mika

△ Mika 用力拉上天臺門的插銷，反身奔下樓梯。

第一三五場

景 大廈。天臺
時 夜
人 羅白、Mika、波諾

△ 羅白撲上天臺門，抓住把手，不停撼動。

羅　白：Mika！你幹什麼？Mika！

△　門始終拉不開。羅白鬆手，退後，轉身四望。

△　夜色蒼茫，薄霧朦朧。天臺空無人影。周圍一些參差不齊的樓宇，燈光稀微。

△　羅白凝視。

△　對面一座幾乎等高的大廈，薄霧中隱約看到一個男孩子的身影，走入天臺。

△　羅白上前仔細看。

△　波諾一邊走向天臺矮牆，一邊環視四周。

△　羅白趕快俯下身，跑到牆邊，再抬起頭看。

△　Mika 的身影也從對面的天臺門口出現，在薄霧中妖嬈地走向波諾。

△　羅白低咒一聲，回頭跑向門口，一腳踹開門，奔出。

第一三六場

景　另一座大廈。天臺
時　夜
人　Mika、波諾

△　Mika 穿過薄霧，走到波諾面前。

△　霧絮拂過兩人的臉。

波　諾：Mika。

Mika：天使。

第一三七場

景　大廈。走廊
時　夜
人　羅白

△　羅白奔過走廊，按電梯。

△　羅白焦急等候，看電梯樓層指示燈。

△　電梯到。開門。羅白飆入。

第一三八場

景　大廈。電梯內
時　夜
人　羅白、乘客

△　羅白凜立在電梯內。電梯下降，不時停住，走入乘客。

△　電梯到底層，開門。羅白撞開乘客，飆出。

第一三九場

景　街。大廈外
時　夜
人　羅白、行人

△　羅白疾奔過街，衝入另一座大廈。

第一四〇場

景　另一座大廈。天臺
時　夜
人　羅白、Mika、波諾

△　Mika 指著對面薄霧瀰漫的大廈。

Mika：Penne 就是在對面跳樓自殺的。

△　波諾淡然一瞥。

波　諾：那你為什麼約我到這裡？

Mika：我本來想約你去那裡，讓你看她死的地方，可是我又不要你褻瀆了她死的地方。

波　諾：我跟你說過了，Penne 的死跟我沒有關係。

Mika：你知道她跟我說你什麼嗎？

波　諾：我不想聽 Penne 跟你說我什麼。（上前撫摸 Mika 的臉）我現在只喜歡聽你說話，天那麼高，你高潮的時候，怎麼抓得到星星？

Mika：（輕笑）你能讓我高潮，我就抓得到星星。只怕你不行。

△　波諾突然一拳猛打在 Mika 的肚子上。

波　諾：這一拳行吧？

△　Mika 彎腰悶叫。波諾同時痛叫退後，右手拳頭上都是血珠。

Mika：（直起腰，笑）誰叫你不聽我說，Penne 跟我講的你的事。

△　波諾左手緊捂住受傷的右手，咬牙忍痛望著 Mika。

△　Mika 掀開上衣，肚子上綁了一片鐵板，上面佈滿鐵刺。

Mika：Penne 說你喜歡打她肚子，因為她的肚子最軟。這塊鐵板花了我三百塊定做的，夠軟吧？

△　波諾發出怒吼，撲上前抓住 Mika，拳打腳踢。

△　Mika 掙扎抵擋。

△　波諾將她推到矮牆邊，用力要把她推下大廈。

△　Mika 驚叫，轉頭看。

△　離地二十幾層高，行人渺小的街面。

△　波諾使勁推 Mika。

△　Mika 掙扎著，一隻手伸進褲子口袋。

△　牆邊突然發出 Penne 在手機的留言聲。

Penne：（O.S.）波諾，求求你啊！

△　波諾驚住，轉頭看。

Penne：（O.S. 繼續）求求你不要再打我了……

△　Mika 回身用力推開波諾。

△　波諾一倒，翻出矮牆，驚叫聲中，雙手抓住矮牆外緣窄小的平臺，整個人懸吊在空中。

波　諾：（抬頭叫）救我！Mika……

△　Penne 的手機擱在波諾雙手附近的平臺上，不停發出 Penne 的聲音。

Penne：（O.S.）波諾說，告他也沒用，沒有一個人會做我的證人……

△　Mika 探頭看波諾，伸手關掉 Penne 的錄音聲，再打開錄音鍵。

Mika：波諾，只要你承認，Penne 是你害死的，我就救你上來。

△　波諾雙手手指一滑，趕快又用力攀住平臺，抬頭哀求。

波　諾：救我……

△　天臺門口飆出羅白的身影，四面一看，衝向 Mika。

羅　白：Mika！

△　Mika 轉頭看羅白，再回頭看波諾。

△　波諾雙手又一滑，勉強攀住平臺邊緣。

波　諾：（恐慌）救我……

△　羅白衝到 Mika 附近矮牆，探頭看。

羅　白：Mika！快救他！

△　Mika 木然望著波諾，不動。

△　波諾支撐不住，雙手滑出平臺邊緣，仰頭慘叫，一路墜下。

波　諾：爸爸，救我……

△　羅白趕到 Mika 身邊，望著波諾死在街上。

△　Mika 回頭呆呆看著羅白。

△　羅白看到平臺上 Penne 的手機，彎身撿起。

Mika：（迷茫望著羅白，輕聲）我想救他……

△　Mika 身體一幌，萎倒下去。

△　羅白急忙抱住她。

羅　白：（抱緊 Mika）我知道，我知道。

第一四一場

景　羅白家。臥室
時　夜
人　羅白、Mika

△　Mika 跟著羅白走進臥室。

△ Mika 一下從羅白身後撲到床上，精疲力盡，翻過身，睜著眼睛，茫然望著站在床腳的羅白。

羅 白：你安心睡吧。

△ Mika 還是睜著眼睛望著羅白不動。片刻，慢慢閉上眼睛。

第一四二場

景 羅白家。客廳
時 夜—晨
人 羅白、Mika、秀娟

△ 關了燈的客廳，半閉的窗簾透入些微的光線。羅白枕著沙發靠墊，仰睡在鋪著薄毯的地上。

△ 羅白突然睜開眼睛，微微抬頭看。

△ Mika 的身影走出甬道，像小孩子一樣，懵懵懂懂走到羅白身邊，一聲不響，依偎著羅白躺下來，閉著眼睛繼續睡去。

△ 羅白側過臉，看 Mika 一下，輕輕轉身，用手摟住 Mika 肩膀。

△ 窗口瀰漫晨光。

△ Mika 蓋著薄被，蜷縮著身體，甜睡在羅白的懷中。依然摟住 Mika 的羅白，睜開眼睛，輕輕挪開手臂，轉身。

△ 客廳大門開鎖聲，秀娟提著早點推門進來，一眼看到羅白和 Mika，愣了一下。

△ 羅白仰起身，對著秀娟，手指一按嘴唇。

△ 秀娟回身，輕輕關上門。

△ 羅白起來，走到秀娟面前。

秀 娟：（微笑）她把你當成她父親了。

羅 白：（鄭重）她母親。

第一四三場

景 辦公室
時 日
人 Benjy、中間人

△ 電腦屏幕顯示著 Mika 的臉，突然出現螢幕保護，Mika 的臉消失。

△ Benjy 坐在辦公桌前，對著面前的電腦。中間人坐在辦公桌後，始終只看到他的背影。

中間人：小辣妹有鬼聰明。

Benjy：每個小辣妹都有鬼聰明。

△ 電腦屏幕顯示出羅白的臉，突然出現螢幕保護，羅白的臉消失。

中間人：他曾經是香港第一的神槍手。

Benjy：（微笑）曾經是？現在呢？

中間人：比過才知道。

第一四四場

景 香港墳場
時 日
人 羅白、史丹利、墳場工人、史丹利親友

△ 遠遠看到送殯的親友分頭走下墳場窄小的坡路。羅白慢慢走上去。

△ 史丹利一個人站在波諾的新墳旁邊，看著兩名墳場工人在填土、修飾。羅白上來。史丹利看他一眼，拔步走向山頭。

△ 羅白跟去。

△ 史丹利沿途看著周圍的墓碑。

史丹利：你猜他們是上了天堂，還是下了地獄？

羅　白：有人下了地獄。

史丹利：你記不記得阿的臨死以前跟我們告別的話？「地獄再見」。

羅　白：（黯然）史丹利，我們都會在地獄見面。

史丹利：那個小女孩，（一頓）叫什麼名字？

羅　白：Mika。

史丹利：羅白，你叫她放心，我不會告她的。

羅　白：你告不了她，她只是見死不救，跟波諾一樣。

△　史丹利突然回頭，從羅白面前經過，走下坡。

史丹利：如果波諾確實那麼壞，那我一定會跟他在地獄見面。

△　羅白轉頭茫然眺望四周墳墓，從口袋掏出 Penne 的手機，打開。

波　諾：（O.S. 慘叫）爸爸，救我……

△　羅白關掉手機，望著史丹利的背影一路走在墳墓中。

第一四五場

景　網吧內
時　夜
人　Mika、Benjy、少男少女

△　擠滿少男少女的網吧。

△　Mika 帶著耳機，坐在電腦前玩「僵屍大戰」。玩了一陣，關掉遊戲，摘下耳機，閉上眼睛休息。

△　Benjy 走到 Mika 身邊，彎身拉開坐在 Mika 旁邊男孩子的耳機。

Benjy：我給你五百塊錢，你這個位子讓給我。

△　Mika 張開眼睛，轉頭看。

男孩子：（抬頭瞪著 Benjy）幹嘛？

△　Benjy 鬆開耳機，從皮夾裡掏出五百元。

Benjy：（頭一側，示意 Mika）我想坐在她身邊。

△　Mika 一愣。

△　男孩一瞟 Mika，咧嘴笑，接過錢，拿起地下的書包，起身，對著 Mika、Benjy 笑，退開。

△ Benjy 神色自若，坐到男孩位子上，看一眼男孩子玩的「偷菜」遊戲。

Mika：（傾前，對 Benjy）你給他五百塊錢，為了要坐在我身邊？

Benjy：（轉頭，凝視，微笑）我看了你三天了。

Mika：好看嗎？我怎麼沒看到你？

Benjy：你忙著玩「僵屍大戰」。我長得不像僵屍。

Mika：（仔細看他）你長得像天使。

第一四六場

景 Mika 家。Mika 房
時 夜
人 Mika、Benjy

△ Mika、Benjy 忙著各自脫掉衣服，跳上床。

Mika：你叫什麼名字？

Benjy：Benjy。

Mika：我叫 Mika。

Benjy：（微笑）Mika。

△ Mika 撲到 Benjy 仰躺的身上，看他胸窩當中一顆深黑的痣。

Mika：咦，你的美人痣怎麼長在這裡？

Benjy：應該長在哪裡？

Mika：（笑著指自己的臉腮）這裡。

△ Benjy 身子一翻，把 Mika 壓在身下。

第一四七場

景 Mika 家。浴室
時 夜
人 Mika

△ Mika 仰臉，張嘴，讓花灑盡情沖激。

第一四八場

景 Mika 家。Mika 房
時 夜
人 Mika、Benjy

△ Benjy 穿好衣服，站在房中，望著窗外夜景。

△ Mika 頭髮濕漉，穿著浴衣進門。

△ Benjy 轉身看她。

△ Mika 一直走到他面前，抱住他，再仔細望著他的臉。

Mika：我們還會再見面嗎？

Benjy：（微笑）明天見。

△ Benjy 說完，轉身，走到門口，不回頭，開門出去。

△ Mika 一直站在房中，舉手梳攏頭髮。

第一四九場

景 洗衣店內
時 日
人 羅白、秀娟、Benjy、女店員

△ 店後面角落，女店員拿著掛熨機熨一件吊著的衣服，身影若隱若現。櫃檯旁邊，秀娟把一些洗好、套上塑膠袋的衣服，掛到環形的活動衣架上，轉頭對站在櫃檯前的羅白一笑。

秀　娟：你不進來幫我忙啊？

羅　白：你要我開洗衣店啊？

△ 秀娟一下羞笑出聲。

△ Benjy 推門進來，一瞥羅白、秀娟，提著帆布袋走到櫃檯前。

△ Benjy 把帆布袋放在檯上，打開，從裡面掏出襯衣和褲子。

Benjy：（對秀娟）什麼時候可以洗好？

秀　娟：（上前，翻看衣服）後天。

Benjy：多少錢？

秀　娟：襯衣二十塊，長褲三十塊。

Benjy：（點頭）我後天來拿。

△　羅白站在旁邊，看著秀娟和 Benjy。Benjy 合上帆布袋，提起來，轉身走。

△　秀娟一瞟 Benjy 背影，傾前對羅白做出「帥哥」的口形。

△　羅白微笑，看向 Benjy。

△　Benjy 走到門口。羅白看到玻璃門折射出 Benjy 伸手到上衣裡面，抽出槍把。

△　羅白一震，下意識伸手到自己上衣裡面。

△　Benjy 槍已經抽出來，對著羅白腦袋。

△　羅白的手還在上衣裡面，停住不動。

△　秀娟驚愕，嘴一張，僵住。後面的女店員忙著熨衣，不覺有異。

Benjy：（對羅白）來不及了。你手鈍了。（微笑）曾經是神槍手。

羅　白：（鎮定下來）我沒帶槍。剛才是習慣動作。

Benjy：（一沉吟）把手伸出來。慢一點。

△　羅白從上衣裡面慢慢伸出手。沒有槍。

Benjy：掀開衣服。

△　羅白掀開衣服。脇下、腰上都沒有槍。

Benjy：多久沒帶槍了？

△　羅白不答。

Benjy：十一年前亂開槍，害死一屍兩命，所以不帶槍了？

△　羅白沉靜不語。秀娟緊張望著二人。

Benjy：家裡還有槍嗎？

羅　白：有。

Benjy：回去拿。剛才你沒輸。我們再比。（不等羅白回答，槍口指向秀娟）不要報警。我會回來的。

羅　白：（轉頭對秀娟）不要報警。

秀　娟：（強忍恐懼）你會回來嗎？

羅　白：（微笑）可能。

秀　娟：（點頭）我等你回來。

羅　白：（對 Benjy）走吧。

△　羅白走向門口。Benjy 側身讓他開門，收起槍跟出去。

第一五〇場

景　街角。洸衣店
時　日
人　羅白、Benjy、女中學生六七名、行人

△　羅白走向街角坡路。Benjy 跟在他身邊。男女行人來往路過。

Benjy：不要耍花樣。你耍花樣，我就殺他們。

羅　白：（轉頭看 Benjy）美華大廈那些人是你殺的？

Benjy：（微笑）無辜的人。

△　羅白回頭，繼續走。

△　一群穿校服的女中學生嬉笑、跳躍著從坡頂跑下，經過羅白、Benjy 身邊。

第一五一場

景　羅白家外。走廊
時　日
人　羅白、Benjy

△　走廊底，電梯門一開，羅白、Benjy 走出。

△　兩人一路走前。兩邊各有三四戶住家，關著門，靜寂無聲。

△　羅白走到走廊盡頭自家門口，開門。Benjy 押著他進去。

第一五二場

景　羅白家。臥室
時　日
人　羅白、Mika、Benjy

△　Benjy 跟羅白進臥室。

△　羅白走到床頭櫃前，站住，轉身看 Benjy。

△　Benjy 站在床頭櫃一邊，放下帆布袋，槍指住羅白頭頂。

Benjy：打開。慢一點。

△　羅白慢慢打開床頭櫃抽屜。抽屜裡面放著羅白的槍、幾個彈夾和一些文件雜物。

Benjy：（一瞥）拿槍。

△　羅白拿起槍。

Benjy：拿子彈。

△　羅白拿起一個彈夾。

Benjy：（慢慢退後）你從來沒想過再用槍？我以為玩槍會上癮的，跟抽海洛因一樣。

△　羅白右手拿著槍，左手拿著彈夾，望著 Benjy 退向臥室門口。

羅　白：想過。

Benjy：還練槍嗎？

羅　白：在心裡練。

Benjy：（退到門口）準嗎？

羅　白：百發百中。

△　Benjy 站在門口不動。槍一直對著羅白，一直冷眼望著羅白。片刻，拿槍的手慢慢垂下來，放在大腿邊。

Benjy：裝子彈。

△　羅白雙手一動。客廳門突然響起開鎖聲。

△　Benjy 本能地一轉頭。

羅　白：（同時叫）Mika！

△　開門聲。從臥室門口看到，甬道外客廳一角，Mika 影子一閃。

△ Benjy 再緊急回頭，對羅白開槍。

△ 羅白彈夾已經插入手槍，同時開槍，飛身躍向床一邊。

△ 羅白子彈射中 Benjy 右手。Benjy 槍掉下。左手立刻又從上衣裡抽出一把槍。一邊對羅白猛射，一邊飆出門口。

第一五三場

景 羅白家。客廳
時 日
人 羅白、Mika、Benjy

△ Benjy 飆入客廳。

Mika：（人影一閃，看到 Benjy，驚叫）Benjy！

△ Benjy 左手對 Mika 開槍。

△ Mika 竄入沙發後。

△ Benjy 對著沙發猛射數槍，轉頭看。

△ 客廳甬道死寂無聲。

△ Benjy 立刻回頭奔出客廳門口，用力關上門。

△ 羅白從甬道衝出，朝大門猛射。

△ 大門外死寂無聲。

△ 羅白回頭看。

△ Mika 從沙發後探出頭來。

羅　白：你認識他？

Mika：（驚魂未定）他昨天晚上還跟我一夜情呢！

△ 門外走廊不停傳來槍聲，跟著聽到男女驚叫聲。

羅　白：（撲到門口，對 Mika）你不要過來。

△ 羅白小心拉開一道門縫看。

△ Mika 臉跟著湊過來看。羅白側眼怒視。

第一五四場

景　羅白家外。走廊
時　日
人　Benjy、男女鄰居七八人

△　走廊兩邊住家門戶洞開，有的門口躺著死屍。七八名男女鄰居擠成一團，發出驚恐的呻吟，惶惶然走向羅白家門口。Benjy 躲在最後一名女鄰居背後，時而露出半邊臉，望著羅白家。

△　一個男鄰居一時腳軟，撲跪在地上。Benjy 手一伸，拖起他，推他往前走。

第一五五場

景　羅白家。客廳
時　日
人　羅白、Mika

△　羅白反手推開 Mika。

羅　白：你靠邊。

第一五六場

景　羅白家外。走廊
時　日
人　羅白、Mika、Benjy、男女鄰居七八人

△　羅白打開門，走出去，舉起槍，對著從女鄰居背後露出半邊臉的 Benjy。

△　Mika 緊跟在羅白身邊不退。

△　男女鄰居看到羅白，停住腳步。

△　Benjy 朝他們的腳前地面開一槍。

Benjy：繼續走！

△ 男女鄰居又驚叫著對羅白走來。Benjy 半邊臉躲回女鄰居背後，再從另一邊露出來。

△ 羅白槍一移，瞄準 Benjy。

Mika：（低聲）你不能開槍啊。

△ 男女鄰居繼續走。Benjy 的半邊臉從女鄰居的背後左右閃躲出現，時而連續右邊，時而連續左邊。

△ 羅白一直瞄準。

Mika：（哀求）你不能開槍，你不能開槍。

△ 羅白凝視女鄰居，像石頭一樣毫無表情，等 Benjy 的半邊臉。

Mika：（低聲）不能開槍！

△ 男女鄰居越走越近。

△ Mika 伸手想拉羅白的手。

△ Benjy 突然從女鄰居背後又露出半邊臉，同時舉槍。

△ 羅白同時開槍。

△ Benjy 右眼被子彈射穿，血霧。

△ Mika 和所有鄰居的慘叫聲爆發。

△ 羅白靜靜放下槍，還是像石頭一樣毫無表情的臉，淚珠瑩然。

第一五七場

景 街。羅白家公寓門口
時 日
人 群眾、警察、探員、救護人員、記者

△ 公寓門口一片紛亂，停著電視臺的採訪車，七八輛警車和三四輛閃著燈的救護車，不停地閃著藍光。警察、探員出出入入。記者和圍觀的群眾被警察攔在警戒線外。

第一五八場

景 羅白家外。走廊
時 日
人 羅白、Mika、秀娟、警司、警察、探員、男女鄰居、救護人員

△ 走廊也是一片紛亂。救護人員有的忙著把死屍裝入屍袋，有的安撫男女鄰居。探員進出鄰居房間，問話。Mika 站在兩名救護人員身邊，看著他們把 Benjy 屍體裝入屍袋。警司和羅白站在羅白家門口說話。一名帶著手套的探員，拿著 Benjy 的帆布袋走出來。

警　司：把他的指痕仔細對一下，如果我們這邊沒有他的案底，發給 Interpol[4]。

探　員：是，阿 Sir。

△ 探員離開。

△ 救護人員拉上屍袋拉鏈，遮住 Benjy 的臉。

△ Mika 木然轉頭，走到羅白面前。

Mika：香港怎麼有這麼壞的人？

羅　白：全球氣候變了。

警　司：（看著羅白）你背著我在幹什麼？怎麼有人要派這麼高端的殺手來殺你？

△ 羅白不講話。

△ 秀娟從電梯走出來，一眼看到羅白，笑著快步走向前。

△ 羅白趕快過去，兩人緊緊地擁抱在一起。

第一五九場

景 火鍋店內
時 夜
人 羅白、Mika、秀娟、店員、客人

△ 火鍋店聲音嘈雜。一邊牆上掛著電視，正在報導 Benjy 在羅

白家殺人的事件，聽不清楚女播音員的聲音。羅白、Mika、秀娟坐在角落吃飯。

△ Mika一言不發，只顧自己埋頭大吃。吃光一碗，立刻又拿筷子從火鍋裡撈起一大團肉，在紅紅的辣醬裡來回滾，沾個通透，放進嘴裡。

△ 羅白、秀娟相互對視一眼，默默望著Mika。

△ Mika突然放下筷子，抬起頭。

Mika：他昨天晚上還跟我睡覺，怎麼一看到我就要殺我？

△ 羅白一愣。

秀　娟：（驚訝）你認識這個殺手？

△ Mika不答，伸出筷子到鍋裡，猶豫攪動。

羅　白：你什麼時候認識他的？

△ Mika收回筷子，放在嘴裡，似笑非笑，輕輕咬著。

Mika：昨天晚上。

△ 羅白、秀娟無言望著Mika。

Mika：他還約我今天再見面呢。

羅　白：你怎麼認識他的？

Mika：在網吧。他說他看了我三天了，為了喜歡我，還給了坐在我身邊的男孩子五百塊錢，叫他讓位，他好接近我。

羅　白：哦，是他找的你。

Mika：（點頭，低聲）我也喜歡他。

羅　白：他昨天去找你，今天來找我，有意思。

秀　娟：什麼意思？

羅　白：殺Mika和我。

秀　娟：那昨天晚上他怎麼不對Mika動手？

羅　白：（看Mika一眼）玩她。

Mika：玩我？

羅　白：要殺Mika很容易。我猜他是想先殺掉我，然後再殺她，或者再玩她一下。（對Mika）你不是說他還約你今天見面嗎？你剛才來得不是時候，打亂了他的計劃。

秀　娟：世界上有這麼壞的人？

Mika：全球氣候變了，他說的。

△　秀娟瞪羅白一眼。

羅　白：現在的問題是，什麼人既要殺 Mika 又要殺我？

Mika：波諾如果還活著，他是一定要殺我的。可是誰要殺你呢？你和波諾的死又沒有關係。

羅　白：我要查波諾背後的那個人影。

秀　娟：什麼人影？

△　Mika 拿起筷子，從面前的盤子裡夾起一大團肉，浸入火鍋。

△　手機響聲。羅白從口袋裡拿出手機，打開聽。

羅　白：華仔……好，我就回去……去你家？那更好。（關掉手機）石清華幫我找了些波諾和他父親的資料，約我去看他。

秀　娟：波諾父親？

羅　白：（一頓）他以前是我的一個手下。

Mika：波諾的父親是你以前的手下？你怎麼沒跟我說過？

羅　白：（看著 Mika）是十一年前的事。

△　Mika 一時說不出話。

羅　白：那時候我有三個手下，阿森、阿的都在那次銀行劫案中被打死了，只剩下史丹利。

△　羅白從褲子口袋裡掏出一個舊皮夾，打開皮夾，在夾層裡抽出隱藏的一張彩色照片，遞給 Mika 和秀娟看。

△　照片映著羅白、阿森、阿的、史丹利四人穿著制服，拿著槍滿臉笑容對著鏡頭。

羅　白：（指史丹利）這就是波諾的父親，史丹利。

秀　娟：你一直帶著這張照片？

△　羅白不語，收回照片，小心放進夾層裡，合上皮夾。

羅　白：這個皮夾還是用他們輸給我的錢買的。

Mika：你們賭什麼？

羅　白：槍法。

△　羅白起身，把皮夾放回褲袋。

羅　白：我去石清華那兒。你們慢慢吃。

△　Mika 放下筷子，背起雙肩背包。

Mika：我也去。

羅　白：你去幹嘛？

Mika：與波諾有關的事，我都要去。

第一六〇場

景　石清華家。客廳，甬道
時　夜
人　羅白、Mika、石清華

△　石清華笑容可掬，打開門。

△　羅白、Mika 站在門口。

石清華：請進，請進。

△　羅白、Mika 走入客廳。石清華關上門。

石清華：（對 Mika）你是 Mika 吧？

△　Mika 點頭。

石清華：高手啊。走，我們去工作室。

△　石清華帶羅白、Mika 走過牆上掛著一些鏡子的客廳、甬道，到工作室門口，讓進羅白、Mika。

第一六一場

景　石清華家。工作室
時　夜
人　羅白、Mika、石清華、Benjy

△　工作室到處是堆放著各種高檔電腦器材的櫃子，也擺著各式各樣的鏡子。當中一張桌子放著幾臺電腦。Mika 上前瀏覽，一臉羨慕。

Mika：你這些設備好貴呦。

石清華：咱們黑客很搶手啊。我看你也賺到錢了，十幾個手機。

△　Mika 一笑。

△　石清華帶羅白走向桌子。

石清華：羅白，壞消息是波諾背後的人影我沒有辦法破解，或許再過個一年半載，等更好的器材出來。好消息是我把史丹利那個財務總監的檔案全 Download 下來了。

△　石清華拉過一張椅子，到桌子後自己位子旁邊。

石清華：（對羅白）你坐這裡。（對 Mika）我再去拿張椅子給你。

Mika：不用了，我站在旁邊看就行。

△　羅白、石清華分別坐下。

△　石清華打開面前電腦。

△　電腦屏幕顯出史丹利財務總監郭越和太太鄭安妮的照片及文字檔案。

石清華：（指照片）羅白，你知不知道，這個郭越和史丹利是初中的同學，好朋友。從史丹利離開警署，自己創業以後，郭越就一直跟著他。

羅　白：史丹利到底是在做什麼？怎麼會這麼有錢？

石清華：（笑）不是販毒，就是軍火吧。（轉頭對 Mika）我是開玩笑的。我確實不知道。

羅　白：我記得財務總監和他太太是車禍死的，到底是怎麼回事？為什麼當時那麼轟動？

△　石清華觸摸電腦。屏幕陸續顯出報紙資料、警局查案等記錄。

石清華：富人嘛。有小報還傳出史丹利和他太太鄭安妮有一腿。不過是普通車禍。那一天，夫妻二人開車去山頂，參加史丹利家宴會，途中有一輛小貨車出了事，把他們撞下了山。

羅　白：（湊前看資料）那位司機也死了？貨車出了什麼事？

石清華：（笑）輪胎爆了。（笑容一斂）最慘的是，郭越夫婦的獨生女兒，因為這件事精神錯亂，給送進了療養院，到現在還沒出來。

△ 羅白、Mika 一時沉默。

石清華：不好意思，到現在都還沒有請你們喝點什麼。

羅　白：我不用。

石清華：（對 Mika）Mika，你要什麼？紅酒？咖啡？

△ Mika 搖頭。

石清華：可樂？

△ Mika 微笑搖頭。

石清華：那不客氣了，我自己想喝杯咖啡。你們繼續看。

△ 石清華起身，走出工作室。

△ 羅白注意看資料。Mika 靠前。

Mika：你在找什麼？

羅　白：我記得當時有謠言，好像是因為商業糾紛，有人僱槍手從山上開槍打爆貨車輪胎，讓貨車把郭越的車撞下山。我看調查報告沒有寫。

Mika：（訝異）算得這麼準？有這種槍手？

羅　白：（轉頭看 Mika）Benjy。

Mika：（一頓）還有你。（又一頓）不，不，你以前沒有這麼準。

△ 兩人一時對視。

羅　白：我看貨車也是事先安排的，司機也被滅口了。

△ 羅白突然轉頭望門外，舉手示意 Mika 不要出聲。

△ Mika 跟著瞪住門口。

△ 門外毫無聲響。

羅　白：華仔把我出賣了。

△ Mika 悚然看他。

△ 羅白慢慢站起來，伸手從上衣裡面掏出槍。

△ 門口驀地出現石清華，被藏在他身後、見不到面目的人，用電源線勒死，提著他走進來。

△ Mika 驚張著嘴站起來。羅白槍指著石清華，從桌後小心走出。

△　石清華背後的人頂著石清華屍體，朝羅白走來。

△　羅白對峙不動。

△　石清華背後的殺手，雙手一動。

△　石清華脖子一歪，露出殺手的臉：赫然是 Benjy。

Mika：（大驚，厲叫）Benjy！

△　羅白立刻連續開槍。

△　Benjy 同時把石清華屍體推向羅白。

△　羅白子彈全部打中石清華的臉。

△　石清華屍體撞翻羅白。Benjy 緊跟著撲到羅白身上。Mika 雙手蒙住臉，萎倒在桌腳，歇斯底里地叫。

Mika：Benjy！

△　Benjy 隨手扯下旁邊電腦的電源線，迅速一勒，把羅白拿槍的手和他的脖子綁在一起。

△　羅白槍無法射向 Benjy。Benjy 揮手打掉他的槍。羅白乘機仰頭撞 Benjy 的臉。

△　兩人分別翻身起來搏鬥。

△　激烈的肉搏。周圍器材電源線隨時被扯斷，抽出來，和被擊碎的鏡子當作武器揮打。電腦被踢翻、撞翻。電腦屏幕時而被打裂，時而被撞，顯出電腦遊戲大戰的畫面、紀錄片野獸廝殺奔走、西斯汀大教堂絢爛的壁畫、A 片男女做愛的嘶叫。

△　Benjy 迅速用電源線一圈圈箍住羅白的整張臉。Mika 放開手看到，飆起身，拿起一臺電腦砸向 Benjy 的頭。

△　Benjy 一閃，避過。

Benjy：（對 Mika 微笑）明天見。

△　羅白趁機反手抓住 Benjy 的頭髮，一弓背，把 Benjy 摔開。

△　羅白撲到地上撿槍。

△　Benjy 飆出房。

△　羅白撿起槍射擊。

△　Benjy 閃過門邊不見。

第一六二場

景 石清華家。廚房
時 夜
人 羅白、Mika、Benjy

△ Benjy 直奔廚房窗口。

△ 羅白撲出工作室門口，舉槍射擊。

△ Benjy 同時破窗而出。

△ 羅白奔入廚房，衝到窗口看。

第一六三場

景 大廈。陽臺
時 夜
人 Benjy

△ 暗夜中，Benjy 從廚房窗口飛身跳下，落在旁邊一座大廈的陽臺。

第一六四場

景 石清華家。廚房
時 夜
人 羅白、Mika

△ Mika 衝到窗口和羅白探身看。

第一六五場

景 大廈。陽臺
時 夜
人 Benjy

△ Benjy 的身影從陽臺爬起來，奔到牆邊，再縱身跳，到另一座大廈的陽臺，再跳，像鬼魅一樣，消失在周圍所有大廈闌珊的燈火中。

第一六六場

景 石清華家。廚房
時 夜
人 羅白、Mika

△ 羅白、Mika 望著 Benjy 消失的背影。

△ Mika 轉身，雙手環抱自己身體，顫抖起來。

Mika：（低聲）他是一隻鬼……他復活了……

羅 白：（抱住她）他不是鬼，他們只是長得像。

Mika：（生氣叫）世界上哪裡有長得那麼像的人！

羅 白：（冷靜）雙生子。

△ Mika 一愣。

羅 白：你不信？我們去殮屍間看他的屍體。

第一六七場

景 殮屍間
時 夜
人 羅白、Mika、警司、法醫

△ 殮屍間當中，手術臺上躺著 Benjy 的屍體，身上蓋著白布，只露出臉。

△　羅白、Mika 站在旁邊。Mika 呆滯地看著 Benjy 的臉。

△　Mika 舉起手，輕輕揮動，示意站在對面的法醫掀開 Benjy 身上的白布。

△　法醫掀開布，露出 Benjy 雪白的胸口。沒有黑痣。

△　Mika 俯身看，突然間仰起頭，又哭又笑。

Mika：他胸口沒有痣！

△　警司推門進來。

警　司：羅白，到底是怎麼回事？

羅　白：殺死石清華的兇手，和他長得一模一樣。

△　警司走到手術臺前，一看屍體。

警　司：雙生兄弟？

第一六七場A

景　殮屍間外。花園
時　夜
人　羅白、Mika、警司

△　警司臉色陰沉和羅白、Mika 穿過花園，走向停車場。

警　司：我們對過今天在你家留下的彈殼，美華大廈槍殺案也是這個人幹的。（對 Mika）你說他叫什麼名字？

Mika：（尷尬）胸口有痣的那個人叫 Benjy。

警　司：雙生子。我從來沒聽說過有雙生子的職業殺手。（對羅白）我再問你一次，你再瞞我，後果自負。為什麼有人要派這麼高端的殺手來殺你？

羅　白：我托石清華幫我查波諾背後的那個人影，還有史丹利的財務總監死亡的案子。

△　警司不語，走到自己車前。

羅　白：石清華是內奸，他把這個消息透露給史丹利，史丹利派殺手到他家裡，先殺他滅口，再殺我。

警　司：你有證據嗎？

羅　白：沒有。

△　警司回身，掏出鑰匙，打開車門，坐進去，關上門，發動引擎。

△　羅白、Mika 站在車旁不動。

警　司：（搖下車窗）史丹利那個財務總監和他老婆死以前，女兒就發精神病了，這家人真夠慘的。

△　羅白、Mika 默默聽著。

警　司：撞翻財務總監車子的貨車司機老婆，這兩年不時來警局騷擾，堅持說她老公是被害死的。你去查查吧。

△　警司搖上車窗，開車走。

羅　白：我們回家吧。

Mika：（瞄他）我們回家？

羅　白：你不能再回你那裡了，太危險了。我還有一件事，要你幫忙。

Mika：什麼事？

羅　白：要靠你的專長。

Mika：你不怕我半夜起來再跟你睡？

羅　白：（拿出手機）我叫秀娟也過來。

△　Mika 笑著用力推羅白。

Mika：你這個人很壞啊！

第一六七場B

景　史丹利家。書房
時　晨
人　史丹利

△　史丹利走入書房，到書桌後，看到電腦郵件訊號，坐下，打開郵件。

△　電腦屏幕顯出一張一些青少年，集體欺凌少女模糊不清的視像照片。波諾站在一邊觀看。波諾背後不遠處也清晰看到史

丹利的臉，微笑著觀看。

△ 史丹利神色不變，冷靜看著。

△ 電腦屏幕繼續掠過一張張青少年欺凌其他少女的視像照片。波諾和背後史丹利的人影都清晰可見。

△ 史丹利冷笑。

第一六七場C

景 羅白家。客廳
時 晨
人 羅白、Mika、秀娟

△ 半閉的窗簾透入明亮的光線。桌上的電腦屏幕顯示著一張史丹利的照片。羅白抱著秀娟的背，蓋著被子，蜷臥在鋪著薄毯的地上。Mika 蓋著另一床被子，仰臥在另一邊。

△ Mika 慢慢睜開眼睛，抬頭看沉睡的羅白和秀娟。

△ Mika 用力掀開自己被子，爬過去，扒開羅白和秀娟身體，擠到兩人中間。

△ 羅白、秀娟驚醒。秀娟轉過身，和羅白抱著 Mika，笑成一堆。

第一六七場D

景 山頂。史丹利家，大門口
時 日
人 羅白

△ 史丹利豪華的洋房，電動大門緩緩打開，羅白開車駛入。

第一六七場E

景　史丹利家。射擊室
時　日
人　羅白、史丹利、傭人

△　空曠的射擊室，中間只有兩個射擊臺。史丹利站在一個射擊臺前，舉槍對著五十碼外的人頭靶紙，連環射擊。

△　傭人開門，讓羅白進來，關上門。

△　羅白走到史丹利身旁。

△　史丹利停止射擊，放下槍，按射擊臺按鈕。吊在軌道上的靶紙滑向射擊臺。

△　史丹利始終望著靶紙，不說話。

△　靶紙滑到史丹利面前。人頭的額心、右眼、左眼、鼻子、喉結各畫著一個紅點，完整無瑕，沒有被打中，可是緊挨著紅點旁邊都有一個乾淨的彈孔。

史丹利：（瞄羅白一眼）還行吧？

羅　白：比十一年前的我還準。我說過，我不會看死一個人的。

史丹利：謝謝。比現在的你呢？

羅　白：我不練槍了。

史丹利：因為那個孕婦？

羅　白：還有那個沒出生的嬰兒。

史丹利：我當時叫你不要開槍，你不聽我的話。

羅　白：是，我很後悔。

史丹利：你如果一直不聽別人的話，你還會再後悔。

羅　白：你今天找我來，想叫我聽你什麼話？

史丹利：不要跟我玩遊戲。你發給我的視像照片，我那張臉是兩年前舊照片的臉，你是不是老了？你應該用我的新照片，這一期 *Country Club* 登了我的一些生活照。如果沒有，你也可以偷拍呀。

羅　白：我故意用你的舊照片。

△　史丹利一愣。微笑。

史丹利：故意讓我知道你沒有我參加波諾欺負少女的證據？

羅　白：對，故意讓你知道我沒有證據。不過，你知道我現在在查。

史丹利：我知道？

羅　白：石清華告訴你的。

史丹利：有證據嗎？

羅　白：沒有。我現在在查。波諾背後那個人是誰？我猜是他唆使你兒子去凌辱那些少女的。我還在查，財務總監夫婦死的事情，貨車司機失事的事情，十一年前銀行劫案的事情。這到現在還是一件懸案。阿的臥底的身份是誰洩露的，有兩個匪徒把兩袋錢搶走了，你應該也記得，我們後來只找到他們的屍體，錢不見了。

史丹利：這些都跟我有什麼關係？

羅　白：我現在在查。你要叫我不要查嗎？

史丹利：不要查，不要開槍。可能還會有無辜的人因為你而死。

羅　白：已經有無辜的人死了。我現在在查那兩個雙生子殺手。

史丹利：羅白，聽我的話，不要查。

△　羅白一言不發，轉頭走。

第一六八場

景　海灘。垃圾收集場
時　日
人　羅白、Mika、Benjy、貨車司機老婆、攝影家

△　荒涼的海灘。遠方沙丘。海灘另一邊，燒著垃圾、破輪胎，濃煙滾滾。遠處一座殘破、傾斜的木寮，停著一輛舊貨車，周圍都是垃圾、輪胎、油桶、塑膠桶。一個瘦高的中年女人像一隻禿鷲，彎著腰在垃圾堆中到處翻找。羅白開車帶著Mika，一路從沙丘駛來，到木寮前停下。

△ 兩人下車。

△ 女人從垃圾堆中站起身，手上抱著一些可樂罐子。

△ 羅白、Mika 走到女人面前。

羅　白：符太太？

女　人：（狐疑）你誰呀？

羅　白：（掏出證件）我是西環警署的阿 Sir。關於兩年前你先生車禍死亡的事情，我們現在重新再做調查——

△ 女人不等羅白把話講完，猛地把手上捧的可樂罐子用力一丟，可樂罐飛上天。

女　人：（憤怒）查他媽的屁！我早跟你們說過，我那個死鬼老公是被人害死的，你們理過我嗎？人都死了兩年了，現在要再查，查個屁呀！

△ Mika 一瞄羅白，嘴角含笑。

羅　白：符太太，你憑什麼懷疑你先生是被人害死的？

女　人：你們警局調查說，因為我老公車子的輪胎突然爆胎，撞到旁邊的車子，才造成意外的。我老公的輪胎怎麼會爆胎？為什麼會爆胎？

羅　白：（微笑）為什麼不會爆胎？

女　人：（大聲）因為那天早上我剛給了他錢，換的新輪胎。

羅　白：新的也會爆胎，比如插到釘子。

女　人：（更大聲）這就是你們給我的答覆！你如果還這麼想，那你還來跟我重新調查什麼屁？你為什麼不去調查是誰把釘子插到我老公的輪胎？

羅　白：是誰？

△ 女人閉緊嘴。

羅　白：你懷疑是誰？

△ 女人還是不說。

羅　白：他那天為什麼事去山頂？

女　人：還不是因為那個史丹利開 Party，說他的客人都喜歡吃我老公批發的龍岩花生，急巴巴要我老公給他送貨去，沒想到他一離開史丹利家就遇見閻羅王。

羅　白：我們以前就一直問你，你懷疑是誰，你始終不肯說。你懷疑是史丹利害死你老公的嗎？

女　人：我怎麼敢懷疑他！我是他傭人！可是我老公死了，他就把我趕出來了。

羅　白：他為什麼把你趕出來？

女　人：他嫌我為了我老公，惹是生非，給他難堪。他還怕難堪？他這個人連——

△　女人突然收口。

羅　白：你有什麼話，放心說，我們會替你保密。

女　人：（噴發）這個人連禽獸都不如，他連朋友的女兒都敢搞！

△　女人突然尷尬起來。羅白、Mika 疑惑地看著她。

女　人：（低聲）我偷聽到的。他那個財務總監，還是他的好朋友呢，有一天跟他大吵大鬧，好像都翻了臉，動了手。

羅　白：為什麼吵？為錢嗎？

女　人：什麼錢！是史丹利糟蹋了他女兒。

△　羅白一愣。

Mika：是史丹利的兒子波諾吧？

女　人：（激動，衝出垃圾堆）聽說還把他女兒毒打了一頓……

△　女人剛衝到羅白面前，突然身體一僵，後腦中槍，額心噴血，倒向羅白。

△　擋著羅白的女人背部又連中數槍。羅白抱著女人屍體倒下，同時推倒 Mika。

△　Mika 抬頭望羅白。

Mika：Benjy！

羅　白：（推開女人屍體）躲到油桶後面！

△　羅白迅速爬向油桶。Mika 跟著爬去。兩人躲在油桶後，從油桶間隙偷望出去。

△　遠方沙丘後，太陽光激射，看不清楚伏擊的 Benjy。

羅　白：（轉頭對 Mika）你有鏡子嗎？

△　Mika 點頭，打開身邊的雙肩背包，從裡面掏出化妝包，拿出一個小圓鏡。

△　羅白四面一看，爬到另一個油桶邊，撿過地上的一根木條，爬回來，拿過 Mika 的小圓鏡，再伸手取下 Mika 腦袋後的髮夾，用髮夾把小圓鏡夾在木條的一頭。

羅　白：我的手槍射程不夠，你用鏡子的反光騷擾他，我趁機跑到那堆火後面，也許可以射到他。我們不能死待在這裡當他的活靶。

△　羅白小心將木條伸到身邊的油桶外面，用小圓鏡對著太陽，把炫目的陽光反射向沙丘。

羅　白：（蹲起來，把木條交給 Mika）你現在看不清楚他躲在哪裡，你沿著沙丘的脊線照，他怕反光刺激到他，會開槍打鏡子，我就可以跑去火堆。

△　Mika 拿著木條，調整圓鏡對著太陽。

△　折射的陽光在沙丘的脊線上移動。

△　俯臥在沙丘後的 Benjy，舉槍瞄準遠方閃光的圓鏡，跟著圓鏡移動。

△　Benjy 開槍。

△　Mika 的圓鏡粉碎。

△　羅白拔步奔向前方的火堆。

△　Benjy 槍瞄向火堆。火焰、濃煙遮住羅白，看不清楚他的身影。

△　Benjy 還是猛烈開槍。

△　火焰、濃煙後，子彈在疾奔的羅白身邊飛過。

△　羅白奔到火堆前，站著，隔著熊熊火焰，朝沙丘後的 Benjy 猛烈開槍。

△　子彈打在 Benjy 身邊的沙子上，沙土飛濺。

△　一個穿著攝影背心、背著照相機的攝影家，爬上沙丘，看到不遠處持槍射擊的 Benjy，大驚，轉身跑。

△　沙丘後，Benjy 回身一閃，一槍打死攝影家。

△　火焰後羅白猛烈開槍。

△　Benjy 身影消失。片刻沙丘後傳來汽車開走的聲音。

△　羅白從火焰後飆出，奔向沙丘。

△　油桶後，Mika 探身出來。

△　羅白奔上沙丘。

△　遠方，Benjy 的跑車沿著海灘駛走。

第一六九場

景　療養院。大門，院子
時　日
人　羅白、Mika

△　幽靜的院子。羅白、Mika 迅速走入大門。

第一七〇場

景　療養院。走廊，病房
時　日
人　羅白、Mika、醫生

△　醫生帶羅白、Mika 大步經過走廊。

△　三人走到一病房門口。醫生拉開鐵門上的小窗，退到一邊，讓羅白、Mika 上前看。

醫　生：小心。

第一七一場

景　療養院。病房
時　日
人　羅白、Mika、郭美倫

△　病房看不見人。

△　窗口中，羅白、Mika 疑惑的臉。

△　郭美倫的臉突然從窗口下冒出，頂住羅白、Mika 的臉。

△　羅白、Mika 驚退。

△　郭美倫伸出舌頭，作勢要舔二人。

第一七二場

景　療養院。走廊，病房
時　日
人　羅白、Mika、醫生

△　醫生「啪」一聲關上窗。

醫　生：（微笑）我警告過你們了吧。

△　醫生轉身走。

Mika：（追上醫生）好嚇人哦！她才幾歲呀？這麼年輕？

醫　生：今年十八了，進來的時候才十六歲。

羅　白：她病得很重啊，是因為她父母死的事嗎？

醫　生：（搖頭）郭先生、郭太太死之前一天就把她送來了，沒想到第二天他們就遭遇到車禍。

羅　白：她發生了什麼事？

醫　生：她被人家強姦，還受了毒打。送來的時候神志已經昏迷不清。

Mika：是波諾幹的。

第一七三場

景 療養院。醫生辦公室
時 日
人 羅白、Mika、醫生

△ 醫生開門進來。羅白、Mika 跟入。

△ 醫生大步走到辦公桌後面位子坐下，示意羅白、Mika 坐在辦公桌前兩張椅子。

醫　生：我不知道是不是你們說的這個波諾幹的壞事？但是那天陪郭先生夫婦來的一位朋友一直很激動，吵著要去找一個叫史丹利的人算帳。反而是郭先生很鎮定，勸他不要輕舉妄動。

羅　白：這個人是誰？

醫　生：這兩年來，他每個月都會來看郭美倫，這裡的所有費用也都是由他支付的。你知道我們是香港最貴的一家療養院。

羅　白：那你有他的名字、聯絡地址了。

醫　生：等一下。

△ 醫生拉開辦公桌抽屜，拿出一份檔案，翻開，拿過便條，匆匆寫了字，把便條遞給羅白。

△ 羅白拿過便條看，又遞給 Mika。

羅　白：徐君怡，這個名字好像聽過。

第一七三場A

景 療養院。走廊，大門
時 日
人 羅白、Mika

△ 羅白、Mika 匆匆經過走廊，到大門口，開門出去。

第一七三場B

景 療養院。醫生辦公室
時 日
人 Benjy、醫生

△ 醫生坐在辦公桌後，埋首翻閱文件。開門聲。醫生抬頭。

△ Benjy 走進辦公室，持槍對著醫生，反手關上門。

△ 醫生驚慌站起來。

醫　生：你是什麼人？你要幹什麼？

△ Benjy 一言不發，一直走到醫生面前，槍口對著醫生嘴巴，用力一戳。

△ 醫生痛叫，張開流血的嘴巴，一顆門牙被打斷，掉在舌頭上。

Benjy：吞下去！然後把剛才你對他們說的話告訴我。

△ 醫生驚望 Benjy。

△ Benjy 槍口又戳向他嘴巴。

△ 醫生慌忙吞下含血的牙齒。

第一七四場

景 斜街。徐君怡家門口
時 黃昏
人 羅白、Mika、行人

△ 夕陽下，優美的斜街，兩邊都是殖民時代西式的建築。羅白帶著 Mika，開車緩緩沿街滑下，兩人一直看著路邊的門牌。

Mika：（看到路邊一棟房子的門牌）是這裡了。

△ 羅白在附近找到車位停下。

△ 兩人下車，走到房子門口。房子臨街的客廳落地玻璃，拉著薄紗的窗簾，透出燈光。羅白按門鈴。

△ 片刻，徐君怡打開門，看到羅白，一怔。

△ 插入鏡頭：第十三場，志忠把銀行經理推到牆角保險櫃前。銀行經理緊張打開保險櫃。

第一七五場

景 徐君怡家。客廳
時 黃昏
人 羅白、Mika、徐君怡

△ 徐君怡慢慢收起尷尬的笑容，鎮定下來，坐下沙發，對著坐在他面前的羅白、Mika。

△ 羅白拿出手機，放在咖啡桌上，按下錄音鍵。

羅　白：徐先生，你說的話我都要錄下來，以後作為證據，你不反對吧？

徐君怡：阿 Sir，我知道你們遲早會找到我的，我已經準備好了。

羅　白：好，徐先生，你把事情都說清楚吧。

徐君怡：我和史丹利、郭越都是文咸中學的初中同學。（一頓）好朋友。

△ 徐君怡沉默下來。羅白、Mika 靜靜望著他。

徐君怡：（再開口）中二暑假的時候，我和史丹利、郭越把一個返校的女同學拉到學校儲藏室調戲。史丹利還把那個女同學打了一頓，威脅她不准報案。可是她家裡人報了案。

△ 徐君怡又停頓下來。

△ 羅白、Mika 默默等著。

徐君怡：我們都絕口否認，說是那位女同學引誘我們，要跟我們玩四人幫。學校怕事情搞大有礙校譽，就不了了之。（一笑）所以，史丹利可以進警校，我可以做銀行經理，郭越可以留學美國拿 MBA。

羅　白：史丹利打人的事，他怎麼交代？

徐君怡：我和郭越都幫他說話，說他是給女同學纏得不耐煩，才失手打人的。（突然雙手蒙住臉哭泣出聲）可是我怎麼也沒想到，他後來會變態到把郭越的女兒也強姦了，還幾乎把她打死！

Mika：（驚訝）是史丹利，不是波諾。

△　徐君怡用力擦乾眼淚，放下手，又鎮定下來。

徐君怡：有時候是他，有時候是波諾。

Mika：（對羅白）視像裡波諾後面的那個人影是史丹利。

羅　白：（不答。對徐君怡）十一年前，你是北角銀行的經理。北角銀行的劫案，跟你有關吧？

徐君怡：是史丹利策劃的。我做內應。

羅　白：郭越呢？

徐君怡：他沒有參加。他是史丹利發達以後聘他做財務總監的。

羅　白：劫案有兩大袋錢一直沒有找回來，帶錢走的兩個劫匪被人殺掉，扔到海裡。是史丹利幹的吧？

徐君怡：他就是靠那三百萬發跡的。

羅　白：才三百萬，十一年就讓他變成大富豪了？

徐君怡：他做軍火。

羅　白：你沒參加？

徐君怡：我開始有，賺了些錢，（一比寬敞的客廳）買了這棟房子。後來我害怕了，覺得錢也賺夠了，（突然又雙手蒙著臉哭泣）我萬萬沒想到，史丹利連郭越的女兒都要摧殘！

羅　白：郭越夫婦是怎麼死的？

徐君怡：他們不讓我去找史丹利理論，他們自己去。沒想到，史丹利已經買了殺手，造成車禍意外，把他們殺了。

羅　白：我的一個做臥底的手下，阿的，是不是他泄的密？

徐君怡：是。

第一七六場

景 斜街。徐君怡家門口
時 夜
人 Benjy、行人

△ Benjy 開車從斜街頂上風馳電掣，疾駛而下。路人側目。

△ Benjy 車開到徐君怡家門口，猛然一個九十度轉彎，車飛過街面，直衝徐君怡客廳臨街的落地窗，玻璃粉碎，車撞入客廳。

第一七七場

景 徐君怡家。客廳
時 夜
人 羅白、Mika、Benjy、徐君怡

△ 落地窗玻璃碎片飛滿客廳，Benjy 車闖入。

△ 羅白、Mika、徐君怡紛紛閃躲。

△ Benjy 車尚未落地，Benjy 已經一槍打死徐君怡。

△ 羅白滾地拔槍。

△ Benjy 車落地，在客廳急掉頭，撞向羅白。

△ 羅白滾地開槍。

△ Benjy 頭躲在方向盤下，車頭玻璃粉碎。

△ Benjy 車衝出客廳，飛向路面。

△ 羅白起身，抓起掉在地上的手機。滾在一邊的 Mika 撲過來，抱住羅白。窗外傳來 Benjy 車緊急掉頭的輪胎聲。

第一七八場

景 斜街。徐君怡家門口
時 夜
人 羅白、Mika、Benjy

△ Benjy 車在街上急掉頭，對著站在徐君怡家客廳中的羅白和 Mika 再衝。

△ 羅白猛烈開槍。

第一七九場

景 徐君怡家。客廳
時 夜
人 羅白、Mika、Benjy

△ Benjy 車飛到。羅白和 Mika 同時閃開。

△ Benjy 車落入客廳，再急轉頭，撞向羅白，同時開槍射羅白。

△ 羅白閃入撞翻的沙發後。

△ Benjy 車再飛出客廳。

第一八〇場

景 斜街。徐君怡家門口
時 夜
人 羅白、Mika、Benjy、行人

△ Benjy 車落在街上，疾駛下坡。

△ 羅白拉著 Mika 跳出客廳落地窗，跑到街面上。

△ 兩人一望駛走的 Benjy 車，衝到羅白停泊的車，上車。

△ 羅白開車急追。

第一八一場

景 各種斜街
時 夜
人 羅白、Mika、Benjy、行人

△ 羅白追逐 Benjy。兩輛車在各種斜街中，上坡，下坡，橫衝直撞。街邊各種攤販被撞翻，行人雞飛狗跳。

第一八二場

景 電車總站
時 夜
人 羅白、Mika、Benjy、電車司機、乘客

△ 電車總站，出出入入，交叉紛沓的電車，乘客上車，下車。Benjy 車疾駛而入。乘客驚叫閃避。

△ 羅白車跟著追入。乘客又是一番騷亂，紛紛逃竄。

△ 一輛電車轉彎，擋住衝來的 Benjy 車。兩車幾乎相撞。車身緊挨著摩擦，發出火光。

△ 羅白車追來。

△ Benjy 車再轉彎，衝入兩輛並排行駛的電車中間。羅白車跟入。

△ 一輛電車朝左邊開走。Benjy 車和跟上來的羅白車正要竄出，迎面突然開來另一輛電車，和原先的一輛電車把 Benjy 車和羅白車同時夾住。

△ Benjy 車和羅白車被撞翻，分別側立起來，擠在兩輛電車中。

△ Benjy 迅速踢開破裂的車頭玻璃，爬出車子，站在車頭上反身持槍射擊後面的羅白車。

△ 羅白車頭玻璃被打碎，Mika 埋頭驚叫。羅白躲在方向盤後舉槍還擊。

△ Benjy 跳上行走的電車後，爬向電車車頂。

△ 羅白趁機爬出車頭，也攀上另一輛電車車窗，爬向車頂。

△ 羅白、Benjy 分別爬上兩輛電車車頂。

△ 兩輛電車分開，朝相反方向開走。

△ 羅白、Benjy 分別站在各自的電車上，舉槍瞄準對方。

△ 兩輛電車越離越遠。車頂上羅白、Benjy 的身影越離越遠。

△ 兩人同時開槍。

△ Benjy 額心中彈，從電車上掉下來。

△ 羅白的身影挺立在電車上，越去越遠。

△ Mika 從羅白車內爬出，起身奔到 Benjy 的屍體前。

△ Mika 揪開 Benjy 衣服，雪白的胸窩當中一顆深黑的痣。

△ Mika 呆呆望著。警車呼嘯聲不停地傳來。

△ 插入鏡頭：第九十四場，Benjy 坐在桌前，中間人坐在桌後，始終只看到他的背影。

中間人：不工作，我很無聊。

Benjy：我不會。我每天晚上都在練靶。

鏡頭轉過來，對著跟 Benjy 長得一模一樣的中間人。

中間人：把香港當作你的靶場？

第一八二場A

景 山頂。史丹利家，大門口

時 夜

人 羅白、Mika、警司、探員、警察

△ 洋房大門口，停滿閃著警燈的警車。探員、警察出出入入。羅白開車過來，停在一邊，和 Mika 走下車。

△ 羅白、Mika 走向大門。警司和一名探員走出來。

警　司：（對探員）趕快通知機場、港口、海防部隊。我猜他最有可能是偷渡出去。（看到羅白）我們遲了一步，他已經逃走了。（又轉頭對探員）查他在香港、九龍所有可能躲藏的地方。

羅　白：（拿出手機）徐君怡供詞的錄音，我回去複製給你。

警　司：這下警局的醜聞大了。我靠史丹利這個王八蛋！（對Mika）對不起，說髒話。

Mika：沒事。靠得好。

第一八三場

景　街角。洗衣店
時　夜
人　羅白、Mika

△　羅白開車帶著 Mika，經過拉上鐵門的洗衣店，到街角停下。

△　兩人輕鬆下車。

Mika：秀娟菜做得好不好？

羅　白：不知道，我還沒吃過。做不好，我們就去吃你喜歡的火鍋。

△　兩人走上洗衣店旁邊的樓梯。

第一八四場

景　秀娟閣樓。門口
時　夜
人　羅白、Mika

△　羅白、Mika 走上樓梯。

Mika：才不要呢。做不好，叫她重做。

△　Mika 笑著走到秀娟門口。

Mika：（開門）秀小姐！

△　門沒鎖。Mika 和羅白進去。

第一八五場

景　秀娟閣樓。廳
時　夜
人　羅白、Mika、秀娟、史丹利

△　羅白、Mika 一進門，驚住。羅白迅速舉手伸向上衣裡面。

△　客廳中，史丹利一手勒住秀娟脖子，一手拿槍指著羅白，一聲不響就開槍。

△　羅白肚子中槍，倒下。衣服口袋裡 Penne 的手機掉出來。

△　史丹利接著又一槍，打中 Mika 肚子。Mika 痛哼倒地。

△　史丹利甩開秀娟，秀娟驚叫。史丹利對著她的肚子又是一槍。

△　秀娟倒地。

史丹利：（對倒在地上的三人）我兒子波諾吊在天臺上，痛苦了多久，才摔下去？兩分鐘？三分鐘？五分鐘？我要你們比他痛苦十倍，才死掉。（對 Mika、秀娟）你們問羅白就知道，我們當過警察的最怕的就是肚子中槍，那死得最慢、最痛苦。

△　羅白趁史丹利對 Mika、秀娟講話，偷偷伸手蓋住 Penne 手機。

史丹利：所以日本人切腹自殺，到最後忍受不了痛苦的時候，要有一個人幫他把他的頭砍下來，給他個痛快。

△　羅白打開 Penne 手機錄音，推開一邊。

波　諾：（O.S. 慘叫）爸爸，救我……

△　史丹利一震，望向 Penne 手機。

△　羅白抽出槍，一槍打中史丹利手腕，史丹利手槍掉地。

△　史丹利一錯愕，羅白又一槍打中他肚子。

羅　白：這一槍是為最無辜的 Penne 打的，最痛苦。

△　史丹利左手捂住肚子，怒視羅白。

△　羅白爬起來，半跪在地上，又一槍，穿過史丹利左手背，再

打入史丹利的肚子。

羅　白：這一槍是為阿的打的，最痛苦。

△　史丹利噗通跪下來。

△　羅白再掙扎爬過去。

△　Mika、秀娟躺在兩邊，悚然驚望。

△　羅白爬近史丹利，又一槍，還是打入史丹利的肚子。

羅　白：這一槍是為阿森打的，最痛苦。

△　史丹利身體前後搖晃。

△　羅白伸手從褲袋裡掏出皮夾，取出夾層內他和阿森、阿的、史丹利合拍的照片，用牙咬住一角，把旁邊的史丹利那部分撕下來。

△　羅白爬到史丹利面前，把史丹利照片的背面，塗上自己肚子上的血，貼在史丹利的額頭上。

△　秀娟不忍看，閉上眼睛。

羅　白：（舉槍對著史丹利的照片）這一槍是為最無辜的 Mika 的母親和沒出世的弟弟打的，最痛苦。

△　史丹利呆滯的眼睛露出恐懼的神色。

△　羅白開槍。子彈穿過史丹利的照片，射入他的腦袋。

△　史丹利倒向羅白。羅白伸手把他甩開，自己力乏，倒在地上。

△　Mika 眼淚橫流，爬到羅白身邊，伏在羅白身上。

△　Mika 的眼淚流到羅白的臉上。

△　羅白伸手抹掉眼淚。

羅　白：（微笑）這不是我的眼淚吧？

△　秀娟眼角泛著淚光，微笑，忍著痛苦爬過來。

△　羅白把 Mika、秀娟摟在懷中。

羅　白：看我們還可以一起痛苦多久。

△　羅白拿起手機，撥電話。

△　Mika 面帶痛苦望著羅白笑。

△　插入鏡頭：第八十一場，Mika 像發瘋一樣，一口接一口的口

水不停地吐向羅白。

△ 秀娟面帶痛苦望著羅白笑。

△ 插入鏡頭：第三十場，秀娟輕笑著故意撩起裙子，把一條腿伸到櫃檯出入口的空間。

△ 羅白放下手機，低頭望著 Mika 和秀娟。

△ 插入鏡頭：第一場，羅白強壯的身體，不停地繞著客廳跑步。救護車呼叫聲遠遠響起。

△ 羅白、Mika、秀娟三人既痛苦又快樂的臉。救護車呼叫聲越來越近。

第一八六場

景 半山。斜坡
時 晨
人 羅白、Mika、秀娟
（此場可要可不要）

△ 晨光中，悠長陡斜的臺階，羅白、秀娟兩人並肩慢慢跑上。鏡頭一直拉下來，看到 Mika 離他們遠遠地，背著他們，坐在臺階上，拿著手機玩遊戲。

劇終

二〇一一年八月十日

註

1 摩斯密碼待考。銀行名暫定。

2 摩斯密碼暫定。破解方法是從第一組四個字，照順序挑出每一組所對應的數字。如上所示：根據「3412」的第一個字「3」，摘出這組數目的第三個字「1」，以此類推。

3 文武廟名字待考。

4 國際刑警組織

楊識宏《浪漫》 2008 年　丙烯 / 畫布　69X90 吋

第四章

胭脂雙扣

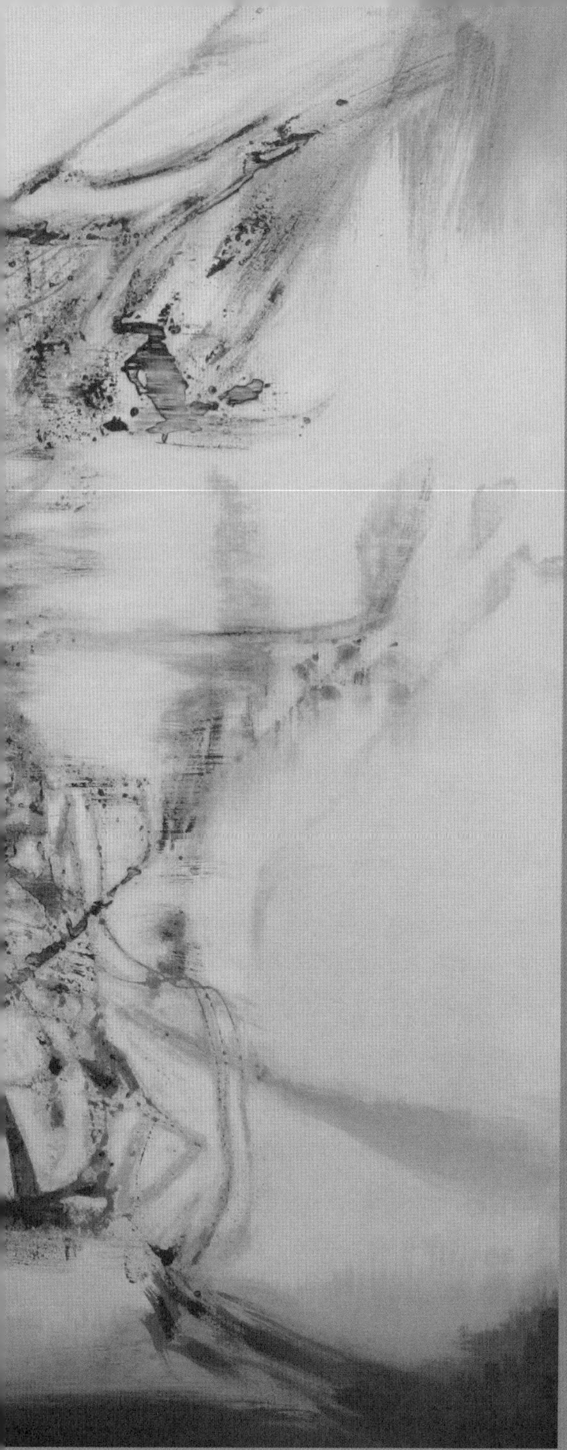

扣上，解開，再扣個夠

《胭脂雙扣》導讀

文　張偉雄

起扣子

一路見證《胭脂扣》（1987）的誕生[1]。當年我第一時間去看公映版本，踏出國泰戲院心情蠻滿意的，只是對結局十二少沒有想像的老面孔不滿。我絕不是電腦特技擁護者，時代歎喟而已，遐想進步的寫真特效化妝早點來到香港，荷里活水準的老妝張國榮一定好看。《胭脂扣》的敘事主線其實是永定楚娟的查探，然後是如花尋尋覓覓，對於十二少的簡陋寫法我又有微言，他死不去的浮沉餘生怎樣過，獨是他兒子的一個回電，滿足不到我。我想，三十歲後，十二少的人生，必然是個故事。

十二少的年老人生到了盡頭，蹲在片場。當老臨不光彩？未必，未必只有這種潦倒。不如這樣吧，讓如花在水銀燈紛紛擾擾下先發現他；正要拍的不是惠英紅古裝鬼片，而是年代大富人家宴會戲；在臨時演員聚集的地方，換上酒會禮服的老十二少很有貴氣，在一群年輕臨記面前自娛娛人起舞，他還拉著一個女生教她跳探戈，跳到一些光位時他忽爾來一個 Cha-cha（恰恰舞）動作，全身閃耀，全場拍掌。如花此刻相認，也迷醉其中，一時間回到上世紀三十年代。她怎樣子的反應可以慢慢撚，副導演掃興過來叫他們肅靜，之後才接十二少躲一邊，邊唱幾句邊小便，二人才正式相遇。

以上是我做影迷的私家剪接，形象假借投射沒有難度，將十二少最後歲月接往旭仔再接往何寶榮。邱剛健在天之靈看我玩這個大概會會心微笑；以下，是他作為正印編劇，二十年後，再寫《胭脂扣》。

構想：扣門

告訴你《胭脂扣》要重拍，擁有香港影迷身份的你，會有怎樣子的回應？讓我公佈我虛擬的統計，二十個影迷中八人側一側頭、扁一扁嘴，說類似「瞧瞧看吧」的客氣話；又有七人自稱是梅艷芳或 / 和張國榮的忠實影迷，看死這是狗尾續貂，其中五人更表示不會去看。餘下五人，兩人沒有意見，兩人說關錦鵬拍的話會期待，但皆沒有太興奮的神情，最後一人太年輕，沒有看過《胭脂扣》，問道：「我先看原裝正片，還是先看重拍？」

再問下去，若然是一部叫《胭脂雙扣》的長片，分為「一扣」和「二扣」，先去追憶梅艷芳，然後張國榮，不是重拍《胭脂扣》，那麼你會不會想看？二十人面面相覷，終於有人發問：「邊個演員演？你唔好搵阿豬阿狗演張國榮！」之中已經有人補充：「是延伸出來的故事，不是直接去演如花和十二少。」「咁係咪《胭脂扣》幕後班底先？」「問得好，關錦鵬來拍，邱剛健來寫。」在場第二十一人答道，他正是《胭脂扣》的編劇邱剛健。2010年，邱剛健動手寫這個劇本。當時他在內地發展，找到老闆，知會關錦鵬就自行發展《胭脂雙扣》的故事。「你們小心啊，」大家都往聲音出處望去，有人懇切說著：「搞得不好，就會變成自瀆式的作品。」

《胭脂雙扣》這個名稱一開始就是「吃老本」思維。邱剛健的目的純粹不過，就是要將《胭脂扣》在華語電影界多年來的餘震集起來一次過引爆。這是一個險項，後果可以非常「恐怖」。根本沒有什麼梅艷芳迷和張國榮迷認可證，誰去演《一扣》的李夷及《二扣》的韋華都必遭口誅筆伐，邱剛健定必推想到這個情況，然而這關關錦鵬事多過關他事。他當然憧憬《胭脂雙扣》的好結果，有緊密經典舊作的維繫，又有新時空意義。

投資方最後退出，電影告吹，保留下來的故事大綱妥當完整，劇本中獨《一扣》缺了許多關鍵的場次，第十到十九場、第二十二到三十二場，及第四十一至六十場，皆是重要劇情轉折的段落。相信是邱剛健的寫作習慣，將需要環境實況反覆推敲的段落抽起，等之後醞釀成熟了再動筆。

扣一：未齊的劇本

在未窺全貌的情況下，我用文學結構分析中基本的二元對立法（Binary Opposition），去對比「兩扣」的意像。《二扣》中有參觀波赫士（Jorge Luis Borges）紀念館的情節，對白也同時提到林語堂，是一個東西文學地位上的類比，給擁有世界文學底子的觀眾一個備註，然而，《雙扣》的文學啟思還是出自香港的。說實話，我的靈感其實來自劉以鬯的《對倒》。《對倒》中淳于白與阿杏兩線並行，一男一女、一老一嫩，一個回顧一個展望，一個街頭一個街尾，互不相干。《一扣》李夷的鼓浪嶼與《二扣》韋華的布宜諾斯艾利斯也正是如此不避嫌、兩個不相往還的劇本，時空上的無關、相反、不搭調對立，更不做交叉對剪工夫。兩者對應，似無實有。

這當然關王家衛事，還記得《春光乍洩》（1997）中黎耀輝獨白思念家人，王家衛用了幾個倒轉了的香港風光鏡頭，作為地球此時彼地角度倒轉的遐思。王家衛是香港現代派導演，認同香港現代派文學，我覺得他最「對倒」的作品是《墮落天使》（1995）。《春光乍洩》不是標準的劉以鬯影響作品，《重慶森林》（1994）、《2046》（2004）皆「對倒」得多，而《花樣年華》（2000）則精準運用雙行對反法。邱剛健似乎拋開心理包袱，明扣《春光乍洩》，以「對倒法」重重暗扣連起李夷 / 梅艷芳，與韋華 / 張國榮。

缺了場次也有好處，閱讀上出現跳接效果，卻更清楚認出李夷的走路姿態。她與吳心梅逗樂，試穿起水銀色「恨天高」——一對時尚高跟鞋，然而，平底便鞋才是她的標準衣飾印記。第二十及第二十一場是過場，李夷急著離開廈門港，她在碼頭急轉身，走去搭快艇，給我很深印象——她立艇迎風，邱剛健還給她一件紅色救生衣，是《一扣》裡她最硬朗形象之想像。邱剛健的重點不在於物，而是走路身影。對於《胭脂扣》的忠實影迷，也應該忘不了如花的走路姿態，在塘西煙花地三次往返迴廊，乾煎十二少，在山道孤零赴約，妄念十二少。李夷年輕時迷過梅艷芳，骨子裡認同她的自持，腳下是一條慢調的生命線，走到走不了，失去走路的能力要人背。

紅色在李夷的身上偶然出現，而韋華的主色就是紅，不理是紅色越野車或是紅色的哈雷，盡是他飛馳的模樣。崔穎說韋華曾經說過，隨便挑開身上的皮膚，流出來的都是紅色的血，她丈夫胡鐵夫回應說很強烈。李夷身體不健康，但有活力的步履，韋華年輕但頹唐，駕車多過走路。李夷腳踏實地，人生每一個選擇都經過時間推磨，無奈上天出手剝奪。而韋華嚮往離地風馳，跳舞也應該離地感覺罷；命運擺佈，紅色哈雷被拆骨，瑪莉懷他骨肉，要他著陸踏地，往生命另一階段去。

《一扣》中有一頭狗，叫做 Gary，是李夷過世了的丈夫的寵物良伴，李夷與女兒吳心梅一路提起牠，成為感情漫流的細推力。牠的身影在第六十一場思憶出現，這無聲閃回是現代電影的敘述聯想技法，請參考成瀨巳喜男在《浮雲》（1955）中的當下憶述，回顧片段寧默無聲。來到《二扣》，各人物在布宜諾斯艾利斯一直親近馬，真馬與鐵馬對比著；而更著意形成對倒效果的是回港後韋華家中的貓咪 Amy，對比著 Gary，Amy 似是不被憐惜，韋華沒有抱起牠的意欲，抱起時也作狀要擲牠，這一場可能是主人與寵物最後一次共敘，相信牠會安享晚年，即便，韋華女友要脅要吊死 Amy。

二元對立法及對倒法皆是刻畫的技法，在敘事過程上一刻扣住意像，像平凡流動中一記節拍跳躍碰撞，然後回歸平實，餘下韻味，等待另一次再組合的誘發。邱剛健的《胭脂雙扣》也如此鍛煉，多回反覆對倒後，獨立魂魄展現。忘記對立或憶起二元，卻已在飛揚。

扣二：故事大綱

看劇本看細緻，看整體個性展現，可以拋開故事大綱了。但這是個特殊例子，看大綱像翻查藍圖，發掘《一扣》未寫出來的可能塑造，人物以往的經歷，從中亦得出梗概脈絡。在此，《雙扣》的故事大綱是考察完整性的重要補充文件，顯示它不止在二元對比遊戲中樂活忘返，人物的行為、任務、意願都以因果維繫著，連最曖昧的心理潛文也有文本推敲證據，當中走出二元，以所謂的三角關係深化人事。《一扣》李夷和未婚夫林文斌（在劇本則叫林原根）及女兒吳心梅的感情互動，背後是她幸福憧憬的人生急轉彎。而《二扣》較不著重背後的換算，愛與恨表面說出來，形成韋華在兩個三角關係中推磨：在布宜諾斯艾利斯是他與崔穎、胡鐵夫的糾纏，回到香港，他夾在父親、胡鐵夫的利害瓜葛中；他是不自由的靈魂，心性在找出路。《二扣》開場他去到歌舞場「幸運地」看上阿根廷女子瑪利亞，讓他終場時有機會走出情感困境。

回到追憶梅艷芳／張國榮的心緒，邱剛健將這個影響處理得說實在很實在，說不實在也不實在，他在小說式的大綱提出敘事技巧，無聲閃回的聯想技巧不獨用來思念 Gary，在吳心梅提到北京生活時也重點用到——一閃：她北漂的日子不甘心辦公室工作的畫面；二閃：她轉工到酒廊，卻聽膩了歌星的駐唱；三閃：她「和一個個打扮得妖妖嬈嬈的梅艷芳迷廝混了半夜……突然決心不要再沉湎過去，再梅艷芳了，自己就先撤了。」回想過去，是幾多的過去，心梅這個名字不止在二十多年前出現，也連扣李夷與梅艷芳的青春歲月，就是因為喜歡梅艷芳，到香港看演唱會。女兒似她心儀的明星，哪裡似？林文斌問。是耳朵似，心梅答。文本寫道：「在懷孕、生下吳心梅的時候，可能因為她（李夷）常常想著梅艷芳的緣故，她覺得吳心梅宛然有類似梅艷芳的神態」。林撥一下心梅的頭髮去看清楚，這一幕讓李夷在咖啡廳窗外看到，她已經知道自己日子無多，或許，有一念想到因為自己的離開，活著的人可以走在一起。邱剛健清楚地寫出無聲眼神下曖昧的心思。

而至於韋華對瑪利亞信口開河說自己叫張國榮，隨時只是他一夜情後無聊唱著《追》而隨口說出的。之後崔穎提到《胭脂扣》的張國榮，指的其實是十二少，比喻韋華的不可靠。然後是瑪利亞尋找「張國榮」的單思症，來到香港人開的音像店，她認到歌卻認不到人，但還是意亂情迷咬定跟「張國榮」一個月前一夜情，老闆將見聞傳開傳回到香港，一個遠在香港搞不清的偶像鬼魂謠傳，原來可以「有紋有路」機緣巧合地假託出來。

根本，邱剛健是去做「想你覺得似，其實好唔似」的戲弄，他希望關錦鵬拿著《一扣》劇本去讀時，深深感受到如花的在，再感受李夷在，感受她們重病相連的相似命運；讀《二扣》時則可以認為十二少當時或許死了，卻帶著相似的氣質投胎到另一個環境個性解放。因為張國榮，十二少也是《阿飛正傳》(1990)的旭仔和《春光乍洩》的何寶榮，而韋華就是他們的共同體，亦因為這角色沒有可能由張國榮來演，韋華也要是唯一的韋華。邱剛健有周全的想法，通過含蓄而清晰的大綱文本，他們(也包括吳心梅)都不高攀到不過四十歲就離世的兩個香港偶像的隕落命運。劇情片段或許不會阻止你想起《東方三俠》(1993)的東東及《半生緣》(1997)的曼璐，只是讀得出是根在鼓浪嶼的李夷和心梅，與石塘咀如花身世無關。韋華開始有腳踏實地想法，留在布宜諾斯艾利斯，抑或再找一個旅居城市？黎耀輝落寞參觀伊瓜蘇瀑布後到臺北夜市也提供不到答案。

吊詭嗎？好創作從來是「也此 / 亦非」(either/nor)錯文法的左右逢源。

扣三：電郵

《二扣》玩味性強，《一扣》相對沉重得多。邱剛健先易後難去寫罷，故此寫好布宜諾斯艾利斯浪遊之地，鼓浪嶼的離留還在手指頭與鍵盤之間磨磨蹭蹭。有一個發給關錦鵬的電郵[2]，可視為整個追尋推敲依據的第三文件，邱剛健這樣子對比兩扣：「阿根廷的故事激情、直接，比較容易寫、容易討好。鼓浪嶼的故事比較婉轉、深微，李夷和吳心梅的開放、文明，平等像姐妹，像一對無所不談的好友，可是還保留著深摯的母女親情，這樣的關係在兩岸三地電影中比較稀有，當然也比較難寫。何(投資方)擔心會四不像，那就是我失手、你失手了。可是我們不能不追求更好的東西。」這是否可以進一步推敲為何《一扣》不完整，它不是從未寫過出來，而是邱剛健未滿意。

不說不知，鼓浪嶼是邱剛健的故鄉，為了安放故事背景，他特意回到老家，重新去感受成長足跡遠去的故鄉。劇本不齊，餘下來的，就並未見到鼓浪嶼的獨特地緣面貌，李夷的大屋雖然欠人氣，但有一份緊貼光陰、承載感情人事的安態，邱剛健大概在童年記憶中，抽取這重建築古風。然而城市的獨特風貌，即使在故事大綱也未夠深；或許因為他有大改心意，劇本先來勘景，致力去找一種鼓浪嶼新舊交融的氣息，無疑，邱剛健想劇本深植於地上，希望做一個腳踏實地、緊貼地緣的故事。《一扣》難寫，更有可能是邱剛健有心去轉化個人的心路歷程。

電郵中透露，邱剛健一直有跟投資方商量男主角的身份設定，而來回最多的，是怎去安插一個警察的角色。原來投資方認為一個好警察的角色，會較容易取得龍標[3]。先是胡鐵夫擁有香港警察的身份，剛定居阿根廷，商討後變成藝術家，再變成有前藝術家身份的金融家，跟韋華家族香港地產商的背景，遂扣成銀根交葛的關係。邱剛健更關注的，是照顧李夷的男人，從故事大綱的林文斌，改為劇本的林原根，亦由園林專家換上了警服。這一開始的確令邱剛健卻步，因為他能夠代入的角色就是這個男人，然而他還是將難題轉成難度，李夷愛上一個不一樣的警員，這警員愛狗。邱剛健不放重林文斌的意願，主觀性從不在他身上，就只要他流真實的眼淚。作為自覺的編劇，邱剛健看到沉溺性，即使做了轉接和假借，他繼續再解自己剛扣好的鈕，扣偏一些，也是扣對；於是，《雙扣》的排序必然是先鼓浪嶼，後布宜諾斯艾利斯。

在故事大綱「一扣」完結時，寫著「空蕩蕩的大院，古樹茁壯的樹幹。」然後開新段：「突然切入：」，然後進入「二扣」，「一百對熾熱恣縱跳著探戈的男女。古典的舞廳，香港青年慢慢穿過周圍觀望的人群，像鷹隼一般尖銳的眼神始終盯住激情舞蹈的阿根廷少女瑪利亞·馬奎斯。」這個靜動轉折，是邱剛健又一次製造強烈對比效果。回家安頓好，即使是缺憾，然後在陌生的他方國度飄流，時間空間外展。二元對比不在於激情後回歸平淡，而是重覓自持後解決沉溺，獲得再上路的機會。

疏離是本質

寫文期間看到邱剛健年輕時拍的超八厘米短片《疏離》(1966),又算是推敲文稿的第四份文件。一個男生沉悶無聊在家,從自瀆中一霎快感,再延伸新的情境,在烈日街上,推木頭車上坡,吃力推的不是他,有旁觀,有跌碰,很多象徵、對比。由於拍得簡陋,想超現實也停留於現實效果。委實是我找到邱剛健作品的關鍵詞,嗨,不是自瀆,而是這七分鐘短片的名字:疏離。他曾經這樣談《疏離》:「片名取自劇場大師布萊希特(Bertolt Brecht)的『alienation』(疏離效果),但和他想表達的意思不盡相同,說實話,我對自己要表達的東西已經厭倦了,要拍的理由,只是想看看自己能做多少,在想的和實際做的之間有多少距離。」先確認然後表達,可能是邱剛健的創作模式,於是先《一扣》後《二扣》。《胭脂雙扣》可以看成為局外人企圖去接近對立現實的遊歷,直面疏離,過程中,不再強調無止境的對立,答案不是什麼什麼,就是親近過,恰恰回應電郵那一句:「不能不追求更好的東西」。

註

1 當時筆者是威禾電影公司編劇組一員。

2 邱剛健在 2012 年 9 月 19 日給關錦鵬導演的電郵中，談及投資者對故事大綱的意見，詳述了自己對角色設定的想法。電郵由趙向陽女士提供。

3 電影在內地上映時，片頭會有龍頭標誌，以及「公映許可證」字樣和電審編號，代表電影通過了審查。

張偉雄 作者簡介

著有電影文集《低空飛行》，曾編輯《江湖未定 —— 當代武俠電影的域境論述》、《雙城映對 —— 香港城市與香港電影初對談》和《一一重現：楊德昌》（合編）等書。一九九七年完成第一部劇情長片《月未老》，繼有《惑星軌跡》（2000）、《太陽無知》（2003）、《一角之戀》（2008），和《十分鍾情》（2008）中〈遠望〉一段。紀錄片作品有《我們在跳舞》（2011）及《好風景》（合導，2014）。

胭脂雙扣

電影劇本

邱剛健生前最後一個電影劇本。
他在北京時曾與關錦鵬導演幾次
見面，討論《胭脂雙扣》的創作。關錦鵬導演也邀約當年《胭脂扣》（1988）中合作過的美術指導朴若木先生與邱剛健會面，可惜這個劇本最終未能投拍。《胭脂雙扣》的劇本也是由邱剛健與趙向陽共同合作的，故事大綱完成於 2012 年 9 月，脈絡完整。劇本則包括《胭脂一扣：鼓浪嶼》和《胭脂二扣：布宜諾斯艾利斯》。《胭脂一扣》中缺第十至十九場、第二十二至三十二場、第四十一至第六十場未完成。劇本雖曰「雙扣」，實為從梅艷芳與張國榮歌迷、影迷的角度來延續兩位巨星的時代傳奇，讓普通人帶著他們的神韻縫綣人間情愛。邱剛健晚年尋根，曾與趙向陽多次重訪故鄉福建省廈門市的鼓浪嶼，對人生的種種感受，諸如生老病死，浸透劇本字字句句。

邱剛健
趙向陽

胭脂一扣：鼓浪嶼　追憶梅艷芳

十九歲少女吳心梅的背影走上一條又長又陡的石板小路。如果她有什麼讓人覺得新潮的地方，那就是她那雙厚度幾乎達到十二厘米的坡跟鬆糕鞋，腳踝處顏色鮮艷的貼花，一綹晃悠的挑染成綠色的頭髮和一個碩大得不成比例的麂皮雙肩背包。

快到斜路的頂端時，她停下來，回身，似乎眺望了一下坡下的景觀。她低頭看了一下腳上的鬆糕鞋，彎腰想脫下來，又改變主意，決心堅持下去，轉身竄入旁邊另一條小路。

吳心梅又搖搖擺擺迅速走過幾條兩邊都是常青藤、榕樹、龍眼樹、香樟、枇杷樹的小路，到達一座舊式的洋樓門口。她掏出鑰匙，打開門進去。

幽雅的大院，中西合璧、殖民地式的門廊、窗臺、樑柱，空曠無人。吳心梅站著一看，嘴角微笑，突然張嘴大叫：媽媽。

沒有回應，沒有人出現。

吳心梅再叫：媽媽，你不要藏起來嚇我。

還是沒有聲音，沒有人。

吳心梅從小就喜歡和母親玩捉迷藏的遊戲，知道母親曉得她這時候回來，故意藏起來給她找。

吳心梅走上門廊，剛要走進大廳，母親李夷從一根希臘科林斯式的廊柱後面款款走來，優雅淡靜地看著吳心梅。

母女高興擁抱。李夷詫異吳心梅竟然穿著那麼高的鬆糕鞋爬上坡來。吳心梅三兩下扒掉鞋子，鬆了一口氣，說她就是想試試看，有沒有辦法穿這麼高的跟爬回家。

吳心梅在北京過著遊牧式的生活，這次因為守寡多年的李夷告訴她最近準備再婚，她又激動，又好奇，特地回來探望。

吳心梅生長在鼓浪嶼一個頗為富裕的老家庭。在父親去世的九年前，一家人都過著甜蜜、溫馨的生活。李夷和丈夫感情深篤，九年來，雖然不乏追求的人，但李夷一直都沒有接受。李夷和吳心梅母女的性格也很相似，都是瀟灑、獨立、開放、豁達，喜歡接受新事物的女人。吳心梅因此一直希望母親能夠忘掉她的悲傷，再找到一個新的愛侶。這次李夷計劃再婚的消息讓吳心梅感到特別高興，同時也對那個能使李夷動心的男人產生了極大的好奇心。

而現在讓吳心梅更加激動和好奇的是，李夷的愛人今年才二十七歲，比李夷年輕十二歲，而且是一個警察。

吳心梅喜歡李夷燒的菜。雖然李夷的愛人晚上會來參加她們兩人的家宴，認識吳心梅，但是吳心梅感覺到李夷還是忍不住，要先帶吳心梅去看她的愛人。

李夷帶吳心梅到海邊。李夷的愛人林文斌正在海邊的漁船上挑選晚上要蒸食的魚。李夷告訴吳心梅，林文斌蒸魚的功夫比她好，今晚要露一手給吳心梅看。吳心梅笑問，是不是因為林文斌的魚蒸得比她好，才贏得她的芳心。

李夷最近迷上了自己做西點麵包。當林文斌在廚房忙著蒸魚時，李夷帶吳心梅在擺滿烤箱、麵包機、各式模具、器材的隔壁房間，做吳心梅喜歡吃的巧克力蛋糕，當晚餐後的甜點。吳心梅問母親，為什麼會愛上林文斌。李夷說林文斌雖然是警察，但有很好的人文素養，是一個誠摯、大器、富有愛心的成熟男人，有時候還帶著一股迷人的孩子氣。你到哪裡去找這麼好的男人。她對他有印象，是有一次看到他從追捕流浪犬的同事那裡，救下一隻受傷的小狗帶回家去養。他們認識以後，他還曾經帶了七八隻大大小小、毛髮顏色各個不同的狗，來找李夷，希望李夷挑一隻養下來，或乾脆都養下來。李夷堅拒，一隻都不養。吳心梅知道原因。問李夷有沒有告訴他爸爸和愛犬 Gary 的事。李夷淺笑，沒有。

林文斌的蒸魚果然不同凡響。大家吃得不亦樂乎。林文彬的氣質、學養果然讓吳心梅覺得他不是一般的警察，兩人越談越融洽。林文斌提到，他每次叫李夷的名字「夷」，同事都笑他，以為他年紀比愛人小，所以叫愛人做「姨」。他一開始也以為李夷的「夷」是阿姨的「姨」，沒想到是蠻夷的「夷」。李夷的個性有時候也真像是西方蠻夷的個性。

林文斌問起吳心梅在北京的情況。吳心梅表示自己還是北漂一族。閃回畫面：吳心梅曾經朝九晚五，可是不甘心在辦公室坐過自己的青春；閃回畫面：她也曾經為了崇拜某歌星，委身到歌星駐唱的酒吧當了兩個月的服務員，本來應該多當一個月的，可是歌聽膩了，就先撤了。吳心梅再告訴李夷，她最近還去了北京舉行的梅艷芳紀念大會。閃回畫面：吳心梅和一個個打扮得妖妖嬈嬈的梅艷芳迷廝混了半夜。原來想廝混一晚上的，可是突然決心不要再沉湎過去，再梅艷芳了，自己就先撤了。

李夷雖然高興吳心梅終於成了一個有自己主見的女人，但是堅持她自己不半途出賣梅艷芳，她要終身做梅艷芳的粉絲。

李夷年輕時曾住在香港，對梅艷芳的歌唱、風采、性格魅力不勝嚮往。她參加過梅艷芳每一次的演唱會。戀愛結婚，隨丈夫回到鼓浪嶼。在懷孕、生下吳心梅的時候，可能因為她常常想著梅艷芳的緣故，她覺得吳心梅宛然有類似梅艷芳的神態。

吳心梅趁機站起來，表演了一下梅艷芳著名的悶騷的神態。大家大笑。李夷跟著唱起了梅艷芳的歌曲。吳心梅則又歌又舞，大聲學 Lady Gaga。林文斌則一個人唱起張國榮的歌。他喜歡張國榮有跟他一樣的孩子氣。

半夜，吳心梅不能入眠，起來閒逛，發現李夷在蛋糕房做麥芬（Muffin），準備給吳心梅當早餐。吳心梅感覺到李夷很快樂，問李夷為什麼不先跟林文斌住在一起。李夷表示在這一點上，她很傳統，她希望在正式結婚後，再住在一起。她同時告訴吳心梅，她去檢查身體，希望還能為林文斌生一個孩子。

吳心梅很高興將來能有個弟弟或妹妹。李夷問吳心梅有沒有好的男朋友。吳心梅說有很多，不過沒有一個是又成熟又有孩子氣的。李夷同意，這樣的男人確實稀有。吳心梅說如果這個男人帶了七八條狗來給她養，她是會全部都收下來。

吳心梅忍不住先吃了剛出烤爐的熱騰騰的麥芬，丟掉麥芬紙托時，在紙簍裡發現沾有血跡的紙巾。吳心梅問李夷，李夷說剛才不小心割了手指頭。

李夷到廈門醫院，婦科醫生告訴她檢查結果，她有了子宮癌，已經到了晚期，現在已經不能動手術，但是還是要盡人事，做治療。

吳心梅坐在院子的廊杆上，就著陽光，聚精會神地在腳踝處貼畫。聽到院門的開鎖聲音，知道是李夷回來，心思一動，跳下廊杆，躲到院子一邊。

李夷進屋，消失在大廳裡面。片刻，從後廳走出，輕叫著吳心梅的名字。

林文斌走進大門，聽到李夷聲音，走去。

吳心梅躲在側院走廊一角，擱著許多李夷曾經做過的男女石膏像的後面，偷偷露出半邊臉看。

林文斌迎上走過來的李夷，突然一手按住李夷的小腹，一下把她推到牆上，雙手再扒開李夷的雙唇，深深吻進李夷嘴裡。

吳心梅一震，縮回頭。

李夷和林文斌瞬間的熱吻。李夷用力推開林文斌，轉頭叫，小梅，你在哪裡？吳心梅不回答。李夷再穿過院子，一面笑著叫，梅艷芳，梅艷芳，你在哪裡？

李夷回到前院。吳心梅從大廳走出來。吳心梅笑著告訴李夷，這一次你找不到我了。李夷回答，你到底長大了。吳心梅問李夷身體檢查的結果，她想要的弟弟或妹妹是不是有希望了。李夷淺笑，這不是她一個人的事。

母女和林文斌到鼓浪嶼一家咖啡廳。咖啡廳放著一座殖民地時期死在鼓浪嶼的一個外國人的墓碑。三人討論李夷和林文斌的婚期。李夷接著到附近買東西。林文斌問起吳心梅和她父親的關係。吳心梅談起她最後悔的事，是在父親死後，有一天她突然把父親曾經給她的手機短訊都刪掉了。林文斌感覺這是因為她太愛她父親的緣故，她父親一定會理解的，吳心梅不必悔疚。林文斌話鋒一轉，奇怪李夷為什麼會覺得吳心梅像梅艷芳，他覺得一點都不像。吳心梅笑，她的耳朵像。林文斌一愣，伸手撥開吳心梅的頭髮，看她的耳朵。

李夷剛回來，在咖啡廳的玻璃窗外，看到了兩人這一幕。

李夷絕口不提自己身罹重症，依然快樂、豁達地生活，可是經常有意無意地安排吳心梅和林文斌在一起。吳心梅也喜歡跟林文斌到處去看鼓浪嶼的花卉樹木。有一次，李夷看著他們走入樹林深處，久久沒有出來。

林文斌還是想和李夷養一隻狗，一天帶了一隻德國純種黑背來家裡給李夷看，表示結婚後要和李夷一起養牠。吳心梅在一旁極力贊同。李夷沉默對著狗，突然間眼淚潺潺流下，接著又哭又笑，頻頻點頭接受。林文斌鬆了一口氣。吳心梅對「黑背」愛不忍釋，陪著林文斌把狗送回寵物店。

途中，吳心梅對林文斌說明，當年父親有一隻愛犬 Gary，在父親死後三天內，一直跑到父親喜愛的海灘，對著海淒厲地吠叫。有人說，Gary 是看到了父親的亡魂，在海上召喚 Gary。Gary 果然在第三天游入海中淹死。而李夷對 Gary 的死哭得比父親的死更傷心。

閃回畫面：Gary 在海浪邊亂衝亂竄，跟著停下來對著海面，不停地嗥叫。

林文斌瞭解李夷是因為自己不能像 Gary 一樣，隨夫而去，所以才會那麼痛苦。吳心梅說，李夷因為要養育我。李夷那麼愛父親，林文斌能接受嗎？林文斌說，因為他深愛李夷，他願意接受。

吳心梅感覺到李夷願意養狗這件事和她最近的一些行為，似乎有什麼不對。

當晚，吳心梅告訴李夷，她很高興李夷現在能夠完全面對父親逝世的事情，接受了林文斌。但是就在這個晚上，吳心梅深夜起來，遍屋找不到母親的蹤影。

吳心梅擔心，到父親喜愛的海灘去尋找李夷。

海灘的礁石上，李夷孤孑一身，遙望著黑夜的大海。海浪一波一波溫柔地湧向礁石，又一波一波溫柔地退回去。吳心梅爬上礁石，詢問李夷有什麼心事。李夷終於告訴她，自己因為疏於檢查身體，患上重症。現在她已經無法與林文斌結合，生兒育女，過正常的夫妻生活。她覺得吳心梅和林文斌才是更美滿的一對。吳心梅這時候才明白李夷刻意安排她和林文斌在一起的緣故。她告訴李夷，林文斌是全心地愛著李夷，不會愛上她。而她也是絕對不會愛上林文斌。

母女緊緊地摟在一起。

李夷入院治療，完全無效。醫生告訴吳心梅和林文斌，李夷已經沒有住院的必要了，應該讓她回家安靜舒適地走完最後的一段路程。醫生且教吳心梅和林文斌如何在李夷痛苦時，幫李夷打嗎啡針。因為嗎啡的藥性，李夷會經常便秘。

李夷痛苦加劇，身體越來越弱。吳心梅和林文斌替她打嗎啡止痛，專心照料。一天，李夷希望他們帶她出去看海。

林文斌背著李夷，沿著海灘漫步。林文斌問李夷，肚子壓在他背上會不會痛。李夷視線不停地望向海的遠方，笑著說，她貼著他很溫暖、舒服。

閃回畫面：Gary 不停地朝著海面嗥叫。

臥室。李夷憩睡不動。吳心梅和林文斌站在一邊欣慰地看著，覺得李夷好久沒有睡得這麼香。林文斌過去幫她拉好被子，發現她身邊一些污跡，再掀開被子看，整個床上都是李夷便秘了幾天，現在在睡眠中排泄出來的糞便。

林文斌趕快搖醒李夷，抱她到浴室，幫她脫掉衣服，放進浴缸。李夷羞澀微笑，告訴林文斌他衣服也髒了。林文斌脫掉上衣，幫李夷洗澡。

吳心梅把髒被單拿到洗衣間的水槽，一邊擦掉眼角的眼淚。

林文斌把李夷抱回臥室，放到換好乾淨被單的床上。李夷要林文斌像從前一樣吻她。兩人開始輕輕地吻著，慢慢地越吻越熾熱，李夷的手緊緊摟住林文斌的裸背，摟住她熱愛的不願放棄的生命。

吳心梅靜靜進來，看著兩人，靜靜出去。

林文斌回到大廳，木然坐上沙發。吳心梅走到他面前，把一盒紙巾放在咖啡桌上，靜靜離去。林文斌突然間痛哭，捂住嘴不出聲，不停地抽紙巾，擦拭無法停止的眼淚。

吳心梅走回臥室，李夷躺在床上，不出聲，只是微笑、溫柔地看著她。林文斌跟著進來，羞愧地看著李夷。李夷也是微笑、溫柔地看著他。

空蕩蕩的大廳，看到臥房門內三人不動的身影。

空蕩蕩的大院。古樹茁壯的樹幹。

突然切入：

2012.9.6

一百對熾熱恣縱跳著探戈的男女。古典的舞廳，香港青年慢慢穿過周圍觀望的人群，像鷹隼一般尖銳的眼神始終盯住激情舞蹈的阿根廷少女瑪利亞．馬奎斯。

曲終，瑪利亞風采飛揚地走出舞廳。

瑪利亞走到街邊，對著清涼的空氣，點燃一支煙，悠然地吞吐。男人的手伸進來，輕輕抽走瑪利亞嘴邊的香煙。

瑪利亞抬眼一望貼近她的香港青年。青年摟住她的腰，隨著街邊一支小樂隊的探戈音樂，兩個人跳起緩慢優美的探戈。

青年一邊跳，一邊在瑪利亞的耳旁溫柔地唱著張國榮的歌曲。

瑪利亞的房間，兩人繾綣後，互道姓名。香港青年說，他的名字叫張國榮。

瑪利亞說，青年唱的歌很好聽，可不可以再唱一遍給她聽？

香港青年一邊穿上內衣褲和衣服，一邊唱著張國榮的歌，離開這個一夜情的阿根廷少女。

青年本名韋華，一時信口開河，對阿根廷少女謊稱自己是張國榮。他因為癡戀一個和丈夫到阿根廷做生意的香港女人，一路糾纏不捨到布宜諾斯艾利斯。

韋華到香港女人崔穎和丈夫胡鐵夫的酒店窺伺，看到兩人坐車離開。韋華跟蹤。胡鐵夫把崔穎放在阿根廷文豪波赫士紀念館（或國家圖書館）門口，開車離去。

崔穎是香港才女，經常在報刊雜誌上發表文章，瀏覽波赫士遺下的圖書時，韋華亦步亦趨，問波赫士是什麼人。崔穎說，他和錢鍾書一樣，都是學問特別淵博的人。錢鍾書是誰？崔穎叫韋華繼續做一個不讀書的富二代吧，不要再糾纏她了。

韋華一直端詳崔穎的臉，看她沒化妝，臉上光澤，猜她早上剛和丈夫做過愛。崔穎不置可否，說兩個相愛的人是無時無地都會做愛的，你應該很清楚，你有那麼多情人。我如果跟你一樣瞎猜、嫉妒，我會很痛苦。韋華說，所以你不要我。你應該知道，為了你，我是可以拋棄所有的女人。崔穎說，你說過太多次了，不要再孩子氣了，你改變不了的。我就算跟你愛得死去活來，到最後你還是會像《胭脂扣》裡的張國榮一樣，為了你自己，棄我而不顧。崔穎要選擇的是一個成熟可靠的丈夫。

韋華臉色一變，把崔穎壓在書架上，強吻崔穎。崔穎不為所動，毫無表情告訴他，你還是回香港做你的風流少爺吧。

韋華悻然離開。在街上走了幾步，不甘心，再回頭，看到崔穎也走出來，聽著手機，坐上計程車。韋華再一路跟去。

崔穎到一家馬具店。胡鐵夫在裡面等她。

韋華在窗外偷看胡鐵夫和崔穎購買馬具。胡鐵夫挑起一把馬鞭，輕輕搔撫崔穎露在短褲外的腿窩。崔穎嬌笑。胡鐵夫突然稍一用力，抽打腿窩。崔穎仰頭，眼色迷離，張嘴呻吟。

韋華再也看不下去，轉頭快步走入阿根廷大街的人群。

阿根廷少女瑪利亞在邂逅「張國榮」的舞廳中，一邊和舞伴跳著激情的探戈，一邊不停地在人群裡追尋「張國榮」。她已經對「張國榮」暗生情愫。

韋華回到香港。因為全球的經濟危機，韋華父親的地產公司資金鏈斷裂，導致公司瀕臨倒閉。韋父希望韋華再回阿根廷，向崔穎的丈夫胡鐵夫求情，讓他擁有的投資銀行貸款給他們。

韋華提著行李，告別同居的女友，決心再回阿根廷追求崔穎。賴在床上的女友說，他回來時她不會再在這裡等他了。韋華叫她每天回來幫他餵一次貓就可以。女友說她要把貓吊死在床頭等他回來。

阿根廷的瑪利亞到醫院檢查身體，再到中國人開的音像店，對一個阿根廷售貨員哼唱「張國榮」唱給她聽的歌。售貨員不知道是誰的歌曲，叫來中國老闆。老闆一聽，拿出 CD，放給瑪利亞聽，瑪利亞問這是誰唱的，老闆說這是香港歌星張國榮著名的歌。瑪利亞大喜，說「張國榮」是她失蹤了的情人，問可以在哪裡找到他。老闆以為瑪利亞神經錯亂，告訴瑪利亞張國榮十年前已經死掉了，如果還活著，現在也五十幾歲了。老闆還拿出張國榮的海報，讓瑪利亞確認。瑪利亞認出這不是她的「張國榮」，可是一時意亂情迷，脫口而出，咬定張國榮就是一個多月前與她有過一夜情的愛人。老闆覺得匪夷所思。

瑪利亞到天主教堂告解，向神父懺悔她一夜情。神父罰她唸三百遍聖母瑪利亞。瑪利亞又懺悔她說謊，用別人的名字頂替她愛人真正的名字。神父再罰她多唸一百遍聖母瑪利亞。

晚上，CD 店老闆打電話給他在香港的報界朋友，說張國榮的鬼魂又在阿根廷出現了。這次是一個阿根廷少女，言之鑿鑿，說她一個多月前和張國榮有了一夜情。香港朋友興奮萬分，立刻發消息出去。

瑪利亞別無辦法找到「張國榮」，癡心相信「張國榮」還會在他們初會的舞廳出現，每天和朋友到舞廳跳舞，尋找，等待。朋友勸說無效。

一望無際的阿根廷大草原，崔穎與胡鐵夫騎馬馳騁。開著吉普追蹤而來的韋華，在山丘上眼看著兩人奔入草原深處。片刻，只看到兩匹空馬漫步出來。而久久不見崔穎和胡鐵夫的身影。

韋華瘋狂開車，在崔穎和胡鐵夫消失的地方周圍來回衝竄。馬匹奔逸。裸體的胡鐵夫從草叢中站起來，看了一眼奔馳而去的吉普和韋華，對斜躺在地上的崔穎說，我們不能再縱容他了。

咖啡館，胡鐵夫約韋華談判。胡鐵夫叫韋華不要再這樣意氣用事，不成熟。韋華應該瞭解崔穎之所以選擇胡鐵夫的原因。胡鐵夫已經盡量做到一個成熟男人能夠做到的容忍、寬懷和大度。胡鐵夫手上已經有韋華父親公司向他申請貸款的資料，如果韋華能夠不再騷擾他們夫妻，他可能會幫韋華的父親渡過難關。否則，在阿根廷這種地方，為自己的榮譽而殺人，是會得到諒解的。像胡鐵夫這樣的大亨，隨時可以讓韋華死無葬身之地。

兩個男人談話時，崔穎一直在背景，坐在咖啡廳的一角。

胡鐵夫要韋華回香港，從此不再見崔穎。他瞭解韋華的痛苦，讓崔穎過來，和韋華見最後一面。

對著崔穎，韋華一句話都不說，只是眼淚不停地流下臉頰。崔穎也一句話都不說，只是傾身向前，含了韋華的一滴眼淚，轉身走開，和等在門外的胡鐵夫離去。

舞廳，依然是一百對激情熱烈的探戈。崔穎和胡鐵夫赫然也在裡面翩翩起舞。

韋華走入舞廳，從口袋抽出彈簧刀，貼著大腿，彈出刀鋒。一步步避開舞過面前的男女，走向崔穎和胡鐵夫。他決心魚死網破，殺掉胡鐵夫，同歸於盡。

崔穎、胡鐵夫看到韋華，神色自若，繼續跳舞。

韋華再走靠前。瑪利亞突然從旁邊走出，擋在韋華面前。

瑪利亞問，你叫張國榮嗎？

韋華認出瑪利亞，說是。

瑪利亞說，張國榮，我懷了孕，我有了你的孩子。

韋華一愣。

瑪利亞說，再跟我跳一曲探戈吧。

一個新的生命的出現，突然間化解了韋華毀滅性的嫉妒和仇恨。

韋華淺笑起來，「啪」地一聲收回彈簧刀的刀鋒，放入口袋。

韋華伸手拉起瑪利亞的手，挽住她的腰，兩人跳起舞。

韋華、瑪利亞和回舞過來的崔穎、胡鐵夫，沒入熱舞的人潮。

切入尾聲：

尾聲

香港。機場快線。韋華提著行李走入車廂。吳心梅背著背包隨著進來。韋華坐到一邊車廂。吳心梅坐到另一邊車廂。兩人遠遠互望了一眼，互不相識。

劇終

2012.9.3

胭脂一扣

鼓浪嶼

第一場

景 長坡路
時 日
人 吳心梅、老夫婦

△ 吳心梅年輕的背影，一綹晃悠的挑染成綠色的頭髮，腳踝上顏色鮮艷的紋身貼，穿著水銀色鞋跟、高達十五厘米的「恨天高」[1]，走上一條又長又陡的石板路。在這樣的路面上，穿這樣的鞋子，步履必然顛簸、困苦，但她拖著一個小巧的飛行箱，堅毅不移地跨著穩定的腳步，維持著優美婀娜的體態，款款往上走。路過的一對老夫婦忍不住停下來，困惑看著她。字幕：中國　鼓浪嶼

△ 吳心梅幾乎到達坡頂時，停下來，回身，望一眼走過的長坡，看一下腳上的「恨天高」，伸手彎腰，好像想脫鞋，可是立刻改變主意，直起身體，露出一絲勝利的微笑，轉頭，用力大步，走入旁邊一條小路。

第二場

景 小路
時 日
人 吳心梅

△ 路兩邊的牆上爬滿常春藤。吳心梅大步走過。

第三場

景　另一條小路
時　日
人　吳心梅

△　吳心梅再大步走過另一條小路。牆上苔蘚斑駁，露出古老的紅磚。

第四場

景　李夷家。大門口
時　日
人　吳心梅

△　靜巷中一座舊式的洋樓。吳心梅走到大門口，伸手推門，門鎖著。她掏出鑰匙，開門進去。

第五場

景　李夷家。大院
時　日
人　吳心梅、李夷

△　吳心梅進門，走到院中，站著一看。幽雅的大院，古樹，中西合璧、殖民地式的樓房，門廊、窗臺、石柱，空曠無人。

△　吳心梅突然張大嘴叫。

吳心梅：媽媽！

△　連樓房內都一片寂靜，沒有人出現。

吳心梅：（口露笑容，更是大聲叫）媽媽，你不要藏起來嚇我！

△　還是沒有聲音，沒有人。

△　吳心梅不再理會，拖著箱子走上門廊臺階，剛要進廳，不遠的一根石柱後面，悠然走出李夷，委婉雋麗，輕倚著柱子，溫柔望著吳心梅。

△　吳心梅轉頭。

△　母女兩人同時浮起笑容。

△ 吳心梅放下箱子，踩著「恨天高」，這一次步伐不再矜持，搖搖擺擺地奔向李夷。李夷也快步迎上，兩人緊緊一摟，李夷微微推開吳心梅，低頭看。

李　夷：你穿這麼高的鞋子爬坡？

△ 吳心梅一彎腰，三兩下扒掉鞋子，鬆了一口氣，赤腳在地磚上舒服地跳了幾下。

吳心梅：我就是想試試看，我有沒有辦法穿我這雙「恨天高」，爬回家裡來。

李　夷：痛苦吧。

吳心梅：很痛苦。

△ 李夷笑著撿起扔在一邊的鞋子，用手去量鞋跟。

李　夷：阿梅，這有差不多半尺高了。

吳心梅：十五厘米。

李　夷：（再一端詳，有一點不好意思）我穿穿看。我們腳一樣大。會不會摔跤呀？我還沒穿過這麼高的鞋跟。

吳心梅：我沒摔過。

△ 李夷脫掉自己的便鞋，穿上「恨天高」，小心站直身子，看著吳心梅。

吳心梅：走啊。

△ 李夷朝前邁出一步，跟著又一步，回味一下，感覺沒事，開始放開腳步。越走越順暢。轉過身，得意地再走回來。原先典雅、閒適的體態一變而風情萬種、妖妖嬈嬈起來，還對吳心梅拋了一個媚眼。

吳心梅：媽，你好騷噢！你未婚夫受得了嗎？

△ 李夷噗嗤一笑，突然腳一扭，身體歪倒。吳心梅趕快撲過去抱她，兩人笑成一團。

第六場

景　李夷家。大廳
時　日
人　吳心梅、李夷

△　擺放著三四十年代西式傢具的大廳。李夷一個人緩緩走到一邊的沙發，隨手調整一下靠墊。樓上腳步聲。李夷抬頭。換過便鞋的吳心梅輕快走下樓梯。

吳心梅：媽，這些傢具都舊了，你結婚要不要換？

李　夷：林原根覺得不必要，他蠻喜歡這個風格。

吳心梅：哦。這都是爸留下來的。

△　吳心梅下樓，經過放在壁爐頂上的一些家庭照片，走向李夷，突然又轉回頭，對著一張父親蹲在地上，親暱摟著一條大黃狗的照片，親了一下。

△　李夷平淡一望，走向大廳後門。

△　吳心梅回身走到她身邊。

李　夷：（站住）阿梅，有一件事我一直沒告訴你。林原根今年才二十八歲，媽媽比他大十一歲。

吳心梅：（一愣。機智一笑）那你一百一十一歲的時候，他一百歲了！

△　母女倆都笑起來。

吳心梅：到那時候還有什麼分別呢。

李　夷：我也是這麼想。（一頓）他是個警察。

吳心梅：警察？

△　李夷注視吳心梅。

吳心梅：（莞爾笑，調侃）鼓浪嶼有一百歲的警察嗎？

△　李夷嘴角浮起一絲笑意。

吳心梅：（正經）媽，他一定是一個很好的人，你才會接受他。你知道只要是你喜歡的人，我都不會反對的。我是你一手養大的女兒嘛。

李　夷：（開心）你嘴夠甜，我請你吃一塊我剛做的布朗尼。（轉身走）其實這跟你爸和 Gary 也有關係。

△ 吳心梅回頭一瞥壁爐上父親和大黃狗的照片，跟著走去。

第七場

景 李夷家。蛋糕房
時 日
人 吳心梅、李夷

△ 吳心梅跟著李夷進門。房間靠牆兩邊的大木桌上，擱著麵包機、烤箱、烘焙工具和各式各樣的調料罐。李夷過去，從放了幾塊布朗尼的盤子裡拿了一塊，遞給吳心梅。

△ 吳心梅拿了布朗尼，咬了一口。

吳心梅：（品嘗）你真行。你以前從來不交男朋友，也完全不懂得做蛋糕。從過年我回家到現在才幾個月，你不但有了要結婚的人，還會做這麼好吃的布朗尼。

△ 李夷得意地伸手拿掉粘在吳心梅嘴角的一塊巧克力碎渣，放進自己嘴裡吃。

吳心梅：我現在明白了，最近你盡把你新買的這些麵包機、烤箱，你做的那些麥芬、丹麥酥發給我看，可是，我最想看你的男朋友的照片，你都不理我。

李　夷：我怕嚇到你。想當面告訴你。（微笑）他有一張穿制服的照片很帥。

吳心梅：（做鬼臉）嗯。（吃完蛋糕）你是因為他喜歡吃蛋糕，才這麼迷做蛋糕嗎？

李　夷：不是。是我自己先想要做的，後來才認識他。不過他很喜歡吃甜的。

吳心梅：爸愛吃鹹的。為什麼你說是因為爸和 Gary 的關係，才會和他好？

△ 李夷沉吟一下。

第八場

景　李夷家。大院
時　日
人　李夷、林原根

△　閃回：

陽光燦爛的大院，七八隻大大小小、毛髮顏色各個不同的狗，有的靜靜趴在石板上，有的在草地裡嗅來嗅去，有的在斑斕的樹影下追逐嬉戲。李夷和林原根站大院中。林原根好像在對李夷說什麼話，李夷頻頻搖頭。沒有聲音，一片寂靜。

第九場

景　斜坡
時　日
人　吳心梅、李夷

△　李夷提著布袋和吳心梅走下斜坡。

李　夷：他是一年多前才調來鼓浪嶼的，可能不知道以前你爸和 Gary 的事。

吳心梅：如果知道，那他是挺有心的，還想要你再養一隻狗做伴。

李　夷：本來我對他也沒什麼印象，有時候碰到他在巡邏，也只是點一下頭。不過有一次我在路邊看到他跟一個抓流浪狗、流浪貓的同事，要了一隻有腿傷的小京巴帶回家養，不知道我是不是多看了他一眼，他竟然回頭衝我笑了一下。沒想到沒過幾天，他就帶了那一大群狗來家裡，勸我挑一隻養。

吳心梅：他是有心來追你的啦。

李　夷：我那時想我都徐娘半老了，不會吧。

吳心梅：（笑）哦，你也想到了。

李　夷：（眉毛一挑）不能想嗎？

吳心梅：能能能！我很高興我的媽媽年紀這麼大了，還這麼有魅力，連比她小十一歲的小警察都會愛上她。

李　夷：我很高興我還這麼年輕、這麼飆，連比我小十一歲的小男孩子我都敢去愛。

△　斜坡盡頭，遠遠一線在陽光下閃閃發光的海洋。兩人笑著快步走下斜坡。

第十場

景　海灘
時　日
人　吳心梅、李夷、林原根、漁夫數名

（第十至十九場未完成）

第二十場

景　鼓浪嶼碼頭。門口
時　日
人　李夷、乘客

△　鼓浪嶼碼頭，李夷背影穿過熙熙攘攘的乘客，走向輪渡門口。快到門口時，突然轉向，走入另一邊乘坐快艇的門口。

第二十一場

景　廈門港。海面
時　日
人　李夷、快艇駕駛員

△　幾乎從海面上彈飛起來，奔騰的快艇。船舷兩邊白浪衝天。李夷穿著紅色救生衣，一個人坐在船頭。

△　對著不斷迎面而來的波濤，李夷臉色平靜地站起來，扶著船頭，望著整座逐漸靠近的鼓浪嶼。背景，廈門的大廈一座一座往後倒退。

（第二十二至三十二場未完成）

第三十三場

景 李夷家。吳心梅臥房
時 夜
人 吳心梅

△ 吳心梅睜著眼睛躺在黑暗的床上。窗口敞開，白色的蕾絲紗簾微微飄動，窗外隱隱約約傳來海浪來回淘洗沙灘的聲音。

△ 吳心梅轉身，閉眼，不動了一會兒，用力掀開薄被，起身下床。

第三十四場

景 李夷家。李夷臥房外，走廊
時 夜
人 吳心梅

△ 吳心梅一邊在吊帶睡衣外面披上外套，一邊走過走廊。

△ 吳心梅到李夷臥房。臥房門半開，陰暗的房間內，床上薄被翻開一邊，沒有李夷的蹤影。

△ 吳心梅轉身走回走廊。

第三十五場

景 李夷家。大廳
時 夜
人 吳心梅

△ 吳心梅到樓梯口，走下兩級樓梯，站住，望著整個黑暗空闃的大廳。

吳心梅：（輕喊）媽。

△ 沒有回音。

第三十六場

景 李夷家。蛋糕房
時 夜
人 吳心梅

△ 木桌上沒有麵包、蛋糕的痕跡。不鏽鋼的烘焙工具在陰影中透著微光。吳心梅進門一看，轉身走進廚房，很快又從廚房走出來，走出通往後院的小門。

第三十七場

景 李夷家。側院
時 夜
人 吳心梅

△ 吳心梅從後院走入側院，經過擺滿男女石膏像的走廊，停住看。

△ 高高矮矮石膏像的陰影。

△ 吳心梅轉頭，繞過側院，走入大院。

第三十八場

景 李夷家。大院
時 夜
人 吳心梅

△ 吳心梅走到大院中，轉身看著房子。

△ 吳心梅靜立的背影對著整座陰暗的樓房。遠方，海浪聲隱隱約約。

第三十九場

景　斜坡。海灘
時　夜
人　吳心梅

△　吳心梅一路快步走下斜坡，到堤岸邊停住。

△　吳心梅環視海灘。

△　黑暗遼闊的海面上，一兩點輪船遠駛的燈火。銀色的波浪緩緩滑上沙灘。沒有李夷的身影。

△　吳心梅跳下堤岸臺階，跑向海灘一邊的一堆礁石。

第四十場

景　海灘。礁石
時　夜
人　吳心梅、李夷

△　一些圓滑平坦和嶙峋聳立的礁石，有的沉浸在海水中，有的裸露在沙灘上。吳心梅跑過來，小心爬上一塊礁石。

△　礁石的間隔、隙縫，流過慢慢沖刷、回旋的海浪。吳心梅站在礁石上，四下巡視。沒有看到任何人影。

△　吳心梅再跨過幾塊礁石，突然停住腳，低頭看。

△　李夷的身影，張開兩條腿，坐在一塊伸入海中的礁石上。平緩的海浪沖上礁石，一直伸延到李夷坐著的地方，淹沒她的大腿和小腹，再輕輕退回去。

吳心梅：（驚叫）媽！

△　李夷似乎沒有聽見，坐著不動。

△　吳心梅趕快手腳並用，爬下礁石，踩上李夷的礁石。

吳心梅：（走到李夷背後）媽，你怎麼到這兒來了？你怎麼坐在水裡面？

△　李夷不出聲，停了一下，慢慢轉頭，茫然看著吳心梅。

△　海浪又慢慢沖上礁石，淹沒李夷的腳，再伸延到她的大腿和小

腹。吳心梅踩入海水，蹲到李夷身旁。

吳心梅：（低聲）媽媽，你在想爸爸啊？

△　李夷眼神深邃起來，伸手攏過吳心梅，緊緊抱住。

（第四十一至第六十場未完成）

第六十一場

景　海灘

時　晨

人　吳心梅、李夷、林原根

△　海浪一波一波，不急不緩，湧上沙灘。林原根背著李夷，兩隻腳交叉除掉鞋子，小跑著迎去。

△　吳心梅也除下自己鞋子，赤著腳，上前撿起林原根的鞋子，跟著跑去。

△　林原根跑入潺潺滑過沙灘的浪花中，回頭望李夷。

林原根：你肚子壓在我背上會不會痛？

李　夷：不會。我貼著你，很舒服。

△　林原根放慢腳步，沿著海灘漫步。

△　吳心梅涉水靠近李夷。

吳心梅：媽，你要不要下來走走。

李　夷：（微笑）我這樣很舒服。

△　吳心梅點頭。

△　李夷視線移向海面。海中一兩艘經過的船隻。遠方大海微微罩著一層薄霧，李夷眼色迷茫，出神注視。

△　吳心梅在旁深深看著李夷。

△　李夷感覺到，回頭。

△　兩人彼此淡淡一笑。

△　李夷視線再望向海洋。吳心梅跟著望去。

△　閃回：大黃狗 Gary 對著海面不停地奔跳，不停地狂吠。

第六十二場

景　李夷家。李夷臥房
時　日
人　李夷

△　李夷安詳憩睡的臉。

第六十三場

景　李夷家。大院
時　日
人　吳心梅、林原根

△　林原根仰著頭，出神望著古樹樹頂上茂密翠綠的樹葉。吳心梅走進大門，回身關上門，提著裝菜的布袋，走到林原根身邊。

吳心梅：我買了一條媽喜歡吃的黑翅。

林原根：（轉頭看她）能給她吃嗎？

吳心梅：我想，現在她喜歡吃什麼就給她吃什麼吧。

林原根：（一頓）我也是這麼想。晚上我來蒸。

吳心梅：（看林原根一眼）我來蒸。

△　林原根點頭。

吳心梅：媽還在睡？

林原根：嗯，睡了快六個鐘頭了，我去看了幾次，想替她打嗎啡，她都沒醒過。好久沒看到她睡得這麼香了。我決定我每天都要抱她去海邊散步。

吳心梅：（微笑上前，輕抱林原根一下）我們一家人都喜歡海。

第六十四場

景　李夷家。大廳
時　日
人　吳心梅、林原根

△　吳心梅、林原根走到李夷臥房門口。吳心梅把布袋放在門邊，跟林原根輕輕走進臥房。

第六十五場

景　李夷家。李夷臥房
時　日
人　吳心梅、李夷、林原根

△　吳心梅、林原根走近床，看著李夷，李夷依然熟睡不動。

吳心梅：（低聲）真希望她這一覺醒來，病就全好了。

△　林原根不語，走到床頭，彎身幫李夷拉起掉到肩部的薄被，眉頭一皺，輕輕掀開被子一角。

△　李夷身邊的床單上，露出一片青黑色的污跡。

△　林原根趕快掀開整條被子。李夷身下全部都是她在睡眠中排泄出來的糞便，染滿了身體四周圍的被單。

△　吳心梅上前驚看。

△　李夷醒來，張開眼睛對著林原根、吳心梅開心地笑。

李　夷：我睡得好舒服。

林原根：（對李夷一笑）夷，我先抱你起來。

△　李夷一愣，低頭看她身邊。

吳心梅：媽，你不用擔心，我來收拾。

△　林原根雙手將李夷抱起來，走向衛生間。

第六十六場

景　李夷家。衛生間
時　日
人　吳心梅、李夷、林原根

△　林原根抱著李夷走入衛生間，把李夷放進浴缸，小心扶她站著。李夷呆滯地讓林原根幫她脫掉髒睡衣。

△　林原根讓李夷坐在浴缸裡，伸手摘下花灑，在浴缸外調整好水溫。

△　林原根開始替李夷沖洗身上的污跡。李夷羞愧地笑著，指著林原根的衣服。

李　夷：你衣服也髒了。

△　林原根低頭看了下自己的襯衣。李夷拿過他手上的花灑，開始自己沖洗脖子、肩膀。林原根脫掉襯衣，拿回花灑，溫柔地一邊沖水，一邊用手輕洗李夷瘦削的腰肢、背部。

△　吳心梅捧著捲成一大團的髒被單進來，彎身撿起地上李夷和林原根的衣服，放在被單上，轉身出去。

△　花灑晶瑩、細密的水柱。氤氳的熱氣。林原根的手滑過李夷清瘦的膝蓋，大腿和小腿間細膩的肌膚。李夷半仰著鬆弛、陶醉的臉。

第六十七場

景　李夷家。洗衣房
時　日
人　吳心梅

△　吳心梅捧著髒被單和李夷的睡裙、林原根的襯衣，走進洗衣房。

△　吳心梅把被單、衣服放進水槽，打開水龍頭沖刷，舉起濕淋淋的手，用手背抹掉眼角的淚水。

第六十八場

景　李夷家。李夷臥房
時　日
人　吳心梅、李夷、林原根

△　林原根抱著李夷，走出衛生間，把裸體的李夷放在換好被單的床上，替她蓋上另一條乾淨的薄被。

林原根：（直起身）我幫你找件睡衣。

李　夷：你也要換件衣服。

林原根：好。

李　夷：（凝視林原根，低聲）你可不可以像以前一樣吻我？

△　林原根深情注視李夷，坐到李夷身邊，俯身，掀開被單，輕抱著李夷，低頭，緊貼著李夷的身體，吻她。兩人開始只是慢慢吻著，漸漸地越吻越熾熱，最後似乎要把自己的臉壓碎在對方的臉裡面。李夷兩隻枯瘦的手死死摟住林原根裸背賁張、蠕動的肌肉。

△　吳心梅靜靜走到臥房門口，看了一下，退開。

第六十九場

景　李夷家。大廳
時　日
人　吳心梅、李夷、林原根

△　遠遠看到臥房門內，李夷和林原根分開。林原根替李夷再蓋上被單，轉身走出臥房，走入大廳，一直走到角落裡的沙發，坐下來，木木然不動。吳心梅又靜靜過來，把一盒紙巾放在他面前的咖啡桌上，轉身離開。林原根突然痛哭出聲，趕快伸手捂住嘴，怕李夷聽到。

△　林原根不停地傾身向前抽紙巾，擦拭無法停止的眼淚。哭泣聲還是捂不住，不時發出。

第七十場

景 李夷家。李夷臥房
時 日
人 吳心梅、李夷

△ 李夷躺在床上，睜著眼睛，似乎在聽著偶爾傳來的，林原根在大廳裡無法遏制的隱約的哭泣聲。

△ 吳心梅再靜靜走入，站在門邊看她。

△ 李夷望向吳心梅，露出羞澀的笑容。

△ 吳心梅一樣微笑看著李夷。

△ 兩人靜聽林原根時而傳來的哭泣聲。

第七十一場

景 李夷家。大廳
時 日
人 吳心梅、李夷、林原根

△ 空蕩蕩的大廳，看到臥房門內，李夷和吳心梅不動的身影。壁爐上吳心梅一家人的生活照片，父親和大黃狗的照片。角落裡，林原根裸著上身抽泣的暗影。

第七十二場

景 李夷家。大院
時 日
人 吳心梅

△ 空蕩蕩的大院，樓房、門廊、窗臺、石柱、古樹。

△ 閃回：第五場。

吳心梅：（口露笑容，更是大聲叫）媽媽，你不要藏起來嚇我！

胭脂一扣完

胭脂二扣

布宜諾斯艾利斯

第一場

景 舞廳
時 夜
人 韋華、瑪利亞、中年男士、男女朋友、樂隊、舞客、侍者

△ 幾十對舞客熱烈、布宜諾斯艾利斯激情的探戈。字幕：阿根廷布宜諾斯艾利斯

△ 古典、華麗的舞廳中，瑪利亞和一個俊挺的阿根廷中年男士翩然回舞。瑪利亞各種極度熾熱而冷靜、恣縱而高雅的舞姿。

△ 香港青年韋華像獵獸一樣，小心、緩重地穿過舞池旁邊的座位和觀望的女士，鷹隼般尖銳的眼神始終盯在瑪利亞身上。

△ 樂曲戛然而止。舞客散開。瑪利亞用手輕扇著臉，走出舞池。

△ 韋華靜靜跟去。

△ 瑪利亞走到自己座位，和幾個跳舞回來的朋友笑談了一兩句，拿起座上的小手包輕快離開。

第二場

景 舞廳。門廊
時 夜
人 瑪利亞、客人、門童

△ 兩邊鑲著玻璃的門廊。衣香鬢影，出入的客人。瑪利亞走出門口。

第三場

景　舞廳門口。街邊
時　夜
人　韋華、瑪利亞、二人小樂隊、行人

△　瑪利亞走到街邊，點燃一支煙。不遠處在街角賣藝的二人小樂隊，一個吹口琴，一個彈吉他，悠然傳來柔美的探戈舞曲。

△　瑪利亞吸一口煙。韋華的手伸進來，輕輕抽走瑪利亞嘴上的香煙。

△　瑪利亞抬眼一望貼近她的韋華，有意無意從嘴裡吐出來的煙霧，裊繞了兩個人的臉，倏忽消逝。韋華一直深邃注視，一言不發摟住她的腰。瑪利亞微笑仰起頭。兩個人隨著口琴和吉他的舞曲，跳起纏綿的探戈。

△　韋華一邊跳舞，一邊在瑪利亞耳旁溫柔地唱起張國榮的歌曲。

△　街上行人，有的圍在一旁欣賞，有的見慣這種場面，瞥了一眼走開。

△　街燈燈柱下，韋華始終保持緊摟著瑪利亞的舞姿，始終輕吟著張國榮的歌。

第四場

景　瑪利亞房間
時　夜
人　韋華、瑪利亞

△　瑪利亞兩隻秀美的小腿在黯淡的燈影中緩緩升上半空，分開。

△　瑪利亞一條赤裸的大腿，叉開來，慢慢伸向床沿。

△　瑪利亞兩隻張開、彎曲的膝蓋在半空中一夾，隔著看不見的韋華的身體，夾不攏，繃緊。鬆弛下來。突然又一夾。

△　瑪利亞兩條修長的大腿合併在一起，劃過半空。

△　韋華翻向床一邊。瑪利亞翻向另一邊。兩人並排仰躺在床上，輕喘。瑪利亞轉頭，眼睛灼灼有光，看著韋華。

瑪利亞：（英語）我叫瑪利亞．馬奎斯。

韋　華：（英語）我以為我們如果不說自己的名字，會更浪漫。

瑪利亞：我忍不住。你是我的第一個中國男人。我是不是你的第一個阿根廷女人？

韋　華：不是。

△　瑪利亞微笑。

韋　華：我叫 Leslie。中國名字（中文）張國榮。

瑪利亞：（學中文發音）張國榮。（英語）你剛才唱的是什麼歌？很好聽。

韋　華：香港歌。

瑪利亞：再唱一遍給我聽好嗎？

△　韋華下床，從丟在梳妝檯椅子上的衣服中，拿起內褲，一邊彎身穿一邊再唱起張國榮的歌。瑪利亞側身，微笑看。

△　韋華陸續穿長褲、襯衫，繫皮帶，歌聲不停。瑪利亞若斷若續微微跟著哼。韋華坐到椅子上，穿襪子、皮鞋，傾前對著床上的瑪利亞深情款款唱著歌。

第五場

景　大街
時　日
人　韋華、行人

△　紅色的越野車。韋華迅速上車，點火、換檔，衝上大街，一路奔馳而去。

第六場

景　高級酒店門口。街
時　日
人　韋華、崔穎、胡鐵夫、門童、行人、司機

△　韋華的越野車轉入另一條街，到街角停住。韋華眼睛左右上下一掃對面的高級酒店，盯住門口進出的客人，久久不動。

△　一輛豪華的黑色轎車緩緩開到酒店門口。司機下車，守在車

門旁。

△ 韋華眼神一下犀利起來。

△ 崔穎和胡鐵夫從酒店走出。

△ 崔穎一臉笑容，依偎在胡鐵夫身邊，走到轎車前。司機打開車門，讓兩人坐進去。

△ 司機回到自己座位，轎車掉頭，駛離酒店。

△ 韋華開動越野車跟去。

第七場

景 大街
時 日
人 韋華、崔穎、胡鐵夫、司機、行人

△ 轎車駛過大街。

△ 胡鐵夫坐在後座，看到自己側面的倒後鏡裡，韋華紅色的越野車，遠遠在車流裡穿梭。

胡鐵夫：他喜歡紅色。

△ 崔穎一瞥她這邊倒後鏡裡韋華緊追不捨的越野車。

崔　穎：他曾經說過，隨便挑開身上的皮膚，流出來的都是血的紅色。

胡鐵夫：（微笑）很強烈，可以做作家。

崔　穎：可惜他不讀書。

△ 韋華越過擋在前面的一輛貨車，一瞬不瞬追望遠方崔穎和胡鐵夫的車子。

第八場

景 波赫士紀念館門口。林蔭道
時 日
人 韋華、崔穎、胡鐵夫、司機、行人

△ 轎車轉入幽靜的林蔭道，在一座古老的建築物前面停住。越野車開到路口。

△ 隔著玻璃窗，韋華望著崔穎下車，走入建築物大門。轎車繼續開走。

△ 韋華等著轎車轉入另一條道路，慢慢把越野車開到建築物旁邊。

△ 韋華下車，走向門口。門牆上嵌著一塊黃銅的牌匾，寫著「波赫士紀念館」[2]。

第九場

景 波赫士紀念館。展覽室
時 日
人 韋華、崔穎、女管理員

△ 展覽室牆上掛著波赫士的個人照片和一些他與其他名人的合照。崔穎在照片下彎身看著陳列在玻璃櫃裡面波赫士的手稿。

△ 貼著崔穎低俯瀏覽的臉，韋華的臉也低俯進來。

韋　華：（側望崔穎）波赫士是誰？

崔　穎：（不看他）阿根廷的文豪，學問特別淵博，像錢鍾書一樣。

韋　華：錢鍾書是誰？

崔　穎：（還是不看他。調侃）中國的文豪，學問特別淵博，像波赫士一樣。

韋　華：哦，好像聽過他名字。

△ 崔穎抬起頭，站直身子。韋華跟著起來。

崔　穎：（面對韋華，冷漠）不讀書，還有臉糾纏我。

韋　華：Tracy，你跟我好的時候，就知道我不讀書。

崔　穎：（淡然一笑）那時候我是想試一試自己，能不能忍受一個不讀書的富二代做男朋友。我後來知道我不能忍受。

韋　華：你老公有讀書嗎？

崔　穎：他不讀書怎麼做財團的領導。

韋　華：（盯住崔穎的臉）你早上和他做過愛。

△ 崔穎扭頭走向另一邊的玻璃櫃。韋華緊跟過去。

韋　華：我看你從酒店走出來滿臉紅光。

崔　穎：（轉頭看韋華，氣極而笑）滿臉豬肝色的紅光嗎？

韋　華：（搖頭，微笑）不是，只是一抹淡彩，很性感。

崔　穎：我新換了一種面霜。韋華，你應該很清楚，兩個相愛的人是無論什麼時候，無論什麼地方都會做愛的。你在外面怎麼猜，怎麼想像，怎麼嫉妒，都沒有用，只有讓你自己更痛苦而已。你一直有那麼多情人，我以前如果跟你現在一樣瞎想像，瞎嫉妒，我都不用活了。

韋　華：所以你不要我。你知道我為了你可以拋棄所有的女人。

崔　穎：你說過太多遍了，不要再孩子氣了，你改不了的。我就算跟你愛得死去活來，到最後你還是會像《胭脂扣》裡面的張國榮一樣，為了你自己，棄我於不顧。

韋　華：怎麼提到張國榮了？

崔　穎：你不是很喜歡張國榮嗎？我要的是一個成熟、可靠的丈夫。

韋　華：還會讀書。

崔　穎：對，還會讀書，增長知識，有人文修養，做一個好的領導者。我現在的丈夫就是這樣。你這些天在布宜諾斯艾利斯跟了幾個阿根廷小姐有一夜情？

韋　華：一個也沒有。我每天都跟著你。

崔　穎：（譏笑）你晚上都站在酒店門口守著我？

△　韋華一頓。

崔　穎：韋華，回香港去吧。我不會離婚，我不會離開胡鐵夫。就算他死了，我也不會再跟你好。

△　韋華猛然抱住崔穎，要強吻她。崔穎往後劇烈擺頭閃避，幾乎倒向玻璃櫃，頭髮在玻璃上亂撥。

△　空曠的展覽室，一個女管理員木然站在角落看著。

△　崔穎使勁推開韋華，站直身子，氣喘吁吁，舉手撫平頭髮，狠狠瞪著韋華。

第十場

景 波赫士紀念館門口。林蔭道
時 日
人 韋華

△ 韋華大步走出紀念館門口，跳上停在路邊的越野車，轟然開出去。

△ 陽光、樹影時而掃過韋華沒有表情的臉。突然緊打方向盤。

△ 快到路尾的車子疾轉，衝入旁邊的巷子。

第十一場

景 小巷
時 日
人 韋華、四五個小孩

△ 越野車奔馳。遠方四五個小孩在巷中踢足球。韋華車子一直衝去，小孩子咒罵，四散。一個年紀大的小孩飛起一腳，足球打在飛過的越野車的後窗上。

第十二場

景 街
時 日
人 韋華、行人、商販、修女

△ 一群鴿子譁然飛向天空，頭巾、道袍紛紛飛揚的一些修女奔過街面。韋華的越野車衝入另一條街，一路遠去。

第十三場

景 波赫士紀念館門口。林蔭道
時 日
人 韋華、老人

△ 寂靜的林蔭道，韋華越野車的車頭悄悄從旁邊的巷口冒出來，停住。韋華看了一下斜對面的紀念館門口。

△ 一個佝僂的老人夾著一遝文檔，慢吞吞走出來。

△ 韋華把車頭縮回巷子。

第十四場

景 波赫士紀念館。門廳
時 日
人 崔穎、門房

△ 肅穆的門廳。崔穎從展覽室走出來，手機微響。崔穎從皮包裡拿出手機。

第十五場

景 波赫士紀念館門口。林蔭道
時 日
人 韋華、崔穎、計程車司機

△ 崔穎聽著手機，走出門口，說了幾句話，收起手機，走到路邊，四下一看，招手。

△ 一輛計程車駛到她面前。崔穎上車。計程車開走。

△ 韋華開動越野車，駛出巷口。

△ 計程車轉入另一條街。

△ 韋華車子追去。

第十六場

景 另一條大街
時 日
人 韋華、崔穎、計程車司機、行人

△ 車水馬龍。崔穎的計程車一路駛前，隔著一些車輛，韋華車跟在後面。

△ 計程車內，崔穎轉頭看前面的後視鏡。後視鏡中，紅色越野車遠遠追隨，時隱時現。崔穎不動聲色。計程車停在紅燈前。

△ 韋華停車，注意望著。

△ 綠燈。崔穎的計程車轉入另一條街。

△ 韋華跟去。

第十七場

景 另一條街。街角，馬具店外
時 日
人 韋華、崔穎、計程車司機、行人

△ 計程車開到街角的馬具店門口。崔穎下車，頭也不回，走入馬具店。

△ 韋華把車停靠在不遠處的街邊，下車，朝馬具店走去。

△ 韋華走到櫥窗。櫥窗裡擺著一隻俊美、漆成白色的木馬，展示一具豪華、漂亮的馬鞍。韋華站在一邊，窺視進去。

第十八場

景 馬具店內
時 日
人 崔穎、胡鐵夫、店員

△ 店內掛著、擺著各種男女騎馬的服裝、帽子、靴子、馬鞍、馬鐙、毛毯等等，琳琅滿目。崔穎悠閒地到處瀏覽。背後櫃檯一男一女的店員站著查對帳目。陳列各種馬鞭的角落裡，胡鐵夫把一條棕色的馬鞭掛回架子，另外拿起一條黑色、光溜溜的細直的短鞭，順著鞭子輕摸了一下。崔穎從一座貨架後轉出。胡鐵夫看她一眼，一言不發，揮起短鞭，用力在身前抽打了幾下。

△ 崔穎沒有表情，走到胡鐵夫旁邊，轉身看馬鞭。胡鐵夫上前，挑起短鞭，鞭梢輕輕戳到崔穎露出白色短裙外的大腿，頂著崔穎的腿肉緩緩向上滑進褲腿裡面。

△ 短裙布面鼓起來，鞭梢向上蠕動。

△ 崔穎似乎沒有感覺，逕自挑看馬鞭。

△ 胡鐵夫的短鞭一直伸向崔穎的大腿根部。

第十九場

景　另一條街。街角，馬具店外
時　日
人　韋華

△　韋華臉貼緊櫥窗玻璃看。

第二十場

景　馬具店內
時　日
人　崔穎、胡鐵夫、店員

△　胡鐵夫的短鞭戳到崔穎的大腿根部。
△　崔穎轉頭，對胡鐵夫嫣然一笑。
△　胡鐵夫和崔穎相視而笑。
△　鞭梢慢慢從崔穎的短裙裡抽出來。胡鐵夫突然臉色一板，鞭梢疾如閃電，抽了崔穎的膝蓋窩一下。
△　崔穎頭一仰，眼色迷離，張嘴低低呻吟。

第二十一場

景　另一條街。街角，馬具店外
時　日
人　韋華、行人

△　韋華霍然轉身，睜著驚憾的眼睛，大步走開。他連經過他的越野車時也不停下，一直走出鏡頭。很久以後，突然走回來，爬上車，使勁原地掉頭，開走。

第二十二場

景　舞廳
時　夜
人　瑪利亞、年輕舞伴、樂隊、男女舞客、侍者

△　瑪利亞和年輕舞伴激情探戈。瑪利亞的眼睛殷切地掃過舞池中一個個沸騰的舞客，掃過舞池旁邊一個個的客人，搜尋張國榮。

△　韋華沒有蹤影。

第二十三場

景　香港。機場快線車站
時　日
人　韋華、乘客

△　一列機場快線。韋華提著行李走入車廂。車廂門關上。列車開出。

第二十四場

景　香港。機場外
時　日
人　韋華

△　列車像一條銀線，快速駛過一座座高聳入天的大廈。

第二十五場

景 大廈。會議室
時 日
人 韋華、韋華父親

△ 一座數十層高，用紙板做的，和真的大廈一樣精巧的建築模型，擺在大會議桌一頭。韋華和父親面對面坐在模型旁邊。

韋 父：記得九一一世貿大廈倒塌下來的情形嗎？

韋 華：你說。

△ 韋父伸手抓住大廈模型一推，傾斜放歪。

韋 父：不是這樣倒的。

△ 韋父放直大廈模型，舉手壓住模型頂部，把整座大廈一層一層的壓垮下來。

韋 父：是這樣塌的。

韋 華：你想說什麼？

韋 父：我們公司很快就會像這樣一層一層塌下來。

韋 華：你要我怎麼做？

韋 父：胡鐵夫很愛他太太嗎？

△ 韋華不語。

韋 父：他太太——我忘了，她叫什麼名字？

韋 華：Tracy。

韋 父：對，崔小姐。她也很愛她老公嗎？

△ 韋華不語。

韋 父：你不說話，那她是很愛她老公。

△ 韋華不語。

韋 父：兒子，你如果夠狠，你回去阿根廷，再把 Tracy 追回來，要她也很愛你。

△ 韋華嘴角浮起一絲笑意。

韋 父：然後你叫她去吹枕邊風，去說服胡鐵夫，讓他財團的投資銀行貸款給我們。有他做牽頭羊，其他的投資銀行都會跟進，化解我們的危機。這是上上策。爸爸當年就這麼狠。（一頓）Tracy 還追得回來嗎？

韋　華：（不理）中策呢？

韋　父：你去阿根廷，跟崔小姐——Tracy 斷絕往來，向胡鐵夫懺悔，表示你從此放棄 Tracy，不會再影響他們夫妻的感情。你懇求胡鐵夫原諒，希望他高抬貴手，貸款給我們。爸爸當年也做過這種事。

韋　華：有沒有下策？

韋　父：操他媽的胡鐵夫，把 Tracy 搶回來。（指他壓垮的大廈模型）不愛江山愛美人。

韋　華：你也這麼狠過？

韋　父：很想，可惜我沒那個氣魄。你有嗎？

△　韋華瞪著他父親，不語。

韋　父：最慘的情況是你既追不回 Tracy，又得罪了胡鐵夫。那就回來哭吧，不過不要叫我看見。

△　韋華一笑。

第二十六場

景　韋華臥房
時　夜
人　韋華、韋華女友

△　紊亂的床鋪。韋華女友穿著絲質內衣，半裸地躺在一邊，垂眉撫摸著蜷臥在她肚子上的一隻貓。床另一邊擱著一個已經擺滿韋華衣物的航空箱。韋華再從衣櫃挑出一件襯衫，走回來，在床上疊好，放進箱內。

女　友：（抬眼看韋華）你回來的時候，我不會再躺在這裡等你了。

△　韋華檢查一下箱子的衣物，闔上箱蓋，提起來走向門口。

韋　華：你記得每天來餵一次 Amy 就好了。

女　友：我把牠吊死在床頭等你回來。

△ 韋華停步，回過身，沉思看女友。

△ 閃回：第二十場。

崔穎頭一仰，眼色迷離，張嘴低低呻吟。

韋　華：（對女友）為什麼我經手過的女人，到最後都會變成狠心的女人。

△ 女友一下抓起貓，憤怒擲向韋華。

△ 貓驚叫，四爪亂抓，飛過半空，撲向韋華。

△ 韋華趕快放下箱子，接住貓，生氣舉起來，想擲回去，一瞬間手在半空中停住，慢慢抱下貓。

第二十七場

景　阿根廷公立醫院門口
時　日
人　瑪利亞、病人、家屬、護士、救護車司機、計程車司機

△ 醫院門口，一些出入的病人和家屬，護士推著坐在輪椅上的病人，來往的救護車、計程車。瑪利亞從醫院裡面走出來。

第二十八場

景　鬧街。音像店門口
時　日
人　瑪利亞、商販、行人

△ 電車駛過兩旁都是商鋪、攤子的熱鬧街道，停在街中車站。瑪利亞和幾個乘客下車。

△ 瑪利亞走上一邊街道，到一間門窗貼滿世界各國 CD、DVD 封皮的店鋪前，看了一下，推門進去。

第二十九場

景 音像店內
時 日
人 瑪利亞、葡萄牙男店員、香港老闆

△ 店內正在播放印度音樂，中間和四周都是堆滿 CD、DVD 的木櫃，牆上貼著美國、印度、韓國、日本、中國等歌、影星的海報。瑪利亞進來一望，轉身走向站在門旁收銀臺的年輕葡萄牙店員。

瑪利亞：（葡萄牙語）你們有香港的 CD 嗎？

店　員：（葡萄牙語）有。

△ 店員走出收銀臺，到靠牆一角的櫃子。瑪利亞跟去。店員指著櫃子上的一些 CD。

店　員：都在這裡。

瑪利亞：（猶豫）我不知道歌名是什麼？

店　員：是哪個歌星唱的？

瑪利亞：我也不知道是哪個歌星唱的。

店　員：那我怎麼給你找？

瑪利亞：我哼幾句給你聽，看你知不知道是什麼歌。

店　員：香港歌我不熟。

瑪利亞：你聽聽看。

△ 瑪利亞開始輕聲哼出韋華唱的張國榮歌曲的旋律。

店　員：（轉頭向店後大聲叫）Garcia！Garcia！（對瑪利亞）我們老闆是從香港來的，他可能會知道你唱的是什麼歌。

△ 瑪利亞看向店後的小辦公室。四十幾歲的香港老闆開門出來。

店　員：Garcia，這位小姐想買香港的 CD，但她不知道歌名，也不知道歌星是誰。

老　闆：（走過來。葡萄牙語）那怎麼找？

瑪利亞：我記得旋律，我可以哼給你聽。

△ 老闆走到瑪利亞面前，擺手叫店員走開。店員走回收銀臺。

老　闆：（對瑪利亞）小姐，唱給我聽吧。

△　瑪利亞再啟口，溫柔哼出張國榮的歌，才哼了幾句，老闆就笑起來打斷她。

老　闆：這是張國榮最經典的歌。你是從哪裡聽來的？

瑪利亞：（高興）張國榮，對，這就是張國榮唱給我聽的。

老　闆：你看過他的 DVD？他是我們香港最有名的歌星。剛才你為什麼不說就是他呢？我們有他的 CD。

瑪利亞：我不知道他是歌星，他也沒告訴我。不過他真的唱得很好聽，所以我才想買這首歌的 CD。他真的是你們香港最有名的歌星呀？

老　闆：（奇怪）你不是看他演唱會的 DVD 才知道他的？

瑪利亞：不是，是他親口唱給我聽的，他是我的男朋友。

老　闆：（瞪大眼睛）他親口唱給你聽？他是你的男朋友？你在說什麼話？這是什麼時候的事？

瑪利亞：（生氣）兩個月前。你大驚小怪幹什麼？

老　闆：（正色）因為張國榮九年前就已經在香港死掉了，他怎麼可能兩個月前在這裡做你的男朋友，還親口唱歌給你聽？

瑪利亞：（驚奇）他九年前就死掉了？

老　闆：我騙你幹什麼？我是他歌迷，聽他的歌長大的，他如果沒有死，今年也有五十多歲了。你男朋友也這麼老？

瑪利亞：可是他真的告訴我他的名字叫張國榮。他是怎麼死的？

老　闆：自殺。

△　瑪利亞一震。

老　闆：（語氣緩和下來）我明白了，我們中國人有很多是同名同姓的，你男朋友的名字可能真的就叫張國榮，不過他絕對不是我說的這個張國榮。來，我拿 CD 給你看。

△　老闆轉身在香港的 CD 中翻了一下，拿出一張張國榮的專輯，指著盒子上張國榮的照片給瑪利亞看。

老　闆：我說的張國榮是這個人。

△　瑪利亞拿過 CD，注意看著張國榮的照片。

老　闆：你的男朋友張國榮是這個人嗎？

瑪利亞：（不答。沉吟）他是自殺死的？

老　闆：（點頭）他跳樓自殺。

瑪利亞：為什麼？

老　闆：聽說是嚴重的抑鬱症。

△　瑪利亞沉默。

老　闆：（微笑）因為他在布宜諾斯艾利斯拍過一部出名的電影，他死後幾年，香港傳出謠言，說有人在布宜諾斯艾利斯又看到他，他其實沒有死。你是不是跟傳說一樣，也見到鬼了。你有跟他做過愛嗎？

瑪利亞：（嚴肅）他是我男朋友。

老　闆：那才好玩了。地球人都知道，張國榮生前是同志。

瑪利亞：（壞笑）可能人變成鬼，也轉了性了。我的男朋友就是張國榮。你有沒有賣他的海報？

第三十場

景　天主教堂門口。另一條林蔭道
時　日
人　瑪利亞、行人

△　電車駛過林蔭道。瑪利亞提著音像店購物袋，袋口露出捲成卷的海報，沿著教堂的圍牆，走到門口，進去。

第三十一場

景　天主教堂。告解室外
時　日
人　瑪利亞、一名婦女

△　莊嚴、宏偉的大教堂。瑪利亞站在一邊大柱前的蠟燭臺，點燃一根蠟燭，插上燭臺。

△　角落的告解室走出一名婦女。瑪利亞過來，拉開告解室的門，進去。

第三十二場

景　天主教堂。告解室內
時　日
人　瑪利亞、神父

△　告解室帶格子的小窗後面，一名神父衰老、低頭的臉。瑪利亞的臉殷殷湊近小窗。

瑪利亞：神父，我犯了邪淫的罪。

△　神父依然低著頭，不看瑪利亞，也不出聲。

瑪利亞：我和一個中國人有了一夜情，雖然這兩個月來我們沒有再見面，再繼續那邪淫的事，可是我每天都忍不住要想他……

第三十三場

景　瑪利亞房間
時　夜
人　瑪利亞

△　床頭櫃上迷你的 CD 播放機播放著張國榮的歌。瑪利亞踩上床頭，牆上貼了幾張美國影星、阿根廷球星花花綠綠的海報。瑪利亞揭下當中的一張海報，彎身拿起擱在床上的張國榮海報，撕開海報後面的不乾膠，貼上去，然後退後幾步欣賞。

△　瑪利亞下床，退到門口旁邊，再凝視張國榮。

第三十四場

景　舞廳
時　夜
人　瑪利亞、男女朋友、舞客、樂隊、侍者

△　整座舞廳洋溢著 Bossa Nova 的舞曲。舞池中舞客熱舞。燭光點

點的座位，一些沒有進場的客人，有的談笑，有的專心看跳舞。瑪利亞忽明忽暗的身影穿過舞廳，靈活的視線不停掃過周圍的人，投向舞池。

△ 瑪利亞的男女朋友坐在一邊座位。其中一個年輕英俊的男友站起來，一直走到瑪利亞面前。Bossa Nova 舞曲停止。

男　友：（葡萄牙語）音像店的老闆不是說那個人已經死了嗎？

瑪利亞：（葡萄牙語。壞笑）鬼還是會回來的。

男　友：瑪利亞，你已經等了兩個月了。

瑪利亞：（正經）我發過誓，今天是最後一次，如果他還不出現，我以後就不再來了。

△ 探戈舞曲響起。兩人走上舞池，其他客人也紛紛上去。

△ 男友拉起瑪利亞的手，摟住瑪利亞的腰，兩人同時擺出優美的舞姿，然後和其他的客人一起浩浩蕩蕩探戈起來。

第三十五場

景 草原
時 日
人 韋華、崔穎、胡鐵夫

△ 廣袤無際的大草原。長可及膝的牧草隨風勁晃，浩浩蕩蕩，彷彿探戈的舞姿。崔穎、胡鐵夫突然從一邊衝入，策馬疾駛，奔入草原。

△ 兩人一身騎裝。胡鐵夫揚鞭呼嘯，崔穎頭髮圍巾飛揚，充滿興奮的笑容。

△ 兩人一直不停地相互爭逐，深深沒入草原的中心。片刻，只看到遠方晃悠的兩匹空馬，而不見他們的蹤影。

△ 整座大草原很久不再看到崔穎和胡鐵夫，只有渺小的兩匹馬身和隱隱約約搖曳的草葉聲。

△ 轟響的摩托車聲。韋華騎著巨型紅色哈雷的身影猛然竄出草叢。

△　韋華瘋狂開車，在崔穎和胡鐵夫消失的地方四周，來回劇烈地衝竄、兜圈。草葉紛紛倒開。馬匹奔逃。

△　裸著上身的胡鐵夫從草叢中站起來。

△　不遠處衝過草叢的韋華扭頭一望，回身奔馳而去。

△　胡鐵夫凜目看著一路遠去，時隱時現的紅色哈雷和韋華。

△　韋華遠逝。

△　胡鐵夫轉頭。崔穎斜躺在他面前的草葉上，馬褲皮帶解開，襯衫一角拉出褲腰外，除掉兩三個扣子。

胡鐵夫：我不能再縱容他了。

崔　穎：做得有品味一點。

△　胡鐵夫看崔穎一眼，彎身抬起崔穎一隻穿著長筒馬靴的腳，雙手用力一拔，一下就把整隻馬靴拔出來，露出崔穎皙白的腳，翹直的腳尖對著他的臉。

第三十六場

景　另一家高級酒店門口。街
時　黃昏
人　韋華、門童、行人

△　街道和另一家高級酒店的門口，灑滿金黃色的斜陽。韋華一路走來，進入酒店。

第三十七場

景　另一家高級酒店。大堂
時　黃昏
人　韋華、酒店經理、職員、客人

△　韋華經過酒店大堂，到櫃檯前拿房間鑰匙。

△　韋華從職員手中接過古老的大鑰匙。酒店經理堆著尷尬的笑容靠過來。

酒店經理：（英語）對不起，先生。

韋　華：（英語）什麼事？

酒店經理：有一位客人在你房間留下了訊息。

韋　華：什麼訊息？

酒店經理：（歉意）我們不得不讓他進去你的房間。

韋　華：（笑）有來頭的人？

酒店經理：（笑）他說你認識他。真對不起。

韋　華：沒事。

△　韋華轉身走向電梯。

第三十八場

景　另一家高級酒店。走廊
時　黃昏
人　韋華

△　電梯門開，韋華走上走廊。

△　韋華走到自己房間門口，開門進去。

第三十九場

景　另一家高級酒店。韋華房間
時　黃昏
人　韋華

△　韋華反身關門，走過玄關，到房間入口，整個人僵住。

△　房間周圍依然高雅潔淨，只有當中大床上亂糟糟堆滿被解體的巨型紅色哈雷，車身、車頭、車把、車燈、車牌、輪胎、油箱，所有的零件都被拆散、砸得稀爛。滿床的油污，許多扭曲、殷紅的色彩在透入窗口的晚霞中隱隱發光。

第四十場

景　咖啡廳
時　日
人　韋華、崔穎、胡鐵夫、客人、侍者

△　傳統、古老的咖啡廳。高聳的玻璃門和兩旁的落地窗折射出白燦燦的陽光，崔穎在反光中的身影，推門進來，走到旁邊靠窗的咖啡桌，朝著咖啡廳裡面，靜靜坐下，身影一直曖昧不清。

△　韋華和胡鐵夫面對面坐在咖啡廳中。周圍稀稀落落坐著幾個男女客人。

胡鐵夫：崔穎叫我做得有品味一點。我們是男人，我們都知道，這跟做愛一樣，是不講究品味的。

△　韋華凝視胡鐵夫，不說話。

胡鐵夫：這些年來我讀了一些書，看了些好電影，我又觀察過我周圍很多朋友愛情和婚姻的生活，聽說過很多事，我終於明白了，不管兩個人有多麼的相愛，結婚有多久，他們的關係如果不再成長，他們如果停止再追求他的愛人，他們的愛情和婚姻生活很快就會死亡。

△　韋華凝視胡鐵夫，不說話。

胡鐵夫：我和崔穎已經結婚，我們現在彼此非常的相愛，可是我剛說過了，我如果沒有再每一天每一天追求她的愛，我遲早就會失去她。她也明白，她如果沒有再每一天每一天追求我的愛，我遲早也會變心，有其他的外遇。

△　韋華凝視胡鐵夫，不說話。

胡鐵夫：韋華，如果你每一天每一天都在追求崔穎的愛，而我停止了追求，你會追到她，而我會失去她。我是不要失去她的，我要到九十八歲的時候還追求她，擁有她。我不能讓你到九十八歲的時候追到她。

韋　華：（冷靜）不用那麼久。

胡鐵夫：所以，我要禁止你再糾纏崔穎。

△　韋華凝視胡鐵夫，不說話。

胡鐵夫：我以前已經盡量做到一個成熟的男人能夠做到的容忍，我現在不能再容忍你了。你如果再讓我看到你糾纏崔穎，你就會變成你的那輛紅色的哈雷。

△ 韋華凝視胡鐵夫，不說話。

胡鐵夫：我只跟你說這一次，我不會再跟你說第二次。

△ 韋華凝視胡鐵夫，不說話。

胡鐵夫：你父親跟我申請的貸款，我已經批准了。這跟我不喜歡你，跟崔穎暗中替你們說情，沒有關係。我只要賺錢，你父親會替我賺錢。我現在讓崔穎過來，和你見最後一面。（胡鐵夫起身。一頓）韋華。

△ 韋華抬頭凝視胡鐵夫，不說話。

胡鐵夫：你現在、晚上、明天、將來也可以讓我變成你的紅色哈雷。

△ 胡鐵夫轉身走到門口，向旁邊的崔穎點了下頭，開門出去。

△ 崔穎曖昧的身影站起來，走向韋華。身影慢慢清楚，一直到韋華的面前，坐下來。

△ 韋華凝視崔穎，不說話。

△ 崔穎凝視韋華。

△ 一顆眼淚從韋華左邊的眼角滲出來。

△ 崔穎起身，傾前，吻著韋華的眼淚，停了一下，吻掉眼淚，轉身走開。

△ 韋華一直凝視著前方，不轉頭。

△ 崔穎走向門口，身影在反光中又模糊起來，曖昧不清地走出門，和等在門外同樣曖昧不清的胡鐵夫離去。

第四十一場

景 舞廳
時 夜
人 韋華、崔穎、胡鐵夫、瑪利亞、強壯的阿根廷男人、樂隊、舞客、侍者

△ 舞池如火如熾，擠滿摩肩接踵，跳著各種探戈姿勢的舞客。

△　崔穎、胡鐵夫兩人風度翩翩，時而恣縱，時而高雅冷峻，沉醉在熱舞中。

△　韋華陰森森走入舞廳，深邃的眼光一下掃到崔穎和胡鐵夫身上，一步一步堅決的腳步穿過旁邊的座位和客人，走上舞池。

△　崔穎舞姿，優美轉頭，看到韋華越過舞客走來，不動聲色，再優美扭頭，望向別處。胡鐵夫回旋過來，雄勁轉頭，看到韋華越過另一對舞客走來，也不動聲色，再雄勁扭頭，望向別處。

△　韋華貼著大腿右側的手一按，一把彈簧刀的刀鋒「啪」一聲彈出來。

△　韋華森然避開一對對舞過面前的男女，逼向舞池中的崔穎、胡鐵夫。

△　崔穎、胡鐵夫神色自若，舞向一旁。一個強壯的阿根廷男人，擁著舞伴，緊跟在他們身邊回舞。

△　韋華再逼近崔穎和胡鐵夫。瑪利亞突然從旁邊走出，擋在韋華面前。

瑪利亞：（中文發音）張國榮。

△　韋華止步，瞪著瑪利亞。

瑪利亞：（英語）你回來了？

韋　華：（一頓。英語）瑪利亞。

瑪利亞：（高興，輕笑）張國榮，我有了你的孩子了。

△　韋華瞪著她，啞然無語。

△　崔穎、胡鐵夫分別一瞥舞客中，面對面站著不動的韋華和瑪利亞。兩人依然熱舞，不理。

瑪利亞：我沒有吃避孕藥，以為只會有一次。那時候我沒有別的男朋友。

△　韋華還是僵然看著瑪利亞，不說話。

△　瑪利亞視線往下一看韋華的彈簧刀。

瑪利亞：（仰起頭。溫柔）你再跟我跳一次探戈好嗎？

△　韋華依舊僵立，望向舞池。

△　越過一些舞客，回舞的崔穎和胡鐵夫。

△ 韋華收回視線，凝視瑪利亞，全身慢慢鬆弛下來，嘴角浮起淺笑。

△ 韋華「啪」的一聲收回彈簧刀的刀鋒，放入褲袋。

△ 瑪利亞微笑，仰著頭貼向韋華。韋華伸手拉起瑪利亞的手，挽住她的腰，兩人一擺探戈的姿勢，開始跳起舞。

△ 崔穎、胡鐵夫回舞過來。韋華、瑪利亞回舞過去。兩對人彼此不看，形如陌路，分別沒入熱舞的人潮。

△ 整座如熾如火，探戈的舞池。

尾聲

第一場

景 香港。機場快線車站
時 日
人 吳心梅、韋華、乘客

△ 一列機場快線。吳心梅還是一身新潮裝束，但腳踝不再有紋身貼，穿帆布板鞋，拖著小巧黑亮的航空箱，走過車站，進入列車車廂。隔著玻璃窗，看到她放好行李，坐到靠窗的位子。片刻，韋華提著行李走到列車門口，上車。同樣隔著玻璃窗，看到他四面一望，只有吳心梅身邊有空位，坐過去。車廂門關上。列車開出。

第二場

景　列車車廂內
時　日
人　吳心梅、韋華、乘客

△　吳心梅、韋華互不相識，並排靜靜坐著。

△　兩人側對面的車廂電視螢幕，開始交替映出梅艷芳和張國榮生前演唱會的場面。歌聲瀰漫車廂。

△　吳心梅、韋華和車廂的一些乘客轉頭看。

△　兩人幾乎重疊的臉，癡迷地看著。

△　梅艷芳與張國榮各自的一些纏綿、熱情歌唱的特寫，慢慢地交融。一行字幕滑過他們的臉：「他們是香港的女兒，香港的兒子。」

第三場

景　香港
時　日
人

△　沒有音樂聲。列車像一條銀線，非常安靜地駛入一座座高聳入天的大廈。

註
1　指鞋跟超過十厘米的鞋子。
2　Jorge Luis Borges，阿根廷作家、詩人、翻譯家。

楊識宏《黑在白中》 1998 年 丙烯 / 畫布 60X78 吋

第五章 採訪

這就像邱剛健的電影

採訪畫家楊識宏先生

寫作，是他一輩子的事

採訪趙向陽女士

「這就像邱剛健的電影」

採訪畫家 ● 楊識宏先生

楊識宏先生是邱剛健 1990 年代初遷居美國紐約之後的知交摯友。即便 2004 年邱剛健搬到北京定居，兩人友情從未間斷。雖然楊識宏先生是畫家，而邱剛健是電影導演、編劇，可圍繞著藝術和生活，他們總有聊不完的話題。邱剛健幾次以楊識宏先生的畫作入詩，可見楊識宏引導邱剛健遊覽繪畫的世界，帶給他創作上的靈感。少有人能比楊識宏更了解紐約時期的邱剛健了。1994 到 2004 年，這段邱剛健繼《阮玲玉》（1992）、《阿嬰》（1993）之後，創作上幾近空白的十年，他經歷了移民、喪妻，在異鄉生活，想過拍電影、辦雜誌，近乎半隱居地研讀宋詞，這才有了他晚年到了北京之後厚積薄發的詩歌和劇本創作。楊識宏先生的採訪呈現了這一時期邱剛健的生活脈絡，提到了不少小事，這些 small touch（小事）可以看到邱剛健生動的個性，讀之歷歷在目，每一幕都像他的電影。由此，也能理解邱剛健所經歷的「人在紐約」的日子，知道他在這段人生的秋天，如何繼續在中西文化之間苦苦尋求獨特的創作。

喬 邱剛健 1992 年移民到了紐約之後，他的生活狀況是怎樣的？

楊 邱剛健那麼喜歡西方的一些經典的文化，九十年代又到了世界藝術的首都紐約。劉大任的看法是覺得他並沒有很快樂。我想可能主要是因為邱剛健寫詩寫劇本都是用中文在做，畢竟他還是要跟中文的讀者產生比較親切的關係，才會有滿足感。所以在那邊，我就常笑他說，你有點像海外寓公，悠哉體驗生活，也不必做事情。

那時他住得離我非常近。我住在 Crosby Street，他是在 Spring Street，兩條街有交集。我從 Crosby Street 走到 Spring Street 就兩分鐘，再走到 106 號，大概再加個三分鐘，總共也就五分鐘距離，其實是非常近。在臺灣或者在北京，也不可能這麼近。所以他常過來，我也常過去，一起聊天。他剛搬進去時我們就認識。然後有一次我跟邱剛健，還有他太太，就是小鳥[1]，一起吃飯，吃完飯後一起逛紐約的唐人街。我喜歡植物，我記得那天在花店我抱了一盆仙人掌，然後他也想買一盆。我們倆同時買。我那盆大概養了二十多年了，還開過花，到後來房子賣掉才給人家。我為什麼提這個呢，這麼小的一件事，是因為劉大任跟邱剛健通信的時候有講，說邱剛健不跟他談政治，也不談高爾夫球、養蘭花等，說邱剛健家連一棵植物都沒有，我卻很確定他家有一棵仙人掌。

邱剛健紐約舊居。他的公寓在第三層，因房子內部走橫貫格局，面街的那一排窗戶都是他家。邱宗智先生拍攝。

邱剛健那時在紐約住的房子正對著美國極簡主義藝術大師 Donald Judd（唐納德・賈德）的居所。邱剛健的房子是在街角，Donald Judd 的房子則是在對面的街角，一整棟都是他的家。從邱剛健家的窗戶看過去，恰好可以看到 Donald Judd 的臥室，他是極簡主義藝術家，所以家裡也與眾不同，大約兩百平方米的臥室之中只有一張床，和一件藝術品。

我常去邱剛健家，就覺得他家也是這樣空蕩蕩的。他會跟我聊一些想法，他也看西方室內設計的書，因為紐約設計的書很多，美術的書也很多，他也喜歡看。有一天我去他家，他就跟我講，他有一個想法——他家有一個很大的飯桌——說很想買各種椅子。通常人們都是買一樣的椅子，可他想要每張椅子都要不同的年代、設計或式樣。對我來講，是不會驚訝的。對一般人來講，湊不齊一樣的椅子才買不一樣的，但邱剛健不是這樣，他就是想要不同的樣子。

邱剛健（右一）在家中招待朋友。相中可見他紐約家中陳設以中式簡約為主，右邊角落擺放著他購買的畫作。邱宗智先生提供。

他在紐約這一段跟我是最過從甚密的。我在鄉下買了房子之後，他也來住過。那個時候是冬天，雪都到了膝蓋那麼深，他也還是會過來看我。我跟他說，最重要的四個城市你都住過了，北京、香港、紐約，加上臺北。

我們談的當然也是與藝術相關的。還有一次他去我家裡，我家牆上掛滿了動物的頭骨，豹啊、鹿啊、牛啊，馬啊什麼——我覺得這些獸骨可能給他寫詩時帶來了創作靈感——也有像鱷魚這些很難買得到的獸骨，我用這些獸骨掛滿牆壁。他當然不能跟我一樣，他說他想買各式各樣的鏡子，然後掛滿整個牆面。我覺得反而從這些小地方越能突顯一個人的品味、性格或者各種美感等等。講這些是因為我覺得很有趣，雖然是 small touch，卻很能夠形象化他這個人。他後來搬去了 Upstate New York（紐約上洲）。

喬　他搬過去 Upstate New York 是因為您的緣故嗎？

楊　也是我帶他去的，因為那時候我很迷古董。不一定是古物，比方說傢具，在美國，雖然一百年兩百年就算是古董，可畢竟不管是審美造型還是文化都跟我們不一樣，對我們來說很稀罕。邱剛健也很喜歡，因為他向來都喜歡西方的東西。他沒開車，也沒車子，所以我去 Upstate New York 都會邀他一起去，他也很高興，因為那就可以到紐約州的鄉下去看看。那裡每一個小鎮都會有幾家古董店。我們最常去的一個小鎮叫做 Rhinebeck（萊茵貝克）。因為我有一間鄉下的房子，離那裡一小段路而已，所以去那裡吃飯、逛古董店。邱剛健在那裡的古董店裡還看到一套珍本精裝的莎士比亞全集，當時就買下來了。我覺得那段時間可能是邱剛健在紐約覺得最好玩、生活最悠哉的時候。

其實邱剛健跟劉大任早就認識了，在辦《劇場》的時候。可是他在紐約那段時間沒怎麼跟劉大任來往，只有劉大任每年弄的一個派對，請 Soho 的華人藝術家一起去他家吃北京烤鴨，其實是長島的鴨子，這個劉大任在《美與狂——邱剛健的戲劇·詩·電影》中有提到。因為邱剛健住得離我家最近，來去都坐我的車。劉大任他不住在市區，是住在紐約郊區 White Plains（白原市）的 Ardsley 小鎮，所以他根本很少進城，可能一個月都沒有一次，只有我們去找他。邱剛健沒有車，因此兩人沒有常常往來。真正到後來，就是邱剛健到北京以後，有一次劉大任有事去北京，他知道我跟邱剛健常常在一起，而且我去北京也常去找他，他就問我怎樣找到邱剛健，然後我就給了他邱剛健的電話，他到了北京就打給邱，才開始他們最後一年多兩年的密切通信，真正的背景是這樣。他們後來通信是我跟劉大任講你去北京可以找邱剛健，他一定會很高興，劉大任也真去找他了。後來劉大任在寫紀念邱剛健的文章時，就特別提到，還好有去找他。

邱剛健到了紐約，紐約最讓人嚮往的是藝術，上世紀五十年代以後，紐約取代了巴黎，成為世界 the capital of the art world（藝術之都），邱剛健理解到這一點，他常常找我說，讓我帶他去看畫展，要怎麼看，看什麼畫廊，所以有一陣子我看畫展也會找他去，他也開始接觸一些藝術的東西。我喜歡紐約有一個很大的書店，名叫 Strand Book Store，號稱他的書排起來有八公里那麼長，是很大的書店。我常去那裡看藝術的書，邱剛健也常跟我去。有一次我們去書店的路上，碰到有人在路邊擺攤賣藝術類的書，有很多大部頭。我一看有一本 Giacometti 的書，他的 *Walking Man* 拍賣創了天價。邱剛健就停下想瞭解一下，因為他以前聽過說 Giacometti 是存在主義雕刻家嘛，那這跟文學有關。我們一人買了一本，結果去了 Strand 書店之後發現買不了其他書了，因為 Giacometti 這本書好重，大概有八九公斤，是很厚的一本書，所以我們只好在書店匆匆翻了翻書，說只能下一次再來買其他書了。在路上我們兩個好開心，因為這個書很有分量，因為很重，我們倆相視而笑。我們這樣子好像還不止一次。不過，我倒是在他家裡沒有看到很多書，大概是在離開香港的時候處理掉了，家裡的書絕大多數都是後來在紐約買的。

在紐約，他這個房子隔壁住了一個藝術家，蠻有名的，名字是 Catherine Lee[2]。這位女士的先生更有名，叫 Sean Scully[3]。因為就在他隔壁，邱剛健人也客氣，聽說又是電影導演，所以對他蠻尊敬的。邱剛健本來是要投資我兒子拍電影，結果後來沒有成，那裡面就會請這夫妻倆的兒子也演一角。現在 Catherine Lee 已經搬到德州去了，不住在 Soho 了。邱剛健的房子後來是賣給他們的。

喬　可以說說邱剛健想拍電影的這件事嗎？是一個什麼題材的劇本？

楊　那是我兒子寫的一個劇本。邱剛健看了之後非常喜歡，還拿給紐約大學戲劇系的教授看。邱剛健的英文不像美國人那麼流暢，所以就讓真正的美國人看劇本寫得如何。那個教授說很棒。邱剛健很高興，就說要投資。

故事的內容是講尋根。有一段時間流行講尋根的電影。我兒子喜歡爵士樂，所以尋的是爵士樂的根。在劇本中要尋根的不是白種人，不是黑人，而是黃種人。剛才我提到的畫家 Catherine Lee，他們在德州。德州有個地方叫 Austin（奧斯汀），靠近爵士發源地新奧爾良。邱剛健當時有提議讓 Catherine 的兒子來演故事中的角色，還派我兒子看景，去 Austin 了解情況，有實際的動作。當時劇本已經有了。一個禮拜三天，邱剛健都會過來我的畫室，去討論分鏡頭的劇本。我還記得劇本寫，電影一開始的畫面全是黑的，長達幾分鐘，只聽到薩克斯風的音樂。還有一場湖邊草地上的派對，是爵士樂即興演奏。討論這個畫面時，邱剛健非常感興趣，說像是夕陽西下，在鬼魅的湖邊，群魔亂舞。

這是非常低成本的劇本，後來，邱剛健說不能投資了，因為買股票都輸掉了，不記得是五萬還是十萬。他剛開始是非常有熱情去做這件事情的，我們還專門成立了一家公司，叫 New Millennium，新千禧年。我們還有一個證物，當時會計師做了幾枝印著公司名稱的原子筆。邱剛健沒錢投資了，我也沒辦法，我只是來幫忙的，懂電影的是他們兩人，所以這件事最後沒有做成。這是很有趣的往事。

在這部電影之前，他也跟我聊過，說《劇場》雜誌曾提到

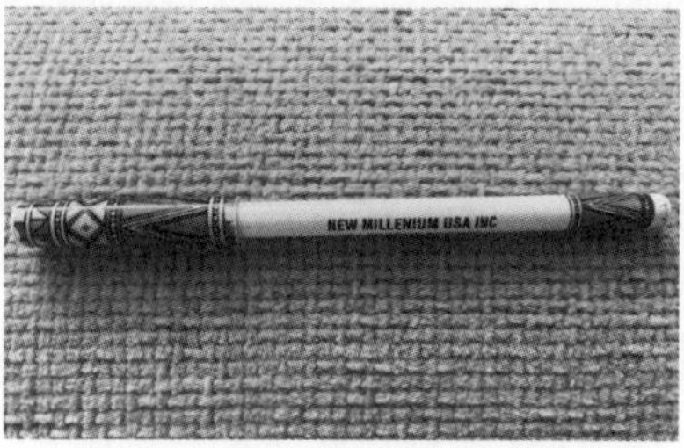

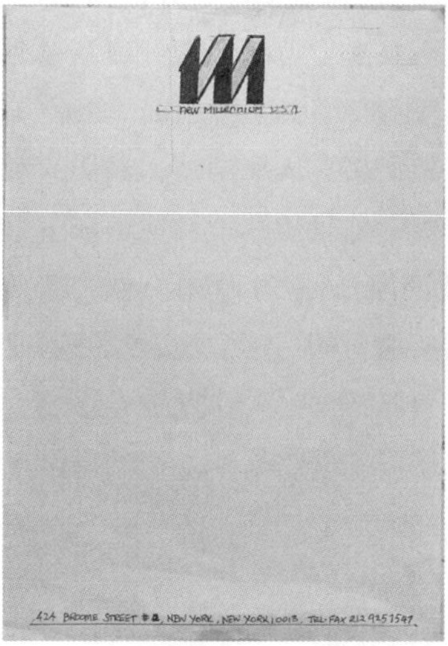

邱剛健在紐約時與楊識宏註冊成立了新千禧年電影公司。楊識宏設計了公司的標誌，保留了公司的原子筆。楊識宏先生提供。

西方電影比較重要的作品，最早（把這些作品）介紹到臺灣的就是《劇場》雜誌，所以我們也談到要辦一本雜誌。因為我會設計，所以美編就包在我身上。雜誌名稱是邱剛健取的，叫《去中心》雜誌。真正前衛的東西都是非主流的，一旦主流就不前衛了，這就是講中心跟邊陲。邊緣的東西就是要顛覆中心的，到後來真正最前衛的東西都是邊緣的東西。我也畫過雜誌的封面，最後定下來的是用英文名字，*Off Centre*。可惜，就如文人雅士的紙上談兵，並沒有實際做成。

喬　邱剛健搬到紐約上州時的情況是怎樣的？

楊　他後來住的地方就在 Rhinebeck 車站附近，要走一段路才到街上，街上還有一個書店，他常常會去。他那個房子我看大概沒有人去過，就他租的那個地方，更空，一個房子就好像 one bedroom（只有一間臥室）、一個客廳，空空的，沙發什麼的都沒有，也沒有大桌子，床墊直接擺在地上，有一個皮箱。他那個皮箱用很久了，他也很喜歡。他所有的家當都在那裡。我開玩笑說你怎麼會搬到這個鬼地方來，他開玩笑就說，有一個作家叫紀涅（Jean Genet），也是住在車站附近，原因是，如果有人來要債，很快就可以逃走。我問你在這裡做什麼，他就說在很精細地研讀宋詞，不是唐詩哦。此外，邱剛健很相信命運，也喜歡占卜，經常研究紫微斗數和《易經》的命理解說。他曾經跟我提過，他幾乎每天都卜卦，有時早晚各一次，樂此不疲。

喬　那次搬家是在他太太過世之後吧。

楊　是的。那時最大的事就是小鳥過世。小鳥剛發現她的病的時候，邱剛健不在紐約，在臺灣，寫劇本還是什麼。

邱剛健與楊識宏在紐約常常見面。照片中他們穿著正裝，在紐約的高級餐廳聚會。左起小鳥、邱剛健、楊識宏及楊識宏妻子。邱宗智先生提供。

我記得有一天小鳥來找我，問能不能陪她去醫院，我就陪她去了。她說「我有 big trouble」（有大毛病），然後查出來是癌症。後來過了一陣，邱剛健把臺灣的事處理好就回來。知道小鳥病情很嚴重以後，沒過多久，1995 年小鳥在 NYU（紐約大學，New York University）的那家醫院過世了。邱是 1992 年來的紐約，在紐約才住了三年而已，那時候去他家，偶爾會碰到他兒子，那時他初中，英文名字叫 Daniel。Daniel 是在香港出生，住在香港有段時間，所以很會講廣東話，有時候我去的時候，他們用廣東話對話。我最記得他兒子喊他講「老竇」，那時候聽到就覺得很新鮮。

小鳥過世以後，我到他家裡，看他就快準備賣房子，坐在那聊天抽煙。他說他昨天做了一個夢，坐在這裡抽煙，廚房桌子那邊突然有一個女人，全裸的，在倒咖啡，後來倒完咖啡，臉一抬起來，就是小鳥。這個情景就好像他的電影，非常的超現實，很詩意又很美，又陰森的感覺。以後

邱剛健與兒子邱宗智。
邱宗智先生提供。

我要是寫小說我也會寫這一段。

喬　您最早是怎麼跟邱剛健先生相識的？

楊　我跟邱剛健碰面是在紐約。我在高中的時候，大概是六幾年的時候，是一個文藝青年，就喜歡文學藝術。那時候臺灣出版界最前衛先鋒的雜誌就是《劇場》，我們看了蠻多，那個時候就知道邱剛健的名字，可是不認識他本人。他一來紐約，因為他有一個朋友叫韓湘甯[4]，五月畫會的。除了剛剛講的劉大任[5]以外，大概邱剛健在紐約最認識的就是韓湘甯，我跟韓湘甯也是在紐約才認識的。韓湘甯沒參加《劇場》的編務，可是他們年紀比較接近。好像是通過他，我跟邱剛健碰面了。反而在臺北的時候，我跟邱剛健沒有見過面。但是他有一個好朋友叫黃華成[6]，黃倒是跟我變成很熟很好的朋友，而且共事過。很奇怪，除電影圈外，正好邱剛健的大部分朋友我全部都認識。在紐約的這段時間，我也介紹了許多我的朋友給他認識。

邱剛健在 1990 年就搬離香港了，所以我們第一次碰面是在紐約，可能是在一個派對上。他比我大幾歲，可是一見面一談，就好像已經非常熟悉。我會跟他講紐約藝術的事，他很想知道，很想要瞭解。他後來也很喜歡我的一幅畫，在北京中國美術館裡展出的，叫《大開大合》，「開合」兩個字即「opening」。他為這幅畫還寫了一首詩，那首詩歌很短，只有三四行，說我不必用貝克特（Samuel Beckett）來證明我自己。其實我的想法不是來自貝克特。他寫給我的詩句，說我太愛生命，所以不停地畫地獄。我給他很多畫冊，他看得很仔細，每一幅都喜歡，還選了我的畫給他的詩集作封面。當時出版他那本詩集《亡妻，Z，和雜念》，我沒有辦法幫他找到出版社出版，因為詩在臺灣根本就沒市場，我就找到做我畫展的畫廊，當作一個出版單位，出版了他的第一本詩集。

喬　他最後為什麼離開了紐約，在北京定居下來？他有跟您說起他的想法嗎？

楊　他在紐約不能做電影創作，即便是寫中文詩也不行。美國的文學圈子跟畫壇一樣，是很難打進去的。他搬到小鎮之後，讀很多宋詞，可他在美國的近十年都沒寫詩。到了北京自己的時間更多，是自己的環境，最後就越寫越多。他常常去咖啡店，坐在那裡寫。這又有一個笑話。我去北京都會找邱剛健。那天我記得在一個派對上，我介紹他給朋友認識，那個臺灣的朋友是學設計的，後來又做保險公司，所以對於電影藝術等不熟悉。我介紹邱剛健，說他是一個很有名的導演、編劇。這個朋友也曾經應徵過邵氏的編劇，被選上了，最後沒有去，不在電影這一行，對華語電影新的發展不是特別清楚。他想要攀談，就說，我最近看了一個電影，叫《夜宴》，說這個電影很難看，實在爛。邱剛健也沒覺得有什麼，就是解釋說，這個劇本是我寫的，但被改掉很多。

我認為邱剛健回北京的選擇是對的。像我做繪畫創作的，我的作品不需要翻譯，不需要太多解釋，因為是直接的視覺語言。電影也是如此，但依然有語言的問題。繪畫就不需要，挪威畫家孟克（Edvard Munch）的《吶喊》全世界都看得懂。邱剛健是不是悟到了這一點？意識到他在紐約，寫中文劇本，接臺灣、香港、大陸的劇本，這就很怪，還不如直接到那個地方，深入虎穴，才能得到虎子；深入到這個圈子，才能溝通。他也無法用英文寫劇本，怎麼能夠打入當地電影圈？但他在紐約的這段生活經歷，肯定對他的影響是很大的。

喬　他在北京的生活和創作如何？

楊　我記得後來在北京麗都飯店，冬天冷颼颼的，我們兩人抽掉一包煙，一直聊。我的感覺是他不是很暢快，是為五斗米折腰。在他跟劉大任的信裡也寫，每天都在追錢。他也提到過，經過香港或臺灣，都會去看看古董。他曾經有一陣子想過買一些古董，看能不能發財，但可能拿到的都是假的。從股票中沒賺到錢，從古董中也沒賺到錢。他也想過去買玉，但古董這一塊水很深，不像想像中那麼容易搞的。後來他一直都在搜集一些東西，但沒有產生經濟效益，還是寫劇本比較實在。

我認為他在北京唯一開心的是重新開始寫詩，出版了他的第一本詩集。也是一個文學界的朋友，說這本詩集字那麼小，怎麼給我七十來歲的人看？可是邱剛健堅持要。雖然是我給他設計的樣子、排版、申請書號，但字體他堅持要那麼小，他認為這樣就能跟別人不一樣。他說我有一首詩，你可以隨便幫我排字，也算是一種再創造。我後來沒有照著做，詩集封面的畫是他自己選的。他喜歡比較騷動的、濃烈的東西。他不會喜歡清淡、淡淡的東西。他喜歡帶血的牛排，三分熟的牛排這個形容就最適合他。

邱剛健有一點我不理解的。比如我跟他說塔可夫斯基（Andrei Tarkovsky）的電影。他當時說沒有看過，當然後來他有看。帕索里尼（Pier Paolo Pasolini）他也喜歡，也不常常聽到他說。有一些好的電影，他看了五分鐘、十分鐘他就要關掉，不敢看。後來在一些訪問中，他也跟我說過，說怕受到影響，太震撼了。這一點我一直覺得奇怪。他跑到鄉下去一直看中國詩詞的東西，可是到了北京之後，寫的又是西方的現代詩歌。

他骨子裡對西方經典的東西還是很喜歡，但是他怕看，這一點很有意思。我就是非看不可，看兩三遍都可以。記得張照堂幫黃華成弄了一個展覽，叫「未完成」。展覽裡有一個房間放影片，其中我正好看到一段，說高達（Jean-Luc Godard）看電影，不管多長，他只看二十分鐘，理由是二十分鐘就能看出來這個導演有沒有才華，或者說這部電影是否好電影，其他的就不必看了。邱剛健就不是這樣，他是怕看，看十分、二十分鐘就關掉了，怕受到影響。可見他的敏感度和吸收性特別強，因為他很希望自己獨創，不要像人家。在羅卡的訪問中，他解釋是說，我要留著老了之後慢慢看。他怕看的原因可能是這樣的。

邱剛健曾跟我說，他將來老了之後，要每天穿西裝、打領帶。因為一般人對老頭的印象都是很 lousy（糟糕）的，他就說我要像西方的 gentleman（紳士）一樣，也許拿著拐杖。又有一次他說：我將來老了之後，我要提一個皮箱去旅行，可是皮箱裡全部裝著保險套。他就是喜歡講這種好玩、跟別人不一樣的話。

他曾經跟我講過一個我覺得很有意思而且有道理的話，他說電影最起碼的要求是要好看，不管是警匪片還是愛情片。我認為這一針見血。有的電影就是拖死狗，影像又不吸引人。畫也一樣，要好看，也要耐看，硬要掰語義學、現象學，那都是鬼打架。我有時候問他，最近在看什麼書？他看的都是香港那些不到一流，大概是二流但一般的小說，比較有畫面。他的劇本畫面都是很清楚的，所以能常常說照著拍就對了。

喬 **他的劇本是有畫面感在當中的。他也的確從來不拿什麼主義去概括自己的作品，他認為編劇就應該什麼類型的劇本都可以寫。有趣的是，他在北京的時候也沒有打著金像獎編劇的旗號去做些什麼，非常低調。**

楊 他覺得他還可以做得更好。我覺得有那種意味在裡面。如果有別的人像他這樣的經歷，可能就會無限誇大，說你一定要看我的電影，可他就不會這樣。他的目標是很高的。有時候他自己也感覺沒有達到。總而言之，邱剛健就是蠻特別的性格。他常常希望作品的意念能讓人跌破眼鏡。因為普魯斯特（Marcel Proust），也就是《追憶逝水年華》的作者，喜歡村姑，而不是很好看的鄉下女孩子，他就說他也喜歡這種女孩子。他說的帶著一箱保險套全世界旅遊，就是因為他要與眾不同。可是到最後，這是我的感想，還是要靠作品，作品才是硬道理。作品會給你說話，你根本不用說話。他是很棒，很優秀，可能是某種機遇，沒有碰到。黃華成也是，他的藝術思想很前衛，比如獨自創立「大臺北畫派」，但整個畫派只有他一人。他還圍繞邱剛健的詩《洗手》創作了同名裝置[7]。他們兩人都是互相欣賞。我認識黃華成的時候還不認識邱剛健。當與邱剛健熟識的時候，黃華成很快就走了。他們兩人感覺有一點點生錯時代，沒有被當時的人認可和肯定，很可惜。

我們今天看任何一部作品，就是想了解這個藝術家，沒有這個藝術家或者作家，就沒有這個作品。優秀的藝術家也要遇到知音。女為悅己者容，士為知己者死。不管是文人、作家、畫家，如果真的有人賞識你、了解你，這一生就夠了。

歷史上，藝術史上，詩人與畫家，很多都能在精神上互相欣賞。比如畫家塞尚（Paul Cézanne），畢加索稱他為「我們的父親」，the father of modern art，可在塞尚未如此聞名時，最欣賞他才華的是詩人里爾克（Rainer Maria Rilke）。沒人像里爾克那樣了解塞尚作品的特點，里爾克還寫了許多關於塞尚畫作的書信，所以研究塞尚的人往往也會研究里爾克。對於塞尚來說，可能全世界只要有一個里爾克，也不錯。藝術家所求最多就是如此。邱剛健就送過我一本里爾克的英文詩集，現在還在我的家裡。我覺得藝術領域最高的 level（層次）都是相通的。

北京，邱剛健參加楊識宏的畫展。左二邱剛健，左三楊識宏。楊識宏先生提供。

註

1 小鳥即邱剛健妻子蔡淑卿。
2 美國畫家、雕塑家。
3 愛爾蘭裔畫家、雕塑家。
4 臺灣畫家，定居美國。
5 臺灣作家，《劇場》雜誌核心創辦人之一。
6 臺灣畫家、設計家。
7 邱剛健 1965 年的詩作。在 1966 年臺灣現代詩展中，黃華成圍繞這首詩創作了裝置藝術。

「寫作，是他一輩子的事」

採訪 ● 趙向陽女士

2008年邱剛健在北京遇見了晚年的老伴趙向陽女士，兩人相濡以沫，直到他2013年去世。趙向陽女士起初在北京的一家電影公司擔任會計、製片等工作，後來跟著邱剛健寫劇本，兩人陸續合寫了《復活》、《罪人》、《胭脂雙扣》等幾個重要的電影劇本，還成立了電影公司。邱剛健不擅電腦，趙向陽幫他處理電郵、詩歌、劇本等編輯工作，是所有文件的經手人，也是他新作品的第一個讀者。趙向陽溫暖、體貼了邱剛健晚年客居北京的生活，為他創造了寫詩、尋找創意的空間。邱剛健從紐約輾轉到北京之後出版的詩集《亡妻，Z，及雜念》便以「趙」的拼音首字母「Z」入題，其情之深，可見一斑。此訪問主要圍繞趙向陽與邱剛健創作劇本的細節展開，呈現本書所收錄的《復活》、《罪人》、《胭脂雙扣》幾個劇本的創作過程。

喬　在寫《復活》之前，你跟邱剛健寫過劇本嗎？

趙　邱剛健 2004 年寫完了《寶劍太子》劇本，就與章家瑞導演合作，修改《迷城》（原名《遠雷》，2010）的劇本。我 2006 年開始在章家瑞導演的公司工作，在《迷城》中擔任製片。我在章家瑞的公司認識了邱剛健之後，就跟著他學寫劇本。第一個劇本是 2009 年初的《聖地》。這個故事是別人已經寫了兩稿的，關於延安時期的共產黨，涉及到不少三民主義的思想。原作者是電影學院有名的編劇，然後才通過章家瑞導演轉到邱剛健的手上。邱剛健當時在杭州的梅家塢寫電視劇劇本《書聖王羲之》，就問我寫不寫。他說自己不擅於寫故事大綱，也從來不寫故事大綱，只能直接寫劇本。開始寫的時候，他給了我一些提示，說了大概要寫的東西，但我也沒有完全跟隨他的意思去寫。為了《聖地》這個故事，我找了不少延安時期的資料，事件是真的，人物是虛構的。因為邱剛健不用電腦，所以我寫完了劇本，就把稿件郵寄給他看。邱剛健看完，認為比他想像的好，在打印稿上標出了意見之後讓我改，主要都是一些措辭之類的（改動）。我修改之後再郵寄給他，他再看完，就說，可以發出去了。後來把《聖地》的劇本拿給章家瑞導演，他說這一稿還不錯，只不過把男女主角都寫死了。本來章家瑞導演想拍《聖地》的，後來因為種種原因沒有拍。

喬　那時你寫劇本用的是筆名？

趙　因為不想讓公司知道自己參與了寫這個劇本，也怕別人笑話，所以就用了筆名，但這個筆名是邱剛健起的，用了我母親的姓。那時他在杭州寫劇本，每天早上坐車到西湖邊上的星巴克喝咖啡，會經過鳳起路，就說你不如用「袁鳳起」這個名字吧。

喬　你們是什麼時候開始寫《復活》的？

趙　我跟邱剛健正式開始合作寫《復活》的劇本，是在 2009 年 6、7 月份。按照資方要求的一個月要交稿，我們 8、9 月份就完成了第一稿。

喬　當時為什麼會有改編托爾斯泰長篇小說《復活》的想法？

趙　那時我還沒有全程跟，只是寫劇本時才加入。章家瑞導演說要寫這個故事的時候，找了好幾個資方，最後談下來最有興趣投資的是寧夏的一個礦主。起初這個故事定的是現代戲，有法官等等，發生在大城市，可廣電總局（國家廣播電視總局）的人看了劇本後說這肯定不行，太抹黑共產黨了，肯定不能通過，他們就建議改在民國，躲開審查。現代版的故事我沒有參與，我只是在民國上海這一版才參與的。

簽了編劇合同之後，必須要寫上海民國的這個版本了。當時我在管理章家瑞導演公司的財務，也看過編劇合同。我沒有跟章家瑞導演說我也參與了寫劇本，所以是每天上午跟邱剛健寫劇本，下午才去辦公室上班。邱剛健下午則與另一個助手修改《書聖王羲之》的電視劇本。我們常常都是在北京東直門金多寶茶餐廳裡跟邱剛健寫劇本。當時有很多香港、臺灣的電影人在那裡工作。邱剛健不願意在家裡也不願意在辦公室裡寫。

開始說的是三十天交第一稿，可是寫到了三分之一的時候，章家瑞導演提出對這個戲沒有感覺，認為應該改古裝。邱剛健說可以，不寫就不寫，但改古裝的話，就要當成另一個項目，涉及到費用的問題。

喬　當時邱剛健與章家瑞導演的合作關係是怎樣的？

趙　他們原本想組成一個組合，可惜合作下來不如人意。邱剛健在劇本方面比較強勢，不喜歡別人管他。章家瑞導演也有自己的想法，未必能全部理解他的東西。章家瑞導演拍了「雲南三部曲」，邱剛健看了覺得不錯，想和章家瑞導演合作。因為彼此的關注點不同，導致兩人的合作不是很理想。比如《迷城》，邱剛健改的劇本，加了不少他的東西，也提議了怎麼拍。他還跟章家瑞導演說那句話：你照著我的拍你就能拿獎。結果章家瑞導演都沒有採納。這已經影響了接下來的合作。我記得當時《迷城》上映之後，邱剛健的老朋友，臺灣影評人老嘉華來了一個電話，說《迷城》是你寫的？邱剛健說：你有沒有看過這麼爛的電影？老嘉華說：還有比這更爛的電影。剪片子的時候，我是全程跟的，攝影師柯星沛是邱剛健先生聯繫的，因為柯星沛曾獲得香港電影金像獎提名。邱剛健後來也看了剪出來的效果，發現鏡頭不是按照他的想法拍的。《晚秋》（2010）也是章家瑞導演與邱剛健的合作。邱剛健與韓國製片方是簽了編劇合約的。故事本來是想寫小資風格的，但章家瑞導演不同意，一定要寫鄉下農村。章家瑞導演對《復活》的民國版本也沒感覺。邱剛健說章家瑞導演的「雲南三部曲」都是農村、文革期間的事，所以無法想像上海的小資生活。

喬　邱剛健先生從什麼時候開始用助手參與編劇工作？

趙　寫了《寶劍太子》之後，他看到北京的編劇都有助手，而且他需要電腦打字，拿到外面去列印。他喜歡一個字一個字去改，不停找人列印。哪怕那一頁有一個字改動了，他也要再印一次，寫劇本跟寫詩一個樣。也正是因為這樣，《寶劍太子》之後很少看到他的完整的劇本手稿了，他寫詩時才用手稿。

喬　一開始創作《復活》時，你們有哪些想法？

趙　開始做《復活》這個劇本了，邱剛健笑我沒文化，讓我看小說。看的過程中我有跟邱剛健討論托爾斯泰的《復活》這部小說。因為我看過高爾基的文章，所以讓女主角用了海燕這個名字。劇本寫完之後我們也會討論，比如臺詞之類的，但往往都是他說得比較多。他認為劇本中，六七場就要有一個高潮，不能老是這麼平淡。哪一場戲要詳細地寫，哪一場戲要略寫，他都說得明明白白，所以整個創作都是由他來主導的。第一場初生嬰兒的戲是他一開始就提出來的。邱剛健連兇案發生的時間、場景都定好了。他提示我去想像上海里弄的房子樓梯間是怎樣的，要求場景與場景之間要有區分，有辨識度。他也一定要用《野玫瑰》這首歌。演唱會抖腿、陸誠與海燕在鋼琴上的激情戲等等，甚至太湖石這些細節也定了。他還強調說，這個劇本是中國版的《復活》，不能照搬，只是用了一個概念，不能完全一樣，要符合電影九十分鐘的長度。

喬　你們當時就劇本的哪些方面有過詳細的討論？

趙　當時這個劇本留下的問題是，法庭上的辯論被一筆帶過了。後來我們都覺得應該仔細找找法律條款，然後寫出一些精彩的對話。還有監獄裡暴動那場戲我們覺得有點牽強，因為監獄在中國西北，海燕又是重刑犯，但不知道如何讓海燕和陸誠順利相聚。我們對海燕和陸誠的選角也說了不少。邱剛健認為梁朝偉應該演陸誠，因為《地下情》裡梁朝偉的對白不多，但梁朝偉懂得讓人看到他的內心表現。我當時是覺得陳坤的憂鬱更適合，所以對這個問題我們是很有爭議的。《復活》的女主角很難定下來，因為角色的年齡跨度比較大，但當時我們都認為秦海璐合適。邱剛健本來就很欣賞秦海璐的演出。2000 年他擔任金馬獎評審時，力排眾議，認為秦海璐憑《榴槤飄飄》（2000）拿了最佳新演員獎的情況下，也仍然可以得最佳女主角獎。

喬　你們什麼時候成立了公司？

趙　2009 年底我離開了章家瑞導演的公司，跟邱剛健成立了寶相獅子（北京）文化傳媒有限公司。公司名字是邱剛健取的，名為寶相獅子，與他晚年改信佛教有關。我們找了導演、製片等，租了辦公室，找資金、寫劇本，做了一些事情，也想過自己做《復活》。

喬　《罪人》這個劇本最早是誰的想法？

趙　這本來是區丁平導演想了幾年的故事，給陳翹英先生來完善。故事大綱寫好了，但進入寫劇本階段，就有許多實際問題需要解決。當時邱剛健和我正在寫一個古裝電視劇《美人戰國》的劇本，有天陳翹英先生到我們辦公室來，請邱剛健幫忙寫這個劇本。邱剛健說可以一個月完成。之前，陳翹英先生與邱剛健在北京有許多接觸。陳翹英先生也住在工體（北京工人體育場）附近，離邱剛健常去的意大利咖啡廳不遠，所以他們常常一起吃飯，討論歐美電影、老電影。寫劇本的事定下來之後，區丁平飛來北京，告知確定由梁李少霞女士擔任製片。邱剛健向來不寫分場的，但為了尊重合同，還是寫了，寫完之後，分場很快就通過了。

這個劇本的最後幾場戲是在香港寫完的，因為邱剛健要到香港來跟英皇電影公司交劇本、開會。這本是為周潤發定製的故事，當時定的女主角是楊冪。交了劇本之後，英皇將劇本交給周潤發看。當時反饋回來的意見是，羅白這個角色臺詞太少。邱剛健又不願意改劇本，所以那次在香港的會面就不歡而散了。後來邱剛健說起這件事，認為羅白這個角色不是形象上的英雄，而是內心的英雄，所以不能用臺詞多不多來看這個角色好不好。

喬　寫《罪人》這個劇本時，你跟邱剛健的合作方式有什麼變化嗎？

趙　還是一樣的，他定下重要的基石，我跟著寫，但這個劇本中電子、手機、監控等元素都是我投入的。署名的時候，他想把我的名字放在前面，說他跟其他人合作也都是如此。

到了寫這個劇本的時候，他跟我說的關於創作的事很多。他認為作為專業編劇，應該什麼類型的劇本都可以寫；從你接劇本的那一刻，你就是劇本裡的人物。他也認為編劇不僅僅是個編劇，應當考慮到製片、演員，不可以信馬由轠，想到什麼寫什麼，還要看這場戲拍的過程、拍出來的效果怎麼樣，當時寫《罪人》的很多場戲，他都是考慮到了香港的城市特點來寫的。

喬　拍《胭脂雙扣》的想法是由誰而來的？

趙　《胭脂雙扣》是邱剛健晚年最後一個電影劇本。他對這個劇本寄予厚望，因為是關錦鵬導演推薦他來寫的。資方最先找的是關錦鵬導演來導，關導覺得找邱剛健寫劇本比較合適。資方本來就有一個策劃案，是想紀念張國榮的，還準備拿張國榮的歌《儂本多情》來作為電影名稱，但關導和邱剛健提出《胭脂雙扣》的想法，資方也比較接受。一開始，關錦鵬與邱剛健一樣想得簡單，以為資方會按照他們的想法來拍，可是後來關導察覺並不是這樣。故事梗概寫了之後資方就不同意。主要不同意的是鼓浪嶼那一段，資方對人物設定和結局都不滿意，他們不想讓女主角李夷有病去世，而是讓男主角因公逝世。誰也說服不了誰。

邱剛健去世前仍在病床上修改《胭脂雙扣》劇本。趙向陽女士提供。

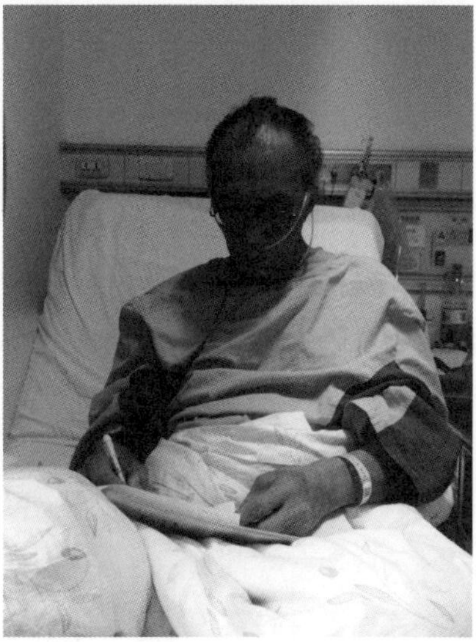

可之後劇本還是寫了，因為邱剛健對把這個劇本拍成電影還是抱有一線希望，他還是想說服資方，想找到一個折衷的辦法。邱剛健去世前還在病床上修改劇本，修改的就是《胭脂雙扣》。

喬 你是全程參與這個劇本創作嗎？

趙 我全程參與。邱剛健與關錦鵬將這個故事定了調，同意把這部電影分為兩個部分來寫，認為形式上比較新穎。邱剛健覺得鼓浪嶼拍出來很美，所以就定了第一部分的故事在鼓浪嶼發生。我覺得，冥冥之中，邱剛健想寫一些回憶太太的東西，想把在紐約照顧病重太太的經歷寫到他的故事中。《胭脂雙扣》鼓浪嶼部分，李夷的病重，就是他照顧太太的情景再現。這些事邱剛健都跟我說過的，與寫到劇本中的內容非常類似，比如說女主角李夷不行了，剛給她洗乾淨，讓她舒舒服服地躺在床上，結果失禁，只能又把她抱到浴缸去再洗乾淨。說起這些事的時候，我沒感覺邱剛健怎麼難過，他只是說那確實是不容易，無論是對病人還是家屬，是對身心極大的磨礪，不是常人所能承受住的。久病床前無孝子，（指的）不僅僅是子女，也是夫妻。病人到後期之後，怎麼樣都不舒服，各種各樣的要求，也不是病人想要怎麼樣，而是一種發洩和折磨。

喬 有沒有哪一個地方有你的影子？你們如何設計李夷和吳心梅這個兩個角色？

趙 有的，做蛋糕，是他要寫進去的，說是為了增加生活氣息。吳心梅的服飾、做派、性格，我們都討論過。我也未必全然同意，他比較霸道，必須得聽他的。他認為李夷是現代的女性，受西方思想影響比較大，是開化的，不保守，但忠貞。丈夫去世後，為了吳心梅而沒有再找男人。她覺得孩子長大了，可以有自己的生活了，遇到了對的人，所以才接受林原根。我對姐弟戀不太贊成，但邱剛健覺得我腦子應該再開化一點，不要用老眼光去看別人。對吳心梅的人物設計，我基本接受，就是一個現代的小女孩，很時尚的，穿著鬆糕鞋走鼓浪嶼的坡路。

喬　**你們如何分工寫作？**

趙　我首先找資料，比如對梅艷芳演唱會、粉絲的情況作一個匯總，這樣他可以看看有沒有什麼可以借鑒的。按照之前的合作方法，邱剛健列出分場提綱，然後我按要求來寫。場景、人物、對話，由我自由發揮，由他來修。有時候一些場次要大改，他會說重寫吧。比如說目前缺的這些場次，就是他沒想好的。他曾經問我，你會跳著寫嗎？我說不行。他說，那你得學會跳著寫。

鼓浪嶼遠離遊客的街道，綠意盎然，由此邱剛健才有了將《胭脂一扣》男主角的職業定為園林設計師的想法。趙向陽女士提供。

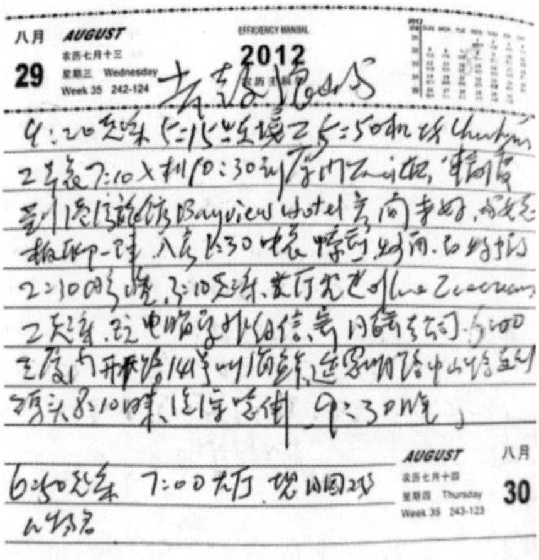

邱剛健在 2012 年 8 月 29 日的日記，寫下「去鼓浪嶼」的一日。趙向陽女士提供。

喬　在寫這個劇本之前邱剛健就回過鼓浪嶼嗎？

趙　邱剛健到內地住下來後，去過鼓浪嶼好幾次。2010 年的時候，完成了《書聖王羲之》的劇本，寫完了《復活》改編，我就跟他去鼓浪嶼了。我知道在和我去鼓浪嶼之前，他至少還去過兩次，是和他的家人去的。他是想去鼓浪嶼找自己小時候住的房子。那時候我跟他去鼓浪嶼，遊覽得比較仔細，因為邱剛健還是想去找他的舊居。邱剛健離開鼓浪嶼的時候是八歲，他說他小時候調皮搗蛋，常跟他父親、奶奶作對。因為已經不知道舊居的地址了，只是根據印象去找，所以最後也沒有找到。

喬　在《胭脂雙扣》的劇本中留下了哪些對鼓浪嶼的印象？

趙　建築，比如舊的別墅。鼓浪嶼朝著遊人開的一面是前面，特別的商業化；背面特別的幽靜，遊人是不去的，沒有古跡也沒房子，只是普通人住的地方。我們就特別喜歡鼓浪嶼安靜的這一面，尤其是島上的植物。為什麼開始的時候把男主角的職業設計為林業技術人員呢？是因為邱剛健覺得鼓浪嶼的綠化做得很好，保留的是原始的狀態，當時去鼓浪嶼的時候也看到了一個園林研究機構。晚上走在那裡，安靜得都有點可怕。鼓浪嶼的海灘也很寧靜，所以也就有了李夷跑到海灘上的那場戲。邱剛健說寫劇本的時候，一定要把鼓浪嶼的老房子寫進去，賣海味的店舖、女兒吳心梅現代化的裝束一定要寫進去，以及我們遇到的那條狗一定要寫進去。其實 2010 年之後，我們又陸陸續續去了鼓浪嶼好幾次，把那裡當成了度假的地方，常在那裡寫劇本。

喬　你們對鼓浪嶼這部分的故事有什麼討論，邱剛健有什麼看法？

趙　他對男主角的人物設定是很猶豫的。後來按照資方的建議，把男主角的職業由林業人員改為警察，也是妥協。他有堅持，也有妥協，因為男主角的職業對劇本來說不是最重要的東西。但資方說讓男主角因公犧牲，這一點他是堅決不同意的。

喬　這個故事的定位是梅艷芳、張國榮粉絲的故事，你們如何給這個故事定調子？如何說服資方的呢？

趙　邱剛健強調不是要寫梅艷芳而寫梅艷芳，因為寫他們的生平沒意思，而是選取影迷的角度，寫日常的感情生活，從這個角度來寫這個事。因為這是一個平常人的故事，而不是巨星的故事，所以只能從電影的角度來說服他們。會不會有票房？誰也不敢保證。拍《阮玲玉》（1992）的時候，也沒人敢用這個手法，但關導拍了之後就很成功了。資方要求劇本能打動觀眾，演員的配置上要有票房，當時討論到的演員有袁泉，也考慮過桂綸鎂。我還特意找了袁泉的資料來看，也覺得挺符合女主角的氣質。資方也同意。男主角想的是阮經天、趙又廷、彭于晏等臺灣演員。

喬　《胭脂一扣》在母親李夷、女兒吳心梅、母親男友林原根之間設計了曖昧的三角關係對嗎？

趙　是的。李夷知道自己有病後，就在安排自己的後事。醫生已經告知她是絕症，所以只能盡人事。她跑到海邊，想到兩全其美的辦法，就是讓林原根和吳心梅兩人在一起。林原根的人品不錯，值得托付，那李夷也就放心了。

喬　寫的時候有沒有參考哪些電影？

趙　邱剛健提過張國榮在阿根廷布宜諾斯艾利斯拍過電影，但沒有刻意參考。邱剛健沒有去過阿根廷，都是根據我的資料搜集來寫的。設定好人物關係後，他說，阿根廷主要的景點、建築、街道，賣的特別的東西，馬具什麼，都要寫進去。如果資方不同意在阿根廷拍，我們也可以換個地方。兩個地點，鼓浪嶼和布宜諾斯艾利斯，完全可以改變。

喬　兩個部分風格完全不同，邱剛健讓你在寫的時候注意什麼？

趙　他讓我多看看張國榮的電影，聽他的歌。我們討論的時候把事情定好了，角色以及韋華和各人之間的關係、衝突等等。在這種討論中，邱剛健是比較強勢的。比如我就不是特別認同阿根廷女孩瑪利亞為什麼認準了韋華是丈夫，邱剛健說因為你不是她。他特別要求的是第一部分深沉，第二部分就要奔放。最後的設計，他是與關導討論過的，而且是有共識的，讓吳心梅和韋華在香港的機場快線相遇，彼此錯過了。

喬　邱剛健有跟你說過他為何晚年在北京定居下來嗎？他在北京的境遇如何？

趙　他覺得北京的電影市場大，資源比較多，覺得一個人不認可他，總有人認可他吧，還是寄予很多希望的。雖然遇到很多不如意的情況，他也堅持做自己的事。他晚年常常是在追錢，因為當時兒子還在讀研究生，他也想盡力為兒子提供好的生活環境。雖然是這樣，但邱剛健在北京的生活總體上來說不算是特別緊張，還是很舒服的。

他那時候在北京的生活很規律，也不社交，早上起來喝咖

邱剛健有每天寫日記的習慣，從不中斷。圖中為他在 1999 至 2013 年間的日記。趙向陽女士提供。

啡、寫作，下午寫詩。有劇本寫的時候，每天最少寫作四個小時，遇到什麼事情耽誤了，也一定要把這時間補起來。他那幾年喜歡看一些老電影，也看不少好的電視劇，晚上不寫作，一定聽古典音樂。他不用電腦打字，也不在網上買書，喜歡到東大橋的中國圖書進出口公司後面那個書店去買藝術類的書籍、雕塑、油畫等等，買了不少。他跟我說，你一定要養成習慣，每天早上一定要坐在電腦旁寫些什麼，要把這當成是每天第一件事，哪怕是寫一個字。邱剛健不喜歡受限，但對自己有限制。

寫字是邱剛健一輩子的習慣。他寫日記二十多年，我現有他最早的日記是 1999 年，一直到離世都沒有斷過。他總是在每天晚上睡覺之前，在固定的本子上寫下當天發生的事，或者是任何時候事情做完了，就開始寫日記，去哪裡旅行也會帶著日記本。他的口袋裡揣的全都是紙，只要能坐下來就寫東西。晚年他在北京除了寫劇本之外，最開心的事就是能有許多時間寫詩，出版了詩集《亡妻，Z，及雜念》。《過維多利亞港》那首詩就是我剛認識他之後，獨自去香港，他寫的。

邱剛健在鼓浪嶼。趙向陽女士拍攝。

電腦書

EPILOGUE

後記

2020年大疫之年，新冠病毒突如其來，影響了每個人的生活。如此困難中，還能在香港出版兩本不同時期邱剛健先生劇本集，深感欣慰。這本由三聯書店（香港）出版的《再寫經典》，登載的是邱剛健先生晚年在北京創作的劇本。除了《寶劍太子》之外，其他幾部劇本由於各種原因，遺憾未沒能成片。

翻看這些劇本，除了《寶劍太子》外，其他三部都是邱剛健先生和我共同創作的。這裡的共同創作，其實完全是我在先生的指導下，做了一名盡職的「電腦書」而已。「電腦書」這個名字，還是劉大任先生給起的。先生晚年在北京與劉大任先生恢復聯繫後，往來郵件頻繁，都由我來打字完成。記得有一年我與家人去日本，先生特意發郵件告知劉先生，由於我不在家，最近幾日不再討論問題，「休戰」。劉先生回覆，好，等你的「電腦書」回來我們再聊。我對這個稱謂很認可，覺得很貼切。

我和先生合作的第一個電影劇本是《復活》。改編自俄國著名文學巨匠托爾斯泰的同名小說。說句心裡話，這部小說我聽說過，但沒看過。為了能寫好劇本，瞭解小說中的人物性格，我趕緊買了這部小說。惡補小說是我那個時期的主要業餘生活，藉此也買了許多世界名著充實自己。那時我在一家電影公司工作，好在是公司不坐班，我可以上午和先生在咖啡廳寫作，下午回公司上班。從此，也養成了我在咖啡廳寫作的習慣。

第一次寫劇本很忐忑，因為從未嘗試過。是先生教會我一部電影大概要寫多少場戲，寫多少字，如何設計景、時、人。先生說，他對電影的時長應該寫多少場戲得益於在廣告公司的訓練。一部好的劇本，出品人看完後，腦子裡應該是一部完整的電影。所以，先生每次接劇本之前，都會與導演、出品人一起討論主要演員人選。他會根據演員的特點在劇本裡刻畫人物，以便充分發揮演員的特長。為了寫好劇本，先生不但要求我多看電影，還要多聽音樂，特別是古典音樂，說這會對劇本創作的節奏很有幫助。好在這兩項對我來說是很愜意的事情。

寫作期間，先生每天會先把我前一天寫好的劇本交給我。看著上面密密麻麻的修改，我經常感到難堪，總在想：自己的水準差得這麼大，什麼時候才能單飛呢？先生倒是很滿足，他覺得我已經很不錯了，超出了他的預期。先生也許是為了鼓勵我，只要他認為我寫得合理，基本上都保留了我的原創。

電影《罪人》是我和先生合作的第二部電影劇本。相對於《復活》，這部劇本寫起來顯然容易多了。我在劇本裡面用了許多在當時還算前衛的電子裝備，而先生則設計了許多帶有港臺警匪片特點的追逐場面。這個劇本先生極為用心，他非常希望這部電影能給香港電影注入一絲活力，他一直企盼香港的電影能夠像新浪潮時期一樣，每一部電影作品都能成為爆款，帶給電影觀眾耳目一新的衝擊。記得當時想請湯唯飾演警員羅白的女朋友，印象中湯唯的舉手投足都是那麼的女人味。可以想像湯唯走在香港半山拾級而上的背影……

電影《胭脂雙扣》是本書收錄的第四個劇本。電影名字的由來，除了要紀念張國榮和梅艷芳，其實還有關錦鵬導演和先生的再次合作的意思。為了寫這部劇本，我們兩人刻意跑到了鼓浪嶼。寫作之餘，走遍了鼓浪嶼的每一個角落。先生出生在鼓浪嶼，八歲之前一直在那裡生活，對鼓浪嶼他有著很深的感情。《胭脂雙扣》劇本裡不但寫了他對妻子——小鳥的懷念，也在劇本裡投射了當初小鳥患病時，他無微不至的照顧，他內心的煎熬和痛苦。有時我在想，《一扣》裡的女主角就是小鳥的化身。

我與先生的合作，對我來說拔高得太快，有點像大躍進。至於署名的問題，我跟先生提出過，尤其是不能把我的名字放在他的前面。先生說，這沒什麼，對你我沒有特殊，跟我一起合作的人我都會給他們掛名，特別是新人，我還要把他們的名字寫在我的前面，儘管我是主要創作者。這一點與他合作過的朋友都不會忘記吧。

先生走了以後，我的劇本創作生涯並沒有突飛猛進的發展，相反事務性的工作佔據了首位，令我很煩惱。因為我愛上了影視劇創作，不想再做單純的「電腦書」。疫情還在繼續，但面朝大海，春暖花開的日子總要到來。我期待在這樣的日子到來之際，我的影視創作水準能上一個新的臺階，以感恩先生對我的孜孜栽培！

再次感謝三聯書店（香港）、香港藝術發展局的大力支持，感謝為此次出版出力的李安副總編、羅卡先生、喬奕思小姐及各位朋友。

策劃　趙向陽

2020 年 10 月於北京

鳴謝

本書能夠出版，得蒙下列各作者賜稿，友好、機構在資料搜集、整理等方面給予協助，謹致謝忱。

陳翹英先生
朴若木先生
關錦鵬導演
楊識宏先生
邱宗智先生
許知遠先生
張偉雄先生
蒲鋒先生
林紀陶先生
登徒先生
鄭政恆先生
陳恆輝先生
陳彩玉女士
陳若怡小姐
何思穎先生
陳志華先生
劉嶔先生

再寫經典

邱剛健晚年劇本集

主　編　喬奕思

策　劃　羅卡、趙向陽

封面及扉頁設計意見提供　楊識宏先生

責任編輯　趙寅

版式設計　黃詠詩

排版　陳務華

出　版　三聯書店（香港）有限公司

香港北角英皇道 499 號北角工業大廈 20 樓

Joint Publishing (H.K.) Co., Ltd.

20/F., North Point Industrial Building,

499 King's Road, North Point, Hong Kong

香港發行　香港聯合書刊物流有限公司

香港新界荃灣德士古道 220-248 號 16 樓

印　刷　美雅印刷製本有限公司

香港九龍觀塘榮業街 6 號 4 樓 A 室

版　次　2021 年 1 月香港第一版第一次印刷

規　格　特 16 開（153mm × 230mm）456 面

國際書號　ISBN 978-962-04-4749-5

喬奕思

影評人。曾任香港國際電影節國際影評人費比西獎、CASCADIA International Women's Film Festival、IFVA Awards 評審。電影方面參與編輯的書籍有《60 風尚：中國學生週報影評十年》(2012)、《美與狂：邱剛健的戲劇·詩·電影》(2014)，《異色經典——邱剛健電影劇本選集》(2018) 等。

香港藝術發展局
Hong Kong Arts Development Council 資助

香港藝術發展局全力支持藝術表達自由，本計劃內容並不反映本局意見。